NOUER AVEC UN INCONNU

DOUCE ROMANCE OMEGAVERSE

UN ROMAN DE WHISPERING GROVE

HARLEY KNIGHT

Traduction
MEET CUTE MEDIA

TABLE DES MATIÈRES

NOUER AVEC UN INCONNU

Tout a commencé par un message envoyé au mauvais numéro… maintenant, je brûle de désir pour un inconnu.

Gérer la boulangerie avec ma sœur, c'est toute ma vie — des matins très tôt, de la pâte à l'infini, et juste assez de sucre pour garder ma santé mentale. Je n'ai pas le temps pour les distractions.

Mais quand j'envoie accidentellement un message à un inconnu, tout change.

Il n'est pas seulement mystérieux — il a la langue acérée, un charme diabolique, et il est beaucoup trop doué pour me faire perdre tout bon sens. Ce qui commence comme un échange espiègle devient quelque chose de plus… quelque chose qui éveille mes instincts d'Oméga d'une façon que je ne comprends pas. Ses mots me font brûler, sa voix m'enveloppe comme une promesse, et quand il me demande enfin de le rencontrer… je panique.

Parce que personne d'aussi intense, d'aussi envahissant, ne peut être réel.

Je me dis que je dois l'oublier, mais le destin en a décidé autrement. Une tempête de neige, un mauvais virage… et soudain, je me retrouve face à l'homme qui hante mes pensées. Seulement, il n'est pas seul. Son monde est fait d'angles tranchants et de menaces chuchotées, empêtré dans des jeux de pouvoir et d'Alphas impitoyables.

Je devrais m'en aller. Mais son toucher enflamme quelque chose de primitif en moi, et lui résister semble impossible.
Il dit que je lui appartiens.
Mais dans un monde gouverné par les Alphas, céder pourrait signifier me perdre moi-même… et je ne suis pas sûre d'en sortir entière.

LILY

Les gâteaux de mariage ont le don de savoir quand vous les craignez.

Je suis debout dans ma cuisine à cinq heures du matin, fixant ce qui aurait dû être un parfait gâteau éponge à la vanille, mais qui s'est transformé en une sorte de monstre en béton. Le batteur tourne lamentablement, la cuillère en métal pliée à un angle qui évoque la défaite, et je jure que la pâte vient de grogner contre moi.

—Écoute-moi bien, lui dis-je en brandissant ma spatule comme une arme. J'ai affronté pire que toi. Tu te souviens de la Grande Catastrophe du Cake aux Fruits de 2024 ? Voilà, c'est bien ce que je pensais.

Le mélange reste obstinément silencieux. Défiant.

À travers la porte de la cuisine, j'aperçois la boutique obscure de la pâtisserie Flour & Fable. Les lumières de Noël de la rue principale projettent des ombres multicolores à travers nos vitrines décorées pour les fêtes, faisant scintiller les vitrines d'exposition. La neige tombe en gros flocons paresseux dehors, transformant Whispering Grove en l'intérieur d'une boule à neige. Quelque part, faiblement, j'entends *White Christmas* jouer sur les haut-parleurs extérieurs. La ville entière diffuse des airs festifs sans interruption. Je me sentirais enchantée n'importe quel autre matin, mais en ce moment, j'ai des problèmes plus urgents.

Comme le fait que ma sœur Hannah est absente pour deux jours, soi-disant pour chercher des fournitures, mais plus probablement pour rencontrer l'homme mystérieux dont elle pense que je ne sais rien. Et j'ai un gâteau de mariage à livrer à quatorze heures qui est actuellement en train de déclarer la guerre à ma cuisine.

Je souffle sur une mèche de cheveux noirs qui me tombe sur le visage, projetant un nuage de farine, tandis que la cuisine industrielle brille autour de moi, tout en acier inoxydable et équipement professionnel. Nous avons fait du chemin depuis l'époque où nous pâtissions dans la petite cuisine de notre père. Il est chef, donc nous avons grandi dans la cuisine, le regardant cuisiner, nous apprenant dès notre plus jeune âge. Et nous avons toutes les deux rêvé de posséder notre propre pâtisserie.

La lumière du matin se reflète sur les casseroles en cuivre suspendues au-dessus, les moules à gâteaux spéciaux alignés sur les murs, et la rangée de tiroirs de fermentation où le pain de demain lève lentement. Je respire facilement... cet endroit me calme toujours.

C'est mon royaume. Mon havre de paix. L'endroit qu'Hannah et moi avons construit après avoir perdu notre mère. Papa a fait de son mieux, travaillant en doubles équipes au restaurant local pour nous nourrir et pour maintenir la petite entreprise de traiteur de maman. Mais le voir jongler avec tout — élever deux filles, s'épuiser au travail, essayer de garder vivantes les recettes de maman — a laissé sa marque sur nous tous.

Un coup sec à la porte d'entrée vitrée me tire de mes souvenirs. À travers l'obscurité de la boutique, je distingue une silhouette familière emmitouflée dans un épais manteau, frappant impatiemment contre la vitre.

—Tu plaisantes, j'espère, marmonné-je en m'essuyant les mains sur mon tablier. Mme Meadow. À cinq heures du matin. Bien sûr, pourquoi pas.

Les coups deviennent plus insistants tandis que je me précipite vers la porte. Est-elle en difficulté ? « J'arrive, j'arrive ! »

Mme Meadow se précipite pratiquement à l'intérieur dès que je déverrouille la porte, apportant avec elle un tourbillon de flocons de neige. « Vraiment, Lily, me faire attendre par ce temps ? »

—Madame Meadow, nous n'ouvrons que dans trois heures...

—Oh, balivernes. Hannah m'a dit que je pouvais récupérer ma commande à cinq heures. Elle tape la neige de ses bottes — sur notre sol propre — et scrute la boutique sombre. « Bien que je ne comprenne pas pourquoi elle vous laisserait seule comme ça. Et si vous entriez en chaleur ? »

Je retiens un soupir. « Alors je fermerais boutique et je gérerais ça comme n'importe quelle Oméga moderne. Mais vu que je n'ai pas connu de chaleurs depuis vingt-quatre ans, je pense que nous sommes tranquilles pour le moment. » Surtout que je n'en ai encore ressenti aucun signe avant-coureur.

Je fixe mon comptoir, comptant à rebours depuis dix à ses mots. L'ironie d'une Bêta me faisant la leçon sur la biologie des Omégas ne m'échappe pas. La société les considère comme les équilibrés, les pacificateurs entre les Alphas volatils et les fragiles Omégas. Ha. Mme Meadow n'a probablement jamais eu une seule pensée induite par les hormones dans sa vie parfaitement régulée, et pourtant la voilà, me traitant comme si j'étais à une seule bouffée de musc d'Alpha de me jeter sur le premier nœud venu. Parce qu'évidemment, c'est tout ce à quoi nous, les Omégas, pensons : trouver des partenaires, faire des bébés et être de bonnes petites reproductrices. Peu importe que j'aie maintenu cette boulangerie florissante maintes fois toute seule quand ma sœur Hannah voyageait.

Mme Meadow fait ce petit *hmph* qui suggère qu'elle a des *opinions* sur les Omégas modernes. Je la laisse plantée là et me dirige vers le comptoir où, sans surprise, je trouve une boîte marquée *Mme M - récupération 5h* dans l'écriture soignée de Hannah.

Ma sœur, toujours efficace, a dû la préparer avant de partir. Elle a apparemment aussi oublié de m'en parler. Cependant, vu à quel point elle a été distraite dernièrement, constamment à vérifier son téléphone et à sourire sans raison, je ne suis pas entièrement surprise.

—Voici, Madame Meadow. Une commande spéciale de gâteau au café.

Elle inspecte l'intérieur avec suspicion. —J'espère qu'il ne sera pas brûlé cette fois.

—Hannah l'a préparé elle-même hier.

Cela semble la satisfaire, bien qu'elle renifle encore dramatiquement avant de glisser la boîte sous son bras. —Eh bien. Je suppose que vous allez gérer seule jusqu'à son retour ?

—J'ai tout sous contrôle.

Je fais un geste vers la cuisine, où ma pâte à gâteau monstrueuse m'attend. —Je travaille juste sur un gâteau de mariage.

—Seule ? Sans aide ?

Ses sourcils se haussent jusqu'à la racine de ses cheveux.

—Je n'ai besoin de personne pour faire un gâteau, Madame Meadow.

—C'est ça le problème avec les jeunes Omégas d'aujourd'hui. Si indépendantes. De mon temps...

Je fais abstraction du sermon familier, hochant la tête à intervalles appropriés tout en calculant mentalement combien de temps je perds. Le gâteau doit être terminé avant l'ouverture, et j'ai encore toutes les pâtisseries du matin à préparer.

—Je ne suis peut-être qu'une Bêta, renifle Mme Meadow en ajustant son manteau. Mais j'ai enseigné les bonnes manières à plus de jeunes Omégas que vous ne pouvez en compter. Ma nièce, Dieu la bénisse, a suivi chaque mot de mes conseils et s'est trouvé un merveilleux mari Alpha.

Elle me regarde de haut en bas. —Ne faites jamais de contact visuel direct avec des Alphas non liés, ma chère. Et n'oubliez pas d'incliner votre tête, comme ceci, pour montrer une soumission appropriée. Ces patchs bloqueurs d'odeur ne sont pas optionnels lors d'interactions professionnelles, vous savez.

Elle pince les lèvres tandis que je ne parviens pas à réprimer un rire. —Et s'il vous plaît, ma chère, ne riez pas si fort. C'est très inconvenant pour une Oméga.

Finalement, après ce qui semble une éternité de leçons non sollicitées sur l'étiquette des Omégas, je parviens à la raccompagner dehors dans la neige. Dès que la porte se verrouille derrière elle, je me précipite vers la cuisine où ma pâte à gâteau est devenue, si possible, encore plus menaçante.

—Bien, lui dis-je en retroussant mes manches. Où en étions-nous ?

Le mixeur émet un bruit inquiétant en réponse. J'ai besoin d'aide. Hannah saurait exactement quoi faire, comment sauver ce désastre. Je prends mon téléphone, me rappelant le nouveau numéro qu'elle m'a donné hier avant de partir. Quelque chose à propos de son contrat téléphonique qui se terminait et de son numéro qui changeait. Son nouveau numéro est collé sur le frigo, griffonné à la hâte sur un post-it qui s'enroule déjà sur les bords. Je ne peux m'empêcher de me demander si ce changement a quelque chose à voir avec ce mystérieux gars qu'elle fréquente ou ses plans soudains de quitter la ville. Elle a été très discrète sur les deux, ce qui ne lui ressemble pas du tout.

Plissant les yeux devant son écriture désordonnée, je tape le numéro et commence à écrire un message.

Au secours ! Besoin de cacher ce corps. Il est plus gros que prévu, et je ne peux pas le soulever seule. Faire venir des renforts n'a pas aidé. *Je vais peut-être devoir le dissoudre dans de l'acide.*

Je pose le téléphone et retourne à ma bataille contre le mixeur quand une réponse arrive rapidement.

L'acide laisse des traces. Erreur de débutant. Je connais quelqu'un qui se spécialise dans ces situations.

Je ricane, en tapant ma réponse tout en ajoutant plus de farine au mélange. *Très drôle. Mais sérieusement, ce truc se transforme en ciment. J'ai tout essayé sauf un exorcisme.*

As-tu envisagé que peut-être il VEUT être du ciment ? Suis tes rêves.

Je ris, secouant la tête devant la réponse de Hannah. *Depuis quand es-tu aussi philosophe face aux désastres culinaires ? D'habitude, tu es plutôt du genre à expérimenter.*

Parfois, le chaos est le meilleur des ingrédients. En parlant de ça, quelle est ta méthode préférée pour te débarrasser d'un corps ? Je demande pour un ami.

Je m'arrête de mélanger. Depuis quand Hannah fait-elle des blagues criminelles ? D'habitude, c'est elle la sérieuse.

Qu'est-il arrivé à ton "le meurtre est mauvais pour les affaires" ? Tu te sens bien ?

Le meurtre est excellent pour les affaires si tu sais comment le commercialiser. "À mourir" prend tout son sens.

Quelque chose cloche... Je saisis mon téléphone, l'examinant vraiment pour la première fois. Je vérifie le numéro sur le post-it.

Oh. Oh non. OH NON.

Ce n'est pas Hannah. Le dernier chiffre devrait être un six, pas un neuf.

J'ai discuté de meurtre avec un parfait inconnu. Mon

cœur bat la chamade alors que je fixe l'écran. Un autre message apparaît.

Cela dit, si tu as vraiment du mal à te débarrasser du corps, j'ai quelques suggestions créatives. Expérience professionnelle.

Expérience professionnelle ? *Mon Dieu.* J'ai accidentellement contacté un tueur à gages. Je vais finir dans un podcast sur les crimes. Hannah ne me laissera jamais oublier ça — en supposant que je survive.

Devrais-je simplement l'ignorer ? Appeler la police ? Mais avant que je puisse décider, un autre message apparaît.

Ton silence est inquiétant. Le corps a-t-il gagné ?

Malgré ma panique, je me surprends à sourire. Qui que ce soit, cette personne a le sens de l'humour. Peut-être que ce n'est pas un tueur à gages. Peut-être que c'est juste quelqu'un qui regarde trop de séries policières. Comme moi.

Euh.... Alors, histoire drôle. Je crois que je me suis trompée de numéro. J'essayais d'envoyer un texto à ma sœur à propos d'une catastrophe de gâteau...

Trois points apparaissent immédiatement.

Une histoire bien commode. C'est ce que disent tous les meurtriers. "Oh, j'étais juste en train de faire un gâteau !" Pendant ce temps, il y a un cadavre dans le mixeur.

Je jure que c'est juste un gâteau ! Bien qu'à ce stade, il pourrait être classé comme une arme de destruction massive.

Des photos, ou ça n'a pas eu lieu.

Je ris, puis jette un regard coupable autour de moi, comme si Mme Meadow pouvait se matérialiser pour désapprouver mon flirt avec un inconnu. Non pas que je flirte. Est-ce que je flirte ?

Es-tu sûr de vouloir des preuves de mon crime ? je tape en réponse.

Je prends le risque. Montre-moi ton pire.

Le cœur battant — de panique ou d'excitation, je ne saurais dire — je prends rapidement une photo du désastre dans la cuisine. De la farine partout, un batteur tordu, et la pâte semblable à du béton dans toute sa splendeur. Je m'assure même que mes mains couvertes de farine avec leur vernis rose soient dans le cadre, juste pour prouver que je suis vraiment en train de faire de la pâtisserie.

Contemple la scène du crime, j'envoie.

La réponse est immédiate. *C'est la plus belle scène de crime que j'ai jamais vue. Bien que ton arme du crime laisse à désirer. Trop évidente. Le gâteau, c'est pour les amateurs.*

Son message suivant arrive avec une photo — une main ferme tenant une tasse de café, la manche relevée révélant un avant-bras musclé qui me coupe le souffle. Devant lui, juste un mur blanc qui ne révèle rien.

On ne peut pas tous être des destructeurs professionnels de cuisines, envoie-t-il.

Je me mords la lèvre, étudiant ce bras — pas trop poilu, mais suffisamment pour me dire que c'est un homme. Il fait définitivement du sport.

Un homme musclé qui sait aussi plaisanter ? Voilà qui est dangereux.

Dangereux est mon deuxième prénom, répond-il. *Juste après secrètement en train de comploter quelque chose.*

Ah bon ? Et moi qui pensais que tu n'étais qu'un joli avant-bras dans un bureau mystérieux.

Je ne dirai rien. Cependant, je dois avouer que mon levain en a vu des vertes et des pas mûres.

Le batteur grogne en tournant, me rappelant que je suis censée résoudre une crise, pas bavarder avec un inconnu sur des pâtisseries meurtrières. Mais je n'arrive pas à m'arrêter.

Ton levain a l'air dangereux. Il a un nom ?

Bertha. Elle est magnifique et terrifiante. Une pâtissière comme toi doit aussi avoir un levain... Je ne te croirai pas si tu dis le contraire.

Je glousse, me surprenant moi-même. Ça fait un moment que personne ne m'a fait rire si tôt le matin.

Son nom ?

Je lève les yeux au ciel mais je me retrouve à taper. *Chonky. C'est l'héritage de mon père — trois ans d'existence et il terrorise toujours les inspecteurs sanitaires.*

Tu laisses ton levain commettre des crimes contre des agents publics ? Je suis choqué et impressionné.

Je me surprends à glousser. *Hé, ces éruptions cutanées étaient purement fortuites. Probablement.*

Probablement ? 😬

Ce que Chonky fait pendant son temps libre le regarde. Je me contente de fournir la farine et de fermer les yeux.

Un cerveau criminel ET sa complice. Je parle à une femme dangereuse ici.

Je me surprends à sourire à mon téléphone comme une idiote. *Dixit l'homme qui traverse une crise existentielle à cause d'une nappe à gâteau à 5 heures du matin.*

Bien vu. Je maintiens que c'est la pâte qui a commencé.

Je devrais m'inquiéter que cette conversation me semble si naturelle. Au lieu de cela, je me perche sur un tabouret de cuisine, gâteau momentanément oublié.

Juge-moi si tu veux, mais cette pâte à gâteau a commencé. Blâmer la victime. Tss tss.

Le ciel dehors s'éclaircit, la neige tombe toujours en gros flocons. Le temps presse jusqu'à l'ouverture, un gâteau de mariage à sauver, et la fournée du matin à commencer. Au lieu de cela, je suis assise dans ma cuisine saupoudrée de farine, en train d'avoir la conversation la plus étrange de ma vie.

Alors, le mystérieux correspondant continue. *Est-ce que tu agresses souvent des pâtisseries innocentes si tôt ?*

Seulement les jours qui se terminent par un E. Tu donnes souvent des conseils de meurtre à des faux numéros ?

Aux intéressants. La plupart des gens disent simplement désolé, faux numéro et disparaissent. Tu es la première à confesser un crime.

Point technique... je demandais de l'aide pour l'élimination. Le crime était déjà commis.

Ah, tu dis donc que tu as besoin d'un complice ?

La chaleur me monte aux joues. Suis-je vraiment en train de faire ça ? Flirter avec un parfait inconnu à propos d'un meurtre fictif ?

Ça dépend. Tu proposes ?

Les trois points apparaissent et disparaissent plusieurs fois, faisant s'emballer mon cœur. Finalement.

C'est possible. Bien que je doive te prévenir, j'ai des critères très spécifiques pour mes partenariats criminels.

Ah bon ? Dis-moi tout.

Eh bien, d'abord, ils doivent avoir le sens de l'humour à

propos d'homicide. Check. Deuxièmement, ils doivent être créatifs avec les méthodes d'élimination. Check. Troisièmement...

J'attends, le souffle coupé.

Ils doivent être prêts à partager leurs catastrophes pâtissières avec de parfaits inconnus à des heures indues.

Mes joues me font mal à force de sourire. *Check, check et check. Bien que je doive te prévenir, j'ai aussi mes critères.*

Je suis tout ouïe.

Premièrement, ils doivent apprécier le potentiel criminel des produits de boulangerie. Deuxièmement, ils doivent donner à leur levain un nom approprié et dramatique.

Et troisièmement ?

Je me mords la lèvre, tapant avant de pouvoir douter de moi-même : *Troisièmement... ils doivent me divertir pendant que j'essaie de sauver ce gâteau de mariage de lui-même.*

Défi accepté. Mais, je dois demander... ce gâteau est pour un ennemi ? Parce que si c'est le cas, tu te débrouilles très bien.

Je ris bruyamment, le son résonnant dans la cuisine silencieuse. La lumière du matin devient plus forte, la neige créant une bulle douillette autour de la boulangerie. Et pour la première fois depuis plus longtemps que je ne peux me souvenir, j'ai l'impression que quelque chose commence.

Je devrais probablement vraiment essayer de réparer ce gâteau, je tape à contrecœur.

Probablement. Bien que je doive dire que c'est le plus de plaisir que j'ai eu avant l'aube depuis longtemps.

Mon cœur fait un petit bond. *Pareil. Bien que je ne sois toujours pas convaincue que tu n'es pas un tueur en série.*

Dit la femme qui a envoyé un message à un inconnu pour cacher un corps.

Point valable. Pour ce que tu en sais, je pourrais être la tueuse en série.

Un risque que je suis prêt à prendre. Après tout, tu sembles assez occupée avec ce gâteau. Pas le temps pour des meurtres en parallèle.

Je jette un coup d'œil à l'horloge et grimace. Il a raison, je dois vraiment me concentrer, mais quelque chose me fait hésiter avant de reposer le téléphone.

Je dois y aller. Des endroits où être, des gâteaux à sauver.

La vie d'une pâtissière reconvertie en criminelle n'est jamais facile. Bonne chance avec ta victime.

Je commence à reposer le téléphone, puis tape rapidement un dernier message.

Merci d'avoir été un complice étonnamment amusant.

La réponse arrive rapidement. *Et hey... si tu as besoin d'aide pour cacher d'autres corps...*

Mon cœur tressaute en lisant cette invitation implicite. Avant que je puisse répondre, un autre message apparaît.

Ou tu sais, si tu veux juste parler de choses non-homicides un de ces jours...

Le batteur choisit ce moment pour émettre un bruit d'éléphant agonisant, et la réalité me rattrape brutalement. J'ai un gâteau à sauver, une pâtisserie à ouvrir et une vie bien réelle à gérer. C'était amusant, mais...

Mais quoi ? La partie pragmatique de mon cerveau me dit d'en rester là. Ma part Oméga, celle qui est restée en sommeil depuis si longtemps, me chuchote tout autre chose. Mes doigts planent au-dessus du clavier, déchirés entre le raisonnable et le spontané. Le prochain message que j'enverrai pourrait tout changer – ou y mettre fin avant même que ça ne commence.

Par l'embrasure de la porte de la cuisine, la neige continue de tomber, et quelque part au loin, les cloches d'une église sonnent l'heure. Le moment de décider.

Je saisis mon téléphone et commence à taper.

Dommage. Je ne sors qu'avec des gens capables de gérer un peu de meurtre et de chaos avec leur café du matin.

Reposant mon téléphone, je me retourne vers mon ennemi culinaire avec une détermination renouvelée.

En quelques instants, le téléphone sonne à nouveau, et je jette un coup d'œil au message.

C'est vrai, le non-homicide est surestimé. Mais je pourrais être persuadé de réduire mon nombre de victimes...

Mon rire rebondit sur les murs de la cuisine, me surprenant moi-même. En secouant la tête, je retourne à mon gâteau de mariage, incapable d'effacer le sourire de mon visage. Qui aurait cru qu'un désastre pourrait mener à quelque chose d'aussi délicieusement inattendu ?

JAMES

Après une semaine de ces conversations quotidiennes avec ma mystérieuse inconnue, mes pieds agités me portent toujours d'un bout à l'autre de la pièce pendant que j'attends son message. Je jette un regard vers ma porte fermée – les vieilles habitudes ont la vie dure – avant de baisser à nouveau les yeux vers mon téléphone. Faire les cent pas m'aide à réfléchir, ça a toujours été le cas, mais ces derniers temps, ces conversations sont la seule chose qui me met en mouvement. Le téléphone me semble chaud entre les mains tandis que je relis son dernier message. Quelque chose dans ses réponses éveille mes instincts d'Alpha – son esprit vif, sa façon de mêler chaos et humour. Ça fait longtemps que personne ne m'a fait me sentir aussi... vivant.

Ma chambre est petite, spartiate, mais la lumière matinale qui filtre par la fenêtre la rend moins oppressante que d'habitude. Plus que quelques semaines avant que je sorte d'ici.

Je jette un nouveau coup d'œil à son dernier

message, et l'envie de protéger, de poursuivre, monte en moi, forte et inattendue. Je n'ai pas réagi ainsi à quelqu'un depuis des années.

Je devrais retourner travailler, je tape rapidement, puis je lève les yeux vers ma porte fermée, guettant d'éventuelles ombres dans l'interstice du bas. Rien à signaler. *Mais j'ai apprécié notre conversation, Lily.* Quelque chose remue dans ma poitrine quand je tape son nom – c'est ainsi depuis qu'elle me l'a révélé lors de notre deuxième conversation. Parfois, la nuit, je me surprends à le murmurer comme un secret précieux. *Lily.* Un nom simple qui est devenu tout sauf simple pour moi.

Tu abandonnes si facilement, James ? Et moi qui pensais que tu étais un dur à cuire.

Je souris malgré moi. *Crois-moi, ma belle, je suis tout à fait un dur à cuire. Juste temporairement occupé.*

Mystérieux. Laisse-moi deviner – espion international ? Ninja professionnel ? Vannier sous-marin ?

Le rire m'échappe avant que je puisse l'arrêter.

Si je te le disais, je devrais te tuer. Et tu as déjà un cadavre sur les bras.

Argument valable. Mais maintenant, je suis définitivement intriguée.

Des bruits de pas résonnent dans le couloir. Je tape plus vite. *Continue d'être intrigante, alors. Peut-être que tu le découvriras un jour.*

C'est une promesse ou une menace ?

Les deux, je pense. Ni l'un ni l'autre. Tout est compliqué en ce moment. *Disons que c'est une possibilité,* j'envoie à la place.

J'aime les possibilités.

Sa réponse fait se serrer quelque chose dans ma poitrine.

Alors, mystérieux inconnu, ça fait une semaine qu'on discute, et tu n'as pas demandé de photos une seule fois. Soit tu n'es pas un pervers, soit tu joues un jeu très patient.

Je ne peux pas retenir le rire qui m'échappe. *Si c'est ta façon de demander des photos...*

Toujours souriant, je me laisse tomber sur ma chaise et tends le pied, me contorsionnant pour trouver le bon angle. Les chaussures en toile semblent presque luire sous les lumières tandis que je prends la photo contre le sol industriel. *Voici une photo de mon pied. Essaie de contenir ton excitation.*

Oh là là. Quel scandale. Invite-moi au moins à dîner d'abord.

Je le ferais si je le pouvais. Malheureusement, je suis un peu... occupé pour le moment.

La vérité flotte dangereusement près de la surface. Mais quelque chose chez elle me donne envie d'être honnête — ou aussi honnête que je peux l'être.

Occupé avec Bertha le levain ? demande-t-elle.

Entre autres. La vie est compliquée en ce moment.

Trois points apparaissent, disparaissent, puis réapparaissent.

Ouais. Je comprends.

Quelque chose change dans le ton de sa réponse, et je demande : *Mauvaise journée ?*

Pas mauvaise, exactement. Juste... un de ces jours où tout te rappelle ce que tu as perdu, tu vois ?

La vulnérabilité de ses mots touche quelque chose de profond dans ma poitrine.

Ouais. Je sais exactement ce que tu veux dire.

Désolée, je ne voulais pas plomber l'ambiance. D'habitude, je garde l'histoire tragique pour au moins la deuxième semaine de messages accidentels.

Quelle chance, je suis en avance. Tu veux en parler ?

Une autre pause. *C'est juste... ma mère. Elle adorait Noël. La boulangerie était toujours son endroit préféré à cette période de l'année. Certains jours, j'ai l'impression que c'était hier ; d'autres, que c'était il y a une éternité.*

Ma poitrine se serre en pensant à mon passé, à ma situation merdique. Par la fenêtre, la neige continue de tomber, chaque flocon un rappel de tout ce que j'ai perdu. Le manteau blanc recouvre tout, comme le silence qui a étouffé mon ancienne vie, enterré celui que j'étais. Je pense à mes propres pertes — liberté, réputation, temps. Certains jours, le poids de tout cela donne l'impression de se noyer dans ce blanc infini, mais le sien semble plus lourd d'une certaine façon.

Ça fait combien de temps ?

Quinze ans. J'avais douze ans. Ma sœur en avait quatorze. Papa a fait de son mieux, mais... bon. C'est compliqué.

Je lutte contre l'envie de promettre des choses que je ne peux pas tenir. De réparer, de guérir, de l'envelopper de sécurité et de rendre le monde doux à nouveau. Putain, ça fait seulement une semaine de messages, et je suis déjà trop impliqué. Mais qu'ai-je d'autre ici à part ces moments, ces mots qui me font me sentir à nouveau réel ? Devenir obsédé est dangereux, et je le sais bien. Mais les promesses vides d'Alpha ne nous aideront ni l'un ni l'autre. À la place, je tape : *Merci de me l'avoir dit.*

Merci de m'avoir écoutée. La plupart des gens sont mal à l'aise avec le deuil. Comme s'il avait une date de péremption ou quelque chose comme ça.

Le deuil est le deuil.

En tout cas, tu sais ce qui est bizarre ? Parler avec toi est plus facile qu'avec la plupart des gens que je connais vraiment.

Peut-être parce qu'il n'y a pas de pression. Pas d'attentes.

Peut-être. Ou peut-être que tu sais bien écouter.

Si elle savait seulement à quel point ces conversations comptent aussi pour moi. Ces moments de normalité, de connexion, dans un endroit conçu pour limiter les deux.

Puis le passé frappe sans avertissement, tranchant comme un couteau...

La pluie tambourinait contre le pare-brise, les lampadaires dessinant des traînées orange dans l'obscurité. Le cuir de ma veste craquait tandis que je serrais le volant. J'aurais dû me méfier. Rick avait toujours flirté avec la légalité, avait toujours fait ce genre de conneries depuis que je le connaissais. Mais les amis sont les amis et on leur fait confiance, non ? Alors, pourquoi bordel, le fait d'aller le chercher en pleine nuit à la pharmacie me fait-il remettre en question ma décision ?

Soudain, la portière passager s'ouvre violemment. Rick se jette à l'intérieur, le visage rougi par l'adrénaline, la pluie dégoulinant de ses cheveux. Le cliquetis métallique de quelque chose de lourd heurtant le sol me serre la poitrine.

—Démarre ! Sa voix se brise. Putain, démarre, James !

—Qu'est-ce que t'as foutu... Les mots meurent dans ma gorge quand j'aperçois le sac de sport, distinguant l'éclat du

métal — un pistolet — sous sa veste. Mon estomac se noue. *Putain, dis-moi que tu n'as pas fait ça.*

—Ferme-la et conduis, mec ! Il transpire malgré le froid, frappant le tableau de bord de la paume. Tu es mon chauffeur, tu te souviens ? C'est ce que tu as putain de promis !

—Un trajet jusqu'à chez toi, Rick ! Tu as dit que tu allais chercher...

—Bouge ! hurle-t-il.

Je suis nerveux, les genoux tremblants, mon regard se tournant vers le magasin d'où il vient de sortir en trombe. Aucun signe de quelqu'un le poursuivant ! A-t-il utilisé l'arme ?

Je passe déjà la vitesse parce que c'est ce que je fais — je protège, j'aide, j'arrange les choses. Même quand tous mes instincts me hurlent que cette fois, cette fois, je me suis embarqué dans quelque chose que je ne pourrai pas arranger.

Nous dévalons une rue résidentielle, les maisons se découpant sombrement contre le ciel chargé de pluie.

—Arrête-toi maintenant. Putain, maintenant ! Rick se penche brusquement en avant, attrape le volant de sa main gantée et nous fait monter sur le trottoir, et je freine.

—Qu'est-ce que... Je serre le volant plus fort, le repoussant. Je ne bouge pas tant que tu ne m'auras pas dit ce qui se passe, bordel.

Rick attrape déjà son sac, la portière à moitié ouverte. *Désolé, mon pote. Fallait que ce soit toi. T'es le seul qu'ils croiraient.* Son sourire a quelque chose de sombre, quelque chose qui me glace le sang. *J'avais besoin de quelqu'un pour porter le chapeau. Tu sais comment c'est.*

La glace me fige.

Il disparaît entre les ombres des maisons avant que je

puisse réagir. C'est alors que je le vois — le pistolet qu'il a laissé sur le plancher côté passager, juste au moment où les gyrophares rouges et bleus explosent dans mon rétroviseur, transformant la pluie en un chaos de couleurs.

Un coup retentissant à ma porte me tire de mes pensées. Des pas résonnent devant ma porte, leurs ombres apparaissant en dessous. « Tu as de la visite. »

Je dois partir, je tape rapidement. *Mais... même heure demain ?*

C'est un rendez-vous. Enfin, pas un VRAI rendez-vous, juste... tu vois ce que je veux dire.

Sa réponse embarrassée me fait sourire. Elle est putain d'adorable.

Je vois ce que tu veux dire. Et tu sais quoi... pour ce que ça vaut ? J'aime nos rendez-vous qui n'en sont pas.

Moi aussi. Même si tu es probablement un tueur en série.

Dit la femme qui a commencé tout ça avec un texto sur comment se débarrasser d'un cadavre.

Touché. Reste dangereux, homme mystère.

Reste douce, ma petite pâtissière.

Le tintement familier des clés se fait entendre, et je lève la tête vers la porte. Frénétiquement, je me dirige vers le lit et glisse le téléphone dans le compartiment secret que j'avais soigneusement creusé dans le mur au pied du lit — ça valait tous les paquets de cigarettes que j'avais échangés pour que quelqu'un m'aide à le sculpter il y a trois mois. Ce téléphone jetable s'est déjà avéré inestimable, même si le faire entrer ici m'a coûté plus de faveurs que je ne voudrais l'admettre.

J'ajuste le col de ma chemise. La serrure clique, et Mike apparaît dans l'embrasure de la porte. Je soutiens son regard fermement en pénétrant dans le couloir stérile. Nos pas résonnent contre les murs blanchis à la chaux tandis qu'il me guide à travers le labyrinthe de corridors identiques. L'air ici est vicié, chargé de nettoyant industriel et de résignation.

Il me fait signe vers une porte, et j'entre pour trouver quelques autres détenus déjà avec leurs visiteurs. Mon regard se pose sur mes potes, Hunter et Archer, et je souris immédiatement. Ces salauds sourient tout aussi fort. Leur présence remplit la pièce blanche de quelque chose qui n'a pas sa place ici — de l'espoir, peut-être. Ou un rappel du monde au-delà de ces murs. Un monde auquel je retournerai bientôt.

Mon avocat s'est assuré que Hunter et Archer figuraient sur ma liste de visiteurs pré-approuvés dès le début, aux côtés de mon conseiller juridique et de mon thérapeute. La paperasse n'était pas amusante, mais cela signifie qu'ils peuvent sauter la moitié du cirque de sécurité quand ils viennent. Et Dieu merci, cet endroit permet aux visiteurs non familiaux approuvés de faire des visites avec contact dans la salle commune — aucune de ces conneries de barrière en verre. Ça donne presque l'impression d'être normal. Presque.

Je m'installe dans la chaise en plastique dur avec l'aisance d'un homme qui sait que sa peine n'est qu'un inconvénient temporaire. Plus que quelques semaines... puis la liberté.

Hunter dépasse la plupart des gardiens en taille, ses larges épaules et sa carrure robuste le désignant clairement comme un Alpha, même si son odeur ne le trahit pas. Aujourd'hui, ses cheveux noirs sont ébouriffés par la tempête qui fait rage dehors, et il y a une éraflure fraîche au-dessus de son sourcil droit — probablement d'une autre aventure en montagne. Il scanne automatiquement la pièce, une habitude acquise après des années de travail dans les secours en montagne, avant de s'asseoir en face de moi à la table. La veste en cuir qu'il porte porte encore des traces de neige sur ses épaules.

À côté de lui, Archer a l'air de sortir tout droit d'une réunion d'affaires, ce qui est probablement le cas. Ses cheveux brun doré sont parfaitement coiffés, et ses vêtements décontractés sont tout sauf décontractés. Le genre de pull simple qui a l'air putain de cher. Mais les yeux ambrés qui croisent les miens appartiennent à mon pote de quand nous étions gosses, courant librement sur les terres du grand-père de Hunter.

—Tu as l'air joyeux ce matin, remarque Archer alors qu'ils se prélassent tous deux dans leurs chaises en plastique. Enfin excité par la liberté ?

—Quelque chose comme ça. Sérieusement, ça ne peut pas arriver assez vite. Ils sont la seule famille qui compte encore, pour être honnête. Le grand-père de Hunter nous a tous accueillis pendant nos années les plus difficiles — moi fuyant les attentes de ma famille, Archer échappant à l'empire criminel de sa famille, Hunter encore sonné par la perte de ses parents. Le vieil homme nous a tous traités comme ses petits-fils, bien que seul Hunter partage son sang. Même maintenant, des années plus tard, nous l'appelons tous encore Grand-père. Qu'est-ce que vous avez trouvé ? je demande.

Hunter et Archer se penchent près de moi par-dessus la table. La mâchoire de Hunter est serrée, ce muscle tressaillant comme il le fait quand il retient sa fureur. Un rapide coup d'œil à la porte montre que le gardien a le dos tourné.

—On a enfin terminé la procédure successorale, murmure Hunter, ses doigts tambourinant sur la table. Après une putain d'année de retards et de conneries de Travis et ses sbires.

—Et alors ? je demande, lisant la tension dans leurs postures. Quelque chose ne va pas.

—C'est seulement la moitié d'une putain de carte, crache Hunter, contenant à peine son volume.

—La moitié ? Je me penche en arrière, assimilant l'information. C'est quoi ce bordel ?

Archer passe une main dans ses cheveux. Apparemment, quand leur grand-père est décédé, le vieil homme avait un dernier tour dans son sac. Il a divisé la carte au trésor en deux — une partie pour la branche de Hunter, une pour Travis. Des conneries sur le fait qu'il voulait réunir la famille.

—Rien à foutre, grogne Hunter, et je le vois lutter pour garder son sang-froid.

La perte de son grand-père est encore une blessure vive pour lui... pour nous tous. Grand-père Thorne avait tout été pour Hunter après la mort de ses parents. Cet homme l'avait élevé dans ce vaste manoir-ferme dans les montagnes, lui enseignant tout, du pistage à l'astronomie pendant ces nuits interminables.

Le souvenir monte en moi, aussi clair que si c'était hier au lieu d'il y a quinze ans. Nous quatre autour d'un feu de camp sur le vaste domaine des Thorne, les étoiles incroyablement brillantes au-dessus des montagnes. La silhouette massive de Grand-père installée dans son fauteuil sculpté à la main préféré, sa barbe argentée captant la lumière du feu, ses yeux bleu glacier scintillant du reflet des flammes. Même à soixante-dix ans, il avait le port d'un homme des montagnes de la moitié de son âge — des épaules aussi larges qu'un cadre de porte et des mains qui pouvaient encore casser des noix entre ses doigts.

—Alors, les garçons, avait-il grondé, de sa voix profonde comme le tonnerre. Laissez-moi vous parler du père de mon grand-père. Le vieux Jefferson Thorne — que Dieu aide quiconque l'appelait autrement que Jed — n'était pas un prospecteur ordinaire. L'homme était brillant comme un fouet et deux fois plus vif. Mais... Il avait fait une pause, prenant une longue gorgée de sa flasque. Eh bien, ça lui a appris que les banques ne valaient pas le papier sur lequel elles imprimaient.

Je me souviens comment nous nous étions penchés en avant, adolescents suspendus à chaque mot. Même alors, Hunter et moi avions déjà planifié, rêvé du jour où nous partirions nous-mêmes à sa recherche. La lumière du feu avait projeté de longues ombres sur le visage de Grand-père tandis qu'il continuait.

—Voyez-vous, ce que le père de Grand-père a trouvé n'était pas simplement de l'or qui faisait trembler ses mains quand il écrivait dans son journal en cuir. Il a trouvé quelque chose dans ces grottes qui n'était pas destiné à être découvert. Quelque chose qui l'a poussé à convertir jusqu'à la dernière pépite et speck de poussière en gemmes et plaques en l'espace d'un mois.

Il s'était alors levé, projetant l'ombre d'un géant avec son mètre quatre-vingt-dix tandis qu'il tournait autour du feu.

—Il a passé l'année suivante à l'enterrer partout sur nos terres. Cinq mille acres du terrain le plus impitoyable que le pays puisse créer. Mais voici ce qui va vous faire dresser les cheveux sur la tête, les garçons... Il s'était arrêté, fixant chacun de nous avec ce regard pénétrant. Ce système de grottes ? Trois hommes y ont disparu l'année après que le père de Grand-père ait fait sa découverte. Les équipes de recherche ne pouvaient pas s'enfoncer à plus d'un kilomètre avant que leurs boussoles ne deviennent folles. On n'a retrouvé que la botte d'un homme, juste la botte, coincée dans une crevasse près d'un cours d'eau souterrain.

—Que leur est-il arrivé ? avait chuchoté Hunter, complètement captivé.

—Certains disent qu'ils se sont perdus dans le labyrinthe de tunnels. D'autres pensent qu'ils ont trouvé ce qu'ils cherchaient et ont été victimes d'un acte criminel en essayant de le cacher. Tout ce que je sais, c'est que le père de Grand-père a commencé à porter un fusil partout après ça, sursautant au moindre bruit. Il ne s'approchait plus de ces grottes, pas pour tout l'or du monde.

—Allez, Grand-père, avait ri Hunter, mais il y avait une pointe d'incertitude dans son rire.

Je secoue la tête maintenant à ce souvenir. Grand-père avait toujours été un conteur hors pair, tissant des histoires fantastiques sur les dangers qui rôdaient dans ces grottes. Avec le recul, je suppose qu'il aurait fait n'importe quoi pour nous empêcher de chercher ce trésor — même si cela signifiait nous servir des histoires d'horreur avec nos s'mores. Je ne peux pas dire que ça a fonctionné, cependant. Si quelque chose, ces histoires n'ont fait que rendre le mystère encore plus irrésistible.

—Peut-être, avait haussé les épaules Grand-père, en se rasseyant dans son fauteuil. Mais dites-moi ceci... pourquoi sept hommes ont-ils disparu au printemps quand ils ont essayé de suivre la piste de Jefferson Thorne ? Pourquoi son propre frère Lincoln a-t-il disparu sans laisser de trace la même année ? Ses yeux avaient brillé dangereusement dans la lumière du feu. Et pourquoi, mes curieux garçons, l'ont-ils finalement retrouvé gelé dans son lit le jour le plus chaud d'août, serrant ce journal et souriant comme s'il avait vu un ange ?

La plupart de ces grottes ont disparu maintenant — effondrées, ensevelies ou détruites par des décennies de développement pour aplanir davantage le terrain. Bien sûr, on peut encore voir où les collines se plient comme des couvertures froissées à travers la propriété, mais localiser précisément où ces passages souterrains serpentaient autrefois à travers le socle rocheux ? C'est une tout autre histoire. Nous avions passé des années à suivre des impasses et de faux départs, vérifiant chaque dépression et affleurement sur cinq mille acres de terrain obstiné. Sans une sorte de carte, nous aurions tout aussi bien pu lancer des fléchettes sur des ombres. Et juste au moment où nous étions prêts à admettre notre défaite, nous avons appris que Grand-père possédait la carte, ce qu'il a nié jusqu'à son dernier souffle.

Chassant ce souvenir, je respire profondément. Assis dans cette pièce stérile, les articulations de Hunter sont blanches tant il serre le bord de la table.

—On prépare ça depuis qu'on est gosses, dit-il. On a cartographié chaque centimètre de ce terrain. Étudié tous les anciens relevés. Appris toutes les histoires sur les recherches qui ont échoué parce que je pensais qu'on aurait la carte complète de mon grand-père. Il n'a jamais laissé entendre qu'il donnerait la moitié à ce connard de Travis. Et maintenant cette connerie de thérapie familiale ?

—Travis est un putain d'enfoiré, et il ne partagera pas sa moitié avec nous, je lâche.

—Quelle vipère, intervient Archer. Il a eu le pavillon de chasse et la moitié des pâturages, mais ils essaient aussi de mettre la main sur le manoir principal qui est revenu à Hunter. Comme si le pavillon ne suffisait pas.

—Ils savaient, ajoute Hunter, la voix épaisse de mépris. Ils savaient pertinemment que la carte devait me revenir. Merde, Travis n'a même pas rendu visite au grand-père ces cinq dernières années.

Je me cale contre le dossier de ma chaise, ressentant cette douleur familière des trahisons de ma famille. « Ouais, eh bien, le sang ne signifie parfois rien du tout. Les miens l'ont suffisamment prouvé. » Je fais un geste vague vers notre environnement. « C'est comme ça que j'ai atterri dans ce charmant établissement, vous vous souvenez ? »

—Ta libération approche, me rappelle doucement Archer.

—Je compte les semaines, j'acquiesce, échafaudant déjà des plans. Et ensuite, on s'occupera de ton cousin, Travis. Une idée commence à se former, une idée qui me fait sourire. Tu sais, j'ai noué des contacts intéressants ici. Des gens spécialisés dans l'art de rendre les autres... coopératifs.

L'expression de Hunter change, la compréhension se dessinant sur son visage. « James... »

—Rien de violent, je le rassure. Mais je connais des gens qui peuvent compliquer suffisamment la vie de Travis pour qu'une demi-carte lui semble un échange équitable contre un peu de paix et de tranquillité.

—Il a une famille, et je déteste prendre sa défense, mais pour ses enfants... commence Archer.

—On les laissera complètement en dehors de ça, je promets. Mais Travis ? Il a des squelettes dans son placard. Tout le monde en a. Surtout les fils à papa qui jouent aux cowboys au pavillon pendant que d'autres font le vrai boulot.

—On verra. Pour l'instant, reste tranquille et sors de cet endroit, déclare Hunter.

Je souris, me rappelant les paroles de Grand-père Thorne lors d'une soirée au coin du feu. « Qu'est-ce qu'il disait toujours à propos des loups ? »

Les lèvres de Hunter se retroussent en un sourire prédateur. « La meute qui chasse ensemble... »

—...survit à l'hiver, termine doucement Archer.

Le garde change de position près de la porte, nous faisant face, me faisant signe de la tête pour indiquer que le temps est presque écoulé. Mais peu importe. Quelques semaines de plus, ce n'est rien après avoir attendu dix-huit mois. Et quand je sortirai d'ici, nous rappellerons à Travis pourquoi nous avons toujours été plus loups que moutons.

Même si nous devons le faire avec une demi-carte de merde.

Trois jours

Je suis allongé dans mon lit, fixant le plafond dans la nuit après avoir envoyé un message à Hunter, quand mon téléphone s'illumine. Le nom de Lily apparaît sur l'écran. Je me tourne sur le côté, dos à la porte, gardant la lumière cachée pendant que je tape...

Tous les bons boulangers ne devraient-ils pas dormir à cette heure-ci ?

Dixit le chef qui m'envoie des messages à minuit.

Je souris. C'est toi qui as envoyé le premier message.

Bien vu. Je suis plongée jusqu'au cou dans des documentaires criminels et je n'arrive pas à dormir. Et toi ?

Laisse-moi deviner, tu essaies de résoudre un autre meurtre dans une petite ville ?

Hé, quelqu'un doit bien découvrir pourquoi la bibliothécaire locale a disparu avec tous les livres de cuisine de première édition.

J'étouffe un rire. *Je suis presque sûr que ça s'appelle du vol, pas un meurtre.*

Mais et si elle avait été réduite au silence parce qu'elle en savait trop sur des recettes secrètes ?

Je m'enfonce confortablement dans mon matelas, perdu dans mon univers nommé Lily, tapant message après message.

Et moi qui pensais que c'était moi qui devais m'inquiéter de tendances criminelles.

Je t'en prie, le pire crime que j'ai commis, c'est de mettre de l'ananas sur une pizza.

Ma poitrine se serre à sa plaisanterie désinvolte. Si seulement elle savait.

ÇA, c'est vraiment impardonnable.

Intello. Alors pourquoi es-tu debout ? Bertha te donne des problèmes de levain ?

Sa question touche plus juste qu'elle ne le pense. La vérité, c'est que les nuits sont les pires ici. Quand les murs semblent se rapprocher et que les souvenirs deviennent plus bruyants.

En fait... je pense à mon grand-père. L'anniversaire de sa disparition était la semaine dernière.

Il y a une pause avant que sa réponse n'arrive.

Je suis désolée. Ces anniversaires sont brutaux.

Ouais. Désolé d'aborder ce sujet. Je sais que tu as mentionné avoir perdu ta mère et... je gère vraiment mal cette conversation nocturne.

Mais non, tu équilibres le lourd et le léger comme un pro. En plus, les membres du club de deuil ont le droit de parler de ces trucs. C'est dans les statuts. Bref, tu veux jouer à un jeu ?

Son message illumine mon écran.

Ça dépend. Ça implique plus de théories sur des crimes réels ?

Mieux. 5 Questions. Et tu dois être honnête.

Mon estomac se serre. L'honnêteté n'est pas quelque chose que je peux me permettre en ce moment, mais...

Donne-moi ce que tu as de mieux.

Premier baiser - quand et où ?

Je ris silencieusement dans mon oreiller. *Derrière les gradins, en première année. Belinda... je ne me souviens plus de son nom de famille. Elle avait un goût de ChapStick à la cerise et m'a immédiatement dit que j'étais nul.*

OMG 😂 Le mien, c'était Bobby Wilson à une soirée du collège. Il a complètement raté ma bouche et m'a embrassée sur le nez.

Quel séducteur, ce Bobby. Je me blottis dans mon oreiller, ne pouvant jamais me lasser de nos conversations.

Question 2. Quel est l'objet que tu prendrais en premier si ton appartement était en feu ?

Facile. *La poêle en fonte de mon père. Elle est dans la famille depuis trois générations. Et toi ?*

Le livre de recettes de maman. Même si la moitié des pages sont collées ensemble avec de la pâte à cookies d'un autre âge.

Question 3 ? Je me retourne sur le dos, tenant le téléphone au-dessus de mon visage.

Combien de relations sérieuses ?

Ma poitrine se serre. *Deux. Une petite amie pendant trois ans quand j'étais au lycée, puis une autre pendant presque deux ans.* J'hésite, puis ajoute : *Et toi ?*

Une seule. Todd. Mon amour de fac devenu un salaud

infidèle.

Je serre la mâchoire, surpris par ma propre colère. *C'est lui qui a tout perdu.*

Question 4... Les points de suspension apparaissent et disparaissent plusieurs fois. *Si tu pouvais être n'importe où dans le monde maintenant, où irais-tu ?*

Je fixe le plafond, imaginant la liberté.

Polignano a Mare, ce petit village dans les Pouilles, au sud de l'Italie. Mon grand-père en parlait souvent, c'est là qu'il a voyagé et rencontré sa femme. Un petit restaurant juste au bord de l'eau, les bateaux de pêche qui rentrent à l'aube. Et toi ?

Le Japon. Mais pas Tokyo... je veux découvrir ces villages de montagne cachés où ils fabriquent les mêmes pâtisseries depuis des siècles.

Tu adorerais. J'ai regardé ce documentaire sur leurs traditions de mochi, la façon dont ils respectent chaque étape du processus. L'eau me vient à la bouche à ces souvenirs.

Parle-moi davantage de ton village italien.

Ma poitrine se serre d'envie.

Imagine te réveiller avec l'odeur du pain frais et du café. Des rues si étroites que tu peux toucher les deux murs. Chaque restaurant a des nappes à carreaux rouges et sert du vin dans des pichets en céramique. Et les vieilles dames assises dans les embrasures des portes te nourrissent jusqu'à ce que tu éclates, juste parce que tu leur as souri.

Ça a l'air parfait. Tu m'emmènes avec toi ?

Ces mots me frappent fort. *Un jour,* je tape, voulant rendre cela réel.

Une dernière question... Longue pause. *Quelle est ta position préférée ?*

Je manque de m'étouffer, puis étouffe mon rire dans mon oreiller.

Pour... cuisiner ?

Jouer l'innocent ne te va pas, Chef. 😈

Une vague de chaleur envahit mon corps. Je ne devrais pas encourager ça, mais...

Ça dépend de la hauteur du plan de travail.

Bonne réponse. Mais ça ne répond pas à la question.

Putain. Je me déplace, déjà dur. Je baisse la main pour ajuster ma queue.

C'est un territoire dangereux, petite boulangère.

Trop effrayé pour répondre ?

Plutôt trop conscient de ce que penser à toi dans n'importe quelle position me ferait maintenant.

...oh.

Ouais. Oh.

Dis-moi quand même.

Je l'imagine. *Au-dessus, à califourchon sur moi. Je veux voir ton visage, découvrir ce qui te fait mordre ta lèvre, entendre chaque son...*

Il y a une longue attente avant que sa réponse arrive.

Maintenant, qui joue avec le feu ?

C'est toi qui as commencé. À ton tour de répondre.

J'ai l'impression d'attendre une éternité.

Contre le mur, toi derrière moi, prenant le contrôle.

Putain. J'essaie de stabiliser ma respiration.

Tu me tues là.

Tant mieux. 😇

Je ferme les yeux, l'imaginant à côté de moi plutôt que ces murs de béton. Je n'ai délibérément pas demandé à quoi elle ressemble ; je voulais d'abord connaître son esprit. Mais maintenant... putain. Je veux voir son sourire, goûter sa peau, sentir ses courbes contre moi.

Le téléphone vibre dans ma main.

Allô James ? Je t'ai cassé ?

Juste en train de réfléchir.

À quoi ?

À combien je veux être honnête avec elle, putain. À la place, je tape, *À quel point j'aime te parler.*

Joli rattrapage, Chef. Mais pareil pour moi.

Nous parlons jusqu'à ce que ses réponses deviennent plus lentes, plus endormies. Jusqu'à ce qu'elle envoie des messages pleins de fautes de frappe sur le besoin de se lever pour le rush matinal.

Va dormir, petite boulangère.

Fais de beaux rêves, Chef.

Son dernier message arrive alors que des pas passent devant ma cellule.

Je retourne mon téléphone face contre le matelas. Je suis bien au-delà du point de non-retour avec elle, mais pour l'instant, je n'arrive pas à m'en soucier.

LILY

—Si je me jette hors de ce véhicule en mouvement comme excuse pour ne pas assister à cette réunion de famille, serait-ce considéré comme théâtral ou ingénieux ? je demande depuis la banquette arrière, en regardant les flocons de neige danser dans les phares de la Honda de Hannah. Elle croise mon regard dans le rétroviseur, ses cheveux brun foncé parfaitement coiffés en chignon français, un sourcil manucuré haussé tandis qu'elle tapote inconsciemment ses doigts contre le volant au rythme de la musique classique qui s'échappe des haut-parleurs.

—Théâtral, dit-elle de derrière le volant.

—Ingénieux, vote Papa depuis le siège avant, ses mains burinées lissant son gilet tricoté par-dessus une chemise boutonnée couleur crème. Ses cheveux argentés étincellent sous les réverbères que nous dépassons, et les rides de rire s'accentuent aux coins de sa bouche. Et si tu le fais, je te suis. Bien que je recommande de prétendre une intoxication alimentaire d'abord. Plus digne.

—Vous n'avez encore rien mangé, fait remarquer Hannah en levant les yeux au ciel. De nous trois, c'est elle qui aime le plus ces fêtes de famille. Aucune idée pourquoi, en toute honnêteté.

Papa lève sa tasse de voyage pleine. Ce café de station-service n'est pas d'accord. Je peux déjà sentir la salmonelle se former.

—C'est juste ton cas annuel de Fièvre de Réunion Familiale, dit Hannah, tournant la tête vers lui. Les symptômes incluent l'apparition soudaine d'excuses, des malaises mystérieux, et une envie irrépressible de fuir vers le nord.

Je glousse depuis la banquette arrière.

—L'envie de fuir est tout à fait normale. Il ajuste son gilet pour la centième fois. Le pain de viande de Martha a essayé de me tuer l'année dernière.

—Nous y allons, dit Hannah fermement, mais je la vois combattre un sourire dans le rétroviseur. C'est la famille.

—C'est la famille de Maman, je rétorque alors que davantage de neige saupoudre les conifères tandis que nous montons plus haut dans les montagnes. Qui, je tiens à le préciser, ne se souvient de notre existence qu'une fois par an quand Grand-tante Martha a besoin de prouver quelle matriarche généreuse et attentionnée elle est.

La voiture devient silencieuse à l'exception de la musique classique festive de Hannah à la radio. À travers le pare-brise, je regarde les lumières de Whispering Grove s'estomper derrière nous alors que nous grimpons vers l'enclave nord aisée où vit la famille de Maman. Où ils ont toujours vécu, regardant de haut, tant au sens propre qu'au figuré, notre petite ville.

—Quand nous avons perdu votre mère, ou quand votre grand-mère est entrée en maison de retraite, dit doucement Papa. Est-ce que l'un d'entre eux a proposé de l'aide ? De vous garder, les filles, pendant que je travaillais en horaires doubles ?

—Martha a envoyé une casserole, offre faiblement Hannah.

—Ce n'était pas une casserole. C'était une arme de destruction massive. Je me souviens de cette masse grise et gélatineuse. Je suis presque sûre que ça violait la Convention de Genève.

—Je ne dis pas qu'ils sont parfaits. Les phalanges de Hannah blanchissent légèrement sur le volant. Mais c'est tout ce qui nous reste de la famille de Maman. Et peut-être que si nous faisions plus d'efforts...

—Ce n'est pas à nous de faire des efforts, dis-je, plus sèchement que prévu. Où étaient-ils quand Maman développait la boulangerie après l'avoir reprise de Grand-mère parce qu'elle avait besoin de soins permanents ?

—Votre mère, dit Papa avec précaution. Elle adorait ces rassemblements malgré tout. Elle s'illuminait rien qu'en franchissant la porte de Martha, peu importe ce qui l'attendait à l'intérieur. Alors, Hannah, tu as raison. Nous devons y aller.

Elle me sourit à travers le rétroviseur. Je souffle d'exaspération.

Je repense à Maman dansant dans la cuisine tout en mélangeant la pâte à cookies. Maman riant tandis qu'elle nous apprenait à tresser la pâte à pain. Maman serrant la main de Papa quand Martha faisait des commentaires sur ses choix de carrière *simples*.

Maman choisissant la joie, même quand c'était difficile.

—Dix minutes, annonce papa en regardant sa montre. C'est ma limite. Après, je simule un AVC.

—Vingt minutes, contre Hannah. Reste au moins jusqu'aux entrées.

—Quinze, je propose. Et on se crée un signal. Si quelqu'un mentionne notre triste statut d'Omégas célibataires, on déclenche les procédures d'évacuation d'urgence.

Hannah m'ignore.

Papa fronce les sourcils quand la monstruosité victorienne de Grand-Tante Martha apparaît à l'horizon. « Miséricorde, elle a ajouté encore plus de lumières ? »

La maison ressemble à quelque chose d'un film de Noël qui aurait pris un mauvais tournant et se serait retrouvé à Las Vegas. Chaque centimètre est couvert de lumières scintillantes, de cannes à sucre géantes, et ce qui semble être une petite armée de rennes animatroniques. L'effet est moins festif et plus *un Noël qui fait une crise de nerfs*.

—Je compte trois nouveaux bonhommes de neige gonflables, je signale. Et... c'est un traîneau du Père Noël grandeur nature sur le toit ?

—Avec de vraies clochettes, confirme Hannah en se

garant derrière une rangée de voitures bien plus luxueuses que notre Honda pragmatique.

—Quinze minutes, c'est trop long, marmonne papa. Je réduis à sept.

—Papa, proteste Hannah.

—Cinq. Dernière offre.

Elle secoue la tête, exaspérée.

Je vérifie mon téléphone une dernière fois avant d'entrer. Toujours pas de réponse de James. Ça fait des jours de silence et je prétends que ça n'a pas d'importance tout en sachant que ça en a beaucoup trop. Mon estomac se noue avec ce mélange désormais familier d'inquiétude et de douleur. Nous parlions tous les jours, construisant quelque chose qui semblait réel malgré la distance, et puis... plus rien. La partie rationnelle de mon cerveau me dit qu'il pourrait y avoir une centaine d'explications innocentes, mais le reste de moi-même ne cesse de revenir à des possibilités plus sombres. Ou pire encore - que j'avais imaginé cette connexion entre nous, que j'avais trop interprété chaque conversation nocturne et chaque secret partagé.

La marche vers la porte d'entrée ressemble à une procession vers l'échafaud. Hannah ouvre la voie tandis que papa et moi traînons les pieds, échangeant des regards complices.

—Souvenez-vous, je chuchote. Si cousine Rebecca commence à parler de la dernière promotion de son mari Alpha...

—Migraine soudaine, acquiesce papa. Si Patricia mentionne son groupe de soutien pour Omégas...

—Combustion spontanée.

—Si Martha demande des nouvelles de ses petits-enfants...

—On court comme des dingues.

Hannah nous jette un regard par-dessus son épaule. « Je vous entends tous les deux. »

—On sait, disons-nous à l'unisson, avec un sourire.

La porte s'ouvre avant que nous l'atteignions, déversant une lumière chaleureuse et une odeur de cannelle sur le perron saupoudré de neige. Grand-Tante Martha remplit l'encadrement comme un cuirassé sur le thème de Noël, toute en velours rouge et cheveux blancs parfaitement coiffés.

—Hannah, ma chérie ! Elle fait des bises en l'air sur les deux joues d'Hannah. Vous êtes ravissante. Théodore, vous portez effectivement un gilet, c'est... confortable. Et Lily... Son sourire se crispe légèrement, puis elle se tourne vers moi. Vous travaillez toujours dans cette petite boulangerie ?

—Je suis toujours copropriétaire de l'entreprise prospère que maman a créée, oui. J'affiche mon meilleur sourire de service client. Comment va votre prothèse de hanche ? Déclenche-t-elle toujours les détecteurs de métaux ?

Papa ricane. Hannah me donne un coup de coude. Le sourire de Martha devient décidément glacial.

—Entrez donc. Elle s'écarte. —Tout le monde est au salon. Rebecca était justement en train de nous parler du nouveau poste de Charles au conseil d'administration de l'hôpital...

Je croise le regard de Papa.

La maison ressemble à l'atelier du Père Noël.

Chaque surface porte un bibelot festif. Chaque embrasure de porte arbore du gui. Chaque fenêtre encadre une bougie électrique. L'effet général fait moins penser à un *pays des merveilles hivernal* qu'à *Noël en pleine crise maniaque*.

Mais Maman adorait tout ça. Cette pensée me frappe de côté, serrant ma poitrine. Elle parcourait ces pièces, touchant chaque objet, s'extasiant sur les nouvelles acquisitions, se délectant sincèrement de cet excès.

La main de Papa trouve mon épaule, la serrant doucement. Il sait. Il sait toujours.

Le salon bourdonne de parfums coûteux et de commérages encore plus onéreux. Cousine Rebecca tient sa cour près de la cheminée, son mari Alpha Charles ayant l'air convenablement admiratif pendant qu'elle détaille sa dernière réussite. Malgré moi, je ressens un pincement en les voyant ensemble – la façon naturelle dont il anticipe ses besoins, comment son odeur l'enveloppe de manière protectrice.

—Lily ! Patricia fond sur moi avant que je puisse trouver une position défensive. —Ma chérie, tu as l'air... en bonne santé. Tu n'as toujours pas trouvé ton Alpha ? Tu sais, il existe des organisations qui aident les Omégas en difficulté...

—En fait, dit ma bouche avant que mon cerveau puisse l'arrêter, j'ai quelqu'un. Il voyage pour le travail en ce moment. James. C'est un chef cuisinier.

La tasse de café de Papa s'arrête à mi-chemin de sa bouche. Les yeux de Hannah s'écarquillent légèrement.

—Vraiment ? Les sourcils parfaitement épilés de

Patricia se soulèvent. —Comme c'est... charmant. Et dans quel restaurant travaille-t-il ?

—C'est... compliqué. Il commence dans un nouvel endroit. Un truc très exclusif, et je ne peux pas révéler le nom avant l'ouverture.

Mon Dieu, j'empire les choses, mais une partie de moi est ravie de les voir me regarder avec autre chose que de la pitié pour une fois. Enfin, sauf Hannah, qui fronce les sourcils dans ma direction.

Rebecca nous rejoint, son verre de vin pendant au bout de ses doigts manucurés. —Quelle ambition. Bien que je suppose que c'est un grand pas par rapport à l'... échelle de la boulangerie.

La façon dont elle le dit fait passer notre commerce florissant pour un stand de limonade. Avant que je puisse répondre, un éclat de rire attire mon attention vers le banc de la fenêtre, où cousin Michael est assis avec sa nouvelle compagne Oméga. Ils sont perdus dans leur propre monde, ses doigts parcourant distraitement ses cheveux tandis qu'elle se blottit contre lui. Le contentement dans leur proximité fait naître une douleur dans ma poitrine. Que ne donnerais-je pas pour que quelqu'un me regarde comme ça.

—Excusez-moi. Papa se lève soudainement. —Lily, pourrais-tu m'aider à trouver la bibliothèque de Martha ? J'ai besoin de vérifier quelque chose à propos de... livres.

—Oui ! Je me lève pratiquement d'un bond. —Des livres. Très important. Désolée, mesdames. Urgence familiale. Urgence livresque. Livres urgents.

Nous nous échappons dans le couloir, évitant le pire

des mondanités, quand Cousin Roger me met entre les mains une assiette de pain de viande grisâtre et une fourchette, poussant une tasse de café fumant vers Papa avec un harassé : « Vous avez tous les deux besoin de quelque chose ! » Papa s'accroche au café comme à une bouée de sauvetage tandis qu'il nous conduit vers la seule pièce qui a toujours été un sanctuaire dans cette maison.

La lourde porte en chêne se referme derrière nous, nous enfermant dans le confort familier des livres reliés en cuir et des étagères en acajou qui s'élèvent jusqu'au plafond à caissons. Un feu crépite dans l'immense cheminée en pierre, projetant des ombres dansantes sur le tapis usé où nous avons passé d'innombrables après-midis pluvieux étant enfants. La pièce sent toujours le produit citronnée et le vieux papier, exactement comme lorsque Mamie nous lisait des histoires ici, bien que Martha n'ait pas touché à un seul volume depuis la décennie où elle a hérité de la maison. Mais elle doit l'utiliser plus souvent, vu que la cheminée est maintenant allumée.

—Ça s'est bien passé, dit Papa alors que nous nous installons près de la cheminée sur un canapé en cuir. — Quatre minutes et tu as inventé un petit ami.

—Pour être honnête, il est réel. En quelque sorte. Était réel ? Quoi qu'il en soit, je ne veux pas en parler.

Il me sourit et m'observe attentivement. — Tout va bien ?

Je trifouille le pain de viande. — Est-ce que cette chose bouge ?

— Ne change pas de sujet. Et ne regarde pas le pain

de viande de trop près. Le regarder ne fait que le rendre plus fort.

— C'est juste que... Je peine à trouver mes mots. — Parfois, je me demande s'ils ont raison. Si je suis cassée d'une certaine façon. Tous les autres Oméga que je connais ont eu au moins une chaleur maintenant et ont trouvé leur compagnon. Je pense que même Hannah a rencontré quelqu'un, même si elle ne veut pas encore m'en parler, et elle a déjà eu sa première chaleur à vingt et un ans. Moi ? Je n'ai toujours pas compris ce qu'ils veulent.

— Hé. Il pose sa tasse sur la table basse à côté, se tournant complètement vers moi. — Tu n'es pas cassée. Tu es comme ta mère - tu fais les choses à ton rythme, à ta manière. Elle n'a pas eu sa première chaleur avant de me rencontrer, tu sais.

Ça me surprend. — Vraiment ?

— Vraiment. Le médecin a dit que certains Oméga ont besoin de la bonne connexion d'abord. Du bon timing. Il sourit doucement. — Elle disait toujours que son cœur devait être prêt avant que son corps puisse suivre.

— Elle me manque, je murmure.

— À moi aussi, ma puce. Il passe un bras autour de mes épaules. — Mais elle serait tellement fière de toi. De vous deux. Gérer cette boulangerie, construire quelque chose de concret.

— Même si je suis une pauvre Oméga célibataire ?

— Hé. Sa voix devient sérieuse. — Tu n'as pas besoin d'un Alpha pour être complète. Ta mère serait la première à te le dire. Elle m'a choisi parce qu'elle le voulait, pas parce qu'elle en avait besoin. Il y a une différence.

— C'est pour ça que tu n'as jamais... Je m'interromps, ne sachant pas comment demander.

— Jamais remarié ? Il sourit tristement. — Difficile de se contenter de moins que la perfection quand on y a déjà goûté. Et puis, j'avais les mains pleines avec deux filles têtues.

— On n'était pas si terribles.

— Tu as essayé une fois d'expédier Hannah au Canada par la poste.

— Elle le méritait ! Elle a dit à Bobby Miller que je l'aimais bien !

— Tu avais treize ans à l'époque.

La porte de la bibliothèque s'ouvre, et Hannah se glisse à l'intérieur, portant trois assiettes de quelque chose qui semble nettement plus comestible que le pain de viande.

— Je savais que je vous trouverais ici. Elle s'installe sur le canapé près de moi. — J'ai apporté des renforts. Des raviolis faits avec la recette de maman.

— Tu es pardonnée pour nous avoir traînés ici, annonce papa, saisissant son assiette, en dévorant déjà un.

— Presque pardonnée, je corrige, en posant mon pain de viande et en prenant une assiette de raviolis. — À soixante-quinze pour cent.

— Je prends. Elle s'appuie contre mon côté. — Tu te souviens comment maman nous faisait entrer ici en cachette pendant ces soirées ?

— Elle nous racontait des histoires sur les livres qui

prenaient vie la nuit, je dis doucement.

— Et elle dansait avec papa entre les étagères, ajoute Hannah.

Le bras de papa se resserre autour de mes épaules. Pendant un instant, je jure que je peux sentir le parfum de maman - vanille, cannelle et foyer.

La bibliothèque semble plus chaleureuse avec nous trois ensemble. Moins comme une cachette et plus comme un choix délibéré de notre propre joie, exactement comme maman le faisait.

— Encore cinq minutes ? demande Hannah doucement.

—Dix, disons Papa et moi en chœur.

—Alors, Lily, dit Hannah en s'installant dans un fauteuil usé. C'est qui, James ?

Je me concentre intensément sur mon ravioli. —Ah, personne. Il fallait bien que je dise quelque chose pour qu'ils me lâchent.

—Mais oui, c'est ça. Les yeux d'Hannah se plissent. Ça m'avait l'air bien réel. La façon dont tu as donné des détails sur lui...

Je hausse les épaules en soutenant son regard. —Et si tu nous éclairais sur qui est ton amoureux secret ? Tu crois que je n'ai pas remarqué tes escapades nocturnes ces derniers jours, tes coups de téléphone à voix basse...

Le visage d'Hannah se vide de ses couleurs. Ses doigts s'entortillent sur ses genoux. —J'aimerais bien que ce soit un garçon, dit-elle doucement. Crois-moi, ce n'est pas le cas.

Papa tend la main et serre celle d'Hannah, sans poser

de questions. C'est ça, avec Papa - il sait quand insister et quand simplement être présent.

—Vous savez, dit Papa doucement, sa voix portant ce même ton doux qu'il utilisait quand nous étions enfants et que le monde semblait trop grand, trop effrayant. Votre mère disait toujours que les batailles les plus difficiles ne sont pas celles qu'on nous lance, mais celles qu'on porte en nous. Il nous regarde tour à tour, les yeux pleins de compréhension silencieuse. Quoi que ce soit, quand vous serez prêtes... nous sommes là.

Hannah sourit, ce qui me fait sourire à mon tour.

Nous restons assis dans un silence confortable, partageant des raviolis et cette compréhension tacite que parfois, la famille ne tient pas au sang, aux traditions ou aux fêtes sophistiquées. Parfois, c'est se cacher dans les bibliothèques, planifier des évasions, et savoir exactement qui t'aidera à dissimuler un cadavre - métaphorique ou non.

Les clochettes du traîneau du Père Noël sur le toit commencent à sonner, nous faisant tous sursauter. À travers la fenêtre de la bibliothèque, la neige continue de tomber, rendant le monde doux et silencieux. Mon téléphone reste muet dans ma poche. Pas de messages de James bien que ce soit la veille de Noël, mais d'une certaine façon, ça importe un peu moins maintenant.

Maman disait toujours que les meilleures choses prennent du temps. Peut-être qu'elle avait raison sur ce point aussi.

—Prête à affronter les loups à nouveau ? demande Hannah.

—Oui, dis-je en me levant, rejointe par Papa.

Ensemble, nous retournons dans le chaos de la veille de Noël, un front uni contre tout ce que la soirée pourrait apporter. Et si je me surprends à observer l'affection naturelle entre Michael et sa nouvelle Omega, ou la façon dont Charles anticipe les besoins de Rebecca... eh bien, peut-être que désirer quelque chose ne signifie pas qu'on est brisé parce qu'on ne l'a pas encore.

Peut-être que cela signifie simplement que ton cœur sait ce qu'il attend.

4

LILY

Pendant la majeure partie de la matinée, j'ai dû rattraper mon retard dans la cuisine tandis que Hannah s'occupait du flux régulier de clients défilant dans notre boutique. La boulangerie Flour & Fable n'est pas immense — juste un long comptoir vitré qui présente nos créations quotidiennes, l'espace caisse où Hannah fait des merveilles avec les clients, et le domaine principal — la cuisine visible à travers la large arche derrière le comptoir quand la porte est ouverte.

Même avec Noël rangé et déjà une semaine passée dans la nouvelle année, je fredonne encore *Vive le vent* pendant que le batteur industriel tourne, mes mains préparant une autre fournée de roulés à la cannelle. Ils se vendent toujours plus vite que le café frais. C'est la recette de maman — celle qui lui a pris trois ans à perfectionner, ajustant la proportion de fromage à la crème jusqu'à ce qu'elle soit exactement parfaite. Même maintenant, des années après l'avoir perdue, je me surprends encore à me tourner pour partager une blague ou demander son avis, généralement au moment où j'époussette la farine de ma robe prune préférée, celle pour laquelle elle m'aurait gentiment grondée de porter en cuisine.

Puis, une nouvelle odeur me parvient, et je l'inspire plus profondément, incapable de m'en rassasier. Elle me fige sur place, quelque chose en moi frémissant...

Entre un battement de cœur et le suivant, mon univers se rétrécit à ce parfum — bergamote, vieux livres et feuilles d'automne, avec une douceur sous-jacente qui fait palpiter mes entrailles. Le bol à mélanger glisse dans mes mains soudain tremblantes, mais je le rattrape avant qu'il n'envoie du glaçage partout.

Je pose le bol avec des doigts tremblants tandis que je dérive vers l'arche de la cuisine. Par la porte ouverte, j'aperçois Hannah qui s'occupe du comptoir, emballant des pâtisseries. La boulangerie bat son plein, les habitués sont regroupés autour, la clochette au-dessus de la porte tinte toutes les quelques minutes avec de nouveaux clients.

Mais le chaos confortable habituel de notre petite boutique s'estompe en bruit de fond lorsque j'entre dans la boulangerie principale. Tout le monde continue de lever les yeux de leur conversation, essayant d'être subtil dans leur observation et échouant lamenta-blement.

Parce qu'il est là.

Il examine notre vitrine avec la même attention minutieuse que j'ai vue chez les conservateurs d'art devant des tableaux inestimables, un long doigt traçant la vitre au-dessus d'une rangée d'éclairs. Assez grand pour devoir se baisser légèrement sous notre lustre vintage en cristal, avec le genre de présence qui fait paraître notre boutique à la fois plus petite et plus grande. Ses cheveux scintillent dans la lumière du matin, les transformant en or bruni, et quand il se redresse, j'aperçois un tatouage complexe de rose qui dépasse de sa manche retroussée.

Mon cœur trébuche quand son regard trouve le mien. Des yeux ambrés, aussi brillants que du miel au soleil. Sa bouche se courbe en un sourire qui ressemble à un secret partagé entre nous deux. Il s'avance vers moi comme quelqu'un de parfaitement à l'aise dans sa peau, et je me retrouve clouée sur place, le pouls tonnant dans mes oreilles.

La façon dont mon corps réagit à sa présence me dit tout ce que mon esprit rationnel est encore en train d'assimiler. Il me regarde simplement, son sourire s'élargissant juste assez pour montrer une trace de fossette sur sa joue gauche.

— J'espère que vous êtes responsable de ces roulés à la cannelle dans la vitrine, dit-il enfin, sa voix profonde glissant le long de ma colonne vertébrale comme du miel chaud. Parce qu'ils sont la chose la plus tentante que j'ai vue de toute la journée. Ses yeux disent autre chose, et la chaleur dans mes joues me dit que je ne suis pas la seule affectée par quoi que ce soit qui existe entre nous.

Pendant un instant, j'oublie comment respirer.

Puis, je parviens à retrouver mes mots. — La chose la plus tentante de la journée ? Il est à peine neuf heures du matin. Je détesterais atteindre mon apogée si tôt. Les mots s'échappent avant que mon cerveau puisse pleinement engager son filtre, et une vague de chaleur monte dans mon cou.

De près, sa présence est encore plus écrasante — un henley gris anthracite qui épouse des épaules larges, les manches retroussées révélant des avant-bras sillonnés de muscles déliés. Mes yeux suivent la ligne nette de sa mâchoire, ces pommettes impossibles, et je suis convaincue que la température dans la boutique monte encore de quelques centaines de degrés. Je capte une autre bouffée de ce parfum enivrant. Mon Dieu, qui est cet homme, et pourquoi ai-je l'impression que mon monde vient de basculer sur son axe ?

Son rire est riche et authentique, et quelque chose dans ma poitrine fait un petit bond à ce son. — Oh, je ne m'inquiéterais pas pour ça, dit-il, et la façon dont son regard me parcourt me fait comprendre qu'il a saisi mon double sens.

Hannah attire mon attention, ses sourcils levés d'une manière qui dit qu'on en parlera certainement plus tard. Je devrais m'en soucier. Je devrais me soucier de beaucoup de choses en ce moment. Mais tout ce sur quoi je peux me concentrer, c'est la façon dont ses yeux ambrés n'ont pas quitté mon visage, comme si j'étais une édition originale rare qu'il vient de découvrir.

Mes genoux vacillent réellement.

Un léger sourire joue aux coins de sa bouche comme s'il savait exactement quel effet il produit.

— Que puis-je vous servir ? Ma réponse sort embarrassamment haletante. Je m'éclaircis la gorge et essaie à nouveau.

Hannah choisit ce moment pour pratiquement sautiller devant nous, que son cœur diabolique soit béni, et le regard qu'elle me lance ne peut être décrit que comme délicieusement malicieux tandis qu'elle me bouscule *accidentellement* la hanche en livrant un plateau de scones frais. Cette légère poussée me fait faire un demi-pas vers lui depuis derrière le comptoir. Elle disparaît de nouveau derrière le comptoir avec un petit sourire satisfait.

L'Alpha — et Seigneur, c'en est vraiment un — s'approche tel un prédateur. Il n'y a pas d'autre mot. Il se déplace comme quelqu'un qui sait exactement combien d'espace il occupe et comment l'utiliser pour un effet maximal. Toutes les femmes de la boulangerie le remarquent, le fixant, bouche bée, perdues dans leurs propres fantasmes.

— Que me recommanderiez-vous ? Son regard ne quitte jamais le mien, même lorsqu'il examine la vitrine.

Mes mains plongent dans les poches de mon tablier, et je suis reconnaissante pour l'espace entre nous parce que mon corps fait des choses qu'il n'a jamais faites auparavant. Une chaleur se forme au creux de mon ventre, s'embrasant. Ma peau semble trop étroite.

— Cela dépend. Vous sentez-vous aventureux, ou préférez-vous jouer la sécurité ?

Quelque chose s'allume dans ces yeux. — Est-ce que j'ai l'air de quelqu'un qui joue la sécurité ?

Non. Non, vraiment pas.

— Dans ce cas... Je me déplace le long de la vitrine,

essayant d'ignorer comment sa présence semble me suivre comme un contact physique. Comment les autres clients que Hannah sert continuent de nous observer. — Les croissants aux amandes sortent tout juste du four. Ou il y a nos brioches à la cannelle signature — la recette de maman, en fait.

— Vraiment ? Quelque chose comme de la reconnaissance change dans son expression lorsque je le regarde. — Vous avez grandi dans le métier ?

— En quelque sorte. Ma réponse vient plus facilement maintenant, en terrain connu. — Elle a commencé dans notre cuisine familiale, juste en faisant du traiteur au début. Elle a construit tout ça. Je fais un geste autour de la boutique, la fierté se mêlant à l'ancienne douleur. Je ne sais pas pourquoi je dis tout cela, pourtant je ne semble pas pouvoir m'arrêter. — Ma sœur et moi avons pris le relais après... après son décès. Nous avons ajouté nos propres touches tout en gardant ses recettes vivantes.

— Ça n'a pas dû être facile. Une douceur enrobe son ton, comme s'il connaissait aussi la perte.

— Ça en vaut la peine, cependant. Je me redresse légèrement. — Chaque fois que quelqu'un dit que nos brioches à la cannelle ont le goût de la maison, ou qu'une mariée pleure devant son gâteau de mariage... c'est l'héritage de maman. C'est ce qui compte.

Il m'étudie pendant un long moment, son visage reflétant quelque chose d'indéchiffrable. — Une femme qui sait ce qu'elle veut et le construit elle-même. Impressionnant.

Le compliment se dépose chaleureusement dans ma

poitrine, différent de la chaleur que sa présence inspire. Celui-ci semble... réel. Mérité.

— Alors, réussis-je à dire avec un vrai sourire. Et ces recommandations ?

— Je vais faire confiance à ton jugement. Il me renvoie mon sourire, et oh, ce n'est vraiment pas juste. — Surprends-moi.

Je rassemble un assortiment de nos meilleures ventes, en ajoutant l'un de nos cookies spéciaux au chocolat *Péché en Boîte*. Mes mains tremblent encore légèrement quand je lui tends le sac, et lorsque nos doigts se frôlent, une décharge électrique me traverse de part en part.

Ses narines frémissent. Ses pupilles se dilatent légèrement. L'air entre nous s'épaissit avec quelque chose qui n'a rien à voir avec des pâtisseries.

— Nous sommes ouverts tous les jours sauf le lundi. J'essaie d'être professionnelle, je rate complètement, et j'atterris quelque part entre essoufflée et intéressée. — Bien que les matins soient meilleurs pour les croissants.

— En fait, je ne suis en ville que pour la journée, pour affaires. Son sourire devient contrit alors qu'il se penche légèrement plus près, et j'aperçois quelques femmes aux tables voisines qui me lancent des regards assassins. — Un antiquaire local n'arrêtait pas de faire l'éloge de cet endroit. Il disait que vos roulés à la cannelle valaient le détour, même en traversant les frontières d'État.

— Seulement les roulés à la cannelle ? Je hausse un sourcil, canalisant ma femme fatale intérieure, mais assez sûre d'avoir l'air plus d'un désastre saupoudré de farine. — Nos scones ont été connus pour déclencher de petites guerres de territoire.

Il rit, un son ridiculement sexy qui me fait rêver de ce que ça ferait d'être embrassée par un homme comme lui. — Est-ce pour ça qu'il y a une file d'attente jusqu'à la porte ? Et moi qui pensais que c'était pour la charmante compagnie.

— Bien joué, je ricane avant de pouvoir m'en empêcher. — Tu t'entraînes devant un miroir pour ces répliques, ou elles te viennent naturellement ?

— Seulement pour une belle boulangère. Ses yeux dansent de haut en bas sur mon corps, et je prends soudainement conscience de la façon dont la lumière matinale qui traverse nos vitrines reflète leur éclat.

— Laisse-moi deviner... tu dis ça à toutes les pâtissières, je riposte tandis que mon cœur s'emballe lorsque son sourire s'élargit. Je ne peux pas m'empêcher de fixer cette adorable fossette qu'il a.

La clochette au-dessus de notre porte tinte alors qu'une nouvelle vague de clients afflue, et il jette un coup d'œil par-dessus son épaule à la foule grandissante.

— Je devrais probablement arrêter de monopoliser tout cet espace premium de boulangerie, dit-il en ajustant sa prise sur le sac de pâtisseries, reculant avec une réticence évidente. Puis il me fait un clin d'œil — vraiment un clin d'œil — et je jure que mes genoux se transforment instantanément en beurre fondu. — Merci d'avoir rendu mon bref séjour en ville mémorable.

À ce moment précis, mon téléphone sonne dans la poche de mon tablier avec un message de James.

Salut ma petite boulangère. Tu m'as manqué.

Je le fixe trop longtemps. Il était silencieux depuis des jours. Bien sûr, il choisirait exactement ce moment pour refaire surface. J'enfonce le téléphone dans mon tablier.

Alors que le magnifique client se glisse dehors, je prends conscience que tous les regards féminins dans la boutique sont braqués sur moi avec une précision laser.

—Mesdames, nos pains au chocolat sont tout aussi divins et bien plus accessibles, plaisanté-je, récoltant quelques rires réticents. Mais même en retournant à mes bols de préparation, je n'arrive pas à me défaire de la persistante odeur de bergamote et de vieux livres, ni de la façon dont son sourire a rendu le monde entier un peu plus lumineux.

Mon téléphone bipe à nouveau, mais je l'ignore et me lance dans le service aux clients alors que la boutique est chaotiquement occupée. Quand nous avons enfin un moment de calme, les étagères presque vides, je retourne en cuisine, Hannah rapidement sur mes talons.

—Eh bien, eh bien, eh bien. Elle s'appuie contre l'encadrement de la porte de la cuisine, les bras croisés. Cet Alpha s'intéressait à toi.

—Ce n'était rien. Je m'occupe du glaçage abandonné. Juste un client.

—Lily, ton odeur a changé dès qu'il est entré. Je pouvais la sentir depuis la caisse. Elle s'approche. Est-ce que ça t'est déjà arrivé avant ?

—Non, admets-je doucement. Jamais. Je ne... je ne réagis pas aux Alphas. Tu le sais bien.

Elle tend la main et serre la mienne. Peut-être que tu n'avais simplement pas rencontré le bon.

Mon téléphone sonne à nouveau, insistant. Le regard d'Hannah se pose sur mon tablier.

—En parlant des bons... tu as l'air drôlement attachée à ce téléphone dernièrement. Quelque chose que tu voudrais dire à ta grande sœur ?

—Non. Je fais claquer le *n*, visant un ton décontracté. Rien à dire.

—Vraiment ? Parce que tu le consultes beaucoup. Et maintenant cet Alpha entre, et ton Oméga ronronne pratiquement, ce qui n'est jamais arrivé avant. Est-ce que c'est lui qui t'envoie des messages ?

Je me concentre très fort sur la réalisation de tourbillons parfaits de glaçage. Ce n'est rien. Juste... juste quelqu'un avec qui j'échange des textos parfois. Rien de sérieux.

—Ah bon. Son ton dégouline de scepticisme. Et cette personne *pas-sérieuse*, c'est James, c'est ça ?

—Ce n'est pas sérieux... Je veux dire, on ne s'est même pas rencontrés. Ce sont juste des textos. Des conversations amusantes. Rien qui vaille la peine d'être mentionné.

—C'est pour ça que tu en fais un secret ?

Parfois, je déteste à quel point elle me connaît bien. Comment elle peut voir à travers mes défenses jusqu'à la vérité que j'essaie de me cacher à moi-même — que je suis terrifiée par l'authenticité de ce que je ressens, par combien j'attendais ses messages avec impatience, et par cette défaite que j'ai ressentie quand il a arrêté de m'en envoyer.

—C'est juste que... je lutte pour trouver les mots. Si j'en parle aux gens, si je rends ça réel... et qu'ensuite ça s'avère n'être rien...

—Oh, ma chérie. Hannah me prend dans ses bras, son odeur familière — vanille, café et foyer — m'enveloppant. Tu as le droit d'espérer, tu sais. Tu as le droit de désirer des choses.

Mon téléphone vibre une troisième fois. Hannah me libère avec un sourire entendu.

—Vas-y, regarde. Je vais récupérer les paniers vides sur les étagères dans la boutique.

Les mains légèrement tremblantes, je sors mon téléphone et lis le message de James.

Je me demandais simplement si tu avais commis des crimes aujourd'hui. Tu sais, pour mes recherches. Aussi, hypothétiquement, que penses-tu de la Saint-Valentin ? Je demande pour un ami. Qui pourrait être moi. Qui pourrait vouloir essayer de proposer une rencontre. Si ça t'intéresse toujours.

Je fixe ses mots, mon estomac faisant ce familier soubresaut même si la colère bouillonne en moi. Deux semaines de silence et il revient comme si de rien n'était avec son charmant numéro de tueur en série ? Je suis partagée entre l'envie de l'envoyer balader et le frémissement traître dans ma poitrine en voyant son nom réapparaître sur mon écran.

Oh, regarde qui sort enfin du programme de protection des témoins. Dois-je alerter les autorités que tu es en vie ?

Aïe. Je l'ai bien mérité.

Tu crois ? J'étais À ÇA de coller des avis de recherche avec ton avatar de chat dessus.

Tu m'aurais décrit comme armé d'un timing douteux ?

Malgré moi, je ricane. *Plutôt comme « Approchez avec prudence. Connu pour disparaître sans prévenir et réapparaître avec des projets suspects pour la Saint-Valentin. »*

Il y a en fait une raison à cela. Une que je préférerais t'expliquer en personne.

Hmm. Ça ressemble exactement à ce qu'un tueur en série dirait.

Dit la femme qui connaît des détails étrangement spécifiques sur la façon de se débarrasser d'un corps, grâce à son obsession pour les faits divers.

Hé ! Ce sont des connaissances purement théoriques. Et tu essaies de détourner la conversation.

Une pause, puis.

Tu as raison. C'est ce que je fais. Écoute, je sais que j'ai merdé en disparaissant encore une fois, mais je jure que j'avais une bonne raison. Une qui implique une urgence hors de mon contrôle, un problème de localisation et une série d'événements malencontreusement synchronisés.

Et tu ne pouvais pas envoyer un simple texto du genre « hey, pas mort » ?

Tu croirais que mon téléphone a été dévoré par un bouquetin ?

MAINTENANT je SAIS que tu racontes des conneries.

Il marque une pause. Ouais... c'est vrai. Mais la vérité est... inhabituelle. Et pas géniale. Et je me suis flagellé pour avoir disparu de ta vie.

C'est... étonnamment honnête.

Je te devais au moins ça. J'ai vraiment merdé, n'est-ce pas ? Il répond rapidement.

Le fait que tu le saches aide. Un peu. Peut-être. Le jury délibère encore.

C'est juste. Nos conversations me manquent. Et tes jeux de mots terribles.

Hé ! Mes jeux de mots sont des œuvres d'art. Contrairement à ton numéro de disparition.

Retrouve-moi pour un café, et je te raconterai toute cette histoire ridicule. Je te promets qu'elle vaut la peine d'être entendue. Et si ce n'est pas le cas, tu pourras ajouter « menteur pathologique avec une imagination débordante » à cet avis de recherche.

Je me mords la lèvre en regardant l'écran. Se rencontrer en personne rendrait tout cela réel. Cela risquerait de transformer cette bulle parfaite de connexion en quelque chose qui pourrait décevoir. Ou blesser. Ou finir. Mais il y a quelque chose dans sa façon d'assumer son erreur, ce fil de sincérité tissé à travers ses mots joueurs... À moins qu'il ne mente aussi à ce sujet.

D'accord. Ce sera la Saint-Valentin. Et c'est toi qui achètes ou qui cuisines. Et j'espère que l'histoire de cette chèvre sera VRAIMENT bonne.

Marché conclu. Bien que je doive te prévenir, je me présente étonnamment bien pour un tueur en série présumé.

Je glousse. *Qui est prétentieux maintenant ? Je te signale que je viens d'avoir un client très charmant qui a placé la barre très haut pour les inconnus mystérieux.*

On dirait que j'ai de la concurrence. Je ferais mieux d'être au top de ma forme et d'avoir mon meilleur alibi pour meurtre.

Tu es ridicule. Et ce n'est pas le compliment que tu crois.

Et pourtant tu souris en ce moment. N'est-ce pas ?

C'est vrai, maudit soit-il. *Je plaide le cinquième amendement. Maintenant, arrête de pêcher aux compliments.*

Dehors, par la fenêtre de la cuisine, la neige recommence à tomber. Mes pensées oscillent entre la bergamote et les vieux livres, le clin d'œil de ce client mystérieux qui m'a fait fondre, et les mots de James qui parviennent encore à me faire rire même quand je voudrais lui en vouloir. Je me tiens au milieu de ma boulangerie, comprenant soudain pourquoi ma mère disait toujours que les relations étaient la recette la plus compliquée de toutes.

5

LILY

L'affluence matinale de janvier s'estompe finalement vers onze heures, laissant la boulangerie imprégnée d'odeurs de vanille et de café frais, saupoudrée de farine comme la neige au-dehors. Notre petite boutique retrouve son calme après le chaos des clients post-vacances en quête de nourriture réconfortante dans le froid mordant de l'hiver. Le batteur industriel bourdonne tandis que je prépare une fournée de crème au beurre italienne, essayant de me perdre dans le rythme familier du sucre et des blancs d'œufs qui se mélangent. Mais toutes les quelques minutes, mon attention dérive vers mon téléphone, sombre et silencieux sur le comptoir, guettant un nouveau message de James. Il est resté silencieux toute la semaine dernière. Encore une fois.

Hannah m'observe depuis le matin, arborant cette expression que je connais trop bien – celle qu'elle porte depuis la mort de maman, comme si elle devait être à la fois sœur et mère maintenant. Je vois son reflet dans la vitrine polie tandis qu'elle s'approche, d'un pas mesuré.

—C'est la quatrième fois que tu regardes ton téléphone, dit-elle en tendant le bras devant moi pour éteindre le batteur. Et tu as failli faire tomber le bon de commande pour l'anniversaire de Mme Lyn dans l'évier tout à l'heure quand tu as reçu un message. Ce n'est pas ton genre, Lily.

—J'attends juste un message important.

—Tu regardes ton téléphone toute la matinée, observe Hannah en essuyant le comptoir. Même pendant l'heure de pointe. Ce n'est pas ton genre.

Je saisis le téléphone et le glisse au fond de la poche de mon tablier. —J'attends juste un message.

—De James ? Elle essaie de paraître désinvolte, mais je remarque la façon dont ses yeux se plissent légèrement.

La chaleur me monte au cou. —Peut-être.

—Tu sais que tu peux me parler. Hannah abandonne son nettoyage et s'appuie contre le comptoir.

—Tu te souviens du fiasco du gâteau de mariage juste avant Noël quand tu m'as laissée toute seule pour le faire ? Je me concentre sur l'arrangement des choux à la crème sur un plateau doré, gagnant du temps. —Quand j'avais les coudes plongés dans la crème au beurre et que j'avais désespérément besoin de ton nouveau numéro pour me plaindre ? Je lui lance un regard. —Au fait, merci d'avoir changé ton numéro en plein milieu de la saison chargée. Vraiment, c'est de ta faute, frangine.

Elle lève les yeux au ciel.

—Bref, j'étais là, essayant de taper ton nouveau numéro, et apparemment, mon doigt désespéré a appuyé sur le mauvais chiffre. Je tripote un autre chou à la crème. —Et au lieu de, tu sais, ignorer la folle en pleine crise de gâteau de mariage, il a réellement répondu.

—Et tu as continué à parler avec le gars du mauvais numéro ? Le ton de grande sœur s'insinue dans sa voix.

—Il était vraiment drôle et m'a fait oublier mon stress ! Je risque un regard vers elle. —Et puis nous avons juste... continué à parler.

—Lily... Hannah me regarde intensément. —Tu l'as au moins rencontré ?

—Pas exactement. Les choux à la crème ne peuvent pas être mieux arrangés, mais je continue à les tripoter quand même. —On a parlé de tout, et il a ce levain qu'il appelle Bertha. Et il a mentionné qu'on pourrait se voir, peut-être pour la Saint-Valentin. Je m'arrête, voyant son expression. —Quoi ?

—Donc tu partages des choses personnelles avec quelqu'un que tu n'as jamais rencontré ? La voix d'Hannah a cette intonation, celle qui dit qu'elle essaie de ne pas paraître critique mais qu'elle l'est définitivement. —Tu sais au moins à quoi il ressemble ?

—Est-ce que ça importe ? Je sais que c'est un homme.

Hannah ricane. —Ouais, c'est peut-être un tueur en série.

Je laisse échapper un rire étranglé, me souvenant de nos messages enjoués sur le meurtre. Si seulement elle savait.

—Ou, poursuit Hannah, et s'il avait une famille ? Tu sais combien d'hommes font ça ? Qui s'en prennent aux femmes en ligne, surtout aux Omégas...

—Il ne sait pas que je suis une Oméga, je l'interromps. Je ne lui ai jamais dit ça.

—James est-il même son vrai nom ?

Cette question me frappe plus fort que prévu. — Je... suppose que oui. Mais le doute s'installe maintenant, comme toujours quand Hannah prend ce ton.

Elle sort son téléphone. — Quel est son numéro ?

—Qu'est-ce que tu fais ?

—Tu te souviens comment on a organisé ces rendez-vous à l'aveugle pour Ruby ? Un léger sourire traverse son visage. — Eh bien, l'un d'eux, Dominic, est un spécialiste en sécurité, pratiquement un hacker légal. Et il nous doit une faveur pour l'avoir présenté à Ruby. Si quelqu'un peut tracer ce numéro, c'est bien lui.

J'hésite, mes doigts se resserrant autour de mon téléphone. — Hannah...

—Allez, Lily. Laisse-moi au moins essayer. Pour ma tranquillité d'esprit ?

Je la fixe longuement, puis récite lentement le numéro. Mon estomac se noue tandis qu'elle le tape dans son téléphone et l'envoie à Dominic.

—C'est fait, dit-elle finalement en appuyant sur envoyer. Maintenant, on attend.

Les heures suivantes à la boulangerie s'écoulent comme de la mélasse. Chaque fois que la clochette au-dessus de la porte tinte, je sursaute. Chaque notification de téléphone fait s'accélérer mon cœur. Je me trompe dans trois commandes et manque de brûler une fournée de biscuits à la cannelle. Hannah me lance des regards inquiets entre les clients.

En fin d'après-midi, alors que je sors une plaque de pain au levain du four, Hannah fait irruption à travers les portes battantes venant de la boutique, son téléphone à la main. Je me fige, tenant toujours la pelle à pain.

—C'est Dominic ? je demande, retenant mon souffle.

Elle hoche la tête, les yeux parcourant son écran. — Il dit que d'après l'indicatif, il a pu trianguler — peu importe ce que ça signifie — et le localiser dans une zone rurale. Il y a une sorte d'établissement là-bas...

—Quel genre ? Quelque chose se serre dans ma poitrine tandis que j'observe son visage.

—C'est le Centre Correctionnel d'Alpine Ridge, dit-elle avec précaution.

Le monde bascule. — Quoi ?

—Es-tu sûre qu'il a dit qu'il était chef ?

Mon esprit passe en revue nos conversations. Il m'avait parlé de cuisine, de recettes, de catastrophes culinaires, mais avait-il jamais réellement précisé où il travaillait ?

—Peut-être... Ma voix me semble lointaine. — Peut-être qu'il est gardien là-bas. Ça explique-rait le téléphone, non ? Et les horaires bizarres, et...

—Ou, dit Hannah doucement, il pourrait avoir un téléphone illégal, et être un détenu.

—Non. Mais même en le disant, des éléments commencent à s'emboîter. Les réponses vagues sur son travail. Les moments précis où il m'envoyait des messages. Sa façon d'esquiver les questions quand je lui demandais de m'envoyer des photos de l'endroit où il se trouvait. Et son refus de faire des appels vidéo.

—Il m'a envoyé une photo de ses chaussures dans sa main, mais il ne m'a jamais demandé de photos de moi, je proteste faiblement en sortant mon téléphone.

Hannah étudie l'image. — Ça pourrait être n'importe quoi. Un uniforme de cuisine de prison, pour ce qu'on en sait.

Mes mains tremblent pendant que j'écris à James. *Salut... qu'est-ce que tu fais exactement comme travail ? Où es-tu en ce moment ?*

—Lily... Hannah tend la main vers la mienne.

—Il va s'expliquer, j'insiste. Il doit y avoir—

—Quand as-tu eu de ses nouvelles pour la dernière fois ?

—La semaine dernière. Mais il m'avait déjà dit qu'il m'expliquerait tout quand on se verrait.

Les yeux d'Hannah se remplissent de compassion. — Bien sûr qu'il a dit ça. Probablement quand il sera libéré ou s'évadera.

—Arrête. Mon estomac se noue.

—Lily, tu dois y réfléchir. Un homme qui refuse de te dire des choses fondamentales sur sa vie, qui t'envoie des photos recadrées—

—Il m'écoutait quand je parlais de maman, je l'interromps, détestant l'émotion dans ma voix. Quand je lui ai parlé de la découverte des recettes de ma mère, de combien elle me manquait. Il comprenait ce genre de perte. Ça, ce n'était pas faux.

—Ou alors il est vraiment doué dans ce qu'il fait. Hannah se lève et vient à mes côtés. Les escrocs ne réussissent pas en étant évidents, Lily. Ils réussissent en trouvant ce dont les gens ont besoin et en devenant exactement ça.

Mon téléphone reste silencieux dans mes mains tremblantes. Pas de réponse. Pas de points d'écriture. Rien.

—J'ai besoin d'air. Je me dirige vers la porte arrière, mais Hannah me retient par le bras.

—Tu dois supprimer et bloquer son numéro.

—J'ai besoin de connaître la vérité.

—La vérité ? Son ton monte légèrement. La vérité, c'est que tu as échangé des messages avec un prisonnier qui t'a menti pendant des semaines. Qui sait sur quoi d'autre il ment ? Son nom ? Son crime ? S'il va vraiment sortir ?

Chaque question me frappe comme un coup. Parce qu'elle a raison — bien sûr qu'elle a raison. Hannah a toujours raison sur ces choses-là. Elle avait raison à propos de Marcus à l'université, de David l'année dernière, de tous les signaux d'alarme que j'ai essayé d'ignorer.

Mais cette fois, c'est différent. La façon dont il a écrit sur la mort de son grand-père, sur le deuil et la guérison. La façon dont il m'a fait rire. La façon dont parler avec lui semblait plus authentique que n'importe quelle conversation que j'ai jamais eue avec un homme.

—Donne-moi l'ordinateur portable, je murmure.

—Lily...

—S'il te plaît.

Elle hésite, puis me le fait glisser. Je vais sur le site gouvernemental de localisation des détenus et tape son nom et l'établissement pénitentiaire.

Huit James apparaissent. Je ne connais pas son nom de famille... Mon ventre me fait mal et je vais être malade.

Je ferme l'ordinateur.

—Débarrasse-toi de son numéro, dit doucement Hannah. Quoi que ce fût... ce n'était pas réel.

Mais c'est ça le problème avec les vraies connexions — elles ne semblent pas moins réelles simplement parce qu'elles sont impossibles. Elles ne font pas moins mal simplement parce qu'on aurait dû être plus méfiante.

Je fixe notre dernier échange. Je pourrais exiger des réponses. Je pourrais lui dire que je connais la vérité. Je pourrais...

Au lieu de cela, je pose le téléphone face contre le comptoir et je retourne à mes choux à la crème. Eux, au moins, ont du sens.

—Tu avais raison, je dis à Hannah, détestant la compassion dans ses yeux quand je me tourne vers elle. Je prends mon téléphone, le pouce planant au-dessus de son numéro.

Puis je le bloque. Une partie de moi se sent déchirée à l'intérieur...

Hannah tend les bras vers moi, me donne une énorme accolade, puis recule. — Tu as été formidable, et maintenant nous devons déterminer ce que nous allons faire pour le mariage Anderson-Pierce.

Je cligne des yeux face à ce brusque changement de sujet. — De quoi ?

— Mike a appelé. Son livreur est d'abord allé dans une autre ville, et son camion est tombé en panne, donc on ne recevra pas notre livraison de farine spéciale demain. Ça pourrait prendre des semaines. Elle s'essuie les mains sur son tablier. — On a besoin de ce gâteau chocolat-cerise pour la dégustation de jeudi, et tu sais bien que la farine ordinaire ne donnera pas la même texture à nos pâtisseries.

— Sérieusement ? Cette journée peut-elle être encore plus parfaite ? Je laisse tomber ma tête sur le comptoir.

— En fait... La voix d'Hannah prend ce ton soigneusement désinvolte qu'elle utilise quand elle essaie d'aider. — Le magasin de fournitures de Pike Mill en a en stock. Je les ai appelés, mais ils n'ont personne pour faire la livraison. Et tous les coursiers sont réservés.

Je relève la tête. — Pike Mill ? C'est à genre trois heures d'ici.

— Exactement. Elle commence à rassembler les bols de mélange vides. — Tu pourrais prendre ma voiture demain matin. Mettre à fond ces affreuses chansons de rupture que tu prétends ne pas adorer. Peut-être t'arrêter à ce petit café près du lac. Elle me donne un petit coup d'épaule. — Parfois, une balade en voiture est le meilleur moyen de se vider la tête. De prendre du recul.

— Tu veux juste me sortir de la cuisine avant que je ne cuisine nerveusement trois douzaines de cookies aux pépites de chocolat.

— Le fait qu'on croule sous les cookies réconfortants

est purement fortuit. Son sourire s'adoucit. — Sérieusement, va faire un tour. Hurle en écoutant du Taylor
Swift. Respire un air qui ne sent pas le sucre et le regret.

Je baisse les yeux vers mon téléphone, qui ne
contient plus son numéro. Des souvenirs qui étaient de
belles choses impossibles, qui n'étaient jamais destinées
à durer.

— Ouais, dis-je finalement. — Peut-être que je vais le
faire.

6

HUNTER

Le vent hurle comme une bête blessée, projetant la neige contre mon pare-brise plus vite que les essuie-glaces ne peuvent la chasser. Même avec les chaînes sur les pneus de mon F-350 et le poids des provisions à l'arrière, je sens le camion lutter contre les rafales. Putain de bulletin météo inutile. Ils avaient dit que la tempête ne frapperait pas avant demain, donnant à tout le monde amplement de temps pour se préparer. Au lieu de ça, elle s'est abattue sur les montagnes comme un train de marchandises, prenant tout le monde au dépourvu.

—Qu'en penses-tu, Thor ? Le service météo nous a encore mis dans la merde, pas vrai ?

L'imposant malamute sur le siège passager souffle en signe d'approbation, son haleine chaude embuant la vitre latérale. Je tends la main pour lui gratter derrière les oreilles. Thor est mon compagnon fidèle depuis des années, depuis que je l'ai trouvé chiot à moitié gelé lors d'une opération de sauvetage. Aujourd'hui, c'est une montagne de fourrure et de muscles, une meilleure compagnie que la plupart des humains que je connais.

—Au moins, on a récupéré les provisions avant que ça frappe.

L'arrière de mon pick-up est chargé de conteneurs de nourriture non périssable, de fournitures médicales et de suffisamment de bois pour garder ma cabane au chaud pendant ce qui devait être la tempête de demain. La banquette arrière est remplie de produits frais et de viande. Vivre dans les montagnes signifie soit faire des réserves, soit mourir de faim, et j'ai vu assez de catastrophes hivernales pour savoir ce que je préfère.

Soudain, les oreilles de Thor se dressent et il laisse échapper un faible gémissement. Mes mains se crispent sur le volant tandis qu'une autre rafale tente de pousser le camion sur le côté. La route devant est à peine visible, juste une suggestion de bitume sous l'épaisse couche blanche qui s'accumule. Dans les montagnes, les tempêtes ne se contentent pas de bloquer les routes— elles les effacent complètement.

—Doucement, mon gars. On connaît ces routes.

Des années d'expérience de conduite en montagne maintiennent mes mouvements stables et contrôlés. Je connais chaque virage et chaque lacet comme je connais les cicatrices sur mes mains. C'est indispensable dans mon métier de sauveteur. On ne peut pas sauver les autres si on ne peut pas retrouver son propre chemin.

Le souvenir de ma dernière mission—une famille de touristes qui pensait que la randonnée hivernale serait *aventureuse*—me fait grimacer. Je les ai sortis juste avant que l'hypothermie ne s'installe, mais c'était juste. Trop juste. Les gens ne respectent pas ces montagnes, ne comprennent pas à quelle vitesse les choses peuvent mal tourner ici.

Comme mes parents l'ont appris. Comme je l'ai appris, en regardant les équipes de recherche les déterrer de cette avalanche, la main de mon grand-père fermement posée sur mon épaule.

L'aboiement soudain de Thor me ramène au présent. À travers le blizzard, j'aperçois un flash rouge—des feux de freinage, faibles et déformés par la neige, mais bien là. Je lève le pied de l'accélérateur, plissant les yeux à travers la tempête. En m'approchant, la scène se matérialise comme une photo qui se développe... une berline. Son côté enfoncé contre la glissière de sécurité, dangereusement inclinée vers le ravin au-delà.

—Merde. Le mot se transforme en buée dans la chaleur de l'habitacle. Cette glissière ne tiendra pas si le vent s'intensifie, et vu la façon dont les arbres se plient, ça va empirer avant de s'améliorer.

Thor gémit à nouveau, plus urgemment cette fois. Il sait ce qui va suivre—on a fait assez de sauvetages ensemble.

—Reste, lui ordonné-je, bien que je sache qu'il m'ignorera si je laisse la porte ouverte. Attrapant mon équipement de tempête lourd, mes gants isolés, ma veste imperméable et mon bonnet enfoncé sur ma tête, je me prépare mentalement avant d'ouvrir la portière.

Le froid me frappe de plein fouet, enfonçant des aiguilles de glace dans chaque interstice de mes vêtements. Le vent manque d'arracher la portière de ma poigne tandis que je la force à se refermer, puis je lutte pour atteindre le véhicule échoué. La neige mitraille mon visage, les quelques centimètres de peau exposée déjà engourdis malgré la protection de ma barbe.

Il y a du mouvement à l'intérieur de la voiture—Dieu merci, ils sont vivants et n'ont pas essayé de marcher pour chercher de l'aide. En atteignant la fenêtre du conducteur, j'aperçois pour la première fois la personne à l'intérieur, et mon souffle se bloque dans ma gorge.

Elle est à couper le souffle—des cheveux brun foncé parsemés de mèches plus claires encadrent un visage en forme de cœur, des yeux brun doré écarquillés par un mélange de peur et de détermination. Ses traits sont délicats, avec des pommettes hautes et des lèvres pleines actuellement serrées en une ligne soucieuse.

Je demande — Tu as besoin d'aide ?

— Je suis un peu coincée. Quand elle pousse la porte à mon geste, ses yeux sont encore plus saisissants de près, mouchetés d'or, m'observant avec méfiance et espoir. Quelques boucles rebelles s'échappent de son bonnet, flottant dans le vent qui s'engouffre entre nous.

Calme-toi. Concentre-toi sur ton travail.

— Il faut vous sortir de là, lui dis-je en évaluant la position de la voiture. La tempête s'intensifie, et cette glissière ne tiendra pas si le vent forcit davantage.

Je vois l'incertitude traverser son visage — intelligente, elle a raison d'être prudente — mais je perçois aussi le moment où elle analyse sa situation, tout comme je planifie déjà nos prochains mouvements. Elle jette un coup d'œil à son téléphone, soupire et le repose. — Je n'ai pas de réseau ici.

— Vous n'en aurez pas et la tempête va empirer. C'est dangereux de rester ici.

Elle regarde la pente abrupte au-delà de la glissière et laisse échapper un rire nerveux. — Ce n'est pas exactement comme ça que j'avais prévu de passer ma journée.

Je laisse échapper un demi-rire face à sa tentative de dissimuler sa peur. — Vous êtes en sécurité. Mais je dois vous amener jusqu'au camion maintenant, et cette glissière ne tiendra pas si le vent forcit davantage.

— Ce n'est... pas du tout terrifiant. Elle déglutit difficilement, puis parvient à esquisser un sourire tremblant.

La portière proteste quand elle l'ouvre complètement, mais finit par céder. Au moment où elle s'ouvre, je vois son corps tressaillir sous la pleine force de la tempête. Sans réfléchir, je tends la main pour la stabiliser, et même à travers nos couches de vêtements, ce contact m'envoie une décharge. Elle est petite et délicate comparée à ma carrure, mais il y a de la force dans la façon dont elle commence immédiatement à lutter contre le vent.

— Je vous tiens, lui assurai-je, et quelque chose dans sa posture se détend légèrement à ces mots.

Elle lève les yeux vers moi, son regard croisant le mien avec sincérité. — Merci de vous être arrêté. La plupart des gens ne l'auraient pas fait, par un temps pareil.

Au moment où je m'apprête à répondre, un craquement sec déchire l'air au-dessus du hurlement de la tempête. Nous levons tous deux les yeux pour voir une énorme branche de pin, alourdie par la neige et la glace, se détacher au-dessus de nous. Agissant par instinct, je la tire contre ma poitrine, nous faisant pivoter loin de la voiture. La branche s'écrase à l'endroit où nous nous tenions, nous manquant de quelques centimètres. La neige explose autour de nous en un nuage blanc, et je la sens crier contre ma poitrine.

Ses mains s'agrippent à ma veste, son visage enfoui contre moi. Mes bras se resserrent instinctivement, et pendant un instant, je suis submergé par la façon dont elle s'ajuste parfaitement contre moi, à quel point sa présence me semble juste.

— Et c'est pourquoi nous devons nous dépêcher, dis-je d'une voix rauque, la tenant toujours serrée contre moi. Pouvez-vous courir ?

Elle hoche la tête contre ma poitrine, puis s'écarte légèrement. Même terrifiée et couverte de neige, elle est à couper le souffle. Un minuscule flocon de neige se pose sur ses cils, et je dois me retenir physiquement de l'essuyer.

— Et mon sac à main et mon téléphone ? demande-t-elle.

— Je reviendrai les chercher. Pour l'instant, nous devons vous mettre en sécurité.

Un autre craquement retentit au-dessus de nous, et cette fois, c'est elle qui bouge, saisissant ma main et m'entraînant vers mon camion. Intelligente. Je garde mon corps entre elle et le pire du vent, mais elle se déplace avec une rapidité surprenante malgré sa taille, la détermination marquant chacun de ses pas.

Le côté du camion porte mon logo d'entreprise — Peak Guardian Response. Son regard parcourt le logo sur ma portière.

— Vous faites ça habituellement ? crie-t-elle, encore secouée alors que nous luttons contre le vent.

— Oui, je réponds. Je secours ceux qui sont en détresse dans ces montagnes. Mais vous trouver dans cette tempête monstrueuse... Je fixe les conditions de visibilité nulle qui nous entourent. C'était de la chance pure.

Les aboiements de Thor s'intensifient à mesure que nous approchons, et je sens la fille hésiter légèrement.

—C'est juste Thor, lui dis-je rapidement. Il est très sociable. Et il se demande probablement ce qui nous prend tant de temps.

Comme pour confirmer mes propos, l'énorme tête de Thor apparaît dans la vitre arrière, sa queue remuant lorsqu'il nous aperçoit. Un rire surpris lui échappe, le son presque emporté par le vent.

—Vous avez un loup monstrueux dans votre camion ?

—Un malamute. Mais il prendrait ça comme un compliment.

Nous atteignons le camion, et je l'aide à monter sur le siège passager, où Thor commence immédiatement à s'occuper d'elle, essayant de grimper à l'avant, son énorme truffe la pressant, la reniflant, vérifiant à sa manière si elle est blessée. Son rire cette fois est plus fort, plus sincère, tandis qu'elle enfonce ses doigts dans son épaisse fourrure.

—Salut, mon grand, dit-elle doucement, et Thor

répond en posant sa tête sur ses genoux, me regardant comme pour dire *On peut la garder ?*

—Reste avec elle, j'ordonne, bien que ce soit inutile — Thor s'est déjà désigné comme son protecteur. Je vais chercher ton sac.

En me frayant un chemin jusqu'à sa voiture, je n'arrive pas à me défaire de l'image d'elle dans mes bras, de la sensation de son corps contre le mien, de la confiance dans ses yeux quand elle m'a regardé. Je ne peux oublier la façon dont tout mon corps criait de la protéger, de la garder en sécurité, de ne jamais la lâcher.

Le vent hurle plus fort, chassant des nappes de neige entre moi et mon camion, où Thor monte la garde auprès de ma passagère inattendue.

Je lutte contre la tempête vers sa berline, tirant la portière passager contre la résistance du vent. Son sac à main repose abandonné sur la console centrale, un élégant accessoire en cuir qui semble trop délicat pour ces montagnes, tout comme sa propriétaire. À côté, son téléphone brille avec un avertissement de signal perdu. Je prends les deux, ainsi qu'une écharpe violette tricotée sur la banquette arrière, puis sécurise la voiture du mieux que je peux. Le vent manque de me faire tomber tandis que je retourne au camion, mais la vue d'elle à travers les vitres striées de neige, les doigts enfouis dans la fourrure de Thor pendant qu'elle guette mon retour, rend cette lutte valable.

Son parfum me frappe dès que je monte dans mon camion — menthe poivrée et vanille avec en dessous une note de rosée sauvage sur des fleurs de montagne. Pure Oméga, mais différente de toutes celles que j'ai rencontrées auparavant. Mes instincts protecteurs s'intensifient, surtout en voyant comme elle frissonne malgré la moitié d'un malamute sur ses genoux.

—Thor, recule, j'ordonne, alors que mon chien géant essaie de grimper complètement sur ses genoux. Désolé pour lui. D'habitude, il n'est pas aussi... amical.

Elle rit, un son qui illumine l'habitacle assombri par la tempête. « Ce n'est pas grave. J'adore les chiens. » Ses doigts trouvent le point derrière les oreilles de Thor qui le transforme en pâte à modeler, son énorme tête dépassant entre nos deux sièges. « Mais je suis plus habituée aux minuscules créatures qui rentrent dans les sacs à main. »

Thor fond pratiquement, posant sa tête massive sur son épaule avec un soupir satisfait. Traître.

—C'est un excellent juge de caractère, dis-je en faisant prudemment demi-tour avec le camion. La neige empire, si c'est possible. D'habitude, il lui faut des semaines pour s'habituer aux étrangers.

—Manifestement, il reconnaît la qualité quand il la voit. Il y a un sourire dans sa voix. Mais sérieusement, je ne peux pas assez vous remercier de m'avoir aidée.

—Pas besoin de remerciements, dis-je. Certaines choses, on ne peut pas les ignorer. Puis j'augmente le chauffage, essayant de ne pas être trop évident en l'observant du coin de l'œil. Le froid a coloré ses joues, et des flocons de neige fondent dans ses boucles sombres. Elle est belle, d'une manière authentique. Pas sophistiquée ou parfaite, mais vivante et vibrante même quand elle est visiblement effrayée.

—Alors, commence-t-elle tandis que Thor se blottit

plus près. Quelle est la ville la plus proche pour obtenir de l'aide pour ma voiture ?

—Pas par ce temps. Je me concentre pour maintenir notre stabilité alors que le camion glisse légèrement. Ma cabane est à environ vingt minutes en montant — en supposant qu'on ne soit pas emportés par le vent. Elle hausse un sourcil, et je ne peux m'empêcher de rire doucement. Je vous promets que je ne suis pas un tueur en série.

—Exactement ce que dirait un tueur en série. Mais elle sourit aussi. Cela dit, je suppose que Thor est une assez bonne référence.

—Il ne m'a jamais induit en erreur. Je contourne une branche tombée. Une fois là-bas, vous pourrez essayer le téléphone fixe. Le réseau mobile est généralement capricieux ici-haut, même sans la tempête.

—Vous vivez ici à l'année ?

—Non, je suis habituellement à Cedar Hollow. Je viens ici dans les montagnes avec des amis pour skier, grimper, m'éloigner de la civilisation. Pour m'évader, en gros. Une rafale particulièrement forte nous frappe de côté, et je resserre ma prise sur le volant. Même si cette tempête est sortie de nulle part.

—C'est vous qui le dites. Les prévisions annon-çaient de la neige légère, peut-être un peu de vent, c'est pourquoi je me retrouve à voyager vers Pike Mill à Cedar Hollow pour chercher des fournitures. Elle gratte distraitement la tête de Thor. Voilà ce qu'ils en savent.

—La météo ici-haut a sa propre volonté. Je lui jette un autre coup d'œil. Elle frissonne encore légèrement, alors j'augmente un peu le chauffage. Vous n'êtes pas de la région montagneuse ?

—Whispering Grove. Je tiens une boulangerie avec ma sœur. Mais j'étais en route pour chercher des fournitures. Son ton s'adoucit en en parlant. J'y ai vécu toute ma vie, mais apparemment, cela ne me rend pas plus maligne concernant la météo en montagne.

—Whispering Grove est à environ deux heures au sud de notre position actuelle. Nous n'y arriverons pas par ce temps.

Elle hoche la tête, comprenant clairement.

—En ce moment, on se croirait sur une autre planète. Elle scrute à travers le pare-brise les conditions qui empirent. Je suppose que vous n'avez pas un hélicoptère secret caché quelque part ?

—Je suis à court d'hélicoptères. Mais j'ai du chocolat chaud au chalet.

—Vous m'achetez avec du chocolat ? Son rire porte cette fois une touche nerveuse.

Je croise brièvement son regard. Je sais que ce n'est pas l'idéal, mais je vous amènerai en lieu sûr. Promis.

Elle me fait un doux sourire.

—Alors, qu'aviez-vous besoin de chercher à Pike Mill ? je demande, sincèrement curieux de savoir ce qui pousserait quelqu'un à braver ces conditions.

—De la farine spéciale. Elle le dit si sérieusement que j'ai presque envie de rire. Ma sœur en a besoin pour un gâteau de mariage. Je me suis portée volontaire pour aller la chercher parce que, apparemment, je suis une idiote qui ne vérifie pas correctement les bulletins météo.

—Courageuse, je corrige.

Elle sourit, et quelque chose se serre dans ma poitrine. Bien que, d'habitude, mes mauvaises décisions n'impliquent pas de potentiellement mourir de froid.

—Ça a l'air compliqué. Je manœuvre le volant, luttant contre le blizzard qui essaie de nous tirer dans toutes les directions sauf la bonne.

Elle hausse les épaules mais est occupée à regarder par la fenêtre, sa main agrippant la poignée de la porte.

Le camion dérape à nouveau dans un virage particulièrement difficile, mon estomac se soulève, et sa prise se resserre.

—Alors, pourquoi un malamute ? demande-t-elle soudainement, toujours en caressant Thor, qui semble déterminé à ne faire qu'un avec ses genoux malgré sa taille.

—C'est lui qui m'a trouvé, en fait. Je guide le camion autour d'un autre virage dangereux, essayant de ne pas me concentrer sur la façon dont son parfum d'Oméga semble s'imprégner dans mes sièges. Je vais sentir la menthe poivrée et les fleurs de montagne pendant des jours. Il est apparu sur un site de secours il y a deux ans. Perdu, affamé, gelé. Il a refusé de partir.

—Un coup de foudre ?

—Plus de la détermination obstinée, je dirais. Ça me rappelle quelqu'un d'autre qui n'acceptait pas qu'on lui dise non.

—Une ex ?

Elle est plus perspicace que je ne l'aurais cru.

—C'est si évident ?

—Tu as ce petit pli entre les yeux. Comme si tu avais

mordu dans quelque chose qui aurait dû être sucré mais ne l'était pas.

Sa description est tellement précise qu'elle me fait rire malgré la vieille douleur. « Ouais, eh bien. Certaines leçons, il faut les apprendre à la dure. »

—Laisse-moi deviner... Elle hésite, puis me fait un sourire timide. « Le boulot ? Le sauvetage, ce n'est pas exactement du neuf à cinq. Ou peut-être que tu passes trop de temps dans ta cabane isolée avec tes potes ? Oh ! Ou alors c'est le classique "ma mère pense que tu devrais avoir un métier plus prestigieux" ? »

Je ne peux m'empêcher de lâcher un petit rire devant ses suppositions complètement à côté de la plaque. « Rien de tout ça, en fait. »

—Mince. Elle plisse le nez. « Et moi qui croyais canaliser mon détective intérieur. Ce sont généralement les trois plaintes les plus fréquentes que j'entends. »

—Par expérience ?

—Ma cousine est sortie avec un garde forestier une fois. Sa mère a failli faire une attaque. Elle fait une pause, puis ajoute plus doucement : « Mais j'ai l'impression d'être complètement à côté de la plaque. »

Je fixe la tempête pendant un moment. « Elle aimait le style de vie jusqu'à ce qu'elle réalise que ce n'était pas qu'un fantasme romantique. Elle pensait pouvoir... m'améliorer, je suppose. Transformer la cabane en une sorte de retraite de luxe et mettre mon grand-père à la porte. »

—Ah. Quelle garce ! La sympathie dans ses mots n'est pas du genre condescendant auquel je suis habitué.

« C'est elle qui y perd, si tu veux mon avis. » Elle secoue la tête.

Ma poitrine se détend. Contrairement à Vanessa, qui voyait ma cabane comme un projet de rénovation, cette femme semble comprendre que les montagnes ne sont pas quelque chose à conquérir ou à changer. Du moins, c'est ma première impression.

—Hunter, dis-je soudainement, voulant qu'elle connaisse mon nom. Voulant l'entendre le prononcer.

—Hmm ?

—Mon nom. C'est Hunter.

Elle sourit, et bon sang, son sourire illumine toute la cabine. « Ça te va bien. Même si j'espère que tu es meilleur chasseur que prévisionniste météo. »

—Dit celle qui a conduit en plein blizzard pour de la farine.

—De la farine spéciale, corrige-t-elle d'un air guindé qui me fait sourire. « Très différente de la farine ordinaire. Une question de vie ou de mort. »

—Évidemment. Le camion dérape légèrement et elle se crispe, mais je corrige avant qu'elle ne panique.

—Je m'appelle Lily.

Je souris, savourant son nom dans mon esprit. « Joli. »

Thor souffle, se réinstallant pour que sa tête repose plus fermement contre elle. Je ne l'ai jamais vu s'attacher à quelqu'un comme ça. Même avec Vanessa, il maintenait une distance polie. Mais avec cette femme...

—Qu'est-ce qui t'a amenée dans le monde de la boulangerie ? je demande, voulant la faire parler. Voulant en savoir plus.

—C'est une affaire de famille que je gère avec ma sœur. La fierté colore sa réponse. « La boulangerie était dans la famille et nous utilisons toujours les recettes de notre mère. »

—C'est rare de nos jours.

—Ouais, eh bien, certaines choses méritent d'être préservées. Elle gratte pensivement les oreilles de Thor. Même si certains membres de ma famille pensent qu'on aurait dû le vendre au premier Alpha fortuné qui se présentait.

L'amertume dans sa voix me surprend. —On dirait qu'il y a une histoire derrière tout ça.

—Plutôt un roman. Ou une tragédie grecque. Elle soupire. Disons simplement que certaines personnes pensent que les Omégas ont besoin d'Alphas pour réussir. Que nous sommes en quelque sorte incomplètes sans eux.

—Et vous n'êtes pas d'accord ?

—Je pense... Elle choisit ses mots avec soin. Je pense que trouver son partenaire devrait être une question de connexion, pas de convenance. De désir, pas de besoin.

Ses mots touchent quelque chose de profond en moi. Combien de fois Vanessa avait-elle parlé du besoin d'un Alpha capable de subvenir correctement à ses besoins ? De statut social, de sécurité et de toutes ces choses qui n'avaient rien à voir avec une véritable connexion ?

La femme à côté de moi semble différente. Sans artifice, sans agenda. Juste quelqu'un qui sait qui elle est et ce qu'elle veut.

C'est plus attirant que n'importe quel parfum de luxe ou sourire étudié.

—Vous êtes différente, dis-je avant de pouvoir m'en empêcher.

—Par rapport à quoi ?

—À toutes les personnes que j'ai rencontrées ici. Je me corrige automatiquement, mon attention partagée entre elle et cette route traîtresse. La plupart des gens voient les montagnes comme quelque chose à conquérir. Vous en parlez comme si elles étaient votre foyer.

—Peut-être parce qu'elles le sont. Elle regarde la neige tourbillonnante. Enfin, pas ces montagnes exactement. Mais cette vie. La petite ville, l'entreprise familiale, la beauté tranquille de tout ça. Certains pourraient voir ça comme se contenter de moins. Moi, j'y vois le choix de ce qui compte vraiment.

Thor gémit doucement, se rapprochant d'elle, et je jurerais qu'il est aussi captivé que moi par sa tranquille conviction.

—Bien que maintenant, ajoute-t-elle avec un sourire, je reconsidère sérieusement mes choix de vie. Y compris celui de conduire par ce temps.

—Non, c'était un excellent choix. Il vous a menée jusqu'à nous, non ?

Ma réponse sonne comme du flirt, mais son rire en vaut la peine. —Charmeur. Très charmeur. Tous les hommes de la montagne ont d'aussi bonnes répliques, ou vous êtes spécial ?

—Définitivement spécial. Demandez à Thor.

—Ah oui, mon nouvel ami. Elle lui gratte encore les oreilles. Bien que je ne sois pas facilement impressionnée par la flatterie. Même si elle s'accompagne de fourrure et de yeux de chiot.

—Et un chocolat chaud devant un feu de cheminée ?

—Ça... ça pourrait marcher.

Je lui jette un autre regard tandis qu'elle fixe la route devant elle, confuse, un petit pli sur son front alors qu'elle se concentre sur la route floue qui s'étend devant nous.

Je réprime rapidement cette pensée. Elle est bloquée, probablement en état de choc, et définitivement vulnérable. La dernière chose dont elle a besoin, c'est d'un Alpha qui devient territorial simplement parce qu'elle sent comme tout ce qu'il y a de bon dans ce monde et qu'elle rit à ses blagues.

Mais bon sang, la tentation est forte.

Le vent hurle plus fort à mesure que nous montons, le puissant moteur du camion luttant contre les conditions. La plupart des véhicules auraient abandonné des kilomètres plus tôt, mais j'ai modifié celui-ci spécifiquement pour les secours en montagne. Bien que, d'habitude, je ne secoure personne d'aussi intrigant.

—Presque arrivés, lui dis-je alors que nous contournons le dernier virage. Attention... mes amis peuvent être un peu...

—Des tueurs à la hache ?

—J'allais dire intenses, mais oui, va pour ça.

Elle glousse, et j'adore ce son. « Eh bien, tant qu'ils sont des psychopathes sans discrimination. Je détesterais penser que j'ai fait tout ce chemin pour finir dans une scène de crime genrée. »

Un rire éclate en moi de façon inattendue. « Vous n'avez vraiment peur de rien, n'est-ce pas ? »

—Oh, j'ai peur de plein de choses. Elle caresse

distraitement la fourrure de Thor. Les hauteurs. Les araignées. Ma sœur quand quelqu'un dérange son système d'organisation de cuisine. Mais je me dis que si on doit mourir dans une tempête de neige, autant partir avec de bonnes blagues.

—Vous n'allez pas mourir. Les mots sortent plus grognés que prévu.

Elle me regarde, surprise, puis sourit lentement. « Non, je ne vais pas mourir. Parce que vous m'avez trouvée. »

La confiance simple dans ces mots fait quelque chose à ma poitrine que je ne suis pas prêt à examiner. Vanessa ne m'a jamais fait confiance comme ça — elle questionnait toujours, doutait toujours, cherchait toujours quelque chose de mieux.

Mais cette femme inattendue qui parle à mon chien et fait des blagues sur les tueurs à la hache... elle me fait confiance après m'avoir connu moins d'une heure.

C'est putain de terrifiant quand aucune autre Oméga ne m'a fait ressentir quoi que ce soit jusqu'à maintenant. Et c'est probablement la chose la plus attirante que j'aie jamais rencontrée.

La cabane apparaît à travers la tempête de neige, et quelque chose de primitif se déplace dans ma poitrine. Mon territoire devrait être mon sanctuaire, mais l'y faire entrer revient à inviter une tempête plus dangereuse que celle qui hurle dehors. Parce que chaque regard confiant qu'elle me lance me donne envie de prouver qu'elle a raison — veut réclamer, protéger, posséder — et il n'y a aucun abri contre ce genre de faim.

7

LILY

Le vent manque de me faire tomber alors que Hunter me guide de son pick-up vers ce qui doit être le plus magnifique chalet que j'aie jamais vu. À travers le rideau de neige tourbillonnante, il s'élève comme sorti d'un rêve — trois étages de riches poutres en bois et de fenêtres, à la fois rustique et élégant. Des cheminées en pierre percent le ciel blanc, la fumée s'élevant de leurs sommets avant d'être emportée par la tempête.

Je serre mon sac contre moi quand mon pied glisse sur le sentier couvert de neige, mon estomac remontant jusqu'à ma gorge.

— Attention, dit Hunter en attrapant mon coude, stabilisant mon équilibre. Son contact envoie une chaleur qui me traverse. Les marches sont glacées.

Thor bondit devant nous, sa fourrure sombre collectant des flocons de neige tandis qu'il nous guide vers la véranda qui entoure la maison. Le terrain autour de nous est dégagé sur une cinquantaine de mètres avant que la forêt ne se resserre, bien qu'en ce moment, tout se confonde dans un monde de blanc. Par beau temps, cet endroit serait probablement à couper le souffle. Pour l'instant, je suis simplement reconnaissante qu'il existe.

— C'est à toi ? je parviens à articuler malgré mes dents qui claquent. Bien que le mot *chalet* ne lui rende pas justice. C'est le genre d'endroit qui devrait figurer dans des magazines de luxe, tous matériaux naturels et proportions parfaites. Tu es secrètement une star de cinéma qui se cache ?

Son rire est riche et profond, à peine audible dans le vent qui hurle. —Je l'ai hérité de mon grand-père. Quelque chose traverse son visage — de la douleur, peut-être, ou un souvenir. Allez, entrons avant que tu ne gèles.

La porte s'ouvre sur un grand salon qui me coupe le peu de souffle qui me reste. Des plafonds vertigineux aux poutres apparentes attirent mon regard vers le haut, toujours plus haut, jusqu'à un lustre qui semble être fait de bois de cerfs naturellement tombés. Une imposante cheminée en pierre domine le centre de la pièce, les flammes crépitant joyeusement derrière sa grille en fer. Deux profonds canapés en cuir encadrent une table basse qui semble avoir été sculptée dans un seul tronc d'arbre massif, tandis que des fauteuils surdimensionnés et ce qui paraît être les poufs les plus invitants du monde sont dispersés autour de l'âtre.

— Oh mon Dieu, je m'exclame, laissant tomber mon sac à mes pieds tandis que Hunter enlève sa veste et la jette sur un crochet. Je me débats avec mes bottes couvertes de neige pour les enlever. Mes doigts sont si engourdis que j'arrive à peine à défaire les lacets.

— Laisse-moi faire. Hunter s'agenouille devant moi, et mon souffle se coupe face à sa... masculinité pure, accroupi à mes pieds comme un sombre prince de conte de fées. Ces mains habiles défont rapidement les nœuds gelés de mes bottes, et je dois me rappeler que fixer quelqu'un est impoli. Mais honnêtement, comment suis-je censée détourner le regard quand il est juste là, le front plissé de concentration, ses doigts forts bougeant avec tant de soin ? Mes mains me font physiquement mal tant j'ai envie de passer mes doigts dans ces épais cheveux noirs, puis de tracer la ligne dure de sa mâchoire.

Quand il se lève, me dominant de toute sa hauteur, je manque de gémir. Sa chemise s'étire sur un torse digne d'un mannequin, et ces épaules... Mon Dieu, ces épaules. Je pourrais probablement passer des heures à compter les façons dont ses muscles bougent sous le tissu. Puis son odeur me frappe — pin et feu de bois mêlés à la fraîcheur de la menthe des montagnes — et mes instincts d'Oméga surgissent si violemment que je dois m'agripper au mur du salon pour rester debout. Ce n'est pas seulement une odeur ; c'est un appel primitif qui fait s'animer chacune de mes terminaisons nerveuses, mon corps reconnaissant quelque chose que mon esprit peut à peine traiter. L'envie de me pencher, de me soumettre, est si écrasante que je dois me mordre la lèvre pour retenir un gémissement.

— Laisse-moi prendre ton manteau, dit-il d'un ton bas et riche qui me fait recroqueviller les orteils, comme s'il n'avait aucune idée de l'effet qu'il a sur moi. Je n'arrive toujours pas à croire qu'un Alpha puisse m'affecter ainsi.

Contrôle-toi. Tu ne sais pas qui est vraiment cet étranger !

Je me force à détourner le regard en premier, mais pas avant d'avoir remarqué le léger tremblement de ses mains — comme s'il luttait tout aussi fort pour maintenir son contrôle. Un Alpha qui peine à garder sa composition... à cause de moi. Cette pensée envoie une nouvelle vague de chaleur à travers mon corps, et je maudis silencieusement ma biologie d'Oméga qui rend tout si incroyablement intense.

Je parviens à retirer mes bottes sans tomber — un miracle, étant donné que mes genoux semblent s'être transformés en gelée — et il m'aide à enlever mon manteau. Ses doigts effleurent mes épaules, et je jure que la température dans le chalet monte de dix degrés d'un coup.

Je ne suis généralement pas du genre à défaillir, mais s'il y avait un moment pour commencer, ce serait bien celui-ci : regarder cette montagne d'homme me manipuler comme si j'étais faite de verre tout en ayant l'air de pouvoir soulever un camion... oui, ce serait bien ça.

—Merci, je murmure.

Ses yeux bleu glacier rencontrent les miens pendant un instant qui s'étire comme du miel. La chaleur envahit mes joues, et je détourne rapidement le regard.

Il accroche mon manteau à un crochet sur le mur près de la porte, et mon sac à la main, je gravite vers le feu, où Thor s'est déjà étalé. La queue du malamute frappe contre les lattes du plancher recouvertes d'un tapis lorsque j'approche, et il se déplace pour me faire de la place.

Je me retourne pour découvrir que le regard de Hunter s'attarde sur moi. Tout en lui irradie l'Alpha, de son torse large à la marque dentelée le long de sa mâchoire — comme un éclair emprisonné dans sa peau, disparaissant sous son col et me faisant me demander jusqu'où cette cicatrice peut bien descendre. Mais ce qui me frappe le plus, c'est qu'il n'essaie pas de la cacher, ne tourne pas son visage pour la masquer. Il la porte comme il porte tout le reste — avec une confiance tranquille et inébranlable qui fait trébucher mon cœur.

—Merci encore, dis-je, en tendant mes doigts gelés vers les flammes. De m'avoir trouvée, secourue. Je ne sais pas ce que j'aurais fait là-bas.

—Tu es en sécurité maintenant. C'est ce qui compte, dit-il d'un ton profond qui porte une note de finalité qui me fait frissonner. Laisse-moi vérifier la ligne fixe. La couverture mobile est capricieuse ici, même par beau temps.

Il disparaît dans un couloir avec Thor sur ses talons, me laissant seule. La grande pièce semble à la fois chaleureuse et immense, avec des fenêtres qui révèlent la tempête qui a rendu le monde blanc, et quelque chose dans cette isolation fait frissonner ma peau. Je prends mon téléphone dans mon sac — toujours pas de réseau. Parfait... Hannah va paniquer d'inquiétude quand je ne rentrerai pas à cause de cette tempête. Je lui envoie un message au cas où la réception reviendrait et qu'il puisse être délivré, lui racontant ce qui s'est passé et où je me trouve... si jamais quelque chose devait arriver.

J'expire bruyamment, me rappelant de me calmer. Ce gars sauve des gens pour gagner sa vie... Il ne me fera certainement pas de mal, n'est-ce pas ?

Je me distrais en étudiant la pièce plus attentivement. Tout parle d'argent, mais pas de façon ostentatoire. C'est une richesse ancienne, un luxe vécu. Des photos de famille s'alignent sur un mur — principalement Hunter avec un homme plus âgé qui doit être son père ou son grand-père, souvent en tenue d'escalade ou dans des situations de sauvetage. Sur l'une, ils descendent ensemble en rappel le long d'une falaise abrupte. Sur une autre, ils apprennent à ce qui semble être un Thor beaucoup plus jeune à marcher dans la neige profonde.

—La ligne est coupée, annonce Hunter en revenant. La tempête a dû abattre quelques poteaux. Le réseau mobile est aussi hors service.

—Super, dis-je en essayant de sourire, tentant de ne pas paniquer à l'idée d'être seule avec un inconnu dans son chalet. Cela dit, il n'a fait que m'aider jusqu'à présent. J'espère que je ne suis pas un fardeau...

—Pas du tout, répond-il. Quelque chose flamboie dans ses yeux. Là puis disparaît si vite que je le manque presque. Ça nous donne quelque chose à faire, d'être coincés à l'intérieur.

La chaleur inonde mon corps à son ton, à la façon dont sa présence semble remplir chaque recoin de la pièce. Avant que je puisse répondre, une porte que je n'avais pas remarquée s'ouvre, révélant une cuisine étincelante — et un visage qui fait s'arrêter mon cœur.

Il se fige dans l'embrasure, ses yeux ambrés s'écarquillant en me reconnaissant. C'est lui — le magnifique inconnu de ma boulangerie l'autre jour, celui dont le flirt ridicule et le sourire dévastateur m'avaient fait perdre mes moyens. Même en vêtements décontractés, il irradie cette même aura magnétique qui m'avait attirée auparavant.

Que fait-il ici ?

Ses cheveux brun doré sont légèrement ébouriffés maintenant, quelques mèches tombant sur son front d'une manière qui le rend encore plus beau que la version soignée que j'ai d'abord rencontrée. Il porte un jean foncé qui lui va parfaitement et une chemise blanche impeccable avec les manches retroussées jusqu'aux coudes, révélant des avant-bras puissants et cet intrigant tatouage en forme de rose des vents sur son poignet droit. La chemise est sortie du pantalon, les boutons du haut défaits juste assez pour paraître naturellement sexy plutôt que délibéré.

Pendant un moment, nous nous contentons de nous regarder. Je suis parfaitement consciente de l'allure que je dois avoir — à moitié noyée, cheveux en désordre, probablement du mascara partout. Pourtant, la façon dont il me regarde fait fléchir mes genoux. Sa grande silhouette, facilement plus d'un mètre quatre-vingts, me domine avec un physique athlétique qui me dit qu'il s'entraîne régulièrement. Il y a quelque chose de presque prédateur dans ses mouvements gracieux lorsqu'il déplace son poids, comme un grand félin décidant s'il va bondir.

Son regard parcourt mon corps, et ce sourire narquois s'épanouit en un sourire complet à couper le souffle qui s'approfondit aux coins de ses yeux. « Eh bien », dit-il d'une voix traînante. « Si j'avais su qu'un petit blizzard était tout ce qu'il fallait pour te faire apparaître à ma porte, j'aurais fait une danse de la pluie il y a des semaines. »

—Vous vous connaissez tous les deux ? Les yeux bleu glacier de Hunter se fixent sur moi, puis se tournent vers le nouveau venu.

—Pas formellement. La voix de l'étranger est exactement comme je m'en souviens — douce avec une pointe d'amusement. Mais elle prépare les meilleurs roulés à la cannelle que j'aie jamais goûtés.

—Tu t'en souviens. Les mots m'échappent avant que je ne puisse les retenir.

—Difficile d'oublier. Son regard danse sur moi, et une vague de chaleur me traverse. Bien que je sois agréablement surpris de te revoir si tôt, surtout chez mon ami. Il lève les yeux vers Hunter. Je l'ai rencontrée dans une boulangerie à Whispering Grove la semaine dernière. La façon dont son regard ambré s'attarde sur moi en dit long. Sa posture décontractée masque quelque chose de dangereux et d'irrésistible dont je me souvenais de notre première rencontre — une attraction obsessionnelle pour lui qui me semblait tout sauf saine.

—Le monde est petit, ajoute Hunter. J'ai trouvé Lily à environ trois kilomètres d'ici, sa voiture à moitié contre la glissière de sécurité. Son ton devient grave, ce timbre profond envoyant involontairement des frissons le long de ma colonne vertébrale. Une heure de plus dehors dans cette tempête glaciale... Il ne termine pas sa phrase, mais le poids de ce qu'il ne dit pas me frappe comme un coup physique.

J'enroule mes bras autour de moi-même, la réalité de la mort par hypothermie à laquelle j'ai échappé de justesse me frappant finalement.

—Je l'ai amenée ici jusqu'à ce que la neige cesse, puisque nous étions près de la cabane.

—Archer Sterling. Le dragueur du café s'avance vers moi, son expression devenant enjouée sans pour autant masquer complètement l'intensité prédatrice sous-jacente.

—Archer, j'essaie de stabiliser ma voix, testant son nom sur ma langue.

Mon corps me trahit, instinctivement attiré par leur présence d'Alpha. Le picotement entre mes cuisses s'intensifie. C'est une situation dangereuse pour une Omega comme moi. Seule avec deux Alphas dans une cabane.

—Eh bien, vous savez ce qu'on dit — quand le GPS vous conseille de prendre une route panoramique pendant une tempête, il faut toujours l'écouter. Ma gorge s'assèche alors que j'essaie de cacher ma réaction à leur présence, bien que ma tentative d'humour tombe à plat.

La chaleur dans le regard d'Archer indique claire-ment qu'il ne pense ni au GPS ni aux pâtisseries.

—À en juger par l'allure de la tempête, elle s'installe

pour quelques jours. Il semble que tu sois coincée avec nous, ajoute Hunter.

—Pas vraiment, corrige Archer avec un sourire carnassier. Dès que quelqu'un enverra une fusée de détresse par ce temps, tu seras équipé plus vite que Lily ne peut glacer une douzaine de cupcakes. Tu te souviens de cette tempête de verglas l'hiver dernier ? Tu étais à mi-chemin de la montagne avant même que le standard n'appelle.

Mon regard passe de l'un à l'autre, ne comprenant pas tout à fait. Archer doit remarquer ma confusion et hoche la tête vers le mur où j'avais vu les photos de Hunter accrochées dans des cadres simples en bois.

—Notre héros résident ne peut s'empêcher de jouer les superman sur la montagne. Les secours en montagne sont moins un travail qu'une obsession pour lui.

Les images prennent soudain sens — Hunter en tenue tactique et harnais, descendant en rappel le long de falaises, son équipe autour de lui.

—Il faut bien que quelqu'un sauve les touristes qui pensent que randonner en tongs est une bonne idée, dit Hunter d'un ton impassible.

—Dit l'homme qui a sauté d'un hélicoptère parce que la radio était mauvaise, rétorque Archer.

—C'est arrivé une seule fois !

—Trois fois. J'ai des photos.

Je me retrouve debout devant la cheminée, incapable de m'approcher suffisamment de la chaleur. Thor est revenu, prenant place à côté de moi tandis que les gars sont derrière les canapés.

—Donc, ce que vous dites, c'est que j'ai réussi à me

faire secourir par le type qui fait paraître les autres équipes de secours paresseuses ?

—Tu as tout compris ! me fait-il avec un clin d'œil, et mon cœur fait un saut périlleux. Se rend-il compte de l'effet qu'il me fait ? Mieux qu'un homme qui a transformé toute une pièce de sa maison en sanctuaire de livres rares.

—C'est un Hemingway original que tu critiques, se défend Archer. Certains d'entre nous apprécient des choses qui n'impliquent pas d'équipement d'escalade et de barres protéinées.

—Tu as installé un système de climatisation uniquement pour tes livres.

—Une première édition signée de *Le Vieil Homme et la Mer* exige certaines normes, espèce de sauvage des montagnes. La chaleur dans le ton d'Archer enlève tout piquant à ses mots. Nous ne voulons pas tous vivre comme si nous dormions encore dans des cavernes.

—Dixit l'homme qui a dépensé plus pour un seul livre que ce que ma camionnette a coûté.

—Ce Fitzgerald était un investissement !

Je jette un coup d'œil de l'un à l'autre, incapable de m'empêcher de sourire à leur joute verbale.

Leurs rires me font oublier un instant que je suis bloquée par une tempête avec deux hommes qui dégagent assez d'énergie Alpha pour alimenter une petite ville. Presque oublier, en tout cas — mon corps n'a pas tout à fait reçu le mémo concernant la nécessité de rester calme.

Même ma respiration est devenue superficielle, et je me surprends à me balancer subtilement vers eux comme s'ils généraient leur propre attraction gravitationnelle. La chaleur qui s'accumule dans mon ventre n'a rien à voir avec l'embarras et tout à voir avec la façon dont les yeux d'Archer cherchent constamment les miens ou comment la voix profonde de Hunter semble résonner dans tout mon corps.

Je me surprends à me demander à quoi ressemble cette collection de livres rares, puis je me secoue mentalement. *Concentre-toi, Lily.* Ce n'est pas le moment de t'extasier sur des premières éditions, peu importe le nombre d'épisodes d'Antiques Roadshow que tu as enchaînés. Bien que je doive admettre qu'un homme qui se passionne autant pour les livres est dangereusement séduisant pour ma nerd de littérature intérieure.

J'avale difficilement. Je suis seule avec deux hommes étrangers pendant une énorme tempête. Certes, l'un d'eux m'a fait faiblir dans ma boulangerie la semaine dernière, et l'autre sauve apparemment des vies pour gagner sa vie, mais quand même. La fan de true crime en moi répertorie toutes les façons dont cela pourrait mal tourner.

Cabane isolée pendant une tempête ? Fait.

Pas de réseau mobile ? Fait.

Deux hommes impossiblement magnifiques qui sont probablement des tueurs en série parce que n'est-ce pas toujours comme ça dans les émissions de crimes ? Les beaux sont toujours ceux qui cachent quelque chose de sinistre. Pour ce que j'en sais, cette collection de livres rares pourrait être reliée en peau humaine, et les photos de sauvetage de Hunter pourraient être sa façon de choisir ses victimes. J'ai regardé assez d'épisodes de

Dateline pour savoir que « spécialiste en sauvetage en montagne » pourrait facilement être un code pour « connaît tous les meilleurs endroits pour cacher des corps ».

Je ris presque de mes propres pensées ridicules. La plupart des meurtriers ne se chamaillent pas à propos de livres et d'équipement d'escalade comme un vieux couple marié.

Mais la façon dont ils me regardent tous les deux fait rougir ma peau malgré le froid.

Les avertissements de Grand-mère sur les Alphas résonnent dans ma tête. *Ils feront en sorte que ton corps te trahisse, petite fleur. L'astuce est de ne pas leur montrer à quel point.*

Trop tard pour ça, Mamie. Beaucoup trop tard.

—Je dois vérifier les générateurs de secours. Avec une tempête comme celle-ci, on pourrait perdre le courant, dit Hunter. Son sourire ne masque guère la présence autoritaire qui semble émaner de lui par vagues. Thor, avec moi.

L'énorme malamute qui m'observait depuis sa place près de la cheminée se lève et suit son maître. Au moins l'un d'entre eux semble savoir ce que signifie l'espace personnel.

—Bien, je m'occupe de la visite alors, dit Archer avec un sourire qui s'élargit, et mon estomac fait à nouveau cette chose agaçante. À moins que tu préfères attendre notre hôte, étant donné que c'est sa maison ?

—Vas-y, lance Hunter par-dessus son épaule. Je n'en ai pas pour longtemps.

Au moment où Hunter disparaît derrière ce que je

suppose être la porte de la cave, le tonnerre gronde dehors. L'orage semble plus proche maintenant, plus furieux, comme s'il essayait de me rappeler pourquoi je suis coincée ici. Archer s'approche, et immédiatement, je suis enveloppée de son parfum enivrant — bergamote, vieux livres et une essence masculine qui me fait tourner la tête. Pourquoi sent-il si bon ?

—On y va ? fait-il en indiquant le couloir. Je te promets qu'il n'y a pas de passages secrets, et que tu es parfaitement en sécurité ici.

Je hausse un sourcil, pensant à la petite bombe lacrymogène que je garde dans mon sac, juste au cas où. Je serre le sac sous mon bras. —Voilà une précision plutôt spécifique.

—Je vois l'inquiétude dans tes yeux, dit-il, son regard ambré s'adoucissant avec compréhension. Et je ne t'en blâme pas. Mais cet endroit... c'est chez toi pendant que tu es ici.

—Eh bien, tant qu'il y a une cuisine décente, je plaisante, essayant de masquer comment sa sincérité fait battre mon cœur. Bien que je doive te prévenir, les recettes de ma mère sont connues pour provoquer une dépendance. Strictement légale, bien sûr.

Son rire est chaleureux et riche. —Ah oui, les fameux secrets de famille. J'ai hâte de goûter davantage à tes pâtisseries.

—J'ai déjà vu la femme du maire camper devant ma boutique à cinq heures du matin pour la dernière part de ma tarte aux pommes.

—Voilà une histoire que je dois absolument entendre. Il monte une marche de l'escalier, puis se retourne vers moi avec un sourire. Peut-être autour d'un café ? Je fais un espresso d'enfer.

—Attention — une pâtissière ne révèle jamais ses secrets. Je monte la première marche, ignorant délibérément comment les ombres semblent se déplacer et s'étirer le long des murs. Mais je pourrais être persuadée si ton espresso est à la hauteur de sa réputation.

—Avant de monter, laisse-moi te faire visiter cet étage, mentionne-t-il, sa main effleurant le bas de mon dos tandis qu'il me guide le long d'un couloir aux riches panneaux d'acajou. Même ce contact presque inexistant envoie des frissons le long de ma colonne vertébrale.

La première porte qu'il ouvre me fait hoqueter. —C'est une salle de bain ? On dirait un spa. Mes paroles résonnent légèrement dans le vaste espace. Le marbre crème s'étend du sol au plafond, centré autour d'une baignoire jacuzzi encastrée qui pourrait facilement accueillir quatre personnes. Toute la pièce resplendit d'un doux éclairage ambiant. —Est-ce que c'est... une douche cascade ?

—Et un sauna par là, ajoute-t-il, montrant une porte, visiblement amusé par ma réaction. Il me regarde tout observer, souriant. Rien de tel après une journée dans la neige. La chaleur pénètre jusqu'à tes os.

Je suis sur le point de répondre quand il me conduit à la pièce suivante, et tous les mots meurent dans ma gorge. La cuisine est... magnifique. Des casseroles en cuivre pendent d'un rack suspendu, scintillant dans la lumière naturelle qui coule à flots par des fenêtres allant du sol au plafond. Un îlot massif de marbre veiné de bleu domine le centre, entouré d'appareils en acier inoxydable de qualité professionnelle. Le garde-manger pourrait contenir toute la cuisine de mon appartement.

—Je crois que je suis amoureuse, je murmure, passant mes doigts sur le marbre froid. Deux fours... une cuisinière à gaz huit feux... est-ce que c'est un véritable tiroir de fermentation ? Je pivote pour lui faire face, ne cherchant même pas à cacher mon excitation. C'est comme si la cuisine de rêve de chaque pâtissier prenait vie. Pourquoi Hunter a-t-il une cuisine aussi sophistiquée ?

—Selon Hunter, quand leur grand-père a rénové l'endroit il y a quelques années, un designer d'intérieur de renom l'a persuadé, explique Archer. Ses lèvres s'incurvent en un demi-sourire. Bien que je doute que tout cet équipement sophistiqué soit utilisé à moitié autant qu'il le mérite. Surtout depuis que pour Hunter, cuisiner signifie commander à emporter.

Archer s'appuie contre l'encadrement de la porte, ce demi-sourire dévastateur jouant sur ses lèvres. —Tu peux l'utiliser quand tu veux. Quelque chose me dit que tu en ferais meilleur usage que nous.

—Attention avec ce genre d'offres, je l'avertis, même si mon esprit fourmille déjà de possibilités. Je pourrais ne jamais partir. Vous descendrez un matin pour trouver toute la maison embaumée de cannelle et de vanille.

—Ça a l'air terrible, dit-il d'un ton impassible, mais son attention ne me quitte pas. Comment vais-je supporter que des pâtisseries fraîches apparaissent dans ma cuisine ?

Je ris, un son étonnamment libre et facile, malgré la conscience constante que mon corps a de lui. —Oh, alors c'est ça ton plan diabolique. Attirer la pâtissière avec une cuisine de rêve.

—Est-ce que ça marche ? Sa voix devient plus basse, et mon pouls s'emballe dans mes veines.

Je rencontre son regard, m'autorisant un petit sourire narquois. — Peut-être. Mais j'ai quand même besoin de voir l'étage avant de prendre une décision concernant mon emménagement, je plaisante, bien que je veuille aussi voir à quoi j'ai affaire dans cette maison, étant donné que je suis coincée ici jusqu'à ce que la tempête passe.

Son sourire m'invite à le suivre dans l'escalier.

Les marches grincent sous nos pieds pendant que nous montons. Les murs sont ornés de nouvelles photographies en noir et blanc — principalement des paysages montagneux, bien que j'aperçoive ce qui doit être les missions de sauvetage de Hunter.

— Hunter a... des goûts coûteux, je parviens à dire, essayant de me concentrer sur n'importe quoi d'autre que la façon dont Archer monopolise mon attention.

— Il a hérité de l'endroit tel quel, dit Archer avec un léger sourire. La plupart d'entre nous avons grandi en venant ici aussi longtemps que je me souvienne. Depuis qu'il a perdu son grand-père, il passe plus de temps ici qu'en ville maintenant — c'est comme chez lui.

Nous atteignons le palier, et Archer s'arrête. Un éclair illumine son visage à travers les fenêtres, faisant ressortir ses traits avec netteté. — Il nous laisse séjourner ici quand on veut ou quand on a besoin de s'évader.

Le couloir s'étend devant nous, tout en bois sombre et tapis moelleux qui étouffe nos pas. Plus d'art, plus de photographies.

Archer me guide devant des portes qui cachent probablement des pièces plus grandes que ma chambre. Nous passons devant une bibliothèque qui me fait m'arrêter net. Des étagères du sol au plafond remplies de volumes reliés en cuir, des coins lecture nichés dans des alcôves de fenêtres. Mais quelque chose d'autre attire mon regard — un soutien-gorge en soie négligemment drapé sur un fauteuil en cuir, son rouge profond contrastant vivement avec l'énergie masculine de la pièce.

Archer suit mon regard. — Hunter reçoit parfois.

— Je vois ça. Je regarde autour du hall d'entrée ornementé, essayant d'avoir l'air décontractée, mais je sens mes joues s'empourprer. — Bien que j'avoue, dans une maison aussi grandiose, je m'attends à moitié à entendre les battements d'un cœur hideux sous ces planchers.

Archer s'arrête si brusquement que je manque de lui rentrer dedans. Quand il se retourne, son regard s'illumine d'une chose que je n'avais pas encore vue — un enthousiasme brut qui transforme tout son visage en quelque chose de plein d'excitation.

— Est-ce que tu viens juste de citer Edgar Allan Poe ?

Je ne peux m'empêcher de sourire largement. — Peut-être.

— Plus que peut-être, dit-il, ses lèvres s'étirant en un

large sourire. — Je n'ai pas rencontré beaucoup de personnes capables de glisser *Le Cœur révélateur* dans une conversation de façon aussi décontractée.

— C'est la faute de ma grand-mère, en fait. Je m'arrête sur la marche en dessous de lui, étrangement ravie de la façon dont il me regarde — comme si j'étais un livre qu'il avait hâte d'ouvrir. — Elle me lisait de la poésie gothique quand j'étais jeune. Elle adorait ça, et je suppose que ça a déteint sur moi.

— Et Poe était ton préféré ? Il y a quelque chose de presque affamé dans la façon dont il s'appuie contre la rampe, attendant ma réponse.

— Il comprenait l'obscurité, dis-je. Pas seulement la peur, mais cet étrange endroit où la terreur rencontre la beauté. J'ai dû lire *Le Cœur révélateur* une centaine de fois.

— L'homme coupable qui ne peut échapper à sa propre conscience, murmure Archer, et quelque chose flamboie dans ces yeux. — Ou peut-être l'homme sain qui essaie de se convaincre qu'il n'est pas fou.

— Les deux, peut-être. Je lui rends son regard. — C'est ce qui le rend brillant, n'est-ce pas ? Je t'ai entendu parler avec Hunter de premières éditions, j'ajoute, la curiosité prenant finalement le dessus. — Tu les collectionnes ?

Quelque chose de doux et vulnérable traverse son visage. — J'en ai quelques-unes chez moi en ville. Il marque une pause. — Ma plus grande obsession est mon exemplaire de 1845 du *Corbeau* du *Graham's Magazine*. Je l'ai trouvé dans une boutique d'antiquités quand j'avais douze ans. Ma mère me lisait Poe pendant les orages.

L'honnêteté brute dans ses mots fait serrer mon cœur. — C'est incroyablement rare.

—« Plongeant dans cette obscurité, longtemps je restai là, m'interrogeant, craignant », cite-t-il doucement, les yeux perdus dans ses souvenirs. Ces vers... ils signifiaient tout pendant l'année où j'ai perdu ma mère. Ils le font encore. Parfois, l'obscurité que tu fixes n'est pas seulement l'obscurité — c'est tout ce que tu as peur d'affronter, tout ce que tu as perdu.

—J'adore que tu le connaisses par cœur, dis-je, surprise moi-même par la douceur de ma réponse.

Son regard retrouve le mien, et quelque chose d'électrique passe entre nous. Nous sommes maintenant plus proches, bien que je ne me souvienne pas avoir bougé.

—Et toi ? demande-t-il. D'autres vers qui t'ont marquée ?

—« Nous nous aimions d'un amour qui était plus que l'amour », je cite doucement, mon cœur tambourinant dans ma poitrine. Ces mots semblent dangereux ici, seule avec lui dans cette cabane, mais je ne peux pas m'arrêter.

Son souffle se bloque. Pendant un moment, il reste parfaitement immobile, me regardant comme si je venais de lui donner la clé de quelque chose de précieux.

—Tu es vraiment pleine de surprises.

Je devrais reculer. Je devrais briser ce moment avant qu'il ne nous submerge tous les deux. Au lieu de cela, je me surprends à demander : — Quels autres secrets caches-tu à part ton amour pour la poésie gothique ?

—Beaucoup, admet-il librement, son sourire devenant énigmatique. Mais d'une certaine façon, je pense que tu pourrais être la personne la plus dangereuse qui ait franchi ces portes.

Ses yeux se verrouillent aux miens, et l'intensité qu'ils dégagent fait approfondir ma respiration. Pendant un instant, nous sommes tous deux parfaitement immobiles. Lui me dominant de sa taille. Mon pouls s'embrase dans mes veines. Je n'ai jamais rencontré quelqu'un d'autre qui apprécie autant la littérature gothique que moi.

—Viens, dit-il finalement. Il y a plus à voir à l'étage.

Je le suis, essayant d'ignorer comment chaque pas me donne l'impression de me rapprocher de quelque chose pour laquelle je ne suis peut-être pas prête... mais à laquelle je ne semble pas pouvoir résister.

Nous passons devant une salle de bain où une porte ouverte révèle du marbre et du chrome, ainsi qu'un flacon de ce qui est sûrement un parfum scandaleusement cher.

La pièce suivante qu'Archer me montre est clairement une salle de sport. Il me conduit au bout du couloir, ouvrant une porte pour révéler une chambre qui parvient à être à la fois luxueuse et chaleureuse. Un banc de fenêtre donne sur les montagnes — ou le ferait si la tempête ne transformait pas tout en ombres mouvantes. La salle de bain attenante est plus grande que ma cuisine.

—C'est pour toi. Ton havre jusqu'à ce que la tempête passe, dit-il.

J'essaie de ne pas penser aux implications d'être dans la même maison que lui et Hunter. Ou comment la tempête semble nous rapprocher davantage dans cet espace qui soudainement paraît très petit.

—Je devrais te laisser t'installer, dit-il, mais ne bouge pas.

Le tonnerre gronde dehors, et je jure que je peux le sentir dans mes os. Ou peut-être est-ce simplement l'effet de l'avoir si proche, son parfum m'entourant, sa taille me faisant me sentir délicieusement petite.

—D'accord, je parviens à dire. M'installer.

Son rire s'amplifie, et il me fait un clin d'œil en reculant, me laissant me demander dans quoi exactement je me suis embarquée. Et pourquoi la perspective de le revoir m'excite plus qu'elle ne le devrait.

Il me laisse seule, et je passe la tête dans le couloir pour constater qu'il est parti. Entendant le murmure de voix en bas, je suppose qu'il s'agit d'Archer et Hunter qui discutent.

C'est alors que je me retrouve à fixer une photo qui me cloue sur place.

L'image en noir et blanc montre deux personnes devant ce qui ressemble à une boulangerie à l'ancienne. L'un est clairement le grand-père de Hunter, d'après les autres photos, des décennies plus jeune mais avec les mêmes traits forts. Et la femme à côté de lui, riant à quelque chose hors cadre...

—Attends. Ma voix me semble étrange à mes

propres oreilles. C'est... c'est ma grand-mère. Dans sa première boulangerie.

8

ARCHER

Je suis en train de couper des carottes dans la cuisine de Hunter, le bruit sourd du couteau contre la planche à découper couvrant presque le hurlement du vent dehors. Putain, le blizzard s'est aggravé durant la dernière heure, transformant les fenêtres en pans de blanc solide. Il y a quelque chose d'anormal dans cette tempête — trop intense, trop déterminée, comme si elle cherchait à nous garder prisonniers ici. Comme si elle cachait quelque chose là-dehors.

—Tu sais, déclare Hunter derrière moi, et je jette un coup d'œil pour le voir fouiller dans son garde-manger. Tu n'es pas obligé de cuisiner. Il en ressort avec un pot de cacahuètes au miel, mais il y a une tension dans ses épaules que je n'ai jamais vue auparavant. On pourrait simplement...

—Quoi ? Commander une pizza ? Je continue à couper, plus fort que nécessaire, essayant de me concentrer sur n'importe quoi sauf son parfum de bonbon à la menthe qui flotte dans l'air. Même ici, même maintenant, ça me rend fou. Ça fait trembler mes mains. Ça fait monter mes instincts à chaque bouffée d'Oméga que je respire. Au cas où tu n'aurais pas remarqué, on est un peu coincés ici.

—On a des provisions. Barres protéinées, mélange montagnard...

—Ta conception de la nourriture est exactement la raison pour laquelle je cuisine. Certains d'entre nous aiment réellement goûter ce qu'ils mangent.

Hunter m'observe, son expression révélatrice. « Elle te perturbe. »

—La ferme.

—Le grand Archer, perdant son sang-froid à cause d'une Oméga. Il essaie de garder un ton léger, mais il y a un sous-courant d'inquiétude. Je n'aurais jamais cru voir ce jour arriver. Tu es habituellement si...

—Si quoi ?

—Contrôlé. Distant. Il m'étudie. Celle-ci est différente.

Je pointe le couteau vers lui. « Tu veux cuisiner ton propre dîner ? »

Il lève les mains en signe de reddition, mais son regard est sérieux. « C'est juste... la façon dont elle nous regarde comme... »

—Comment ?

—Comme si elle était aussi affectée que nous. Et c'est dangereux, considérant qu'on n'avait pas prévu de prendre une Oméga. Enfin, pas tout de suite, en tout cas.

De légers pas dans l'escalier attirent notre attention.

Thor apparaît en premier, suivi de Lily. Elle est enveloppée dans l'une des épaisses couvertures de la chambre, mais cela ne masque en rien son odeur. Mon couteau dérape, manquant presque de me couper le doigt.

La couverture a légèrement glissé d'une épaule, et je suis du regard la peau exposée là où son t-shirt a été tiré vers le bas. Ces boucles douces sont encore plus indomptées, des vagues brun foncé avec des reflets dorés sous la lumière du couloir. Elles cascadent au-delà de ses épaules, encadrant un visage qui me coupe le souffle chaque fois que je le vois.

—Thor n'arrêtait pas de gratter à ma porte. Apparemment, il n'est pas familier avec le concept d'être laissé seul. Elle lui gratte la tête, et j'observe ses doigts délicats qui se déplacent dans sa fourrure. Mais il est trop adorable pour être ignoré.

Mon regard dérive vers la courbe délicate de son cou où il rencontre son épaule, vers ce petit tatouage de cupcake qui apparaît derrière son oreille. Elle a du caractère. Ça me donne envie de voir jusqu'où va ce caractère.

—Il s'est autoproclamé ton gardien, explique Hunter, en faisant glisser le pot de cacahuètes sur le comptoir. Faim ?

Elle s'approche prudemment, prenant quelques noix. Ses doigts tremblent légèrement, mais elle ne recule pas. Elle met une cacahuète dans sa bouche, et je me surprends à suivre le mouvement de sa gorge quand elle avale.

—Alors, dit-elle, s'appuyant contre le comptoir avec

une désinvolture forcée, nous observant tous les deux. C'est ce que vous les Alphas faites pour vous amuser ? Secourir des Omégas échouées et les forcer à manger des cacahuètes ? Parce que je dois dire que, pour un scénario d'enlèvement, c'est plutôt ennuyeux.

Je ris doucement. « Seulement les spéciales. »

Ses yeux rencontrent les miens, un éclair de chaleur y passe, le sang qui afflue. « Quelle chance. » Elle prend une autre cacahuète, la faisant rouler entre ses doigts, Hunter la regardant à peine ciller. « Cependant, je dois admettre que je n'avais aucune idée que les Alphas cuisinaient. Ce n'est dans aucun des contes de fées dont je me souviens. »

—Peut-être que tu as lu les mauvaises histoires, ajoute Hunter.

Elle penche la tête, me considérant. —Peut-être bien. Sa langue sort rapidement pour attraper un grain de sel sur sa lèvre, et ma poigne sur le couteau se resserre.

Hunter s'éclaircit bruyamment la gorge. —Hé, je viens de me rappeler... j'ai des vêtements qui pourraient t'aller. Ma cousine laisse des affaires ici pour quand elle nous rend visite en été depuis l'Australie.

—Ce serait génial, murmure Lily, mais ses yeux s'attardent sur moi. —Bien que je commence à penser que le look couverture me va bien. Qu'en penses-tu, Archer ?

Mon nom sur ses lèvres me fait des choses, des choses dangereuses. —Je pense..., je commence, mais Hunter m'interrompt.

—Des vêtements, dit-il fermement. —Avant que tu n'attrapes une pneumonie. Ou que notre chef cuisinier ne se blesse. Il regarde ostensiblement la façon dont je serre le couteau.

Le rire de Lily est comme du miel, doux et dangereux. Elle sait exactement ce qu'elle fait... me taquiner délibérément. Elle se redresse, ajustant sa couverture avec une lenteur calculée.

—Montre-moi le chemin.

Je les regarde monter à l'étage, mes mains crispées sur le comptoir. Tous mes instincts me hurlent de les suivre, de ne pas la perdre de vue. Cette Oméga qui me défie, qui soutient mon regard sans ciller, qui ressemble à tout ce que j'ai toujours désiré... Je retourne à la préparation du ragoût, jetant tout dans une grande marmite sur la cuisinière avec le reste des ingrédients.

Hunter revient seul, son expression décontractée mais distraite. —Elle est bien installée là-haut. Je vais vérifier notre réserve de bois. Avec cette tempête qui arrive, je veux m'assurer que nous avons assez de bûches pour garder la maison au chaud.

—Hunter...

—Tout va bien, dit-il, mais il y a quelque chose dans son ton que je n'arrive pas à déchiffrer. Il prend son manteau et sort.

Mon esprit continue de revenir à elle. La façon dont elle m'a souri à la boulangerie, comment elle m'a taquiné et a flirté. Je tends la main pour ajuster mon sexe, essayant de me mettre à l'aise. Je devrais la laisser tranquille.

Mais je me dirige déjà vers les escaliers, attiré comme une marionnette au bout d'une ficelle. Depuis le moment où je l'ai vue pour la première fois, elle occupe mes pensées et remplit mes rêves. Chaque pas me rapproche de son parfum — doux, enivrant, dangereux. Il m'enveloppe, me tirant en avant jusqu'à ce que je me retrouve devant la chambre d'amis.

La porte est ouverte, et elle est là, en jeans et sweat à capuche ample parmi les étagères de vêtements, l'air perdue dans ses pensées. Quand elle se tourne et me trouve dans l'encadrement de la porte, elle sursaute légèrement, faisant instinctivement un pas en arrière. Putain, elle est magnifique.

—Désolé, dis-je, restant dans l'encadrement pour lui laisser de l'espace. —Je voulais juste vérifier si tu t'installais bien ?

—Merci, dit-elle, essayant d'adopter un ton léger, mais je remarque la légère tension dans ses épaules. —Je dois te prévenir... mon expérience avec les hommes qui essaient de m'aider n'est pas très bonne.

—Ah bon ?

—Disons simplement que la semaine dernière, quelqu'un m'a proposé son aide et a fini par porter son café au lieu de le boire. Elle s'affaire à examiner les étagères, mais je ne manque pas son regard rapide dans ma direction. —Bien que je suppose que tu t'es déjà montré un peu moins horrible que la plupart.

—Quel beau compliment.

—Le plus beau. Elle essaie d'attraper un autre pull sur l'étagère du haut mais n'y arrive pas tout à fait. Je reste où je suis, veillant à garder mes distances.

—Je peux l'attraper pour toi, je propose, puis j'ajoute avec un petit sourire. —Je promets de ne pas être horrible à ce sujet.

Elle rit, et putain, elle est magnifique. Une partie de la tension quitte sa posture. Elle s'écarte, me laissant prendre le pull pour elle.

En le lui tendant, nos doigts se frôlent brièvement, et ce contact fait courir de l'électricité en moi. Je fais délibérément un pas en arrière.

—La boulangerie m'a bien préparé pour les transferts délicats.

—Ah oui, le grand transfert pâtisserie-client. Une affaire très délicate. Elle serre le pull contre sa poitrine, mais ses yeux pétillent d'humour. —Qu'est-ce qui t'a amené ce jour-là, d'ailleurs ? C'était vraiment une recommandation de quelqu'un d'autre ?

—Le destin, j'aime à penser, vu que j'étais en ville pour livrer une pièce ancienne achetée, dis-je sans réfléchir, puis je grimace en réalisant à quel point ça sonne cliché. —Ou peut-être juste un timing parfait.

Elle hausse un sourcil. —C'est l'explication que tu choisis ? Pas, *j'avais désespérément envie d'un croissant* ?

—Tu croirais les deux ? Je m'appuie à nouveau contre le chambranle de sa chambre, maintenant cette distance décontractée entre nous. —Découvrir que la boulangère était aussi intéressante que ses pâtisseries était un bonus.

Elle sourit. —Depuis combien de temps connais-tu Hunter ? demande-t-elle en se réinstallant au bord du lit. La question semble plus sûre que d'aborder l'électricité qui crépite encore entre nous.

Je passe distraitement mon pouce sur le tatouage de boussole sur mon poignet – une habitude que j'ai prise il y a des années. —Depuis qu'on était gosses. Son grand-père nous a pris tous les deux sous son aile quand j'ai emménagé en ville. Il nous a tout appris sur la survie dans ces bois.

—Tu n'as donc pas toujours été d'ici ?

Quelque chose dans sa curiosité sincère me donne envie de m'ouvrir.

—Non. Ma mère et moi déménagions beaucoup quand j'étais jeune. Fuyant... Je m'arrête, choisissant mes mots avec soin. —Des complications familiales. Nous avons finalement posé nos valises ici. Je ne mentionne pas que c'était notre dernier déménagement ensemble, que quelques mois plus tard, elle était partie, ne me laissant que ses livres et le son de sa voix lisant Poe dans ma tête.

Ses yeux dérivent vers mon poignet, vers le tatouage. —Ça a dû être difficile, de déménager si souvent.

—Ça l'était. Je ne savais jamais dans quelle direction on allait se retrouver ensuite. Je regarde la rose des vents. —Je me suis fait tatouer ça après avoir appris son décès. La rose était pour elle – Rose était son prénom. La boussole... Je fais une pause, submergé par les souvenirs. —Pour toutes ces années passées à chercher un endroit sûr.

—Je suis vraiment désolée pour ta perte. Elle s'arrête, les coins de ses douces lèvres tombant vers le bas.

—En parlant de tempêtes, je romps le silence, ne voulant pas m'attarder sur la tristesse. —J'avais quatorze ans quand je me croyais invincible. J'ai décidé d'explorer les bois tout seul même si le temps tournait.

Elle se détourne de la fenêtre, l'intérêt s'allumant

dans ses yeux. —Laisse-moi deviner – ça ne s'est pas bien terminé ?

—Je me suis complètement perdu dans la neige. Je ne voyais pas à un mètre devant moi. Et je te jure... Je secoue la tête, me rappelant à quel point j'avais eu peur. —Je te jure qu'il y avait un loup qui me suivait. Je pouvais l'entendre marcher dans la neige, se rapprochant.

—Y avait-il vraiment un loup ?

—Je ne l'ai jamais su. Mais j'ai grimpé à un arbre si vite que j'ai déchiré ma veste préférée. J'étais assis là-haut à me geler le cul, convaincu que j'allais mourir, quand j'ai entendu cette voix tonitruante... *Petit, qu'est-ce que tu fous là-haut ?*' Je souris. —Le grand-père de Hunter. Et derrière lui, ce gamin dégingandé qui était déjà plus grand que lui. C'était Hunter et la première fois que je l'ai rencontré.

Elle rit. —Au moins, tu as une bonne excuse pour t'être retrouvé coincé, dit-elle en secouant la tête. Le printemps dernier, ma voiture est tombée en panne juste à la sortie de la ville pendant un énorme orage. La rivière débordait, les routes s'effaçaient... et j'étais là, coincée sur cette petite butte de terre qui rétrécissait de minute en minute.

—Comment t'en es-tu sortie ?

Ses joues rougissent légèrement. —Tu promets de ne pas rire ?

—Absolument pas.

Elle lève les yeux au ciel mais continue. — L'équipe de secours arrive dans ce gros camion. Très héroïque. Très dramatique. Et moi... Elle se couvre le visage. — J'ai été tellement surprise par leurs sirènes que j'ai glissé du capot de ma voiture directement dans la boue. On a dû me repêcher alors que je ressemblais à une sorte de créature des marais.

Un éclat de rire m'échappe avant que je ne puisse l'arrêter. — Je croyais que tu avais parlé d'un sauvetage héroïque.

— Oh, ça l'était. Rien de plus héroïque que de repêcher une fille couverte de boue d'un fossé pendant qu'elle peste contre ses chaussures ruinées. Elle rit aussi.

— Tu vois, c'est pour ça que je m'en tiens à grimper aux arbres. Beaucoup plus digne.

— Oui, très digne. La façon appropriée de fuir des loups imaginaires.

Quelque chose se détend dans ma poitrine. Quand elle sourit si librement et sans retenue, c'est plus captivant que n'importe quelle tentative délibérée de flirt.

Je me penche plus près, attiré par sa chaleur, son sourire lorsque je m'approche.

C'est alors que son attention se porte sur quelque chose derrière moi. Passant près de moi – le frôlement de son corps contre le mien envoyant de l'électricité dans mes veines – elle s'arrête devant une photographie dans le couloir.

— C'est... Elle tend la main, touchant le verre. — Je voulais te demander, à toi ou à Hunter, à propos de cette photo.

Je suis son regard vers l'image en noir et blanc – deux personnes devant une boulangerie à l'ancienne. L'une est clairement le grand-père de Hunter, des décennies plus jeune mais avec les mêmes traits forts. Et la femme à côté de lui...

— C'est ma grand-mère, murmure Lily. Devant la boulangerie. Mais pourquoi... comment... Elle se tourne vers moi. — Le grand-père de Hunter... est-ce qu'il la connaissait ?

Mon cœur s'arrête un instant, et je hausse les épaules face à cette implication. — Je... peut-être. C'est possible. Mon esprit parcourt les possibilités parce que et si... ils étaient apparentés ? — Merde, ce serait intéressant de le découvrir, non ?

— Intéressant ? Elle étudie mon visage. — C'est une façon de voir les choses.

Cette idée flotte lourdement dans l'air entre nous. J'ai envie de lui dire que ça n'a pas d'importance, que la connexion qui pourrait exister entre leurs familles n'af-fectera pas ce que *je* ressens pour elle, mais les mots restent coincés dans ma gorge.

— Tu devrais probablement vérifier ce ragoût avant qu'il ne brûle, dit-elle finalement avant de se retirer dans sa chambre.

Dès que sa porte se ferme, je descends l'escalier, prenant les marches deux par deux, l'esprit en ébulli-tion. Je dois parler à Hunter. Je dois savoir s'il est au courant de quelque chose.

La porte d'entrée s'ouvre brusquement avant que j'atteigne la dernière marche. James trébuche en entrant, venant visiblement d'arriver au chalet, couvert de neige, ses épaules massives rendues encore plus imposantes par ses vêtements d'hiver épais. Son visage est pâle de froid et de frustration. Il devait arriver il y a une heure.

— Les routes, halète-t-il, s'effondrant contre le mur. Elles sont toutes bloquées derrière moi. Personne ne pourra quitter les bois avant un bon moment. J'ai à peine réussi à arriver jusqu'ici.

— Bien, vous êtes arrivé alors.

Il enlève ses bottes, puis se débarrasse de son manteau.

Je lève la tête et appelle : — Hunter ! Tu as une minute ?

Hunter émerge d'une pièce du fond. — Qu'est-ce qu'il y a ?

— Cette photo à l'étage, celle de ton grand-père devant l'ancienne boulangerie ? Qui est cette femme avec lui ? Celle avec tous ces cheveux bouclés ?

— Quoi ? Les sourcils de Hunter se froncent. — Aucune idée. Quelqu'un avec qui il travaillait, j'imagine. Je n'ai jamais vraiment posé de questions à ce sujet. Pourquoi ?

Je ne peux pas m'empêcher de sourire largement. — Eh bien, notre invitée dit que cette femme est sa grand-mère.

—Putain de merde ! s'exclame Hunter, les yeux écarquillés, son regard se dirigeant vers le plafond. Tu en es sûr ?

—Quasi certain. Ce qui pourrait signifier... Je remue les sourcils vers lui. Que tu serais apparenté à la plus jolie boulangère de la ville.

—Ta gueule, grogne Hunter, mais la surprise est inscrite sur tout son visage. Grand-père n'a jamais mentionné...

—Eh bien, on dirait que tu as de l'histoire familiale à

découvrir. Je lui tape l'épaule. Mais ça la met définitivement hors de ta portée maintenant, mon pote.

—De quoi vous jacassez tous les deux ? interrompt James. La prison n'a pas adouci ses angles — au contraire, elle les a rendus plus tranchants. Il n'est que muscles et menace, même nonchalamment appuyé contre le mur.

Hunter se redresse. —Nous avons une invitée qui reste jusqu'à ce que la tempête passe. Une jeune femme de Whispering Grove, dont la voiture est tombée en panne près d'ici.

—Une femme d'une boulangerie ? Les sourcils de James se haussent, quelque chose de prédateur traversant son visage. Ici ?

—Recule, dis-je, baissant le ton. Elle ne cherche pas de compagnie.

—Attends. Le visage de James change, une lueur de reconnaissance dans ses yeux. Tu as dit qu'elle vient de Whispering Grove ?

Hunter fait un pas en avant, la tension irradiant de lui. —Ouais, et elle reste ici pour l'instant. Alors ne commence pas avec tes conneries, c'est compris ?

—Moi ? James lève les mains, mais il y a quelque chose de calculateur dans son sourire que je n'aime pas. Quand ai-je déjà causé des problèmes ?

—Tu veux la liste par ordre chronologique ou alphabétique ? je demande, gardant un ton léger même en me positionnant entre lui et les escaliers.

—Regardez-vous tous les deux, ricane James, mais il y a une lueur d'amusement dans ses yeux. Tous protecteurs envers une nana que vous venez de rencontrer.

—Dit le mec qui a un jour frappé un type pour avoir mal regardé l'ex de Hunter, lui rappelé-je avec un sourire.

—C'était différent, grommelle James. Ce type était un pervers. Moi, je suis un gentleman. Alors, Hunter... On devrait commencer à t'appeler son frère ?

—Ne commence pas, avertit Hunter, mais sans colère. Il se dirige vers la cuisine. Puisque vous êtes tous les deux si préoccupés par mon possible arbre généalogique, vous pouvez aider à vérifier le générateur et rentrer plus de bois de chauffage avant que cette tempête n'empire.

—Toujours avec le travail manuel, soupire James de façon dramatique, mais il est déjà en train de remettre son manteau.

—Tu pourrais toujours retourner au travail pénitentiaire à la place, je suggère serviablement, esquivant le gant qu'il lance vers ma tête.

Et juste comme ça, nous voilà redevenus des adolescents transportant du bois pour son grand-père, nous plaignant tout du long mais le faisant quand même. Certaines traditions, on n'y touche pas.

9

LILY

*L*a douche chaude est exactement ce dont j'avais besoin. En me regardant dans le miroir, ma peau rosie par la chaleur, je prends mon temps pour démêler mes cheveux humides. La salle de bain est impressionnante pour un chalet — spacieuse, avec des accessoires haut de gamme et le genre de pression d'eau dont mon immeuble de pâtisserie ne peut que rêver. La cousine de Hunter doit être organisée, laissant tout, des produits capillaires aux lotions, soigneusement disposés sur des étagères en verre. Je me suis servie d'un après-shampooing sans rinçage qui sent la vanille et l'amande.

J'hésite à attacher mes cheveux avant de décider que non. Quelque chose dans le fait d'être dans une maison pleine d'Alphas me donne envie de les garder détachés, comme un rideau derrière lequel je peux me cacher si nécessaire. Les vêtements empruntés me vont mieux qu'ils ne le devraient — un legging gris doux qui épouse mes courbes sans être trop serré et un pull crème over-

129

size qui donne l'impression d'être enveloppée dans un nuage. Il glisse légèrement d'une épaule, exposant plus de peau que je n'en montrerais habituellement autour d'Alphas.

Les chaussettes épaisses que j'ai trouvées sont ridicules — couvertes de petits renards qui me font sourire malgré tout. Définitivement pas ce à quoi je m'attendrais dans un chalet plein d'Alphas mâles. Je remue mes orteils dedans, me demandant qui est cette cousine qui a laissé ses affaires ici. Quel type de femme passe suffisamment de temps ici pour avoir sa propre garde-robe ? Plus important encore, quel genre d'Alphas garde une salle de bain pour femmes entièrement équipée, avec des produits capillaires et des lotions de luxe ?

—Ressaisis-toi, Lily, je murmure en me penchant vers le miroir. Mes joues sont encore roses à cause de la chaleur de la douche, mes yeux brillent d'une manière qui n'a rien à voir avec la température. J'ai l'air... différente. Plus douce sans mes vêtements pratiques habituels et mon tablier poudré de farine. Plus vulnérable. Tu as géré pire que de te retrouver coincée dans un chalet avec deux Alphas ridiculement séduisants. Une pause. Bon, peut-être pas pire. Mais différent. Définitivement différent.

Je lisse quelques frisottis de mes cheveux, regrettant de ne pas avoir mes produits habituels. Hannah saurait exactement quoi faire — ma sœur a toujours été celle qui a tout pour elle, alors que je suis généralement plus préoccupée par ce qui se trouve dans le four que par ce qui se trouve dans mon placard. Elle s'amuserait follement avec cette situation. C'est comme tous les romans d'amour qu'elle a essayé de me faire lire.

Penser à elle me fait mal à la poitrine. Elle doit être morte d'inquiétude. Je vérifie à nouveau mon téléphone — toujours pas de signal, mon message bloqué dans les limbes numériques. « Désolée, frangine », je chuchote à mon reflet. « On dirait que tu vas devoir gérer l'affluence du matin toute seule demain.

—Au moins, ils ne sont pas du genre grand méchant loup, je marmonne, puis je ris de moi-même. Quoique, Archer dans la cuisine tout à l'heure... sa façon de bouger, l'intensité dans ses yeux quand il m'a regardée... *Arrête, Lily.* Ce sont des hommes réels, potentiellement dangereux, qui se trouvent simplement t'avoir sauvée d'une tempête. Une tempête qui fait toujours rage dehors à la fenêtre, transformant le monde en blanc.

Je sors la bombe au poivre de mes vêtements mouillés et la glisse dans la poche de mon legging emprunté. Pas que je pense vraiment en avoir besoin — quelque chose à propos de ces hommes, de cet endroit, me donne un sentiment de sécurité. Peut-être trop sécuritaire. C'est ce qui me fait le plus peur — pas qu'ils puissent me faire du mal, mais que je puisse ne pas vouloir partir.

Thor est assis exactement là où je l'ai laissé quand j'entrouvre la porte, sa queue battant contre le parquet. « Toujours en service de garde ? » Je lui gratte sous le menton, et il se penche vers ma caresse avec un grogne-ment satisfait. « Au moins un mâle dans cette maison est clair sur ses intentions. »

Mon estomac gronde à l'odeur de quelque chose de

délicieux et savoureux qui monte des escaliers. Quoi qu'Archer soit en train de cuisiner, ça sent divinement bon. Les oreilles de Thor se dressent, et je ris.

—Ouais, j'ai faim aussi. Autant faire face à la musique, non ? Je jette un dernier coup d'œil au miroir, ajustant le pull. Qu'est-ce qui pourrait arriver de pire ? Dès que les mots quittent ma bouche, je les regrette. *Ne tente jamais le destin, Lily.* Surtout quand tu vis déjà ce qui ressemble au début soit d'un film d'horreur, soit d'un film pour adultes. Ma peau frissonne, mais je me ressaisis. Je ne vais pas me faire peur.

J'entends les gars parler alors que j'approche de la cuisine — plus grave qu'avant, une nouvelle voix dans le mélange. Cela envoie quelque chose de dangereux le long de ma colonne vertébrale. Mon cœur s'emballe, mais je me force à appeler, « Bonjour ? » Mieux que de rôder dans les embrasures de portes comme une sorte de rôdeuse.

La conversation s'arrête. Je fais un pas dans la cuisine et me fige, le souffle coupé.

Attends !

Il y a un troisième Alpha maintenant ? Et mon Dieu, il est... magnifique. C'est le seul mot qui convient. Il est perché nonchalamment sur le comptoir, une jambe pendante, l'autre pliée au genou. Ses cheveux cuivrés foncés sont légèrement ébouriffés, probablement à cause de la tempête, et ses yeux gris orage se fixent sur moi avec une intensité qui fait battre mon cœur à tout rompre. Il est habillé simplement — jean foncé et henley gris anthracite qui ne dissimule en rien ses larges épaules. Mais il n'y a rien de simple dans sa façon de se tenir, cette confiance tranquille qui hurle prédateur.

Une cicatrice de brûlure remonte le long de son avant-bras gauche, visible là où il a retroussé ses manches.

Tout chez lui rayonne d'une puissance contrôlée, comme un couteau enveloppé de soie. Le genre d'homme contre lequel mon père m'a toujours mise en garde. Le genre qui fait que tous ces avertissements semblent valoir la peine d'être ignorés.

—C'est James, dit Hunter qui remarque mon hésitation. Il est toujours ici, comme Archer. On a pratiquement grandi dans cette cabane.

Il est appuyé contre le frigo, une bière à la main, complètement détendu. Tous les trois ressemblent à une meute, je réalise. Une meute dangereuse et magnifique dans laquelle je suis tombée par hasard.

James ?

Mon esprit bute sur ce nom. Pas mon James — pas le gars avec qui j'échange des messages depuis bien avant Noël, celui dont les textos me font sourire à mon téléphone comme une idiote. Puis il a disparu, et j'ai découvert qu'il pourrait être en prison. Non, ça ne peut pas être lui. Quelles sont les chances ? Ça doit être une coïncidence. Pourtant, quelque chose chez lui m'appelle.

Je n'ai jamais vraiment parlé à James, nous nous sommes seulement envoyé des messages, donc je ne pourrais même pas dire que je reconnaîtrais sa voix. Mais ce James... Mon Dieu, son timbre seul pourrait me faire fondre s'il me murmurait à l'oreille. Profond et riche, avec juste assez de grain pour faire chavirer mon estomac.

Je me secoue mentalement. Contrôle-toi. Mais c'est difficile quand je suis entourée de trois hommes magnifiques qui irradient une énergie d'Alpha comme si c'était leur marque personnelle. Et ce n'est pas ce James de toute façon, alors je dois me calmer.

—Bienvenue à la maison de fous, dit James, et sa voix est un pur péché, laissant ma peau frémissante. Il passe une main dans ses cheveux, délogeant des cristaux de neige. J'ai à peine réussi à traverser la tempête pour arriver ici. C'est l'apocalypse dehors.

—Dramatique comme toujours, renifle Hunter, mais il y a une affection évidente dans son ton. Il s'avance pour donner une tape sur l'épaule de James. Elle n'a pas besoin que tu lui fasses peur avec tes théories apocalyptiques.

—Hé, je dis simplement ce que je vois, répond James en sautant du comptoir avec une grâce qui ne devrait pas être possible pour quelqu'un de sa taille. Il est plus grand que les deux autres, bâti pratiquement comme un joueur de football américain. Et ce que je vois dehors n'est pas naturel.

—Rien dans cette météo n'est naturel, ajoute Archer depuis la cuisinière, où il remue quelque chose qui sent le paradis. Mais c'est un problème pour demain. Pour l'instant...

Il goûte ce qui est dans la marmite et hoche la tête.

—Le dîner est prêt.

Les trois ensemble sont fascinants à observer. Hunter attrape des bols pendant que James saisit les couverts, les déposant sur le comptoir au même endroit. Archer les frappe tous les deux quand ils essaient de goûter la nourriture. Il est clair que c'est leur espace, leur sanctuaire. Et je suis l'intruse.

Je m'appuie contre le comptoir, soudainement hyperconsciente de ma position — seule dans une cabane isolée avec trois hommes étranges. Mon esprit rationnel me murmure des avertissements, mais mon corps me trahit avec un courant d'électricité qui parcourt mes veines chaque fois que leurs regards croisent le mien.

—Alors, qu'est-ce qui t'amène dehors par un temps pareil ? demande James. Son attention se fixe sur moi, et l'intensité dans ses yeux — un mélange de curiosité et quelque chose de plus profond — envoie une vague de sensation sur ma peau, comme des doigts qui descendraient le long de ma colonne vertébrale.

—Une course pour de la farine, j'avoue, visant un ton désinvolte alors que mon pouls martèle sauvagement à la base de ma gorge. Pour la boulangerie que je gère avec ma sœur.

—Une boulangère, hein ? La bouche de James se courbe en un demi-sourire qui réveille des papillons dans mon estomac. À Whispering Grove ?

Je penche la tête, la surprise supplantant momentanément la chaleur qui se répand dans ma poitrine.

—Tu connais la ville ?

—Je me déplace beaucoup, dit-il vaguement, quelque chose de gardé scintillant derrière ses yeux. Les petites villes ont les meilleures... histoires.

—Et les meilleurs potins, ajoute Archer en glissant

une poêle fumante sur la table. James est notre homme mystère. Il devient nerveux si tu poses trop de questions personnelles.

—Rien à voir, proteste James, avec une tension sous-jacente dans sa voix.

—C'est tout à fait ça, intervient Hunter, une lueur espiègle dans le regard. Tu te souviens quand cette randonneuse t'a demandé d'où tu venais, et que tu l'as juste fixée jusqu'à ce qu'elle recule ?

—Je réfléchissais !

—Ouais, tu réfléchissais à comment disparaître dans les bois, rit Archer.

Mes doigts jouent avec l'ourlet de mon haut tandis que je les observe, ma peau échauffée et sensible. Je devrais avoir peur. Je devrais planifier ma stratégie de sortie. Au lieu de ça, je me demande quelle sensation procurerait la mâchoire barbue de James contre ma paume.

—Alors, Mademoiselle Farine, dit Archer, interrompant mes pensées. Quel est ton poison ? Vin ? Bière ? Quelque chose de plus fort pour te détendre malgré le fait d'être coincée avec trois inconnus dans les bois ?

—Archer ! Hunter le frappe avec un torchon. Tu nous fais passer pour des psychopathes.

—Hé, pour ce qu'elle en sait, on pourrait l'être, Archer me fait un clin d'œil. Mais alors, on serait vraiment nuls, à te nourrir d'abord.

Un rire jaillit de ma gorge de façon inattendue. Le son semble plaire à James, dont les yeux s'adoucissent en croisant les miens.

—Lily, tu es avec nous ? La remarque de Hunter

rompt l'atmosphère chargée. Tu comptes manger debout ?

Je cligne des yeux, me rendant compte que j'étais ailleurs. Archer sert ce qui ressemble au paradis – un ragoût de poulet et légumes, de la purée parfaitement écrasée, et du pain à l'ail qui me fait saliver rien qu'à le regarder. Les gars se dirigent déjà vers le salon, bols en main.

—J'arrive, dis-je en attrapant mon propre bol. Thor me suit alors que nous nous installons sur les canapés autour du feu crépitant. Le malamute se couche à mes pieds, tel un ange gardien poilu. Hunter est dans un fauteuil, et James et Archer sont aux extrémités opposées du grand canapé, me laissant le petit canapé. Me donnant de l'espace.

La première bouchée de ragoût me fait gémir de façon embarrassante. —Oh mon Dieu.

—C'est bon ? Archer m'étudie avec son regard intense.

—Je retire tout ce que j'ai pu penser de douteux sur tes talents culinaires. Je prends une autre bouchée. C'est incroyable. Où as-tu appris à cuisiner comme ça ?

—Par instinct de survie, répond Hunter à sa place. On en avait marre des shakes protéinés et des barres de céréales.

—Hé, certains d'entre nous ont évolué au-delà du stade *chasser et grogner*, réplique Archer.

—À peine, ajoute James, et ils rient tous.

Ce son fait quelque chose de chaud et dangereux à mon intérieur. Je suis fascinée par leur dynamique. Mon regard continue de dériver vers eux trois pendant que je continue à manger.

—Ça va ? demande doucement Hunter. Tu es partie ailleurs pendant un instant.

—Je pensais juste à ma sœur, je mens. Elle va s'inquiéter.

—Les téléphones devraient fonctionner une fois la tempête passée, me rassure-t-il. En parlant de divertissement... Il tend la main vers quelque chose, et soudain, un écran descend du plafond, un projecteur se met à ronronner. Un film ?

—Sérieusement ? Je regarde la cabane rustique d'un œil nouveau. Vous avez un système de cinéma caché ?

—Entre autres choses, dit Hunter de façon énigmatique en me fixant, et mes joues s'échauffent instantanément. Cet endroit est plein de surprises.

—Frimeur, marmonne James, mais il sourit.

—Juste parce que tu préfères ton divertissement plus... physique, commence Hunter.

James lui lance un coussin avec une précision mortelle.

—Les enfants, soupire Archer, mais ses yeux sont amusés. Encore du ragoût ?

Je hoche la tête avec reconnaissance, et il prend mon bol. Quand il revient, ses doigts frôlent les miens en me le rendant, envoyant des étincelles le long de mon bras. J'aperçois James qui observe l'interaction, quelque chose de sombre et d'affamé dans son regard.

Nous nous installons pour regarder un film d'action auquel je prête à peine attention. La tempête fait rage dehors, mais ici, il fait chaud et confortable. Presque trop confortable. James s'étire à son extrémité du canapé, tout en danger gracieux, et je n'arrête pas de le fixer. Il me rappelle tellement le James avec qui j'échangeais des messages — l'humour sec, l'intensité tranquille — mais ce James a disparu, enfermé quelque part pour je ne sais quoi. J'ai bloqué son numéro dès que je l'ai appris, même si une partie de moi voulait entendre sa version. Voulait croire qu'il y avait plus dans cette histoire.

—Je devrais monter, dis-je quand le film se termine, me levant peut-être trop vite. Ma tête tourne légèrement, bien que je ne sache pas si c'est à cause de la chaleur du feu ou de la compagnie.

—Tu es sûre que tu ne veux pas rester pour un autre ? demande Hunter. J'ai toute la collection Marvel.

—C'est tentant, mais... je fais un geste vague vers l'étage. Je devrais probablement me reposer. Merci pour le dîner, Archer. Et pour... je fais un geste circulaire de la main, englobant tout. Tout ça.

—Tout le plaisir est pour nous, dit doucement James, et quelque chose dans son ton me fait frissonner.

Je monte pratiquement en courant les escaliers, Thor sur mes talons. Mon dos heurte la porte verrouillée, et je me laisse glisser le long, respirant fort. « D'accord, calme-toi. Juste jusqu'à ce que la tempéte passe. Tu peux le faire. »

Mais le puis-je vraiment ? Avec Hunter, qui a transformé cette cabane en havre de paix, et peut-être sommes-nous apparentés ? J'aurais dû lui demander, mais en leur présence, j'oublie mes pensées. Puis il y a Archer, dont la cuisine et la gentillesse défient tout ce que je croyais savoir sur les Alphas. Et James... qui ne peut pas être mon James, mais qui fait vibrer tout mon corps de reconnaissance ?

Thor gémit devant ma porte, un son réconfortant. Au moins, j'ai un allié dans cette folie.

—Arrête ça, me dis-je fermement. Arrête de les fixer. Arrête de flirter. Arrête de penser à n'importe lequel d'entre eux comme autre chose que des Alphas qui t'aident. Arrête de te demander si James est... je presse mes mains contre mes joues brûlantes. Arrête, tout simplement.

La tempête hurle plus fort, comme si elle se moquait de ma situation. Et quelque part en bas, j'entends leurs rires profonds — et mon cœur fait un bond traître dans ma poitrine.

Je suis vraiment dans de beaux draps.

10

JAMES

*I*mpossible de dormir. Je fixe le plafond sombre de la cabane, mon esprit bouillonnant de pensées pour elle. De tous les endroits, de toutes les tempêtes... Lily. Ma Lily. Ça ne peut être qu'elle — combien de pâtissières Oméga nommées Lily peut-il y avoir à Whispering Grove qui tiennent une boutique avec leur sœur ? La coïncidence est trop parfaite, trop précise.

Son parfum s'attarde encore dans mes narines depuis tout à l'heure — vanille et menthe poivrée, chaleureux comme du pain fraîchement sorti du four. Exactement comme j'avais imaginé qu'elle sentirait durant ces longues nuits d'échange de messages, quand j'étais allongé dans ma cellule, rêvant de la femme derrière ces mots. Mais la réalité est tellement plus que ce que j'aurais pu imaginer.

Ces courbes cachées sous ses vêtements — douces, invitantes, le genre dans lesquelles un homme pourrait se perdre. Elle est petite comparée à moi, atteignant à peine mon épaule, mais il y a une plénitude en elle qui fait que mes mains me démangent de l'explorer. Et cette chevelure sauvage de boucles sombres — je voulais y enfouir mon visage, la sentir, la respirer.

Ses yeux, pourtant — brun doré, en amande — s'attardaient sur moi quand elle croyait que je ne remarquais pas. Ce sont eux qui me hantent le plus. La façon dont ils se sont écarquillés quand elle m'a vu pour la première fois avant que sa garde ne se relève. J'avais mémorisé chaque mot qu'elle m'avait écrit, construit une image d'elle dans mon esprit, mais rien ne m'avait préparé à la femme en chair et en os.

Elle est plus belle que les fantasmes qui m'ont gardé sain d'esprit dans les heures les plus sombres de cet enfer, plus tentante que la liberté pour laquelle je me suis battu. Et ne t'y trompe pas, Lily est à moi. Elle ne le sait pas encore. La tempête qui l'a amenée jusqu'à moi n'était pas le hasard — c'était le destin. Et j'ai l'intention de revendiquer ce que le destin m'a livré.

Le matelas grince alors que je me retourne, frustré. Je lui enverrais un message si je pouvais, mais nos conversations se sont brusquement terminées il y a plus d'une semaine quand ils ont trouvé mon téléphone prépayé en prison. Ça m'a presque coûté une année supplémentaire à l'intérieur — comme si dix-huit mois n'étaient pas suffisants pour un crime que je n'ai même pas commis.

Dieu merci pour les avocats coûteux. Mon nom de famille est peut-être dans la boue maintenant, mais au moins ils m'ont épargné plus de temps après m'avoir chopé avec le téléphone prépayé. Les avocats m'ont fait sortir grâce à des détails techniques et des erreurs de procédure.

J'avais prévu de la trouver dès ma sortie, mais deux jours à traiter avec des avocats et à rattraper le temps perdu avec Archer et Hunter dans notre ville natale m'ont volé mon temps. Aujourd'hui devait être le jour — le jour où je traverserais les montagnes jusqu'à Whispering Grove pour enfin visiter sa boulangerie. J'avais dit à Hunter et Archer que je passerais par la cabane puisqu'ils y étaient tous les deux pour chasser, vu qu'elle se trouvait juste entre les deux villes.

Mais ensuite, en plein milieu de ma traversée des montagnes, cette putain de tempête a frappé de nulle part.

Maintenant, c'est en ma faveur. L'univers a un sens de l'humour tordu de cette façon.

Je vois son visage quand je ferme les yeux — la courbe délicate de sa mâchoire, la façon dont ses cheveux tombent en vagues sur ses épaules, comment son visage s'illumine quand elle rit. Toutes ces nuits en cellule où je restais allongé à la reconstruire à partir de bribes de nos conversations. Son esprit, son intelligence, sa façon de me faire rire même dans mes jours les plus sombres — je savais qu'elle serait belle à l'intérieur, mais ça...

Les draps s'emmêlent autour de mes jambes quand je me lève. Rester immobile est impossible. J'ai besoin de bouger, besoin de réfléchir, besoin de comprendre comment gérer cette situation. Le couloir est sombre et silencieux quand j'en sors, mais mes pieds me portent jusqu'à sa porte avant que je puisse les arrêter.

Elle est là-dedans. Lily. La femme qui m'a fait rire quand je voulais mettre mon poing dans un mur, qui comprenait la perte, la douleur et la guérison d'une façon que personne d'autre ne comprenait. La femme qui m'envoyait des photos de desserts ratés à minuit avec des légendes comme *Je suis presque sûre que c'est à ça que ressemblent les derniers repas des victimes de meurtre.*

Ma main flotte près de la poignée, sans la toucher. Le souvenir d'elle dans la cuisine tout à l'heure me serre la poitrine. Tout chez elle appelle quelque chose de primaire en moi, quelque chose qui veut revendiquer, protéger et posséder.

—Putain, je murmure en reculant d'un pas. Je ne peux pas forcer les choses. Pas précipiter la situation. Elle est déjà nerveuse d'être piégée ici avec trois Alphas – découvrir que l'un d'eux est le criminel condamné avec qui elle échangeait des messages ? Sauf qu'elle n'a aucune idée de mon passé... pas encore, en tout cas. Alors, je prends mon temps pour ne pas l'effrayer. Il faut gérer ça avec précaution.

La tempête fait trembler les fenêtres, et le froid s'infiltre dans mes os malgré la chaleur du chalet. Le sauna en bas m'appelle – ça a toujours été mon refuge quand j'avais besoin de me vider l'esprit, avant que je me retrouve en prison. Les escaliers craquent doucement sous mes pas tandis que je descends, l'esprit encore plein d'elle.

L'espace spa est l'une des meilleures idées du grand-père de Hunter – une installation complète avec hammam, sauna et petite piscine. Le vieil homme croyait au luxe, même dans un chalet de chasse. Je me déshabille, prends une serviette et entre dans le sauna bordé de cèdre. La chaleur me frappe immédiatement, et je verse de l'eau sur les pierres brûlantes, regardant la vapeur s'élever en sifflant dans l'obscurité.

La chaleur s'infiltre dans mes muscles, mais elle ne fait rien pour apaiser la tension qui monte en moi. Je n'arrête pas de la visualiser, recroquevillée dans ce fauteuil plus tôt, ses lèvres entrouvertes quand elle a goûté le ragoût d'Archer, la douceur de son rire. Ma queue durcit, et je ne lutte pas contre ma réaction.

J'imagine lui dire la vérité, voir la reconnaissance s'allumer dans ces yeux. Je l'imagine comprendre, me désirer malgré tout.

Ma main glisse plus bas, empoignant ma queue épaisse tandis que je l'imagine à califourchon sur mes genoux, sa chatte mouillée glissant sur ma bite. Putain ! Elle serait pressée contre moi et les sons qu'elle ferait. Sa peau sous mes mains, son dos qui s'arque, sa voix haletant mon nom, ses seins généreux contre ma poitrine alors que je me penche pour en prendre un dans ma bouche.

Je caresse ma queue plus fort, plus vite. Dans mon esprit, elle est tout ce dont j'ai rêvé pendant ces nuits solitaires – douce, chaude et parfaite.

La délivrance arrive, violente et rapide, un grognement m'échappe. J'utilise ma serviette pour recueillir les rubans de sperme qui jaillissent.

Pendant un instant, tout est parfait.

Puis j'entends un petit halètement provenant de l'entrée.

Mes yeux s'ouvrent brusquement. À travers la porte

vitrée, éclairée par les lumières tamisées du spa, se tient Lily. Elle porte un short de nuit et un débardeur, ses cheveux détachés sur ses épaules, son regard écarquillé tandis qu'il rencontre le mien. Elle est rougie, que ce soit d'embarras, de chaleur ou d'autre chose, je ne saurais dire, mais elle est la plus belle chose que j'aie jamais vue – toute en courbes délicates et cheveux ébouriffés par le sommeil.

Pendant un moment interminable, nous nous regardons – puis elle s'enfuit. Ses pas résonnent dans l'escalier, rapides et légers.

—Putain. Je me nettoie rapidement, souriant malgré moi. L'expression sur son visage – de la surprise, oui, parce qu'elle m'a regardé, mais pendant combien de temps ? Intéressant.

Une serviette nouée autour de ma taille, je me retrouve à nouveau devant sa porte. Je l'entends faire les cent pas à l'intérieur, le plancher grinçant à chacun de ses pas. Mes instincts me hurlent d'aller vers elle, de m'expliquer, de la revendiquer, mais cela ne ferait que l'effrayer.

Chaque muscle de mon corps se tend tandis que je lutte contre l'envie de défoncer cette porte entre nous.

—Putain, je siffle entre mes dents serrées, pressant mon front contre la surface froide de sa porte. Ma paume s'appuie contre le mur à côté, mes doigts s'écartant tandis que j'essaie de me maîtriser. La bête en moi griffe ma retenue, exigeant que je prenne ce qui m'appartient.

Je peux la sentir à travers la porte – ce mélange enivrant de vanille et de menthe poivrée, maintenant mêlé de peur et d'autre chose. Quelque chose qui fait bouillir mon sang. Ma respiration devient saccadée, chaque inspiration alimentant le feu qui brûle dans mes veines.

J'écoute ses mouvements, la traquant comme une proie. Un seul tour de poignée suffirait.

M'écartant avec un son étranglé, je passe des doigts tremblants dans mes cheveux tandis que je me force à reculer. Pas comme ça. Pas quand elle ne sait pas qui je suis. Pas quand je suis si proche de perdre le contrôle.

Au lieu de ça, je me retire dans ma chambre et prends un bloc-notes et un stylo. Communication à l'ancienne, puisque les téléphones sont inutiles dans cette tempête. Je m'installe le dos contre le mur près de sa porte et commence à écrire.

—Tous les bons boulangers ne devraient-ils pas dormir à cette heure-ci ? Puis je glisse le mot sous sa porte. Il y a une pause dans ses va-et-vient, puis le bruit du papier qu'on ramasse.

Un instant plus tard, un mot glisse en retour. « Dit l'homme qui ne peut manifestement pas dormir non plus. Tu avais d'autres activités pour t'occuper. » 🌝 Le petit émoji dessiné me fait sourire.

—Bien vu. Mais je ne suis pas celui qui se promène dans les saunas à 3 heures du matin. 😊 J'ajoute mon propre émoji, comme au bon vieux temps.

Sa réponse arrive rapidement, écrite au dos de mon mot. « C'était un accident ! J'explorais. Je ne m'attendais pas à... ça. J'aurais dû frapper d'abord. »

—Explorer des maisons étranges au milieu de la nuit ? Quelqu'un regarde trop d'émissions de crimes réels. Je commence une nouvelle page, me rappelant comment nous débattions des mérites de différentes armes du crime.

Son message suivant a un couteau mal dessiné esquissé dans le coin. « Hé, pour ma défense, la plupart des meurtres se produisent dans des maisons que la victime connaît bien. Je suis juste prudente. »

—En te promenant seule ? C'est comme ça que commencent les films d'horreur.

—S'il te plaît. Je suis clairement la survivante finale dans ce scénario. J'ai toutes les qualifications : passé tragique, chaussures pratiques et excellente conscience situationnelle.

—C'est comme ça que tu appelles le fait d'interrompre des moments privés ?

Il y a une pause plus longue avant sa réponse. « Je préfère considérer ça comme recueillir des preuves. On ne sait jamais quand on pourrait avoir besoin de matériel de chantage. »

Mon rire est probablement trop fort pour cette heure tardive. Mon Dieu, ça m'a manqué — son esprit vif, sa façon de transformer n'importe quelle situation en plaisanterie. « Du chantage ? C'est froid, petite boulangère. Toutes ces émissions de crimes réels t'affectent. »

La note suivante met plus de temps à arriver. Quand elle arrive, son écriture est légèrement plus tremblante. « Comment savais-tu que je regarde des émissions de crimes réels ? »

C'est le moment. Le moment d'être honnête, de tout lui dire. Mon stylo reste en suspens au-dessus du papier pendant un long moment avant que j'écrive. « Nos conversations m'ont manqué. »

Le silence venant de sa chambre est assourdissant. Puis, très doucement, je l'entends haleter. Le son est suivi d'une immobilité complète — plus de va-et-vient, plus de notes.

J'attends pendant ce qui semble être des heures, espérant qu'un autre mot glisse sous la porte, mais rien ne vient. Finalement, quand la première lueur grise de l'aube commence à filtrer à travers les fenêtres, je me lève et retourne dans ma chambre.

Le sommeil ne vient toujours pas, mais maintenant pour des raisons complètement différentes. Elle sait. La balle est dans son camp. Tout ce que je peux faire, c'est attendre, espérant qu'elle me donnera une chance.

La tempête hurle dehors, mais pour une fois, ça ne me dérange pas d'être piégé. Après tout, elle est ici. Et peut-être, juste peut-être, c'est exactement là que nous devons être tous les deux.

11

LILY

Le soleil matinal filtre à travers les fenêtres de la cabane. J'ai à peine dormi, la confession de James se répétant dans mon esprit comme un film à suspense que je ne peux pas arrêter de regarder. Chaque fois que j'y pense, je me sens à la fois malade et euphorique. Des papillons exécutent un numéro de cirque complet dans mon estomac tandis que mon cerveau hurle au danger.

Comment puis-je être terrifiée, furieuse et excitée simultanément ? Il y a vraiment quelque chose qui ne va pas chez moi. Bien sûr, il fallait qu'il soit diaboliquement séduisant. Bien sûr, je devais m'extasier sur lui comme une adolescente amoureuse. Pourquoi ne pouvait-ce pas être une simple attirance ? Mais non... il fallait que ce soit lui.

L'horloge du micro-ondes indique 6 h 42. Mon esprit refuse de se taire. Les questions tournent comme des vautours. Qu'a-t-il fait ? Combien de temps est-il resté en prison ? Est-il dangereux ? Et le plus troublant de tout — pourquoi suis-je toujours attirée par lui en sachant ce que je sais ?

Un liquide brûlant me surprend soudain les doigts, me ramenant à la réalité.

—Merde ! je siffle, retirant ma main tandis que le café continue de couler de la cafetière, débordant du bord de la tasse. Je me précipite vers le torchon accroché à la porte du four, renversant presque le sucrier dans ma hâte. Le liquide brun foncé se répand sur le comptoir comme une mini-inondation. Le riche arôme du café français remplit l'air, un parfum agréable en contradiction avec mon agitation frénétique.

Pendant que j'éponge ce désordre, mon esprit s'emballe en pensant à la réaction d'Hannah. Les paroles de ma sœur résonnent dans ma tête. *La vérité, c'est que tu as échangé des messages avec un prisonnier qui t'a menti pendant des semaines. Qui sait sur quoi d'autre il ment ? S'il avait été gardien là-bas, il ne le cacherait pas, n'est-ce pas ?* L'homme avec qui j'ai partagé mes pensées, avec qui j'ai flirté, dont j'ai rêvé, *est* un criminel.

Parfait. Encore un choix remarquable de mon goût impeccable en matière d'hommes. Papa serait tellement fier.

Le café imprègne le mince torchon, tachant mes doigts de brun. Je le jette dans l'évier et en prends un autre, m'accroupissant pour essuyer la flaque sur le sol. Mes cheveux me tombent sur le visage, et je souffle dessus avec frustration.

—Trois erreurs et tu es éliminée, Lily, je marmonne pour moi-même. D'abord, l'aspirant rockstar qui a volé ta carte de crédit. Ensuite, le comptable charmant avec sa femme secrète. Et maintenant... je m'interromps, frottant plus fort une goutte tenace. Maintenant, un détenu. Tu sais vraiment les choisir.

Le cœur battant, je finis par nettoyer la cuisine et saisis ma tasse remplie de café. C'est alors que je l'entends — une légère expiration derrière moi qui n'était pas là une seconde plus tôt.

—Bonjour.

Ce simple mot, prononcé d'une voix masculine et profonde, envoie un courant électrique le long de ma colonne vertébrale. Je me retourne, et il est là, appuyé contre l'encadrement de la porte de la cuisine. Ma gorge s'assèche.

James n'est pas simplement beau — il est diabolique. Ces cheveux cuivrés ébouriffés par le sommeil, tombant sur son front d'une manière qui m'attire. Sa mâchoire, ombragée par une barbe naissante, se contracte légèrement lorsque nos regards se croisent. Il porte un simple t-shirt noir qui s'étire sur des épaules si larges que l'encadrement de la porte semble petit, le tissu épousant des muscles qui ondulent au moindre mouvement. Une veine court le long de son avant-bras, saillante et masculine. Ses yeux gris orageux m'observent attentivement et me couvrent de chair de poule, comme s'il cataloguait chaque détail, cherchant des faiblesses.

Il y a quelque chose de sauvage chez lui le matin — moins policé, plus dangereux. Une petite cicatrice trace une ligne le long de sa mâchoire. Des marques de violence qui ne font qu'accentuer son attrait, ce qui en dit long sur mon état psychique.

J'essaie de reprendre mon souffle sans être trop

évidente. En une fraction de seconde, je prends une décision — agir comme si je ne savais rien. Parce que comment aborder naturellement : « Alors, la prison, hein ? Pour quoi y étais-tu ? Rien de meurtrier, j'espère ? » Et bon Dieu, toutes ces blagues de tueur en série que j'ai faites dans nos messages...

—Bien dormi ? je demande, visant la désinvolture mais atterrissant quelque part plus près du souffle coupé. Mes doigts se resserrent autour de ma tasse, cherchant quelque chose de solide pour m'ancrer.

Un coin de sa bouche se relève. Ce n'est pas tout à fait un sourire — plutôt comme s'il riait d'une plaisanterie privée. — Pas particulièrement. Ses yeux ne quittent jamais les miens, fixes, inébranlables. L'intensité qui s'en dégage me donne l'impression d'être une proie évaluée par un prédateur qui n'a pas particulièrement faim mais qui pourrait chasser pour le sport.

Je prends une gorgée de café pour dissimuler l'expression qui pourrait me trahir. Il me brûle la langue, mais j'accueille cette douleur comme une distraction face à la chaleur qui monte ailleurs dans mon corps.

— Alors, on dirait que la tempête est encore pire ce matin. Dehors, la neige continue de tomber en flocons épais et lourds, obscurcissant tout ce qui se trouve à plus de quelques mètres de la vitre.

Son sourire s'élargit, prédateur et entendu. — En effet. Des mots simples qui portent pourtant le poids d'une menace — ou d'une promesse.

Je me consume de l'intérieur, fondant comme du sucre dans l'eau chaude. Mes jambes semblent instables, ma peau trop tendue, trop sensible. Chaque terminaison nerveuse est en alerte, hyperconsciente de sa présence, de la distance entre nous, et des molécules d'air qui séparent nos corps.

Il se décolle du cadre de la porte avec la grâce paresseuse d'une panthère et traverse la cuisine jusqu'à la cafetière. Soudain, la cuisine semble avoir la taille d'un timbre-poste. Il ne me touche pas lorsqu'il passe, mais la chaleur qui irradie de son corps pourrait tout aussi bien être une caresse physique. Je la sens danser le long de mes bras nus, faisant se dresser les fins poils de ma peau.

Mon souffle se bloque dans ma gorge. Je fais un pas de côté, essayant de maintenir une certaine distance, mais ma hanche heurte le comptoir. Il n'y a nulle part où aller. Il tend la main vers un placard au-dessus de ma tête, son bras créant momentanément une cage. Je capte une bouffée de son odeur — cèdre et quelque chose de plus sombre, plus riche, avec un fond de masculinité brute qui fait se recroqueviller mes orteils dans mes chaussettes. Mes genoux vacillent réellement.

Il descend une tasse, délibérément lentement, son biceps se contractant à quelques centimètres de mon visage. Quand il abaisse son bras, ses jointures frôlent mon épaule. Le contact est si bref que j'aurais pu l'imaginer, mais la traînée de feu qu'il laisse sur ma peau est indéniable.

— Excuse-moi, murmure-t-il dans un grondement bas que je ressens plus que je n'entends. Il est suffisamment proche pour que son souffle agite les boucles près de mon oreille.

J'acquiesce nerveusement et glisse plus loin le long

du comptoir, mettant de précieux centimètres entre nous. Mon cœur bat comme si je venais de sprinter en montée.

Il verse son café. La tranquille domesticité de ce geste semble en quelque sorte obscène, étant donné l'électricité qui crépite dans l'air entre nous. Il n'ajoute ni crème ni sucre, se contente de porter la tasse à ses lèvres et de prendre une gorgée, les yeux brièvement fermés dans une apparente satisfaction.

— Comment tu l'aimes ? je laisse échapper, puis je veux immédiatement disparaître sous le plancher quand ses yeux s'ouvrent brusquement, s'assombrissant de quelque chose qui ressemble suspicieusement à du désir.

— Quoi donc ? demande-t-il d'un ton neutre, mais il y a un tressaillement au coin de sa bouche qui suggère qu'il sait exactement quel effet il a sur moi.

— Le café, je précise, sentant la chaleur monter à mes joues. — Sucré ? Amer ?

— Noir, dit-il. — Je préfère les choses... non altérées. Son regard me parcourt lentement, de mes boucles emmêlées à mon pantalon de survêtement emprunté, s'attardant sur les endroits intermédiaires. — Pures.

Je manque de m'étouffer avec ma propre gorgée de café. Est-ce qu'il flirte avec moi ? Ou est-ce que je me fais des idées parce que mes hormones ont apparemment pris le dessus sur mon bon sens ?

— Je, euh... Mes mots s'emmêlent. Je ne bégaie jamais. Jamais. Mon esprit vif est mon superpouvoir — ce dont Hannah dit toujours que ça me rendra célèbre ou me tuera un jour. En ce moment, mon cerveau a apparemment décidé de prendre des vacances, me laissant uniquement avec des fonctions motrices de base et une conscience embarrassante de la façon dont mes tétons se durcissent sous mon fin t-shirt de nuit. — C'est chaud.

Son sourcil se lève imperceptiblement. — Le café ?

— Oui. Le café. Qu'est-ce que je pourrais— Je m'arrête, sentant que je creuse ma propre tombe avec chaque mot. — Juste... café chaud. Bon. Matin. Nécessaire.

— Articulation parfaite, dit-il d'un ton sec, mais il y a encore ce tressaillement au coin de sa bouche.

—Je ne suis pas encore réveillée, parviens-je à dire, en essayant de rassembler les morceaux épars de ma dignité. Au moins une demi-tasse avant que je puisse former des phrases complètes.

—Noté. Il s'adosse au comptoir en face de moi, créant un espace bienvenu entre nous, bien que son regard maintienne son emprise. Tu es toujours aussi nerveuse le matin ?

—Seulement quand je suis piégée dans des cabanes inconnues pendant des tempêtes de neige. Je baisse momentanément les yeux vers ma tasse. Ce n'est pas exactement un mardi normal pour moi.

—C'est mardi ? Une ombre traverse son visage. J'ai perdu la notion du temps.

Je me demande si c'est un effet secondaire de la prison — perdre la notion des jours. Cette pensée me ramène à la réalité.

Le grille-pain sonne derrière moi, me faisant sursauter. Mon café tangue dangereusement près du bord de ma tasse. Je me retourne, reconnaissante pour cette distraction, et saisis ma tartine avec des doigts tremblants. Mes mains tremblent tellement que je manque de faire tomber l'assiette.

Je sens son regard dans mon dos, un poids physique entre mes omoplates. La cuisine semble trop chaude, trop petite, trop chargée de choses non dites. Je me dirige vers le réfrigérateur, désespérée de trouver quelque chose à faire de mes mains, de mon corps qui semble déterminé à me trahir à chaque instant.

En ouvrant la porte du réfrigérateur, j'accueille avec plaisir l'air froid sur mon visage échauffé. *Reprends-toi. Tu as le contrôle. Ne laisse pas sa présence t'affecter. C'est juste un homme. Un homme incroyablement séduisant, potentiellement dangereux, qui fait fondre tes entrailles, mais quand même juste un homme.*

Je suis tellement concentrée sur mon discours d'encouragement intérieur que, soudain, il est derrière moi, son immense silhouette bloquant la lumière de la fenêtre, sa chaleur émanant de lui comme un four. Je me fige, une main sur la porte du réfrigérateur, l'autre agrippant mon assiette si fort que mes jointures blanchissent.

Il ne me touche pas. Il n'en a pas besoin. Je peux sentir le mur solide de sa poitrine à quelques centimètres de mon dos, percevoir la puissance contrôlée de son corps. Son bras se tend devant moi dans le réfrigérateur, sa manche frôlant la mienne si légèrement que cela pourrait être accidentel — mais rien dans ses mouvements ne semble accidentel.

—Excuse-moi, dit-il à nouveau, d'une voix basse, intime.

Ma respiration devient superficielle, mon pouls bat un rythme saccadé dans ma gorge. Je ne peux pas bouger. Je suis clouée sur place par rien d'autre que sa présence et mon propre corps traître.

Il prend son temps pour sélectionner ce qu'il veut — du beurre, je réalise, en regardant ses longs doigts se refermer sur le beurrier. Le moment s'étire, élastique de tension. Puis il se retire, fait un pas en arrière, et je peux respirer à nouveau.

J'attrape la confiture. Mes mains tremblent tandis que je dispose mon maigre petit-déjeuner sur le comptoir.

—Peut-être que si la tempête se calme, ce serait un bon moment pour partir, dis-je d'un ton trop enjoué, en tartinant ma tranche de pain avec des mains instables. Je veux dire, il n'y a pas beaucoup de nourriture dans le frigo de toute façon, non ?

Je ris nerveusement, le son aigu et peu naturel à mes oreilles.

—Oh, il y a plein de nourriture, dit-il, d'un ton décontracté mais le regard intense. Il fait un geste avec son couteau à beurre quand je le regarde, le mouvement étrangement gracieux malgré sa banalité. Tu n'as pas vu le frigo en bas ? Il est rempli de gibier — toutes sortes de viandes. On pourrait vivre ici pendant six mois sans sortir.

Ses mains sont grandes mais étrangement élégantes, avec des veines proéminentes et un léger duvet de poils cuivrés sur les articulations. Ce sont des mains fortes, capables de violence — ou de tendresse.

Cette pensée fait chavirer mon estomac.

—Six mois ? je m'exclame avant de pouvoir me retenir. L'endroit parfait pour kidnapper et garder quelqu'un prisonnier.

Au moment où les mots quittent ma bouche, j'ai envie de me glisser sous les lattes du plancher. Mes joues brûlent tandis que je fixe obstinément ma tartine à moitié beurrée. Bien joué, Lily. Parler d'enlèvement à un ex-détenu. Brillant comme entrée en matière.

James s'arrête au milieu d'une bouchée, me regardant avec une expression indéchiffrable. Puis il rit, un son riche et sombre comme du chocolat fondu, mais avec une pointe qui fait se dresser les poils sur ma nuque.

— Tu as vraiment beaucoup d'imagination, dit-il, son amusement mêlé à quelque chose de plus tranchant.

Je hausse les épaules, essayant de paraître décontractée malgré la chaleur qui inonde encore mes joues. — Risque professionnel quand on regarde trop d'émissions sur les crimes réels.

Il prend une autre bouchée, mâchant pensivement. — Tu as un nouveau favori ? Laisse-moi deviner... quelque chose avec une détective charismatique qui attrape toujours son homme ?

La question semble chargée d'un sous-entendu, comme s'il y avait un message caché que je ne saisissais pas. — En fait, je préfère les affaires non résolues, m'entends-je avouer. Celles qui restent mystérieuses pendant des années jusqu'à ce qu'un petit détail fasse tout basculer.

Ses yeux brillent.

Je prends une bouchée trop grande de ma tartine.

Le silence s'étire entre nous, vibrant de tension. La sueur perle dans le creux de mon dos, humidifiant ma chemise. Le simple acte de prendre son petit-déjeuner n'a jamais semblé si chargé de sens, si dangereux.

— Tu veux voir le frigo avec le surplus de gibier ? demande-t-il soudainement.

Je le fixe, partagée entre curiosité et instinct de survie. Son expression est neutre.

Dis non. NE descends PAS dans une cave avec un criminel, Lily. N'as-tu rien appris de toutes ces émissions sur les crimes réels ? C'est littéralement comme ça que les femmes finissent en exemples à ne pas suivre.

— Bien sûr, m'entends-je dire, hochant la tête comme une marionnette.

Excellente idée. Ils retrouveront ton corps au printemps quand la neige fondra. Surtout que je n'ai encore vu aucun signe d'Archer ou de Hunter.

Même si mon esprit rationnel hurle des avertissements, quelque chose de plus profond, plus primitif, me pousse en avant. Un besoin de savoir, de comprendre l'homme derrière ces yeux gris orageux. De voir si le James de nos messages existe encore quelque part à l'intérieur de cet étranger dangereux.

Il sourit et dit : — Par ici. Il n'attend pas de voir si je suis, il se tourne simplement et marche vers une porte que je n'avais pas remarquée hier. Sa confiance frôle l'arrogance — il sait que je vais le suivre.

Saisissant une de mes tartines nappées de confiture pendant qu'il porte son café, je le suis comme s'il était le joueur de flûte de Hamelin et moi un rat particulièrement influençable.

L'escalier grince sous notre poids, le son sinistre dans le silence. James descend, ne prenant pas la peine d'allumer les lumières avant que nous soyons à mi-chemin. Quand l'ampoule s'allume en vacillant, je cligne des yeux dans la soudaine clarté.

Le sous-sol est étonnamment bien aménagé — des lambris de pin sur les murs, un éclairage décent, et un grand espace ouvert avec ce qui ressemble à des équipements de gym dans un coin. Un sac de frappe pend d'une poutre du plafond, légèrement usé au milieu. L'image de Hunter ou Archer le frappant, muscles tendus, sueur brillante, traverse mon esprit sans que je l'aie invitée.

Je prends une autre bouchée de ma tartine.

Mon attention se porte sur les deux énormes congélateurs coffres contre le mur du fond. D'un blanc immaculé, de taille industrielle.

Le genre que Dexter aurait pu utiliser pour stocker des morceaux de corps.

— Ils sont... grands, parviens-je à dire. Mon imagination s'emballe avec des possibilités macabres. Et si la viande à l'intérieur n'était pas du cerf ou du sanglier ? Et si—

— Tu penses encore à des cadavres ? interrompt James mes pensées morbides. Il se tient plus près que je ne l'attendais, m'observant avec cette même expression indéchiffrable. — Je peux presque voir les rouages tourner dans ta tête.

Je force un rire qui sonne creux, même à mes oreilles. — Risque professionnel quand on est obsédée par les crimes réels. On commence à voir des tueurs en série partout.

— Même en moi ? Son ton devient plus grave, presque sombre.

Je soutiens son regard et j'y vois quelque chose qui me coupe le souffle — une connaissance, une compréhension qui dépasse notre brève connaissance. C'est le regard de quelqu'un qui sait exactement de quoi tu es capable.

— Parfait pour cacher les corps, non ? poursuit-il face à mon silence, en se dirigeant vers le congélateur le plus proche. La désinvolture avec laquelle il le dit, combinée à l'éclat dans son regard, me fait frissonner.

Je glousse, un son légèrement hystérique. — Seul un tueur pourrait le savoir.

Il se fige, la main sur le couvercle du congélateur, et se tourne pour me regarder. Une lueur d'amusement traverse ses yeux. Le muscle de sa mâchoire tressaille tandis qu'il me fixe, et pendant un moment terrifiant et grisant, je me demande si j'ai été trop loin.

Bien joué, Lily. Provoque le criminel. Très malin.

Mais son expression s'adoucit ensuite, presque amusée. — Tu as du cran, je te l'accorde.

Avant que je ne puisse répondre, il soulève le couvercle du congélateur le plus proche. Un nuage de vapeur froide s'en échappe, masquant momentanément son contenu. — Tu vois ? Que du cerf et du sanglier, selon Hunter. Il a été occupé ces dernières semaines.

Je m'approche, contre mon bon sens, et jette un coup d'œil à l'intérieur. Et effectivement, il y a des paquets soigneusement emballés avec des étiquettes au marqueur noir : STEAK DE CHEVREUIL, RÔTI DE SANGLIER, FILET. L'organisation est méticuleuse, presque obsessionnelle — les paquets sont rangés par coupe, par date, par animal.

— Hunter est quelqu'un d'organisé, dis-je, essayant de paraître décontractée malgré mon cœur qui tambourine contre mes côtes en sa présence.

— Avec lui, chaque chose a sa place.

Je hoche la tête et mords nerveusement dans ma tartine, la finissant en trois bouchées rapides. Une trace de confiture reste au coin de ma bouche, et je l'essuie d'un coup de langue.

Quand je lève les yeux, James fixe ma bouche avec une telle intensité que je la ressens comme un contact physique. Ses pupilles se sont dilatées, assombrissant ses yeux jusqu'à les rendre presque noirs. L'air entre nous s'épaissit, devient électrique.

— Tu as... commence-t-il.

— Quoi ? Ma réponse est à peine un murmure.

Il tend lentement la main, délibérément, et passe son pouce sur le bord de mes lèvres. — De la confiture.

Le contact est bref, presque clinique, mais il me traverse comme une brûlure. Il retire son pouce, une nappe rouge sur le bout, et —mon cœur tressaute— le porte à sa propre bouche. Ses yeux ne quittent pas les miens tandis qu'il suce la confiture de sa peau.

Je ne peux plus respirer. Je ne peux plus penser. Toute mon existence se réduit à cet instant, à cet homme — à la façon dont ses lèvres se referment autour de son pouce et au regard entendu qu'il me lance en observant ma réaction.

— Sucrée, murmure-t-il, et le mot reste suspendu dans l'air, chargé de sens.

— Bon, je ferais mieux de remonter, dis-je. Je me tourne vers les escaliers, désespérée de m'échapper avant de faire quelque chose d'incroyablement stupide — comme me jeter sur un ex-détenu.

Mais il est là, juste devant moi, se déplaçant avec cette rapidité et cette grâce surnaturelles qui semblent en contradiction avec sa taille. Mon dos heurte le mur à côté de l'escalier avant que je ne réalise ce qui se passe. Il pose sa tasse de café sur une marche derrière moi, m'enfermant dans sa présence sans vraiment me toucher.

Je devrais être terrifiée. Une femme rationnelle, soucieuse de se préserver, chercherait son téléphone, une arme, n'importe quoi. Au lieu de cela, je lutte contre l'envie de combler ces quelques centimètres entre nous, de presser mon corps contre le sien et de découvrir s'il est aussi dur, aussi brûlant qu'il en a l'air.

Qu'est-ce qui ne va pas chez moi ?

— Allons-nous continuer à jouer à ce petit jeu, ou pouvons-nous parler de l'éléphant dans la pièce ? Il y a une certaine tension dans sa voix. Son haleine sent le café.

— Je... je ne sais pas quoi dire, je balbutie, mon cœur menaçant de sortir de ma poitrine. Les paumes à plat contre le mur derrière moi pour les empêcher de trembler, j'échoue lamentablement.

— Que je sais que c'est toi, Lily. Il se penche davantage, assez près pour que je puisse voir les différentes nuances de gris dans ses iris et les poils individuels de sa barbe naissante le long de sa mâchoire. — Ma Lily. Celle avec qui je discutais pendant des heures, qui me rendait fou, qui me faisait sourire tout seul quand j'aurais dû dormir. Celle dont je rêvais même.

Cette confession reste suspendue entre nous, brute et honnête. Une partie de moi frémit de l'entendre – de savoir que je l'ai affecté aussi profondément qu'il m'a affectée – mais l'autre partie, celle qui connaît son secret, recule.

— Tu n'as pas fait ça, je raille, essayant de retrouver un certain équilibre. — Des rêves ? C'est un peu exagéré. Mes défenses s'élèvent automatiquement.

Il hausse les épaules, un mouvement gracieux qui attire mon attention sur la colonne forte de son cou et la façon dont son t-shirt s'étire sur sa poitrine. « C'est l'impact que tu as eu sur moi. »

— C'était quoi ? La question m'échappe avant que je ne puisse l'arrêter, une curiosité dangereuse que je ne semble pas pouvoir réprimer. — Le rêve.

Il est si proche maintenant que je sens le souffle de sa respiration sur mon visage. J'ai du mal à respirer, mon corps brûlant de l'intérieur. Je serre les cuisses alors qu'il se penche encore plus près.

— Tu veux savoir ? Son ton baisse jusqu'à un murmure rauque qui semble contourner mes oreilles et aller droit au cœur de mon être. — Tu étais attachée à mon lit.

Je retiens mon souffle. — Quoi ?

— Les poignets liés à la tête de lit avec ma ceinture.

Rien d'autre — juste la ceinture et mes marques partout sur ta peau nue. Ses yeux s'assombrissent davantage, devenant presque prédateurs. — Tu m'avais défié, crachant du feu comme tu le fais toujours dans tes messages, me provoquant, me poussant. Alors, je t'ai montré ce qui arrive quand on pousse un Alpha trop loin.

J'avale difficilement, ma bouche soudainement sèche. Ce n'est pas le rêve sûr et propre auquel je m'attendais. C'est affamé, brûlant, dangereux. Ça devrait m'effrayer. Ce n'est pas le cas.

— Tu me suppliais, continue-t-il. — Pas pour que j'arrête — pour que j'aille plus fort, plus vite, pour que je te marque au point que tu me sentes pendant des jours après. Tes ongles s'enfonçaient dans tes paumes à chaque fois que je mordais ta gorge, tes seins et l'intérieur de tes cuisses. Et quand tu as joui... Il s'arrête, un muscle travaillant dans sa mâchoire comme si le souvenir était trop intense. — Quand tu as joui, tu as crié mon nom si fort que j'ai cru que les fenêtres allaient voler en éclats.

La chaleur inonde mon corps, se concentrant dans mon bas-ventre. Je suis intensément consciente de chaque centimètre d'espace entre nous, de la facilité avec laquelle je pourrais combler ce vide. Mes lèvres s'entrouvrent involontairement.

— C'est... un genre de rêve très spécifique, et chaud, je halète. Puis je me secoue mentalement, la réalité revenant brutalement. — Je veux dire, non. Pas chaud. Pas du tout.

Menteuse, me souffle une voix dans ma tête. Je suis trempée rien qu'à cause de ses mots.

Sa bouche se courbe en un sourire entendu. — Tu es une terrible menteuse, Lily, murmure-t-il. — Ton pouls s'accélère. Son regard descend vers ma gorge, où les battements de mon cœur doivent être visibles, puis remonte vers mes yeux avec un désir nu. — Tes joues sont rouges. Sa main libre plane près de mon visage, sans tout à fait me toucher. — Et tes pupilles sont dilatées.

Je détourne le visage, incapable de maintenir le contact visuel sans trop en révéler. — Tu imagines des choses.

—Vraiment ? Ses doigts entrent enfin, enfin en contact avec ma peau, tournant mon menton avec douceur mais fermeté vers lui. Ce toucher est un brasier qui envoie des étincelles le long de ma colonne vertébrale, mon corps frémissant sous lui. —Dis-moi que tu ne ressens pas ça, et je reculerai.

J'ouvre la bouche pour le nier, pour mentir, pour me protéger de ce que c'est, mais les mots ne viennent pas. Je ne peux pas mentir – pas à propos de ça, pas avec son regard qui me transperce.

—Je dois partir, dis-je soudainement, me baissant sous son bras et m'éloignant. Sa main jaillit, attrapant mon poignet dans une prise ferme mais pas douloureuse.

—Lily.

—Non, je ne pense pas que nous devrions continuer... quoi que ce soit. Mes mots tremblent malgré mes efforts. —J'ai besoin de pouvoir te faire confiance, et ce n'est pas le cas. Les mots sortent précipitamment, plus honnêtes que je ne l'avais prévu.

Son expression passe du désir à la confusion, ses sourcils se fronçant. —De quoi parles-tu ?

Je me libère de sa prise et prends une inspiration pour me calmer. Ma main tremble lorsque je repousse une boucle derrière mon oreille, gagnant du temps. Dis-le simplement. Arrache le pansement d'un coup sec.

—Écoute, je sais que tu étais en prison, et tu n'as jamais été honnête avec moi à ce sujet.

Il tressaille, très légèrement, mais c'est suffisant pour confirmer ce que je soupçonnais déjà. Ma sœur avait raison depuis le début.

Merde !

Son visage traverse une succession rapide d'émotions – choc, colère, et quelque chose qui pourrait être de la honte – avant de se figer en un masque soigneusement impassible. —Comment as-tu...

—Est-ce que ça importe ? Je recule vers les escaliers, soudain très consciente que je suis seule dans un sous-sol avec un homme dont je ne sais rien – sauf qu'il a été incarcéré. —Tu m'as menti.

—Je n'ai pas menti, dit-il. Je ne t'ai simplement pas tout dit.

—Un mensonge par omission reste un mensonge, je réplique, trouvant mon équilibre sur la première marche. —Et c'est quelque chose d'assez important à omettre, tu ne crois pas ? « Ah, au fait, je t'envoie des messages depuis la prison.»

Sa mâchoire se serre. —Ce n'était pas comme ça.

—Alors c'était comment ? je demande, la colère

montant pour combattre la peur et la déception qui me tordent l'estomac. —S'il te plaît, explique-moi comment tu as accidentellement oublié de mentionner que tu étais derrière les barreaux pendant que nous partagions nos secrets les plus profonds.

—Lily, commence-t-il, faisant un pas vers moi.

Je lève une main. —Non. J'ai besoin... J'ai besoin d'assimiler tout ça. Je me retourne et monte les escaliers, le cœur battant à mes oreilles, les larmes menaçant malgré ma détermination à les retenir.

Maintenant, je ne suis pas seulement coincée dans une maison avec trois Alphas, mais l'un d'eux est un criminel qui m'a menti. Un criminel pour qui je ressens toujours, malgré tout, une douloureuse attirance.

Pour ce que j'en sais, ils le sont tous. Des criminels, je veux dire.

Et le pire ? Ça ne me terrifie pas autant que ça le devrait.

12

ARCHE

Le vieux bureau en acajou sous mes doigts porte les cicatrices de générations, tout comme la demi-carte étalée sous l'épaisse plaque de verre qui le recouvre. Le grand-père de Hunter avait un sens certain du dramatique — divisant une carte au trésor en deux entre des cousins qui peuvent à peine supporter de respirer le même air montagnard.

Les flammes crépitent dans la cheminée en pierre de l'autre côté du bureau. La pièce nous enveloppe, Hunter et moi, comme une étreinte de cuir — notre sanctuaire dans cette forteresse de bois. Les étagères du sol au plafond gémissent sous le poids des livres et des journaux défraîchis. L'odeur du papier vieilli et de la fumée de bois me donne plus l'impression d'être chez moi que n'importe quel endroit que j'ai jamais possédé.

Dehors, la tempête de neige frappe les fenêtres avec une fureur croissante. Un bruit blanc qui accompagne notre chasse au trésor.

—Ce symbole ici, dis-je en tapotant le verre, mon reflet flottant sur le parchemin décoloré. Ça pourrait être le Pic du Diable ou le Rocher de la Veuve. Les deux ont cette fissure distinctive.

Hunter s'étale dans le fauteuil en cuir en face de moi, ses bottes posées sur le bord du bureau. Sa silhouette massive fait paraître le mobilier minuscule.

—Papi disait toujours que le trésor était caché là où la montagne retient son souffle, marmonne Hunter autour du cure-dent qu'il a dans la bouche.

Je ricane. « Des conneries poétiques. Le vieux n'a jamais donné une réponse claire de sa vie. »

—Pourquoi commencer maintenant, hein ? Hunter sourit. Je pense quand même qu'il nous a laissé ces énigmes parce qu'il savait qu'on perdrait la tête en essayant de les résoudre.

—Tu sais à quoi ça me fait penser ? demande Hunter, se penchant pour tapoter le coin de la carte.

—Si tu parles de cette fois à Aspen avec les jumelles, je te liquide.

Il éclate de rire. « Bon sang, Arch. J'allais parler des chasses au trésor de Grand-père quand on était gosses. »

—Celles où le prix était toujours un bouquin de philosophie obscur ? Je souris à ce souvenir. Tu as râlé pendant des semaines à propos de Nietzsche.

—Parce que j'avais dix-huit ans et je voulais du fric pour de la bière, pas de l'angoisse existentielle, dit Hunter en levant les yeux au ciel. Je l'ai quand même lu.

—Parce que Grand-père te faisait passer des inter-rogations. Il sourit doucement.

Le feu craque bruyamment, envoyant une cascade d'étincelles dans la cheminée. Thor bouge à peine de sa position sur le tapis devant l'âtre, son pelage gris argenté prenant des reflets cuivrés dans la lumière du feu.

—Douze putains de mois, déclare Hunter. Il trace du doigt ce qui pourrait être une rivière, ou peut-être une ligne de démarcation. Il y a plus d'un an aujourd'hui que ce vieux têtu nous a quittés.

J'acquiesce, sachant que les mots sont inutiles. Le grand-père de Hunter nous a recueillis, James et moi — des garçons perdus sans endroit à appeler maison. Moi, après la mort de ma mère quand j'avais douze ans, et James quelques années plus tard. Le vieux nous a offert plus qu'un abri ; il nous a donné un but, des histoires, une fraternité. Maintenant, à trente ans, je devrais me sentir comme un homme, mais de retour dans cette cabane, avec James à trente-deux ans et Hunter à trente-quatre, nous pourrions tout aussi bien être encore ces gamins imprudents, sortant en douce après le couvre-feu, se défiant de sauter des plus hautes branches, et riant comme si nous n'avions rien à perdre.

—Tu te souviens quand il nous racontait que son père avait enterré de l'or espagnol ? je demande, souriant au souvenir. Il prétendait qu'il avait échangé de l'alcool de contrebande contre un coffre de doublons avec un pirate qui avait remonté le Mississippi.

—Et puis c'était le trésor des Confédérés la fois d'après, ricane Hunter.

—Et la réserve personnelle de Barbe Noire après ça. Je secoue la tête en versant deux doigts de whisky de la carafe en cristal sur la table d'appoint. Le liquide ambré scintille à la lumière du feu tandis que je fais glisser un verre vers Hunter. Ce vieux rusé fils de pute ne pouvait même pas garder ses propres mensonges cohérents.

Hunter lève son verre. « À Papi. Que son trésor vaille toutes ces conneries. »

—À Grand-père.

Nous buvons à l'unisson.

—Ça pourrait être le lit d'un ruisseau, dis-je en posant mon verre et en pointant une ligne fine et ondulée. Ou un sentier. Dans tous les cas, ça semble mener à cette structure ici. Le dessin grossier pourrait représenter n'importe quoi : une cabane, un affleurement rocheux, un arbre.

—Si cette neige voulait bien cesser, on pourrait faire une nouvelle recherche sur le terrain pour essayer de trouver ces points de repère, marmonne Hunter en jetant un coup d'œil vers la fenêtre où la fureur blanche poursuit son assaut. Nous n'avons reçu la carte du testament de Grand-père que le mois dernier en décembre, et avec la neige qui tombe un jour sur deux dans les montagnes, nous n'avons pas eu de chance pour essayer de repérer les indices sur la carte.

—Et si on la regardait mal ? Je fais le tour de la carte pour la regarder à l'envers. Il n'y a pas de rose des vents sur la carte. Aucune indication de la direction du nord. Donc ça pourrait être comme ça.

Le regard de Hunter se plisse. —Espèce de vieux renard sournois.

—Il nous disait toujours qu'on devait changer notre perspective. Je vide mon verre.

Nous passons l'heure suivante à faire des annotations sur une couche transparente, marquant les possibilités et les probabilités. Deux hommes adultes bâtis comme des ours, penchés sur une carte au trésor comme des gamins en pleine aventure. L'ironie ne m'échappe pas.

Hunter s'étire, sa colonne vertébrale craquant comme des coups de feu dans la pièce silencieuse. —Je vais me faire une perfusion de caféine avant de loucher. Il se frotte le visage. —Putain, on est là-dessus depuis les premières heures du matin.

—Le temps passe vite quand tu perds la tête sur des gribouillis, je marmonne sans lever les yeux d'un groupe de marques particulièrement déroutant.

—Je vais voir comment va James, ajoute Hunter en ramassant nos verres vides. Voir s'il a réussi à sortir du lit.

—Comment ça se passe ? Lui et la boulangère ? je demande en roulant les épaules pour soulager la tension.

Mes pensées dérivent vers Lily ; comme nous nous entendons facilement, comme si nous nous connaissions depuis des années. Pourtant, je la connais à peine. Même si je veux tout savoir d'elle.

La bouche de Hunter se plisse. —Il n'a rien voulu me dire quand je lui ai demandé hier, mais ils se dévoraient des yeux hier soir près du feu. Il y a quelque chose entre eux.

—Elle pourrait être ta parente, je suggère avec une nonchalance délibérée.

Le visage de Hunter s'aigrit instantanément. —Cette

putain de photo ne veut absolument rien dire. Sa grand-mère à côté de Pépé sur un vieux cliché ne prouve strictement rien.

Je ricane devant sa véhémence. —Je comprends. Je serais aussi énervé si je perdais ma chance avec une fille qui ressemble à ça.

—T'es vraiment un connard, tu le sais ça ? Hunter me fait un doigt d'honneur, mais sans animosité. —De toute façon, elle est bien trop douce pour n'importe lequel d'entre nous.

—Pas ton genre ?

—C'est un rêve, et je la partagerais même avec vous deux, moches bâtards, pour être avec quelqu'un comme elle. Alors qu'il se dirige vers la porte, ses mots tournent dans mon esprit... Nous avions partagé une petite amie quand nous étions plus jeunes, jusqu'à ce qu'elle déménage. —Tu veux quelque chose de la cuisine ? À part ta dignité ?

—Café noir. Et va te faire foutre.

—Moi aussi je t'aime, princesse, lance-t-il par-dessus son épaule, la porte se refermant derrière lui.

De nouveau seul, je me penche plus près du verre, plissant les yeux sur une marque particulière. Un rocher ? Un bâtiment ? Un putain de test de Rorschach ? Cette carte est délibérément obscure.

La porte de la pièce grince en s'ouvrant.

—Soit Grand-père était secrètement un pirate moderne, soit c'est là qu'il a enterré tous ces affreux pulls de Noël, je marmonne, supposant que Hunter est de retour.

—Je vote pour les pulls. Personne ne fait disparaître autant de gilets à rennes sans avoir un plan.

Je relève brusquement la tête en entendant cette voix féminine inattendue. Lily se tient dans l'encadrement de la porte, une hanche appuyée contre le cadre, les bras croisés sur sa poitrine. La lumière du feu derrière moi la dessine en silhouette, mais je distingue quand même l'inclinaison provocante de son menton, les boucles sauvages encadrant son visage comme un halo sombre.

Thor est debout avant que je puisse répondre, sa forme massive bondissant à travers la pièce avec une rapidité qui dément sa taille. Le même animal qui a déjà tenu un intrus en respect pendant trois heures sans même cligner des yeux gémit maintenant comme un chiot, sa queue balayant le sol tandis qu'il s'approche de Lily.

—Eh bien, bonjour à toi aussi, beau gosse, roucoule-t-elle en s'agenouillant. Son ton change pour adopter ce ridicule langage bébé que les femmes réservent aux animaux et aux nourrissons. Qui est le plus gentil, le plus duveteux des loups de montagne ? C'est toi ? Je crois bien que c'est toi !

Thor, ce traître de bâtard, se laisse tomber sur le dos, exposant son ventre — une vulnérabilité qu'il ne montre absolument à personne. Sa langue pend sur le côté de sa gueule, et je jure qu'il est en train de sourire.

—Bon sang, je marmonne. Trente-six kilos de muscle et de crocs réduits en gelée par une caresse sur la tête.

Lily lève les yeux vers moi, passant toujours ses doigts dans l'épaisse fourrure de Thor. —Jaloux ?

La question plane entre nous, chargée de possibilités. Je m'adosse au bureau, croisant les bras pour refléter sa posture précédente.

—Devrais-je l'être ?

Elle se relève d'un mouvement fluide qui attire mon regard de ses baskets blanches, le long du jean qui moule ses jambes bien galbées, en passant par sa taille fine jusqu'au t-shirt à manches longues décontracté dont l'encolure suggère plus qu'elle ne révèle. Ses cheveux tombent en spirales chaotiques au-delà de ses épaules, mélangeant plusieurs nuances de brun comme l'intérieur d'un chocolat coûteux.

Elle s'avance dans la pièce, Thor la suivant comme une ombre surdimensionnée.

—C'est quoi cette table en verre ? demande-t-elle, évitant ma question en s'approchant. Des plans secrets pour dominer le monde ?

—La moitié d'une carte au trésor pour cette propriété, je réponds, observant sa réaction.

Son pas hésite. —Tu te fous de moi. Une vraie ?

—Je ne me fous pas de toi.

Elle s'approche avec une nouvelle prudence, comme si la carte pourrait se dresser et mordre. —Genre, une vraie carte au trésor avec X qui marque l'emplacement ? Des pièces de huit ? Des coffres enterrés ? Tout le tralala façon Pirates des Caraïbes ?

—Eh bien, pas de X pour l'instant, j'admets, me décalant pour lui faire de la place à côté de moi. C'est probablement sur l'autre moitié.

Elle se penche pour examiner le parchemin jauni, son épaule frôlant presque la mienne. Le parfum de vanille et d'un agrume quelconque m'enveloppe, se mêlant à un courant sous-jacent de chaleur qui me rappelle le pain fraîchement sorti du four. Cela éveille quelque chose de primitif et d'affamé qui n'a rien à voir avec la nourriture.

—Un de tes achats d'antiquités ? demande-t-elle, me regardant à travers ses cils épais.

—Pas vraiment. C'est un héritage... techniquement celui de Hunter. Son grand-père le lui a laissé, à lui et à son cousin... séparément pour qu'ils se réconcilient enfin.

—C'est diabolique, dit-elle, mais il y a de l'admiration derrière ses mots.

—C'était le style du vieux, j'acquiesce, me déplaçant légèrement pour que nos bras se frôlent. Le contact est bref mais électrique, et persiste sur ma peau, la faim de la ramener contre moi devenant sauvage. Il jouait toujours sur le long terme.

—Alors, il y a vraiment un trésor ici ? Sur cette propriété ? Ses yeux parcourent la pièce avec un intérêt renouvelé, s'attardant sur les rangées de livres. Qu'est-ce que c'est ? De l'or ? Des bijoux ? Des Hemingway première édition ?

—C'est ce qu'on essaie de déterminer. Son sourire enthousiaste me fait sourire aussi. C'est rafraîchissant, cette curiosité sans réserve. La carte n'est pas exactement de la qualité National Geographic.

Nos épaules se touchent maintenant, et aucun de nous ne s'éloigne.

—Eh bien, au moins tu sais que c'est un puits d'eau, marmonne-t-elle en pointant précisément le symbole sur lequel je me questionnais quelques secondes plus tôt.

Je cligne des yeux et regarde de plus près. —Un puits d'eau ? Tu es sûre ?

—Pratiquement certaine. Tu vois la petite manivelle dessinée sur le côté ? Forme classique d'un puits. Mon père en a restauré un ancien dans notre jardin — ne me demande pas pourquoi, mais il a un faible pour les *artéfacts fonctionnels*, comme il les appelle. Elle trace la forme du bout du doigt, laissant une trace sur la vitre. —C'est définitivement un puits.

Je fixe le dessin, puis elle. —Putain, tu as raison. Il y a trois puits sur la propriété, ça réduit les possibilités.

Son sourire est rapide et satisfait. —De rien.

La tempête dehors hurle comme un loup blessé, faisant trembler les fenêtres dans leurs cadres. Lily tressaille, son assurance précédente se fissure juste assez pour révéler la peur en dessous.

—Pas fan des tempêtes ? je demande doucement.

Elle hausse une épaule. —Pas fan d'être coincée dedans. Ma sœur a probablement déjà signalé ma disparition.

—Je pourrais peut-être aider avec ça, dis-je, me rappelant ce que j'avais installé plus tôt. —Viens par ici.

Ce n'est pas vraiment une demande, mais pas tout à fait un ordre non plus. Quelque chose entre les deux qui la fait hausser un sourcil, mais elle me suit quand même.

Je la conduis à l'autre bout du bureau, où une table ronde en chêne est entourée de fauteuils en cuir. Sur la table se trouve un poste de radio ancien, une radio bidirectionnelle des années 1940 que j'ai restaurée l'été dernier.

—Est-ce que c'est ce que je crois ? demande-t-elle en touchant le boîtier en bois poli avec des doigts précautionneux.

—Si tu penses que c'est une radio à ondes courtes qui peut atteindre Whispering Grove d'ici, alors oui, j'explique en tirant une chaise pour elle. —Le magasin d'antiquités de ta ville — Yesteryear's Treasures — possède un modèle identique. Martin et moi les utilisons quand les lignes sont coupées.

—Tu te fous de moi. Le juron sonne charmant dans sa bouche. Pendant un instant, je pense qu'elle va pleurer. Puis elle fait quelque chose qui me surprend vraiment — elle se penche contre moi, se blottissant tout près, et je respire à pleins poumons ce délicieux parfum d'Oméga qui menace de me détruire.

La sensation de son corps pressé contre le mien envoie une vague de chaleur au creux de mon ventre.

—Merci, murmure-t-elle contre ma poitrine. —Ma sœur doit être morte d'inquiétude.

Nous nous asseyons côte à côte à la table, nos genoux se touchant en dessous. J'ajuste les cadrans avec une précision exercée, conscient qu'elle observe chacun de mes gestes.

—Alors, tu collectionnes ce genre de choses, pas seulement des livres ? demande-t-elle en rapprochant sa chaise pour mieux voir. Nos jambes se pressent l'une contre l'autre du genou à la cuisse.

Je hoche la tête, me concentrant sur la radio pour me

distraire de la chaleur de son contact. —J'ai aussi un faible pour les appareils de communication.

—Est-ce que tous les collectionneurs sont aussi impliqués dans leurs passions, ou c'est juste toi ?

Je la regarde. —C'est-à-dire ?

—La plupart des collectionneurs que je connais gardent leurs précieuses trouvailles derrière une vitrine. Toi, tu utilises vraiment les tiennes. Elle fait un geste vers la radio.

—Je trouve la beauté dans la fonction, dis-je simplement. —À quoi bon un moteur parfaitement restauré si on ne l'entend jamais tourner ?

Quelque chose de doux change dans son expression tandis que sa bouche s'élève en un magnifique sourire. J'ai la nette impression d'être réévalué, reclassé par rapport à la catégorie initiale où elle m'avait placé.

La radio grésille et crache des parasites pendant que j'ajuste la fréquence. —Martin devrait être à la boutique aujourd'hui, en supposant qu'il ne soit pas lui-même bloqué par la neige.

—Et s'il l'a fait ?

—Alors on réessaie demain. La tempête ne va nulle part.

Ses jointures blanchissent là où elle agrippe le bord de la table. —Allons-y.

Je compose l'indicatif du magasin, sentant le regard de Lily sur mon profil. Nous attendons plusieurs minutes sans réponse. Elle soupire, les épaules affaissées.

—Peut-être essayer encore une fois ? suggère-t-elle,

se penchant plus près jusqu'à ce que je puisse sentir sa chaleur irradier contre mon côté.

J'obéis, répétant l'appel. Au moment où je m'apprête à abandonner, le haut-parleur s'anime avec un éclat de statique, suivi d'une voix rauque.

—Yesteryear à l'écoute. C'est toi, Archer ? Terminé.

Lily bondit en avant, sa main atterrissant sur ma cuisse dans son excitation. Le poids soudain envoie une décharge de feu droit vers ma queue, mes couilles se resserrant. Si elle remarque ma tension soudaine, elle n'en montre rien.

—Martin, c'est Archer. J'ai quelqu'un ici qui a besoin d'envoyer un message à sa sœur en ville. Terminé.

Plus de statique, puis : —Vas-y. Terminé.

Je tends le microphone à Lily, nos doigts s'effleurant dans l'échange. Le contact s'attarde, aucun de nous ne se retirant jusqu'à ce que la radio crépite à nouveau avec impatience.

—Bonjour ? dit finalement Lily. C'est Lily de la boulangerie Flour & Fable à Whispering Grove.

—Eh bien, je serai damné ! Lily Parker ! Les mots de Martin résonnent dans le haut-parleur. Ta sœur a remué ciel et terre dans toute la ville pour te retrouver. Terminé.

Elle rit, le son riche et chaleureux sur fond de tempête hurlante. Son visage entier se transforme, les rides d'inquiétude s'effaçant, les yeux plissés aux coins. C'est comme regarder le soleil percer à travers les nuages d'orage.

—C'est pourquoi j'appelle, dit-elle. Pourriez-vous s'il vous plaît dire à Hannah que je suis en sécurité ? Ma voiture est tombée en panne dans la tempête, et je reste dans une cabane jusqu'à ce qu'elle passe.

Elle me regarde, et je récite l'adresse de Hunter, qu'elle transmet à Martin.

—Je suis avec, — elle hésite, me regardant à nouveau — Archer et ses amis. Ils m'ont aidée quand ma voiture est tombée en panne. Dites-lui de ne pas s'inquiéter. Je vais bien.

—Je le ferai, Mademoiselle Lily. Votre sœur sera soulagée. Cette tempête est un sale morceau. Tu as de la chance que notre gars t'ait trouvée. Terminé.

—Très chanceuse, acquiesce-t-elle, ses yeux rencontrant les miens avec une intensité qui fait bouillonner mon sang. Merci beaucoup.

Elle me rend le microphone, nos doigts s'emmêlant plus longtemps que nécessaire. J'éteins la radio mais ne fais aucun mouvement. Nous restons assis là, face à face, mes jambes écartées, de sorte qu'elle est presque nichée entre elles.

—Merci, dit-elle à nouveau, plus doucement. Au moins maintenant Hannah pensera juste que j'ai été enlevée par de mystérieux montagnards.

Je ris, le son rouillé même à mes propres oreilles. — C'est ce que nous sommes ?

—À toi de me le dire, marchand de livres rares avec un réseau radio privé et la moitié d'une carte au trésor. Elle enroule une boucle autour de son doigt, le geste inconsciemment séduisant. Tu n'es pas exactement ce à quoi je m'attendais quand un géant en chemise à carreaux m'a sortie de ma voiture.

—Et à quoi t'attendais-tu ?

—Je ne sais pas. Plus... rustique ? Moins, — sa main libre fait un geste vague dans ma direction — manoir-cabane élaboré.

—Déçue ?

—Intriguée, corrige-t-elle. Ce n'est pas tous les jours qu'une fille se fait secourir par trois Alphas qui ont l'air de pouvoir soulever un orignal mais discutent de littérature pendant le dîner.

Je me déplace sur mon siège vers elle, réduisant la distance entre nous. — Et quel genre d'homme une boulangère de Whispering Grove rencontre-t-elle habituellement ?

Elle imite ma posture, rapprochant nos visages. — Le genre qui pense que *Gatsby le Magnifique* est un cocktail et que la poésie, c'est ce qui se passe quand les paroles de chansons riment.

Cette réponse m'arrache un autre rire. — Le bassin de rencontres est si peu profond, hein ?

— L'appeler un bassin est généreux. C'est plutôt une flaque. — Son regard s'attarde sur mes lèvres pendant une fraction de seconde. — Une flaque très petite et très décevante.

— Et pourtant, te voilà, échouée dans une cabane avec trois hommes inconnus au milieu de nulle part. La plupart des gens considéreraient ça comme le début d'un film d'horreur.

— Peut-être que j'ai lu trop de romans gothiques. Le manoir isolé, l'hôte mystérieux, les secrets interdits... — Ses lèvres s'incurvent en un demi-sourire. — Bien que j'attende toujours le fantôme.

— Pas de fantômes, — je l'assure. — Juste des

légendes de trésors enfouis et un chien qui est apparemment tombé amoureux de toi.

Comme pour confirmer, Thor gémit depuis l'endroit où il s'est installé à ses pieds, sa tête massive reposant sur ses baskets.

— Mon père adorerait cet endroit, — dit-elle, regardant les murs tapissés de livres. — Il est toujours en train de bricoler des choses dans notre jardin. Des gadgets solaires, des systèmes d'irrigation pour son potager. L'année dernière, il a construit un système de récupération d'eau de pluie qui est vraiment ingénieux.

Ce brusque changement de sujet semble délibéré, comme si elle nous dirigeait vers des eaux plus sûres. Je la laisse faire, curieux de voir où elle veut en venir.

— On dirait un homme pratique à avoir dans les parages, — dis-je. — Autonome.

— Il a dû l'être après la mort de maman. — Son ton baisse, et elle se tourne complètement vers moi sur son siège. — Un père célibataire avec deux filles. Il a appris à faire des tresses grâce à des tutoriels YouTube.

La vulnérabilité de son aveu remue quelque chose en moi.

— J'ai construit une lampe de lecture solaire quand j'étais jeune, — je lui confie, me surprenant moi-même.

Ses yeux s'élargissent. — Vraiment ?

— Ma mère était malade pendant une semaine. Trop faible pour se lever du lit. Je voulais qu'elle puisse lire la nuit sans se fatiguer.

La main de Lily trouve mon avant-bras, sa touche chaude à travers le tissu de ma chemise. — Où est-elle maintenant ?

— À deux mètres sous terre dans un cimetière près de Seattle. — La franchise de ma réponse me surprend moi-même, mais Lily ne tressaille pas.

— Je suis désolée, — dit-elle simplement. — La mienne est au Jardin du Souvenir de Whispering Grove. Parcelle 33B. J'y dépose des marguerites tous les dimanches.

Pas de platitudes, pas de sympathie maladroite. Juste de la compréhension, nette et tranchante comme le fil d'un couteau.

— Le grand-père de Hunter est intervenu après le décès de ma mère, — je continue, les mots venant plus facilement qu'ils ne le devraient. — Il est devenu la figure paternelle dont j'avais besoin. Le vieux avait le don de recueillir les âmes perdues.

— Je comprends, — dit-elle doucement. — Peu importe le temps qui passe, ils sont toujours là, n'est-ce pas ?

La compréhension dans ses yeux m'enveloppe. Je me penche en avant, tendant la main pour écarter une mèche de cheveux de son visage. Mes doigts effleurent sa joue, et elle ne recule pas.

— Exactement, — je murmure.

Sa main glisse de mon bras à ma poitrine, la paume à plat contre mon cœur. Ses doigts s'étalent sur le muscle, et je me demande si elle peut sentir comme il gronde sous son toucher. Nous sommes proches maintenant, trop proches pour des étrangers, mais nous n'avons pas l'impression d'en être. Ses yeux se posent sur ma bouche, et je me penche davantage, attiré par quelque chose à quoi je ne peux pas — et ne veux pas — résister.

Je baisse mon regard vers ces jolies lèvres, et tout en moi se contracte d'une faim sauvage. Avec un désespoir de me pencher et de la revendiquer. Ma main glisse pour prendre son visage en coupe, mon pouce caressant sa lèvre inférieure. La peau y est douce, souple. Je salive à l'idée de la goûter.

La porte s'ouvre brusquement avec la subtilité d'un coup de feu.

Elle s'écarte vivement de moi tandis que Hunter entre à grands pas, portant un plateau avec des tasses fumantes. Ses yeux passent de l'un à l'autre, notant nos visages empourprés et notre proximité. Un sourire entendu s'étale sur son visage.

—J'ai apporté du chocolat chaud, annonce-t-il, posant le plateau sur le bureau. Je vous ai vus entrer dans le bureau et je me suis dit que vous voudriez vous réchauffer.

—Merci, dit Lily. Elle se lève et recule, mais ses yeux ne cessent de revenir vers moi avec une chaleur qui promet que ce n'est pas fini.

Ce qui me surprend, c'est comment ils se posent aussi sur Hunter, s'attardant sur la largeur de ses épaules, la ligne forte de sa mâchoire. Il y a de l'intérêt là – subtil mais indéniable. Mon corps se tend, non pas de jalousie mais avec une soudaine conscience prédatrice.

Hunter le remarque aussi. Nos regards se croisent au-dessus de la tête de Lily. Son sourcil se lève légère-ment – une question. Je fais un hochement de tête à peine perceptible – une permission.

—J'ai appelé ma sœur, lui dit Lily, acceptant une tasse de chocolat. Enfin, j'ai envoyé un message via la boutique d'antiquités. Elle sait maintenant que je suis en sécurité.

—C'est bien, ajoute Hunter. La famille ne devrait pas avoir à s'inquiéter.

Lily lui sourit, et j'observe l'effet que cela produit sur mon plus vieil ami – comme un homme qui voit le soleil après des mois d'obscurité. C'est le même effet qu'elle a eu sur moi quelques instants plus tôt.

—Ne te laisse pas berner par son côté intellectuel, avertit Hunter, les yeux pétillants, regardant vers moi, le regard de Lily suivant le sien. Ce type a un garde-meuble rempli de couteaux à cran d'arrêt et un autre avec des pièces de motos vintage. Un vrai Jekyll et Hyde.

—Vraiment ? Elle se tourne vers moi avec un intérêt renouvelé. Des couteaux à cran d'arrêt ?

Je hausse les épaules. J'apprécie l'artisanat sous toutes ses formes.

—Il est modeste, poursuit Hunter. Montre-lui celui que tu portes.

Les yeux de Lily s'écarquillent. Tu es armé ?

Je plonge la main dans ma poche et en sors un couteau pliant, appuyant sur le mécanisme pour exposer la lame. C'est un modèle italien, forgé à la main dans les années 1950, avec un manche en nacre incrusté de filigrane d'argent. Aussi beau que mortel.

Elle ne recule pas comme beaucoup le feraient. Au contraire, elle se penche plus près, étudiant la lame avec une admiration évidente. C'est magnifique, murmure-t-elle. De l'art fonctionnel.

—Exactement, dis-je, étrangement satisfait de son évaluation.

Hunter observe notre échange avec un regard entendu. Arch a des goûts coûteux en *toutes choses*.

Les joues de Lily s'empourprent, mais elle ne détourne le regard d'aucun de nous. Au contraire, sa posture devient plus assurée, son menton se relevant en un défi silencieux.

—Et toi ? demande-t-elle directement à Hunter. Que collectionnes-tu ?

—Les ennuis, principalement, répond-il avec un sourire carnassier.

Je referme le couteau et le remets dans ma poche, sans jamais quitter Lily des yeux tandis qu'elle plaisante avec Hunter. La tempête hurle dehors, mais dans cette pièce, quelque chose de tout à fait différent se prépare – quelque chose de sauvage et d'affamé qui crépite entre nous tous comme l'électricité avant un éclair.

Et pour la première fois depuis que Hunter l'a trouvée échouée sur cette route enneigée, je me surprends à espérer que la tempête dure très longtemps.

13

LILY

*L*a chaleur du chocolat chaud traverse la tasse en céramique pour réchauffer mes paumes tandis que je me tiens près de la table, essayant de ne pas fixer les mains d'Archer qui parcourent le parchemin vieilli. La carte au trésor — enfin, la moitié d'une carte — s'étale sur l'acajou poli. Les coins sont maintenus par divers objets : un presse-papier en argent en forme de loup, ma tasse, la boussole d'Archer et le lourd journal relié de cuir de Hunter.

—Ces coordonnées ici, dit Archer en pointant le bord de la carte. Elles pourraient mener à l'entrée de l'ancien système minier, mais nous n'avons jamais réussi à le localiser avec précision.

Hunter se penche en avant, ses larges épaules bloquant la chaude lueur du feu de cheminée. —La topographie a considérablement changé depuis que cette carte a été dessinée. Glissements de terrain, croissance forestière... la nature a une façon bien à elle de récupérer ce qui lui appartient.

Je prends une gorgée de mon chocolat, savourant sa riche douceur tandis que j'examine les lignes fanées. — Avez-vous essayé d'utiliser des images satellite modernes et de les superposer à l'ancienne carte ? je suggère, tendant la main pour tracer une chaîne de montagnes du bout du doigt sur la surface vitrée.

Les yeux de Hunter s'illuminent. —C'est...

La porte du bureau grince, interrompant ce qu'il allait dire. James se tient là, observant la scène — moi, Archer et Hunter penchés sur la carte au trésor — avec un regard lent et mesuré qui s'attarde sur mon visage juste assez longtemps pour me faire rougir.

Sa bouche se courbe en ce sourire entendu qui accélère mon pouls, malgré ma détermination à rester impassible. Il entre dans la pièce d'un pas nonchalant avec son assurance habituelle, refermant la porte derrière lui avec un léger clic qui semble définitif, comme le tour d'une serrure.

—Alors, avons-nous officiellement une quatrième chasseuse de trésors parmi nous ? demande-t-il à Archer et Hunter tout en gardant son attention fixée sur moi. Elle connaît notre secret maintenant...

Il me fait un clin d'œil, et soudain, je ne peux plus respirer. Mes poumons oublient leur fonction fondamentale tandis que James se glisse dans le fauteuil à proximité, étirant ses longues jambes vers le feu alors que les ombres dansent sur son visage, soulignant ses pommettes saillantes.

—Es-tu intéressée par la chasse au trésor, Lily ? demande Hunter. Il tend la main vers ma tasse maintenant vide, et nos doigts se frôlent lorsque je la lui remets. Ce simple contact envoie une vague de chaleur dans tout mon corps qui n'a rien à voir avec le feu ou le chocolat chaud.

Le rire de Hunter est bas et doux lorsqu'il remarque ma réaction. —Ton visage est empourpré. Le feu est-il trop chaud pour toi ?

Je secoue la tête, ne faisant pas confiance à ma voix.

—Elle est douée naturellement, dit Archer en s'approchant. Elle a un œil aiguisé pour les détails. Elle ferait un membre parfait. La façon dont il me regarde me donne l'impression que je suis le trésor qu'ils recherchent.

—Alors, que cherchez-vous exactement, les gars ? je demande. De l'or ? Des bijoux ? L'arche perdue ?

—C'est la question à un million. Archer s'appuie contre le bureau, bras croisés. Les légendes varient. J'espère trouver du savoir. Des textes anciens, peut-être. Quelque chose qui explique mieux l'histoire de cette région que nos archives actuelles.

James ricane. —Toujours l'érudit. Il incline la tête, m'étudiant avec ces yeux pénétrants. Je suis là pour le frisson de la chasse. Le prix est secondaire.

D'une certaine façon, je ne le crois pas, mais peut-être que je suis juste paranoïaque, sachant qu'il m'a menti pendant toutes ces semaines où nous avons discuté, où nous nous sommes rapprochés, et où je m'accrochais à chaque message qu'il m'envoyait. Est-ce que Hunter et Archer sont même au courant de nos conversations ? Que nous avons parlé plus qu'ils ne le réalisent ? À en juger par leurs postures détendues, je dirais que non.

—Et toi, Lily ? demande Archer. Si tu pouvais trouver n'importe quel trésor, qu'espérerais-tu que ce soit ?

Je réfléchis pendant un long moment. —La vérité sur pourquoi ils ont eu besoin d'enterrer un trésor, dis-je finalement, en regardant directement James. J'ai toujours accordé plus de valeur à la vérité qu'à tout le reste.

Quelque chose traverse son visage avant que son masque d'arrogance désinvolte ne revienne.

—La vérité peut être le trésor le plus dangereux de tous, dit-il doucement.

Hunter fronce les sourcils. —Tu deviens philosophe, James ?

—Je ne fais qu'énoncer des faits, répond James.

La pièce semble plus petite, l'air plus épais. Ma peau frémit de conscience alors que tous les trois semblent former un cercle lâche autour de moi—Hunter à ma gauche, Archer directement en face, James nonchalamment installé près du feu mais dominant quelque part l'espace.

—Ça va ? demande Hunter, le front plissé. Tu as l'air... d'avoir chaud.

—Je vais bien, j'insiste, bien que ce ne soit pas du tout le cas. Chaque terminaison nerveuse de mon corps semble être un fil sous tension. —Quand est-ce que cette tempête va se calmer, hein ?

Archer jette un coup d'œil vers la fenêtre, bien que tout ce que nous puissions voir soit la neige blanche qui fouette la vitre. —Les prévisions annoncent la majeure partie de la semaine.

Une semaine. Une semaine piégée dans cette maison avec ces trois hommes dont la simple présence semble déclencher quelque chose de primitif en moi. Les mots de ma mère résonnent dans mon esprit—ses explications minutieuses sur la biologie des Oméga, sur la façon dont certains Alphas pouvaient provoquer des réactions plus fortes que d'autres, surtout en période de stress ou d'isolement.

—Le mal du chalet s'installe déjà, Lily ? demande James avec un grondement. Ce n'est que le deuxième jour.

Je me force à soutenir son regard avec fermeté. —Je m'inquiète simplement pour mon travail. Certains d'entre nous ont des responsabilités.

—Nous avons *tous* des responsabilités, dit Hunter sérieusement. Les miennes sont juste en suspens jusqu'à ce que cette tempête passe. Ou si on m'appelle pour une mission de recherche et sauvetage d'urgence, explique-t-il, et je remarque comment sa posture se redresse légèrement avec fierté.

—C'est impressionnant, dis-je, me rappelant le congélateur bien approvisionné que j'avais entrevu plus tôt. —J'ai vu le gibier dans ton congélateur à la cave. Tu chasses bien, aussi.

—En effet. Un soupçon de fossette apparaît sur son menton tandis qu'il hoche la tête. —Le pistage me vient naturellement, qu'il s'agisse d'animaux ou de personnes. Il y a quelque chose dans sa façon de le dire, une nuance prédatrice sous l'affirmation factuelle, qui me fait frissonner. —Mon grand-père m'a appris à pister et chasser avant même que je sache lire. Il disait que c'était plus important de savoir comment trouver son chemin et se nourrir que de connaître son alphabet.

—Question de priorités, je murmure, souriant malgré moi.

—Il avait raison, cependant, continue Hunter, son attention retenant la mienne avec une intensité qui me coupe le souffle. —J'ai utilisé ces compétences plus souvent que tout ce que j'ai appris à l'école. Quand on piste, il faut tout remarquer—la terre perturbée, les brindilles cassées, la façon dont les animaux deviennent silencieux quand un étranger passe. Tout est question de prêter attention à ce que la plupart des gens manquent.

Sa façon de le dire me fait me demander s'il me piste maintenant, remarquant chaque respiration accélérée, chaque rougissement de ma peau, chaque réaction involontaire à sa présence.

—Alors, quelle est ta théorie ? je demande, faisant un geste vers la carte et essayant de rediriger. —Tu as la moitié d'une carte d'un trésor que tu ne peux pas identifier. Quel est le plan une fois que le temps se sera éclairci ?

Les trois échangent des regards, une communication silencieuse passant entre eux qui témoigne d'années d'amitié.

—L'autre moitié de la carte a été donnée à mon cousin Travis dans le testament de mon grand-père, donc je vais d'abord essayer de lui faire donner sa moitié, explique Hunter, sa mâchoire se crispant légèrement. Il me jette un regard momentané. Après la mort de nos parents, Grand-père m'a recueilli, mais Travis a été expédié chez la famille de sa mère. Des gens désagréables qui ne l'ont pas bien traité, d'après ce que j'ai entendu. Travis m'en a voulu depuis, convaincu que j'avais en quelque sorte volé sa place. Il secoue la tête, son front se plissant de frustration. Ce salaud a même ressenti du ressentiment quand Grand-père a accueilli James et Archer des années plus tard, comme si c'était une autre offense personnelle contre lui. Il n'a même pas rendu visite à Grand-père durant ses cinq dernières années, tout en sachant à quel point il était malade.

—Et c'est pourquoi cet enfoiré ne veut pas se séparer de sa moitié de carte, aboie Archer. On essaie depuis des semaines.

—C'est pourquoi nous allons utiliser notre carte pour le localiser nous-mêmes, intervient James, traçant une ligne sur le parchemin avec son doigt. Nous avons suffisamment d'éléments pour travailler.

Hunter hoche la tête, la détermination gravée sur ses traits. Je peux voir que ce sont des hommes qui n'abandonnent pas facilement, qui sont décidés à trouver ce soi-disant trésor. Il y a quelque chose d'excitant dans leur résolution et leur poursuite obstinée.

Les gars retournent leur attention vers la carte, signalant des points de repère et des théories, complètement dans leur élément. Ils se penchent, se disputant sur des interprétations et partageant des idées. Mais James continue à me jeter des regards quand il pense que je ne le vois pas.

—J'ai besoin d'air frais, j'annonce, sentant soudain le besoin d'échapper à son regard, de mettre de la distance entre nous.

—Pendant un blizzard ? demande Hunter, inquiet.

—Juste... de l'air. Un air différent. Pas un rempli d'odeurs d'Alpha qui semblent s'intensifier. Je ne suis pas logique, et je le sais.

—Ça va ? demande James, ce sourire malicieux revenant. Il sait exactement quel effet il produit.

—Parfaitement bien, je réponds, forçant un sourire décontracté.

Je sors du bureau, maintenant mon sang-froid jusqu'à ce que je sois en sécurité dans le couloir. Puis je m'appuie contre le mur, respirant lourdement, essayant de démêler l'émeute de sensations qui parcourent mon corps.

Qu'est-ce qui ne va pas chez moi ? James m'a menti sur son séjour en prison, pourtant je réagis toujours à lui comme une aiguille de boussole au nord magnétique. Et ce n'est pas seulement lui — la force de Hunter et l'intensité d'Archer m'affectent tout aussi fortement. C'est comme si ma libido s'était mise en surrégime.

Et qu'allais-je faire tout à l'heure ? Presque embrasser Archer. Comme si j'avais complètement perdu la raison — ou mon instinct d'autoconservation.

Mes doigts tambourinent contre le mur lambrissé tandis que j'essaie de me calmer. Quand je suis anxieuse ou dépassée, j'ai besoin de faire quelque chose avec mes mains. La pâtisserie. Oui, faire de la pâtisserie va m'aider.

Je me dirige vers la cuisine et repère le garde-manger — un espace où l'on peut entrer, étonnamment bien approvisionné pour une cabane isolée. Je saisis de la farine, du sucre et du bicarbonate de soude, puis parcours les étagères à la recherche de pépites de chocolat. Les trouvant, j'empile les ingrédients dans mes bras, planifiant déjà la recette de cookies dans ma tête.

—Tu prévois de nourrir une armée ?

Je me retourne brusquement, manquant presque de tout laisser tomber. Hunter remplit l'embrasure du garde-manger, son corps massif bloquant la sortie. Dans l'espace confiné, sa présence est écrasante — toutes ces larges épaules et cette odeur boisée qui me rappelle les pins après la pluie.

—Je, euh... je ris nerveusement, ajustant ma tour précaire de fournitures de pâtisserie. Quand je suis nerveuse, j'aime faire de la pâtisserie.

Un coin de sa bouche se soulève, révélant cette fossette dévastatrice. « On te rend nerveuse ? »

Je me mords la lèvre, réfléchissant à mon degré d'honnêteté. Il suit mon mouvement, son regard s'assombrissant légèrement. « Un peu. Je ne vous connais pas vraiment tous, et je n'ai jamais été aussi proche d'Alphas aussi longtemps... et encore moins trois. Je commence à comprendre ce que ma mère m'a dit une fois sur l'impact qu'ils ont sur les Omégas. » J'avale difficilement. « C'est... beaucoup. »

Son sourire narquois s'accentue, ses yeux s'assombrissant pour prendre la couleur d'un bourbon vieilli. — Et on pourrait dire la même chose de l'impact que tu as sur nous. Il s'approche, prenant le sac de farine de mes bras. — Laisse-moi t'aider avec ça. Ses doigts frôlent les miens délibérément, s'attardant plus long-temps que nécessaire.

Ce contact me laisse frémissante, et quand je lève les yeux, je peux dire qu'il l'a ressenti aussi, à en juger par son sourire malicieux.

Nous sommes si proches dans l'étroit garde-manger que la chaleur qui émane de son corps m'enveloppe. Il sent le bois qui brûle et quelque chose d'unique à lui — terreux, masculin et enivrant.

— Merci, je murmure, attrapant l'extrait de vanille et le sel pendant qu'il me débarrasse des articles plus lourds. Je tends le bras devant lui pour prendre la cannelle sur une étagère supérieure, et mon bras effleure sa poitrine. Même à travers plusieurs couches de vêtements, le contact semble électrique.

— Désolée, je chuchote, bien que je ne sois pas désolée du tout.

— Ne le sois pas, répond-il. Il ne recule pas pour me donner de l'espace, m'obligeant à naviguer autour de lui, nos corps en constant quasi-contact dans cet espace confiné.

— Pourquoi avez-vous autant d'ustensiles de pâtis-serie, d'ailleurs ? je demande, parcourant du regard l'im-pressionnante collection de moules à gâteau et de plaques à biscuits sur les étagères métalliques. Tu fais de la pâtisserie ?

— Parfois des amis passent à l'improviste, et ils aiment faire de la pâtisserie.

— Comme des petites amies ? La question

m'échappe avant que je puisse la retenir, accompagnée d'un rougissement révélateur.

Hunter sourit en m'étudiant. — Ce sont des filles et des amies, oui. Et parfois plus.

Je me souviens de la robe que j'ai aperçue à l'étage dans l'une des autres chambres hier. — Eh bien, je ne m'attends pas à ce que des Alphas comme vous trois soient sans filles qui vous tournent autour et des Omégas prêtes à l'action. Je m'efforce de rire et essaie de me faufiler devant lui, mais il se déplace, m'emprisonnant efficacement contre les étagères métalliques.

— Si c'est ta façon de demander si nous avons des compagnes Oméga, la réponse est non. Sa voix devient plus grave, grondant dans sa poitrine. Je peux sentir la vibration dans l'espace infime qui nous sépare. — Nous ne sommes avec personne en ce moment. Enfin, je parle pour moi et je ne peux que supposer pour les deux autres en me basant sur nos conversations.

Mon attention est attirée par les muscles puissants de sa gorge et l'ombre de barbe le long de sa mâchoire. — Même pas James ? Il n'a jamais parlé de quelqu'un ?

Hunter hausse un sourcil dans ma direction. — Aurait-il dû ?

Je hausse les épaules, essayant d'avoir l'air désinvolte. — Je suis juste curieuse de la dynamique entre vous trois. Vous semblez proches.

— Nous le sommes. Il n'élabore pas. — James a un passé plus sombre, mais il est bien intentionné. Même lui ne nous dit pas tout, surtout concernant sa vie amoureuse.

— Et qu'en est-il de ta vie privée ? je demande, me surprenant moi-même par mon audace.

Ses lèvres s'arquent légèrement d'un côté. — Que veux-tu savoir ?

Tout, je pense, mais je dis plutôt : — Pour commencer, vas-tu me laisser sortir de ce garde-manger pour que je puisse réellement faire de la pâtisserie ?

Il rit, bas et profond, mais ne bouge pas immédiatement. — J'aime assez te voir là où tu es.

Son attention tombe sur mes lèvres pendant un battement de cœur avant qu'il ne se déplace enfin, me permettant de me glisser devant lui. Alors que je le fais, je suis consciente de chaque point où nos corps se frôlent, la sensation de contact faisant picorer ma peau.

Je me précipite dans la cuisine, où je pose tout sur le comptoir. Mon cœur bat la chamade tandis que je dispose les ingrédients dans l'ordre où j'en aurai besoin — une petite tentative pour créer de l'ordre dans le chaos de mes émotions.

—Qu'est-ce que tu prépares ? demande Hunter, posant sa charge et s'installant au comptoir de l'îlot en face de moi.

—Des cookies aux pépites de chocolat, je réponds, trouvant du réconfort dans cette routine familière. J'ai besoin de garder mes mains occupées, et quand je suis nerveuse ou anxieuse, c'est ce dans quoi je me noie. Je lui offre un sourire crispé.

Il pose ses avant-bras massifs sur le comptoir en granit. Dans la lumière vive de la cuisine, je peux pleinement apprécier sa beauté rustique — des cheveux brun sable qui tombent juste au-dessous de ses oreilles, une mâchoire forte couverte de barbe naissante, et des yeux couleur de coucher de soleil poussiéreux. Il porte un simple Henley, retroussé jusqu'aux coudes, révélant des avant-bras musclés traversés de vieilles cicatrices. Contrairement à l'allure élégante et dangereuse de James ou à l'énergie intense d'Archer, Hunter dégage une force stable et terrienne.

Ces mains — larges, habiles avec des doigts épais qui pourraient probablement faire des choses incroyables... J'imagine ces mains sur ma peau et détourne rapidement le regard, me concentrant intensément sur la mesure de la farine.

—Je peux t'aider ? propose-t-il.

—Tiens-moi compagnie ? je réplique, attrapant un bol à mélanger. Parle-moi de toi. Quand as-tu commencé à faire du secourisme ?

Je commence à mesurer la farine.

—Après le décès de mes parents, dit-il, une ombre traversant ses traits alors que je lève les yeux. Une avalanche les a emportés quand j'étais jeune. Mon grand-père m'a élevé après ça.

Je fais une pause dans ma mesure, reconnaissant la douleur familière d'une perte précoce. Mon Dieu, je suis désolée.

Il hausse les épaules, mais je peux voir que la vieille blessure fait encore mal dans ses yeux.

—Ça m'a façonné. Ça m'a donné envie de sauver d'autres personnes de destins similaires. Son regard rencontre le mien, profond et sincère. Et toi ? Qu'est-ce qui a façonné Lily pour faire d'elle ce qu'elle est aujourd'hui ?

La façon dont il prononce mon nom — douce, presque révérencieuse — me fait frissonner.

—Ma mère est morte quand j'étais jeune, aussi. Je casse des œufs dans le bol, me concentrant sur la tâche pour garder ma réponse stable. Mon père a fait de son mieux, mais élever deux filles seul n'était pas facile pour lui. Maman adorait les fleurs, alors chaque week-end, j'achète un bouquet frais pour ma maison, ce qui me fait toujours sentir comme si elle était encore avec nous. Normalement, nous apportons aussi un bouquet de fleurs à ma grand-mère, qui est dans une maison de retraite juste à la sortie de la ville. Elle adore les fleurs. Je marque une longue pause, perdue dans ma tentative de chasser les larmes qui viennent toujours quand je pense à ma famille. Je m'en souviens à peine certains jours. Juste des fragments — l'odeur de son parfum, le son de son rire. Et je ne veux pas l'oublier.

—Tu ne l'oublieras jamais. Elle est toujours avec toi. Il me regarde mesurer l'extrait de vanille avec une précision minutieuse. Quelle est ton odeur préférée ?

La question me prend au dépourvu. Hmmm.

—Tout le monde en a une. Une odeur qui te fait te sentir instantanément chez toi ou heureuse.

J'y réfléchis en ajoutant du sucre brun dans le bol. L'odeur des cookies. C'est doux, réconfortant et accueillant, je décide. Et toi ?

—La forêt de pins tôt le matin, répond-il sans hésitation. Quand la rosée s'accroche encore à tout, et que le soleil n'a pas tout à fait percé à travers la brume.

Je peux parfaitement l'imaginer — Hunter dans son

élément, se déplaçant silencieusement à travers les arbres brumeux à l'aube, pistant, chassant.

—Ton plat préféré ? je demande, remuant le mélange.

—Je suis ennuyeux — bolognaise avec extra d'ail et de parmesan.

—Ça a l'air divin, je dis, mesurant la vanille. Le mien, c'est la tarte aux pommes de ma grand-mère avec de la glace à la cannelle maison. C'est le paradis dans un bol.

—J'aurais deviné quelque chose avec du chocolat, me taquine-t-il, cette fossette apparaissant à nouveau.

—C'est pour le réconfort, pas mon préféré, je le corrige avec un sourire narquois. Nuance importante.

—Alors, quelles autres nuances fais-tu ? demande-t-il en se penchant légèrement. Qu'est-ce qui te réconforte à part le chocolat ?

Il y a quelque chose de facile dans mes conversations avec Hunter. La discussion coule naturellement pendant que je termine de mélanger la pâte.

—Tu veux m'aider à former des boules ? je lui demande, en poussant le bol vers lui ainsi qu'une plaque de cuisson recouverte de papier sulfurisé.

Il hoche la tête, se lave les mains à l'évier avant de me rejoindre. Quand il revient à mes côtés, se tenant suffisamment près pour que nos coudes se frôlent, je dois me rappeler de respirer.

Ses grandes mains sont étonnamment habiles tandis qu'il façonne des sphères parfaites de pâte à cookies.

—Tu te débrouilles bien, je remarque. Es-tu sûr de

ne pas avoir une petite amie quelque part ? Tu sembles doué en cuisine.

Une ombre passe sur son visage. « J'en ai eu une il y a des années. Vanessa. » Il se concentre intensément sur la pâte, la roulant entre ses paumes avec peut-être plus de force que nécessaire. « Disons simplement qu'elle n'a jamais eu confiance en moi, et ça a fini par causer notre perte. La confiance est essentielle dans toute relation. » Ses yeux croisent les miens, cherchant quelque chose. « Et toi ? Quelqu'un t'attend chez toi ? »

—Non, j'avoue en secouant la tête. Ma dernière relation s'est terminée il y a environ un an. C'était un Bêta, mais ce n'était pas sérieux, en toute honnêteté. C'était plutôt pour combattre l'ennui.

La porte de la cuisine s'ouvre, et James et Archer entrent, tous deux reniflant l'air.

—Qu'est-ce qui sent si divinement bon ? demande Archer, scrutant la cuisine.

—Des cookies aux pépites de chocolat, j'explique, en faisant un signe de tête vers Hunter.

James nous observe, quelque chose d'indéchiffrable dans son expression tandis qu'Archer se précipite pour se laver les mains et aider à former les boules. J'ai préparé une triple dose, donc il y a beaucoup à faire.

—J'ai une excellente idée pour ce soir, annonce soudainement James. Pour nous divertir.

—Ça semble déjà fou, rit Archer. Tes idées le sont généralement. Mais elles sont amusantes.

Hunter rit en signe d'accord, et je me retrouve curieuse malgré ma méfiance envers James.

Je refuse de demander ce qu'il a prévu. Je ne lui

donnerai pas la satisfaction de penser que ça m'intéresse autant. Au lieu de cela, je me tourne pour mettre les deux premières plaques de cookies au four, les mots de Hunter résonnant dans mon esprit.

La confiance est essentielle dans toute relation.

Et la confiance est exactement ce qui manque entre James et moi. Alors, pourquoi est-ce que je n'arrive pas à empêcher mon cœur de s'emballer chaque fois qu'il me regarde ?

James ne cesse de me fixer. Hunter se déplace à côté de moi, tendant le bras au-dessus de ma tête pour attraper une assiette dans un placard haut, son torse frôlant momentanément mon dos. Ce contact, aussi bref soit-il, envoie une nouvelle vague de chaleur à travers mon corps. De l'autre côté de la cuisine, Archer regarde les cookies fraîchement cuits avec une faim non dissimulée qui semble davantage dirigée vers moi que vers les gourmandises.

—Alors, c'est quoi cette super idée, James ? demande finalement Hunter, brisant le silence chargé.

Le sourire lent et prédateur de James m'inquiète. « Un jeu amusant, dit-il. La meilleure façon de passer le temps pendant une tempête. »

Je sens un frisson dangereux parcourir mes veines.

—À moins que tu n'aies peur d'un peu d'amusement, fille du boulanger ? ajoute James avec un défi dans ses mots.

—Je n'ai peur de rien, mens-je, malgré la chaleur qui me monte aux joues.

La main de Hunter effleure le bas de mon dos. —Parfait, murmure-t-il. Ça devrait être amusant, alors.

Trois paires d'yeux m'observent comme des prédateurs évaluant leur proie. Je sais que cela ne mènera qu'à des problèmes. Mais alors que la tempête fait rage dehors, je me surprends à hocher la tête.

—D'accord, dis-je. Mais ne me reprochez rien quand tout partira de travers.

Le sourire de James devient carnassier. —Oh, je compte bien là-dessus.

14

LILY

— Vous voulez jouer à action ou vérité ? je m'exclame, abasourdie, en regardant les trois hommes qui se prélassent autour de la table basse. Une bouteille de whisky vide repose sur le côté, au centre, attendant d'être utilisée.

— Pourquoi pas ? sourit James, se penchant en avant depuis sa place juste en face de moi sur le canapé semi-circulaire qui fait face à l'énorme cheminée. Jeu parfait pour une nuit où on est bloqués par la tempête.

J'attrape mon bourbon-coca et en prends une gorgée. Je ne bois pas beaucoup d'habitude, mais ce soir appelle à quelque chose pour me détendre. Le feu crépite en arrière-plan, projetant des ombres dansantes à travers la pièce et fournissant la majeure partie de la lumière, avec quelques lampes stratégiquement placées. Thor ronfle devant le feu, nullement dérangé par notre bavardage.

— Sérieusement ? je ris, bien que je ne puisse nier mon excitation. On a quinze ans ?

— Qu'est-ce qui ne va pas, Lily ? demande Archer depuis sa position sur le canapé entre James et Hunter. Tu as peur ?

— De vous trois ? je hausse un sourcil. Terrifiée. Mon ton rend évident que je ne le suis pas du tout.

Hunter rit doucement à côté de moi, son corps irradiant de chaleur malgré les quelques centimètres d'espace entre nous. — Allez, ce sera amusant.

— D'accord, dis-je en attrapant un autre cookie aux pépites de chocolat dans le bol avant que les gars ne les dévorent tous. Mais je me réserve le droit de partir quand ça deviendra inévitablement hors de contrôle.

— On sait tous comment ça marche, non ? demande James, son regard sombre brillant de malice. On y a tous déjà joué ?

Les trois hommes se tournent vers moi avec expectative.

Je lève les yeux au ciel. — Oui, j'ai déjà joué à action ou vérité. J'ai vingt-quatre ans, et je suis allée à l'école, figurez-vous.

— Je vérifiais juste, sourit James d'un air narquois. Mais ce jeu est ma propre variante, car il inclut le tour de la bouteille. Celui vers qui elle pointe se fait demander « action ou vérité » par le lanceur. Pas d'échappatoire, pas de lâchage.

— Et ce qui se passe dans la cabane reste dans la cabane, ajoute Archer avec un clin d'œil.

— Original, je réponds d'un ton neutre, mais je ne peux pas empêcher le frémissement dans mon estomac. C'est probablement une terrible idée, mais après deux jours enfermée avec une tension croissante, j'ai besoin d'une forme de libération, même si ce n'est que le frisson d'un jeu de soirée.

— Les dames d'abord, dit James.

Je prends une autre gorgée fortifiante de mon verre, puis me penche en avant et fais tourner la bouteille. Elle tourne plusieurs fois avant de ralentir pour pointer vers Archer, la base vers moi.

— Action ou vérité ? je demande, croisant son regard.

— Vérité, répond Archer, se penchant en arrière avec confiance. Ses cheveux en désordre encadrent son visage. Je n'avais pas remarqué avant à quel point ses pommettes saillantes font ressortir sa beauté renversante.

Je réfléchis à ce que je vais demander. Quelque chose ni trop sage ni franchissant immédiatement les limites.

— Quel est le nombre maximum d'orgasmes que tu as donnés à une fille en une nuit ? La question sort plus audacieuse que je ne l'avais prévu, et j'en blâme le bourbon.

Hunter tousse à côté de moi, clairement surpris par mon choix.

Le sourire d'Archer s'élargit lentement. — Sept. Ça aurait été huit, mais elle s'est évanouie.

—Des conneries, s'esclaffe James en lui lançant une serviette roulée en boule.

—Je le jure devant Dieu, dit Archer en levant la main. Demande à Vanessa.

Hunter se raidit à côté de moi. —Vanessa ? répète-t-il. Celle qui m'a largué ?

La température dans la pièce semble chuter de dix degrés. Aïe !

Les yeux d'Archer s'écarquillent légèrement. — Merde, mec, j'avais oublié...

—Tu as baisé mon ex ? Le ton de Hunter reste étrangement calme.

—C'était après votre rupture, ajoute rapidement Archer. Bien après.

—Combien de temps après ? exige Hunter.

Archer relève le menton. —Genre... deux putains d'années plus tard.

—Tu as de la chance qu'elle ne représente rien pour moi, et que tu puisses trouver mieux que ça, dit Hunter, mais il n'y a plus vraiment de colère dans sa voix. Il secoue la tête et prend une longue gorgée.

Est-ce que ça signifie que Vanessa occupe toujours une place dans son cœur ? Je m'en fous complètement, et pourtant, je sens une vague de chaleur monter dans mon cou en voyant la passion dans son attaque.

—Eh bien, vous avez tout un défilé de copines à votre actif, je taquine, essayant d'alléger l'ambiance. Ça ne me surprend pas qu'ils aient une caravane d'ex-petites amies dans leur passé. J'ai eu cinq petits amis dans ma vie et aucune relation n'a fonctionné.

Les trois hommes me regardent comme s'ils se rappelaient soudain que je suis là, témoin de leur linge sale.

—C'est du foutu passé, dit Hunter en haussant les épaules. On était plus jeunes et plus cons.

—Parle pour toi, sourit Archer en tendant la main vers la bouteille. Je suis toujours aussi con qu'avant.

Les voix fortes ont dû réveiller Thor de sa place près du feu. Il s'étire, puis saute sur le canapé près de moi, et laisse tomber sa tête, se couchant sur le côté, déjà endormi en quelques secondes. Quelqu'un a une belle vie.

Les hommes rigolent encore quand Archer fait tourner la bouteille, et elle s'arrête sur James.

—Action ou vérité ? demande Archer.

—Vérité, répond James en prenant une gorgée de son whisky. Le liquide ambré scintille quand il lève son verre, mettant en valeur sa mâchoire anguleuse et la légère barbe qui l'assombrit.

—La pire chose que tu aies jamais faite pendant le sexe et que tu ne regrettes pas ? demande Archer avec une lueur dans le regard.

James réfléchit, son expression s'assombrissant d'une manière qui me donne des frissons le long de la colonne vertébrale.

—J'ai attaché une fille dans une usine abandonnée, dit-il finalement. Je l'ai laissée là pendant des heures pendant que je sortais, puis je suis revenu et j'ai terminé ce qu'on avait commencé.

—Putain, James, murmure Hunter.

—Elle me l'a demandé, ajoute James avec un demi-sourire. Supplié, en fait. Elle a dit que la peur de ne pas savoir si je reviendrais rendait tout plus intense.

Je me tortille sur mon siège, à la fois perturbée et intriguée. Ce ne sont définitivement pas le genre d'hommes avec qui je passe habituellement du temps, ça c'est sûr.

James fait tourner la bouteille. Elle s'arrête sur lui et

Hunter. Je suis plutôt soulagée que la bouteille semble m'ignorer pour l'instant.

—Vérité ou défi ? demande James.

—Vérité, répond Hunter. La chaleur de son corps irradie vers moi, son odeur légèrement boisée est enivrante.

—As-tu déjà pensé à baiser quelqu'un d'autre pendant que tu baisais avec quelqu'un ? demande James sans détour.

Je ricane. —Je vois un schéma se dessiner. Trop peur des défis, hein ?

James me fait un clin d'œil comme s'il savait quelque chose que j'ignore... comme s'il gardait les défis pour moi. Je prends une longue gorgée de mon verre.

—Oui, répond Hunter.

—Des détails, mec, insiste Archer. Qui était le fantasme ? Qui était la réalité ?

Hunter passe une main dans ses cheveux châtain clair, les faisant légèrement se dresser. —Pas besoin de détails. Il sourit d'un air machiavélique.

J'essaie d'imaginer Hunter — le solide et stable Hunter — fantasmant sur une femme tout en baisant une autre, et je peux tout à fait le voir faire. Il a un côté sombre.

Il prend la bouteille et la fait tourner. Elle me désigne.

Mon cœur manque un battement. —Vérité, dis-je rapidement, ne faisant pas confiance au défi qu'il pourrait inventer.

Hunter me regarde, ses yeux ambrés reflétant la lueur du feu. —Quel est ton fantasme le plus sombre ?

—Je passe, dis-je automatiquement.

—Pas de passes, me rappelle James, semblant beaucoup trop intéressé par ma réponse.

Je lui lance un regard noir, puis je me tourne vers Hunter. Les trois hommes me fixent avec impatience. Le bourbon dans mon système me donne juste assez de courage pour penser que je peux répondre.

—Être complètement à la merci de quelqu'un d'autre, j'avoue doucement. Les yeux bandés, attachée, sans savoir ce qui va suivre ou qui me touche. Je sens mes joues rougir, mais je me force à maintenir le contact visuel avec Hunter. —L'abandon complet du contrôle.

La pièce devient silencieuse, à l'exception du crépitement du feu. Je peux presque sentir le changement d'énergie, la tension soudaine assez épaisse pour être coupée au couteau.

Les pupilles de Hunter se dilatent légèrement. — Intéressant, c'est tout ce qu'il dit, mais la façon dont il le dit fait chavirer mon estomac.

Je tends rapidement la main vers la bouteille, désespérée de détourner l'attention de moi. Je la fais tourner vigoureusement, la regardant tournoyer plusieurs fois avant de s'arrêter sur Archer.

—Vérité ou défi ? je demande, priant pour qu'il dise vérité.

—Défi, réplique-t-il avec un sourire provocateur. — Je ne vais pas me cacher derrière des vérités toute la nuit.

Merde. Je me creuse la tête pour trouver quelque chose qui n'fera pas trop dégénérer les choses.

—Je te défie de faire ta meilleure imitation de la personne à ta droite, dis-je, faisant un signe de tête vers James.

Archer sourit et redresse immédiatement sa posture, adoptant une expression maussade. Il me fixe d'un regard intense.

—Je suis James, dit-il d'une voix grave et exagérée. J'aime prétendre que je suis mystérieux et dangereux parce que ça me permet de coucher. Je possède douze pulls noirs identiques parce que j'ai lu une fois que Steve Jobs faisait la même chose, et je rêve secrètement de pouvoir porter un col roulé.

Hunter éclate de rire tandis que James fait la grimace.

—Putain, je ne parle pas comme ça, proteste James, mais ses lèvres frémissent, trahissant son amusement. Et pour information, ajoute-t-il, je possède douze pulls noirs, pas dix-sept.

Je ris, sincèrement amusée par leur chamaillerie.

Archer fait tourner la bouteille, et cette fois, le goulot pointe vers moi tandis que la base est dirigée vers lui.

—Ce truc est truqué, je déclare, mais personne d'autre ne proteste.

—Action ou vérité ? demande-t-il avec un sourire narquois.

J'hésite. Vérité m'a déjà mise dans l'embarras une fois. « Action », je réponds, en me préparant au pire.

Le sourire d'Archer s'élargit. « Je te défie d'enlever ton haut. »

Mes yeux s'écarquillent, et j'entends Hunter inspirer

brusquement à côté de moi. James se penche en avant, étudiant attentivement ma réaction.

Un instant, j'envisage de refuser, mais il y a un défi dans l'expression d'Archer qui éveille quelque chose de rebelle en moi. Je soutiens son regard en posant mon verre, puis je saisis l'ourlet de mon pull. Avec une lenteur délibérée, je le passe par-dessus ma tête, révélant le débardeur noir que je porte en dessous.

L'expression d'Archer passe rapidement du triomphe à la déception puis à l'appréciation. Le débardeur dévoile davantage mes épaules, ma clavicule et les bretelles de mon soutien-gorge, mais reste parfaitement décent. Les trois hommes me fixent, et je ne peux m'empêcher de ressentir un petit frisson de satisfaction d'avoir déjoué les attentes d'Archer.

—Petite maligne, murmure James, levant son verre dans un toast moqueur.

Je saisis la bouteille et la fais tourner vigoureusement. Elle tourne plusieurs fois avant de s'arrêter sur Archer.

—Action ou vérité ? je demande d'une voix sucrée.

—Action, dit-il immédiatement. Je ne recule devant rien.

—Je te défie d'enlever ton pantalon, je réponds, ressentant une vague d'audace. Je suppose qu'il aura un boxer en dessous — un avant-goût de sa propre médecine.

Sans la moindre hésitation, Archer se lève et déboutonne son jean, le baissant d'un mouvement fluide. Mes yeux s'écarquillent quand je réalise qu'il ne porte rien en dessous.

Un énorme sexe à moitié érigé se présente là, presque au niveau de mon visage de l'autre côté de la table, et je me retrouve instantanément à détourner le regard.

—Mon Dieu ! Pourtant, je n'arrive pas à m'empêcher de penser à sa taille impressionnante, à son épilation masculine, et cette audace me fait rougir.

Il est complètement à poil. Il sourit devant mon expression choquée lorsque je lève les yeux.

—Putain de merde, Arch ! s'exclame Hunter tandis que James éclate de rire. Range ça avant de crever l'œil de quelqu'un !

Je détourne rapidement le regard une nouvelle fois parce que je ne peux pas m'empêcher de le fixer. « D'accord, mauvais défi, je balbutie, sentant mon visage s'empourprer. Remets-le. »

—Qu'est-ce qui ne va pas, Lily ? se moque Archer, prenant son temps pour remonter son jean. Tu es surprise ?

—Traumatisée serait plus juste, je rétorque, mais je ne peux m'empêcher de rire malgré mon embarras. James reste simplement allongé là, souriant. Ce salaud prend plaisir à me voir mal à l'aise.

—C'est à ton tour de faire tourner la bouteille, Archer, lui rappelle-t-il.

—Je crois que j'ai d'abord besoin d'un autre verre, je marmonne, en finissant le reste de mon bourbon-coca.

James se lève pour rafraîchir nos verres, revenant avec le mien. Je prends une gorgée et manque de m'étouffer à cause de la brûlure du breuvage nettement plus fort.

—Tu essaies de me soûler ? je demande.

—J'améliore juste l'expérience, répond-il avec un clin d'œil.

James garde son attention sur moi pendant qu'Archer fait tourner la bouteille. Elle s'arrête entre Hunter et moi, pointant légèrement plus vers moi.

—Action ou vérité ? demande Hunter.

Quelque chose dans son ton me fait hésiter. « Vérité », je réponds, décidant que c'est plus sûr.

Il se penche plus près, son genou frôlant le mien. « As-tu déjà fantasmé sur plus d'un homme à la fois ? »

Je manque de m'étouffer avec ma boisson. Sa question touche trop près de la vérité, surtout compte tenu de mon attirance pour eux trois.

Je prends une profonde inspiration, me ressaisissant. « D'accord. Oui. »

—Il nous faut des détails, insiste Archer en se penchant en avant.

—Ça ne faisait pas partie de la question, je réplique, en saisissant la bouteille et la faisant tourner avant qu'ils ne puissent argumenter.

Elle s'arrête sur James, la base vers moi.

—Action ou vérité ? je demande, soutenant fermement son regard.

—Vérité, dit-il.

L'alcool me donne de l'audace. C'est ma chance d'obtenir quelques réponses. « As-tu déjà fait de la prison ? »

La pièce devient soudainement silencieuse. Hunter et Archer échangent des regards, clairement surpris par ma question.

—Oui, répond simplement James, son expression indéchiffrable.

—Combien de temps y es-tu resté ? j'insiste, ignorant la confusion des autres.

—Dix-huit mois.

—As-tu tué quelqu'un ? Je me crispe complètement.

La mâchoire de James se contracte. « Non. J'ai été piégé et injustement accusé d'un vol que je n'ai pas commis. »

—Tu mens souvent aux gens ? je continue, les mots sortant comme des rafales maintenant.

—Euh, ça fait beaucoup de questions sans faire tourner la bouteille, interrompt Archer, nous regardant tour à tour. Les règles du jeu ont changé ?

Je l'ignore, mon attention entièrement concentrée sur James, qui n'a pas rompu le contact visuel.

—Seulement quand je ne veux pas faire fuir quelqu'un, répond-il doucement. Quand je veux avoir une chance de leur dire proprement la vérité plus tard.

—Donc ça ne te dérange pas de mener quelqu'un en bateau, de lui faire croire que tu es quelque chose que tu n'es pas ? je le défie.

—Qu'est-ce qui se passe, bordel ? demande Hunter, nous regardant tour à tour. Vous vous connaissiez avant ce week-end ?

—Non, dit fermement James, au moment exact où je dis : Oui.

Les sourcils d'Archer se haussent. —Eh bien, ça devient intéressant.

—On s'envoyait des textos depuis des semaines, je

précise, fusillant toujours James du regard. Il n'a jamais mentionné qu'il était en prison.

—Vous vous envoyiez des textos ? demande Hunter, quelque chose d'indéfinissable traversant son visage. Oh, alors c'était le téléphone jetable avec lequel tu t'es fait choper en prison ? Celui qui t'a valu une semaine supplémentaire à l'isolement avant que les avocats ne te fassent sortir ?

James lance à Hunter un regard d'avertissement, mais le mal est déjà fait.

—Ça a commencé par un faux numéro, j'explique, les mots se bousculant maintenant que le secret est révélé. Je lui ai envoyé un message, pensant écrire à ma sœur. On a commencé à discuter, et puis... on a juste continué.

James semble inhabituellement décontenancé. — Lily-

—Non, je l'interromps. Tu as flirté avec moi pendant des semaines. Je t'ai confié des choses que je n'ai jamais dites à personne d'autre. Et tout ce temps, tu mentais sur qui tu étais.

—Je ne mentais pas sur qui j'étais, argue James en se penchant en avant. Juste... sur certains détails.

—Comme le fait que tu étais en prison ? je riposte, mon genou rebondissant – nervosité, anticipation et appréhension se mêlant en moi. Une voix dans ma tête m'avertit de ne pas faire ça maintenant, mais je ne peux pas m'arrêter. Pas quand la colère s'est accumulée depuis si longtemps. Pas quand il a disparu sans un mot. Pas quand il ne m'a jamais dit la vérité.

La pièce devient silencieuse. Hunter et Archer échangent des regards surpris.

—Ce n'est pas quelque chose qu'on glisse dans une conversation ordinaire, murmure James. « Hé, au fait, je sors bientôt de prison. Tu veux qu'on continue à s'envoyer des textos ? »

Ces mots me frappent fort, me coupant le souffle. Je le fixe, la gorge serrée, mon pouls battant dans mes oreilles. Les messages – les conversations nocturnes qui semblaient si réelles, si sûres – étaient tous basés sur un mensonge. J'avais laissé tomber mes défenses, baissé ma garde, croyant le connaître. Et maintenant, je ne sais pas si quoi que ce soit entre nous a jamais été réel.

La honte me brûle, chaude et impitoyable. Comment ai-je pu être si naïve ? Comment ai-je pu le laisser entrer sans jamais me demander qui il était vraiment ? Mon cœur se serre douloureusement, le poids de la trahison s'installant profondément dans ma poitrine.

S'était-il moqué de moi tout ce temps ? Amusé par la facilité avec laquelle je lui avais fait confiance ?

J'avale difficilement, mais la boule dans ma gorge refuse de disparaître. J'ai envie de lui crier dessus, d'exiger pourquoi – pourquoi il pensait que je ne méritais pas la vérité – mais je ne trouve pas les mots. Parce que sous la trahison, sous la colère, il y a quelque chose de bien pire.

Ça fait mal.

Plus que ça ne le devrait. Plus que je ne veux l'admettre.

—J'allais te le dire, insiste James. Je voulais t'expliquer en personne. J'avais prévu de venir à ta boulangerie hier, puis cette tempête a éclaté. Et nous voilà.

—Donc, ça n'a rien à voir avec la carte au trésor ? interrompt Archer, l'air confus.

—Non, James et moi disons à l'unisson.

—Il s'agit plutôt du fait qu'il m'a menée en bateau pendant des semaines, je continue. Qu'il m'a fait croire qu'il était quelqu'un qu'il n'est pas.

—Je n'ai jamais menti sur qui je suis, répète James. Tout ce que je t'ai dit à mon sujet — mes goûts, mes pensées, mes sentiments — tout ça était vrai.

—Sauf la partie où tu étais en prison, je lui fais remarquer.

Le mal était déjà fait. Les mots sont sortis, brisant le fil fragile de contrôle auquel je m'accrochais. Ma poitrine se serre, son poids m'écrase, m'étouffe.

Comment suis-je censée le croire maintenant ? Comment suis-je censée croire qu'il est innocent — s'il l'est vraiment — alors qu'il a déjà prouvé qu'il pouvait me cacher quelque chose d'aussi énorme ? J'avais construit une image de lui dans mon esprit, une version avec laquelle je me sentais en sécurité, quelqu'un qui avait été honnête sur les choses qui comptaient. Mais était-ce réel ? Ou étais-je tombée amoureuse d'un étranger qui ne m'avait donné que des bribes de lui-même ?

James expire, se frottant la nuque, son expression indéchiffrable.

—Oui, concède-t-il. Sauf ça.

La pièce tombe dans le silence alors que la vérité s'installe entre nous, épaisse et lourde. Puis-je pardonner cela ? Puis-je même commencer à croire que l'homme en face de moi est quelqu'un à qui je peux encore faire confiance ?

Parce que maintenant, je ne sais pas si je le peux.

—Bon, dit finalement Hunter en frappant dans ses mains. C'est très dramatique tout ça, mais peut-on revenir au jeu ? Ou devrait-on commencer à se donner des coups de poing maintenant ?

Sa tentative d'humour dissipe une partie de la tension. Je prends une profonde inspiration, essayant de calmer les battements de mon cœur.

—Le jeu, dis-je fermement, le cœur battant la chamade, le visage en feu. J'aurais vraiment préféré ne pas lui poser ces questions devant les deux autres, mais mieux vaut être transparent, non ?

—C'est ton tour de faire tourner la bouteille, James, lui rappelle Hunter.

James reste d'abord silencieux.

Puis il saisit la bouteille, lui donnant une torsion énergique. Elle tourne pendant ce qui semble être une éternité avant de pointer vers Archer avec la base vers moi.

—Action ou vérité ? je demande, ressentant encore les contrecoups d'adrénaline après avoir confronté James.

—Action, dit Archer sans hésitation. Alléageons un peu l'ambiance.

Je réfléchis un moment. « Je te mets au défi de sortir ta meilleure technique de drague sur Hunter. »

Archer sourit et se tourne immédiatement vers Hunter, battant des cils de façon théâtrale. Il se rapproche, plaçant une main sur l'avant-bras massif de Hunter.

—Es-tu un feu de camp ? demande-t-il d'une voix rauque. Parce que tu es chaud, et j'en veux s'more.

Hunter le repousse tandis que nous éclatons tous de rire. Thor à côté de moi grommelle, ce qui est probablement dû au fait que nous sommes trop bruyants pour lui.

— C'était terrible, gémit Hunter.

— Mais efficace, fait Archer avec un clin d'œil. Tu rougis, grand garçon.

— Va te faire foutre, marmonne Hunter, mais il sourit.

Archer fait tourner la bouteille qui s'arrête encore une fois sur lui et moi.

— Tu as du succès ce soir, commente James.

— Action ou vérité, Lily ? demande Archer.

— Action, dis-je, décidant que la vérité est bien plus dangereuse ce soir.

Le sourire d'Archer devient malicieux. — Je te défie d'embrasser Hunter. Pas un simple bisou — un vrai baiser, avec la langue.

Je ris nerveusement. — On est au lycée ou quoi ?

— Fais-le ! insiste Archer.

Je regarde leurs visages — Archer qui sourit avec expectative, James qui fronce légèrement les sourcils, Hunter qui s'étire le cou avec un mélange d'anticipation et d'incertitude.

Puis mon regard reste fixé sur James, l'arête de son nez maintenant pincée, sa mâchoire tendue. Une partie de moi veut le faire souffrir pour m'avoir menti.

— Bien sûr, dis-je avec une désinvolture forcée, posant mon verre et me tournant vers Hunter.

Il est assis à côté de moi sur le canapé, sa grande silhouette soudainement très proche. Je me tourne vers lui, hésitant alors qu'une pensée me traverse l'esprit.

— La photo là-haut de ton grand-père et ma grand-mère... je me mordille la lèvre inférieure nerveusement. — Tu crois... sommes-nous parents ? Je grimace dès que les mots quittent ma bouche.

Hunter tend la main et repousse doucement une mèche de cheveux derrière mon oreille, ses doigts s'attardant sur ma peau. — Je parie ma vie que non. Mon grand-père m'a beaucoup confié, et il n'a eu qu'un seul amour dans sa vie — ma grand-mère — et beaucoup d'amis d'affaires. Il était plus probablement un investisseur dans sa boulangerie.

Je jette un coup d'œil aux deux autres, qui étudient notre échange avec des expressions curieuses.

— Rien de mal à embrasser ses cousins... sa famille, taquine Archer avec un sourire narquois.

— Va te faire foutre, aboie Hunter, mais sa main est déjà sur mon bras, me tirant plus près, m'attirant sur ses genoux.

J'utilise cet élan pour me mettre à califourchon sur lui, trouvant une surprenante dose de courage pour quelque chose que je désire malgré le tremblement de mes membres.

— Bien sûr, dis-je en riant nerveusement. Je veux dire, si nous étions frère et sœur, nous le saurions, et pas question de s'embrasser...

Il rit doucement, frottant le dos de ses phalanges le

long de ma joue dans un geste à la fois rassurant et possessif. Il y a toujours une part d'ombre dans ses paroles, dans ses yeux, et je ne suis pas entièrement certaine. Si ça revient me hanter, je serais dévastée de découvrir que je suis attirée par mon frère ou mon cousin ou peu importe.

— Ne réfléchis pas trop, murmure-t-il, m'attirant plus près. Respire profondément, d'accord ?

Ma confiance vacille. Qu'est-ce que je fais ? Ce n'est pas moi — je ne m'assieds pas à califourchon sur des quasi-inconnus pour un défi. Mais avant que je puisse battre en retraite, les grandes mains de Hunter viennent encadrer mon visage, son toucher étonnamment doux pour quelqu'un de si fort.

Il se penche lentement, me donnant toutes les occasions de m'écarter. Quand je ne le fais pas, ses lèvres rencontrent les miennes avec la plus délicate des pressions. Le baiser commence doucement, exploratoire, comme si nous trouvions notre chemin l'un vers l'autre dans l'obscurité. Ses lèvres sont plus chaudes et plus douces que je ne l'imaginais, bougeant contre les miennes avec une passion contenue.

Puis quelque chose change. Hunter émet un son grave, presque un grognement au fond de sa gorge, et soudain, le baiser s'approfondit. Ses mains glissent de mon visage à ma taille, puis à mon dos, me tirant plus près contre lui. Mon corps répond instinctivement, se cambrant contre le sien, un petit son — embarrassamment proche d'un ronronnement — s'échappant de ma gorge.

Personne ne m'a jamais embrassée comme ça. C'est

dévorant, élémentaire, comme être prise dans un courant. Sa langue trace le contour de mes lèvres, et je m'ouvre à lui sans hésitation. Le goût de whisky et de chocolat se mêle entre nous tandis que sa langue caresse la mienne, confiante mais pas exigeante.

Ses mains s'étalent sur mon dos, me pressant plus près jusqu'à ce que je puisse sentir le mur solide de sa poitrine contre la mienne. Sous moi, je peux sentir son sexe qui durcit, ses hanches se soulevant subtilement. Il est imposant partout, et cette constatation envoie une décharge électrique le long de ma colonne vertébrale.

Une de ses mains s'emmêle dans mes cheveux, inclinant ma tête pour approfondir davantage le baiser. La légère traction contre mon cuir chevelu m'arrache un autre son, mi-soupir, mi-gémissement. Je flotte, me noie, brûle — tout à la fois. Mes doigts agrippent ses épaules, sentant la force contenue sous son Henley, puis glissent jusqu'à sa nuque, où ses cheveux bouclent contre mes doigts.

Sa bouche bouge contre la mienne, sa main descendant vers mes fesses, s'y agrippant fermement. La chaleur de son corps sous moi, son odeur boisée remplissant mes poumons à chaque respiration haletante. Cela semble à la fois interminable et trop bref. Je ne veux pas que ça s'arrête.

Quelqu'un s'éclaircit bruyamment la gorge, suivi d'une bourrade contre l'épaule de Hunter, nous secouant. Hunter et moi nous séparons à contrecœur, tous deux respirant lourdement. Je lèche mes lèvres instinctivement, goûtant encore sa saveur, tandis que son regard suit ce mouvement avec un désir qui me fait frissonner.

—Putain, tu es addictive, murmure Hunter. Comme ces bonbons qui ruinent un homme — douce, pécheresse, et impossible à arrêter.

Lentement, je reprends conscience de la pièce autour de nous. Archer me fixe, son attitude joueuse d'auparavant remplacée par quelque chose de plus sombre, plus primitif. Les yeux de James brûlent de ce qui ressemble distinctement à de la jalousie, sa mâchoire tendue et ses épaules crispées. L'énergie dans la pièce a radicalement changé, un courant palpable de désir qui rend l'air épais et chargé.

Je reste sur les genoux de Hunter un moment de plus, intensément consciente de son excitation pressée contre moi, palpitante, et de ses mains serrées sur ma taille. Son regard s'est assombri jusqu'à la couleur de l'ambre dans l'ombre, ses pupilles largement dilatées. On dirait qu'il veut me dévorer tout entière.

—Eh bien, je parviens finalement à dire. C'était... quelque chose.

—Quelque chose est un mot pour le décrire, murmure Archer, se repositionnant sur son siège.

Je me dégage lentement des genoux de Hunter, mes jambes embarrassamment instables tandis que je me réinstalle sur le canapé à côté de lui. Sa main s'attarde sur ma cuisse un moment avant de se retirer à contrecœur.

James observe l'échange avec des yeux mi-clos, faisant tournoyer les restes de son whisky avant de vider le verre d'un trait. La tension dans la pièce est devenue presque insupportable — un désir inexprimé flottant dans l'air entre nous.

—Je crois que j'ai eu assez d'émotions pour ce soir, dis-je, essayant de paraître détendue mais entendant le léger tremblement dans mes paroles. Merci pour le jeu.

—Tu t'enfuis, Lily ? demande James doucement, et il y a quelque chose dans son ton qui me donne envie de lui prouver qu'il a tort.

—Je ne fuis pas, je réplique, soutenant son regard fermement. Je suis juste fatiguée.

—Il se fait tard, admet Hunter, bien que son expression raconte une tout autre histoire — une où le sommeil est la dernière chose qui lui vient à l'esprit.

Je me lève, ramassant mon gilet là où je l'avais jeté plus tôt. —Bonne nuit, les garçons. Essayez de ne pas faire trop de bêtises sans moi.

Thor est instantanément sur mes talons.

Me forçant à marcher — pas courir — vers les escaliers, je sens les trois paires d'yeux qui suivent chacun de mes mouvements. Ce n'est que lorsque je suis hors de vue que je laisse ma façade se fissurer, me dépêchant dans le couloir jusqu'à ma chambre. Thor est dans ma chambre avant que j'y arrive, poussant la porte du museau et se précipitant à l'intérieur. Je le trouve déjà installé au pied de mon lit, allongé, prêt à dormir.

Je ferme la porte derrière moi et m'y adosse, mon cœur tambourinant contre ma cage thoracique. Que vient-il de se passer en bas ? À quoi pensais-je en embrassant Hunter comme ça devant les autres ? Et pourquoi était-ce si incroyablement, si addictif ?

Je presse mes doigts sur mes lèvres meurtries,

encore frémissantes de son baiser. Je peux encore le goûter, encore sentir la pression de ses mains sur mon corps. Et pire encore, je n'arrive pas à chasser l'image de James et Archer me regardant après — comme s'ils s'imaginaient à la place de Hunter. Mais James... bordel, il était furieux.

Tant mieux.

Il mérite de souffrir.

Des voix basses montent du rez-de-chaussée, trop étouffées pour distinguer les mots. Parlent-ils de moi ? Se moquent-ils de la facilité avec laquelle j'ai fondu pour Hunter ? Ou font-ils des plans pour déterminer qui sera le prochain à essayer ?

Le plus terrifiant, c'est qu'une petite partie téméraire de moi-même ne serait pas contre cette idée.

Je glisse le long de la porte jusqu'à me retrouver assise sur le sol, serrant mes genoux contre ma poitrine. Un léger gémissement attire mon attention alors que Thor s'avance vers moi. Ses yeux bleus m'observent avec une intelligence qui semble presque humaine tandis qu'il pousse sa tête contre mon bras.

—Au moins quelqu'un veille sur moi, je murmure, lui faisant de la place.

Thor n'hésite pas, poussant sa grande tête sur mes genoux avec un léger souffle. Sa fourrure est épaisse et douce sous mes doigts tandis que je le gratte distraitement derrière les oreilles. Il s'installe contre moi, une présence chaude et solide qui m'ancre quand tout le reste semble tournoyer hors de contrôle.

—Tu es incroyable de te soucier autant, je lui dis, enfouissant mes doigts dans sa crinière. C'est ton boulot ? Réconforter les Omégas en détresse après que ton maître en a fini avec elles ?

Thor se contente de cligner des yeux en me regardant, son poids exerçant une pression rassurante contre mes jambes.

Cette tempête doit cesser bientôt. Quelques jours de plus piégée avec ces trois hommes Alpha, et je pourrais faire quelque chose de vraiment stupide.

Cette pensée envoie un délicieux frisson à travers moi qui n'a rien à voir avec la peur et tout à voir avec un désir que je ne savais pas posséder jusqu'à ce soir. Thor semble sentir le changement en moi, poussant ma main quand j'arrête de le caresser.

—Désolée, mon grand. Je suis juste en pleine crise existentielle. Je reprends le mouvement de caresse dans sa fourrure, trouvant du réconfort dans ce geste rythmique. Ton maître a vraiment compliqué ma vie, tu sais ça ?

Je dois me ressaisir. Ce sont pratiquement des inconnus, et au moins l'un d'entre eux m'a déjà menti. Ce n'est pas un roman d'amour ou un fantasme — c'est une situation précaire qui pourrait très mal tourner, très rapidement.

Thor pose son menton sur mon genou, son regard stable étrangement rassurant. Il ne me juge pas pour mes sentiments contradictoires, n'attend pas de moi que je sois autre chose que ce que je suis en ce moment.

—Que ferais-tu ? lui demandé-je doucement. Si tu étais à ma place ?

Il émet un doux *wouf* qui me fait sourire malgré tout.

—Ouais, c'est bien ce que je pensais que tu dirais.

Mais alors que je me relève du sol et me dirige vers le lit, Thor trottine fidèlement à mes côtés.

Thor saute au pied du lit, tourne en rond avant de s'installer avec un soupir satisfait, ses yeux vigilants ne me quittant jamais. Quoi qu'il arrive ensuite, au moins je n'y fais pas face complètement seule.

15

LILY

Je suis bien trop énervée pour même envisager de dormir. Mes lèvres picotent encore du baiser de Hunter, et mon esprit ne cesse de rejouer la confrontation avec James. Quel foutu désastre. J'ai réussi à m'emmêler avec non pas un, mais trois hommes incroyablement séduisants en l'espace de deux jours. Et la tempête dehors continue de hurler comme si elle se délectait de ma situation délicate.

Un léger coup à ma porte me fige en plein mouvement. Mon cœur exécute une routine de gymnastique digne des Jeux olympiques dans ma poitrine. Hunter ? Après notre baiser. Ou James ? Est-il venu s'expliquer davantage ? S'excuser pour sa tromperie ? Je ne suis pas prête pour un second tour de ce manège émotionnel — pas quand je trie encore les sentiments compliqués que sa révélation a suscités.

La tête de Thor se redresse, renifle l'air, puis se recouche, me confirmant qu'il n'y a pas de danger.

Je ne réponds pas au coup, espérant que qui que ce soit supposera que je dors et s'en ira. J'ai atteint mon quota de drame pour une soirée, merci bien.

—Lily ? Tu respires toujours là-dedans, ou le baiser de Hunter t'a vraiment tuée ? La voix d'Archer, enjouée mais d'une certaine façon préoccupée, filtre à travers la porte.

Je souris intérieurement, une chaleur s'enroulant dans ma poitrine. Archer rend toujours les choses plus légères, comme si je ne me noyais pas dans le désordre de mes propres émotions. Avec lui, c'est facile de respirer — même quand mon monde est tout sauf ça.

Je n'hésite pas et me dirige rapidement vers la porte, l'entrouvrant juste assez pour regarder à travers.

—Si je dis que je suis morte, tu t'en iras ? je le taquine.

Mon souffle se bloque dans mes poumons à sa vue. Archer se tient avec une main appuyée contre l'encadrement de la porte, sa grande silhouette éclairée par derrière par les faibles lumières du couloir. Les ombres dansent sur les angles prononcés de son visage, mettant en valeur ces pommettes ridicules. Ses cheveux bruns, qui ont l'air d'être de la soie entre mes doigts, retombent encore plus désordonnés autour de son visage.

J'ai déjà fréquenté des hommes séduisants, mais Archer appartient à une tout autre catégorie — le genre de beauté qui est presque douloureux à regarder directement, comme fixer le soleil après être resté dans une cave. Son col en V noir s'étire sur de larges épaules, et même dans la faible lumière, je peux voir la définition des muscles sous le tissu. Une chaîne en argent brille à son cou, disparaissant sous son col.

—Salut, je parviens à dire.

—Je vérifie juste que tu n'as pas spontanément pris feu à cause de toute cette... tension en bas, dit-il, les coins de sa bouche se soulevant. Tu t'es enfuie de là comme si tu avais le feu aux fesses.

—Ouais, eh bien, découvrir que ton ami textuel était en prison pendant que tu lui déballais ton cœur, suivi par le fait de chevaucher et d'embrasser son ami... disons simplement que ma soirée a été plus mouvementée que toute mon année dernière, je réponds, m'appuyant contre l'encadrement. Je devrais commencer à faire payer l'entrée au désastre qu'est ma vie.

Le sourcil d'Archer se soulève. Je paierais pour voir ça. Sérieusement, ça va ? James peut vraiment être un sacré numéro parfois.

—Définis *ça va*. Je ris, le son légèrement dérangé même à mes propres oreilles. Je suis coincée dans une tempête de neige avec trois hommes qui ont l'air de sortir de la couverture d'un roman à l'eau de rose. Je veux dire, vous vous hydratez avec des larmes de licorne ou quoi ? L'un d'eux sur qui j'ai secrètement craqué pendant des semaines malgré ne l'avoir jamais rencontré, un autre dont le baiser m'a presque fait oublier mon propre nom, et puis il y a toi— Je m'arrête, me rendant compte que je délire comme une folle.

—Il y a moi, répète-t-il, faisant un petit pas en avant. Quoi à propos de moi, Lily ?

Le bourbon bourdonne encore dans mes veines, me

rendant plus audacieuse que je ne devrais l'être. C'est toi qui as insisté pour que Hunter et moi nous embrassions. C'était ton plan tordu depuis le début ? Ou tu aimes simplement regarder ?

—Mon plan ? Il hausse un sourcil. Je t'assure que je ne joue pas habituellement les entremetteurs pour Hunter. Ce mec obtient suffisamment d'action sans mon aide. Il se penche légèrement, assez près pour que je puisse sentir son parfum — quelque chose de boisé avec une touche d'épices. Et pour information, je préfère largement participer plutôt que regarder.

—Tu m'aurais presque convaincue, je riposte, mais je souris maintenant aussi, malgré moi. Il y a quelque chose chez Archer qui m'attire, même s'il met mes nerfs à vif. Et c'était quoi ce strip-tease improvisé ? Un avertissement aurait été sympa. Je n'étais pas préparée à voir... tout ça.

Il rit, un son riche et chaleureux qui se répand en moi comme du miel. Tu m'as mis au défi d'enlever mon pantalon. J'ai enlevé mon pantalon. Je suis un homme à la logique simple. Son regard étincelle d'une malice impénitente. Et je ne rate jamais une occasion de faire une impression mémorable. À en juger par ta rougeur, mission accomplie.

—Mission traumatisante, je marmonne, luttant contre un sourire. J'aurai besoin de thérapie pendant des années. Possiblement des décennies.

—Menteuse, déclare-t-il doucement, en se penchant légèrement. Tu as aimé ce que tu as vu. Tes yeux ont fait ce truc, — il écarquille ses propres yeux dans une expression exagérée de choc qui se transforme en appréciation — avant que tu ne prétendes être horrifiée.

La chaleur inonde mes joues, mais je refuse de céder. Tu sembles très sûr de toi pour quelqu'un qui pourrait m'avoir causé des dommages psychologiques.

—Oh, je suis toujours sûr de moi, dit-il avec un sourire qui devrait être accompagné d'une mise en garde. C'est une partie de mon charme. Ça, et mon gros...

—N'ose même pas terminer cette phrase, je l'interromps, en levant un doigt.

—...cœur, finit-il innocemment. À quoi pensais-tu que j'allais dire ?

—Rien de galant, ça c'est sûr.

Mon pouls trébuche, me trahissant. La taquinerie devrait être facile à ignorer — j'ai déjà géré son flirt éhonté auparavant — mais il y a quelque chose de différent cette fois. Un feu s'attarde dans son regard, un défi, une promesse. Mon souffle se coupe pendant une demi-seconde avant que je ne me force à lever les yeux au ciel, prétendant que je ne suis pas affectée. Mais mon corps connaît la vérité. Et lui aussi.

—Coupable comme accusé. Son regard s'attarde sur mes lèvres momentanément. C'était dur, tu sais.

—Quoi donc ? je demande, embarrassée par mon souffle court.

—De te regarder embrasser Hunter, admet-il, son ton joueur cédant la place à quelque chose de plus sérieux. Alors que c'est tout ce à quoi je pense depuis notre presque-moment dans le bureau tout à l'heure. Tu sais, quand tu me déshabillais pratiquement du regard pendant qu'on utilisait la radio.

—Pas du tout, je bredouille, puis je vois la lueur dans son expression. Tu es insupportable.

—C'est ce qu'on me dit souvent. Généralement juste avant de me dire à quel point je suis irrésistible.

—Ne retiens pas ton souffle pour cette deuxième partie, dis-je.

—Eh bien, dis-je légèrement. Peut-être que ce n'était pas censé être. Moi et Hunter, je veux dire.

—J'en doute, murmure Archer, et soudainement, il semble beaucoup plus proche, bien que je ne me souvienne pas l'avoir vu bouger. Je ne crois pas aux coïncidences, Lily. Ton arrivée ici, pendant cette tempête... ça ressemble au destin pour nous trois. Comme si l'univers en avait assez de nous regarder tâtonner séparément et avait décidé de nous enfermer tous ensemble jusqu'à ce qu'on comprenne.

—Le destin ? Je mordille ma lèvre inférieure, essayant de maintenir mon sang-froid malgré la chaleur qui s'accumule au creux de mon ventre. C'est toute une tirade. Tu les répètes devant un miroir, ou elles te viennent spontanément ?

— Pas une réplique, dit-il en tendant la main pour replacer une mèche de cheveux derrière mon oreille. Ses doigts effleurent ma joue, laissant une traînée de feu dans leur sillage. Juste une impression que j'ai eue depuis que tu as franchi la porte. Comme si tu étais destinée à être ici. Sa voix devient presque un murmure. Avec nous.

Je devrais reculer. Je devrais fermer la porte et me

remettre les idées en place. Au lieu de cela, je demande : — Et que ressens-tu d'autre ?

Ses yeux s'assombrissent, ses pupilles se dilatent jusqu'à presque engloutir le bleu. — Que si je ne t'embrasse pas bientôt, je pourrais devenir un peu fou. Il trace la courbe de ma mâchoire avec son pouce. Ou complètement fou. Je suis déjà à mi-chemin rien qu'en te regardant.

Mon corps me trahit, une vague de chaleur m'envahit à ses mots. C'est de la pure folie—je connais cet homme depuis à peine deux jours, je viens d'embrasser son ami il y a moins d'une heure, et je soigne un cœur brisé par la tromperie d'un autre homme. Pourtant, je suis attirée vers lui comme un papillon vers la flamme, incapable de résister à l'attraction gravitationnelle de sa présence.

— Ce serait une très mauvaise idée, je murmure, même si je penche légèrement mon poids vers l'avant.

— La pire, acquiesce-t-il, son regard fixé sur mes lèvres. Complètement irresponsable.

— Téméraire, j'ajoute.

— Absolument. Sa main vient encadrer ma joue, son pouce effleurant ma lèvre inférieure. Est-ce que je peux entrer, Lily ? Ou préférerais-tu offrir un spectacle au couloir ?

Cette simple question, posée avec une telle retenue alors que tout dans son langage corporel crie le désir, brise quelque chose en moi. Je recule, agrippant une poignée de sa chemise, et je l'attire dans ma chambre.

— Je prends ça pour un oui, murmure-t-il en fermant la porte d'un coup de pied derrière lui.

En un instant, je me retrouve plaquée contre le mur à côté de la porte, le corps d'Archer formant un mur solide de chaleur contre le mien. Ses mains encadrent mon visage tandis qu'il m'étudie pendant un moment qui me coupe le souffle.

— Tu es stupéfiante, murmure-t-il, ses pouces traçant mes pommettes. D'une beauté déraisonnable, un parfum qui embrume mon cerveau, et un esprit qui me défie. C'est vraiment agaçant. As-tu la moindre idée de l'effet que tu me fais ?

Avant que je ne puisse répondre par une remarque suffisamment sarcastique, ses lèvres sont sur les miennes, et quelle que soit la réplique spirituelle que j'aurais pu formuler, elle se dissout en un doux halètement. Si le baiser de Hunter était une marée qui m'emportait, celui d'Archer est comme être frappée par la foudre—soudain, électrique et dévorant.

Ses lèvres sont fermes et insistantes, revendiquant plutôt que demandant. Une main glisse dans mes cheveux, tirant juste assez pour incliner ma tête un peu plus en arrière, approfondissant le baiser avec un gémissement qui vibre à travers nos deux corps. Mes mains s'accrochent à ses épaules, sentant la force contenue sous le tissu de sa chemise.

Quand sa langue effleure ma lèvre inférieure, je m'ouvre à lui sans hésitation. Il a le goût de whisky et de quelque chose de plus sombre, quelque chose d'uniquement lui qui me fait en vouloir davantage.

Ses mains quittent mon visage pour ma taille, puis descendent plus bas, agrippant mes hanches et me tirant plus étroitement contre lui. Il me tient durement, possessivement, et la prise de conscience de son désir pour moi m'arrache un doux gémissement.

D'un mouvement fluide, Archer me soulève, ses mains empoignant l'arrière de mes cuisses tandis qu'il me presse plus fermement contre le mur. Mes jambes s'enroulent instinctivement autour de sa taille. Je roule des hanches contre lui, lui arrachant une inspiration brusque.

— Putain, Lily, souffle-t-il contre mes lèvres. Tu vas causer ma perte.

— Au moins, tu mourras heureux, je lance, essoufflée et étourdie de désir.

Il rit, un son sombre et prometteur, avant de capturer à nouveau mes lèvres dans un baiser encore plus intense que le précédent. Ses mains pétrissent mes cuisses, ses doigts s'enfonçant juste assez pour me faire haleter, et je me frotte sans honte contre lui, à la recherche de cette délicieuse friction.

Ses lèvres quittent les miennes pour tracer un chemin le long de ma mâchoire, puis descendent dans mon cou, trouvant un point juste sous mon oreille qui me fait gémir. Il s'attarde là, alternant entre de douces morsures et des caresses apaisantes de sa langue qui me font me cambrer contre lui, les doigts emmêlés dans ses cheveux.

—J'ai besoin de goûter davantage de toi. Besoin de savoir si tu es aussi délicieuse partout.

Ces mots déclenchent une nouvelle vague de chaleur qui me traverse, s'accumulant dans mon bas-ventre et me faisant vibrer de désir. Quand nos bouches se rencontrent à nouveau, le baiser est affamé, presque désespéré. Sa langue caresse la mienne d'une façon qui reproduit ce qu'il veut me faire, et je resserre involontairement mes jambes autour de lui.

Archer me porte du mur jusqu'au lit, sans jamais rompre le baiser. Il me dépose doucement sur le matelas, me suivant jusqu'à ce qu'il plane au-dessus de moi, son poids soutenu sur ses avant-bras. Ses cheveux tombent autour de mon visage comme un rideau.

Thor saute du lit et trotte jusqu'à la porte, où il se laisse tomber et se rendort.

Le corps d'Archer s'ajuste parfaitement au mien, ses hanches nichées entre mes cuisses. Il ondule contre moi, lentement et délibérément, créant une friction qui me fait haleter contre sa bouche. Une de ses mains se glisse sous l'ourlet de mon débardeur, ses doigts s'étalant sur mes côtes, son pouce effleurant le dessous de mon sein.

Je me cambre à son toucher, en gémissant, avide d'en avoir plus, mais un dernier brin de lucidité parvient à percer le brouillard du désir. C'est trop, trop vite, trop compliqué. Je pose une main sur sa poitrine, poussant doucement.

—Attends, dis-je doucement, ma respiration encore irrégulière.

Il s'immobilise instantanément, puis recule suffisamment pour regarder mon visage. —Tout va bien ? Il y a une réelle inquiétude dans son regard, aucune trace de frustration ou de déception.

—Je... je ne peux pas faire ça. Pas ce soir. Pas avec tout ce qui... Je fais un geste vague, incapable d'articuler l'enchevêtrement chaotique d'émotions que je ressens.

Pendant un instant, je pense qu'il pourrait essayer de

me persuader, mais au lieu de cela, il dépose un dernier baiser doux sur mes lèvres avant de se redresser sur ses talons.

—Le rejet, soupire-t-il dramatiquement, la main sur la poitrine comme s'il était mortellement blessé. Ma seule faiblesse.

Malgré tout, je ris. —Tu survivras, j'en suis sûre.

—Vraiment ? demande-t-il, en affichant une moue exagérée. J'aurai peut-être besoin de soins médicaux. Au minimum de la réanimation. J'ai entendu dire que le bouche-à-bouche est plus efficace.

Je ris, pointant la porte du doigt, mais je souris trop pour que mon geste ait un quelconque impact.

Il se lève, lissant sa chemise froissée, et me fait une révérence exagérée. —Tout ce que ma dame désire. En se redressant, son expression s'adoucit en quelque chose de plus authentique. —Lily, je n'ai jamais ressenti ça pour personne d'autre... eh bien, jamais.

La simple honnêteté dans sa voix me prend au dépourvu, faisant vibrer mon cœur.

—C'est juste le whisky qui parle, je détourne, soudain mal à l'aise face à la vulnérabilité entre nous.

—Non, dit-il, en faisant claquer le son du *n*. C'est entièrement toi. Le whisky m'a juste donné les couilles pour l'admettre. Il recule vers la porte, souriant. —Bon, l'alcool et aussi la connaissance que tu as maintenant embrassé deux tiers des habitants de la maison. Je ne fais qu'équilibrer le terrain de jeu.

Est-ce qu'il tient vraiment les comptes ? Cette pensée devrait être ridicule, mais avec Archer, je ne peux jamais en être trop sûre. Son sourire narquois est nonchalant, tout en confiance désinvolte, mais il y a quelque chose d'acéré dans son regard, comme s'il testait le terrain, attendant de voir comment je vais réagir.

Je plisse les yeux, refusant de lui donner satisfaction. Terrain dangereux.

— Bonne nuit, Archer, dis-je en lui lançant un oreiller qu'il attrape d'une main avec une grâce exaspérante.

— Fais de beaux rêves. Il saisit la poignée de la porte. — Je sais que les miens te mettront en scène dans divers états de déshabillé. Avec un dernier clin d'œil, il se glisse dehors, fermant doucement la porte derrière lui.

Je me laisse tomber sur le lit, fixant le plafond, mes lèvres encore tendres de ses baisers, mon corps vibrant toujours d'un désir inassouvi. Mais qu'est-ce que je suis en train de faire, bon sang ?

C'est comme si j'avais basculé dans une réalité parallèle où je suis soudain devenue le genre de femme qui fait ces choses-là. Le genre qui s'assied à califourchon sur un presque inconnu pendant un jeu à boire, qui en attire un autre dans sa chambre au premier signe d'attirance. Le genre qui attire des Alphas dignes des dieux. Je me reconnais à peine.

Et pourtant... je n'arrive pas à le regretter. Ni le baiser destructeur de Hunter. Ni ma confrontation avec James à propos de sa tromperie. Et certainement pas la sensation parfaite du corps d'Archer pressé contre le mien.

Je presse mes doigts sur mes lèvres, me rappelant

leurs façons différentes de m'embrasser — le baiser de Hunter, d'abord doux puis devenant quelque chose d'écrasant, celui d'Archer, immédiatement désespéré et dévorant — et je me demande, contre tout bon sens, comment serait le baiser de James. Serait-il calculé et contrôlé, comme l'homme lui-même ? Ou y aurait-il une sauvagerie inattendue sous cet extérieur composé ?

Le simple fait d'y penser me fait gémir et tirer un oreiller sur mon visage. Cette tempête doit se calmer bientôt — avant que je ne fasse quelque chose de vraiment téméraire. Comme si tomber amoureuse des trois en même temps n'était pas déjà assez dangereux.

Ma meilleure amie, Ruby, a fini avec trois hommes, et je ne mentirai pas — j'étais jalouse quand je l'ai appris. Mais que se passera-t-il quand la tempête s'apaisera, quand la chaleur du moment s'estompera... et que ces hommes de montagne avec qui je suis coincée décideront que je n'étais jamais destinée à être la leur ?

Avec le goût d'Archer encore sur mes lèvres et le souvenir des mains de Hunter sur mon corps, je sais que le sommeil est une cause perdue cette nuit. Je ferais aussi bien de commencer à planifier comment je vais les affronter tous au petit-déjeuner sans spontanément m'enflammer d'embarras.

Ou pire, de désir.

16

LILY

Je n'arrive pas à dormir.

Ma peau semble trop étroite, comme si elle contenait quelque chose prêt à exploser. Les draps s'emmêlent autour de mes jambes tandis que je me tourne et me retourne, mon corps refusant de se rafraîchir malgré l'air froid qui s'infiltre par les fenêtres du chalet. Il est 2 heures du matin, d'après l'horloge lumineuse sur la table de nuit, et je fixe le plafond depuis des heures.

Chaque fois que je ferme les yeux, je vois les visages de Hunter et d'Archer à quelques centimètres du mien, je sens le fantôme de leurs lèvres contre les miennes, leurs mains sur ma taille. Puis l'image change, et c'est le regard sombre et possessif de James tandis qu'il me regarde embrasser un autre homme.

—Bon sang, je marmonne en repoussant les couvertures. Qu'est-ce qui ne va pas chez moi ?

Je traverse la pièce jusqu'à la fenêtre et lutte pour l'ouvrir, regrettant immédiatement ma décision quand le vent glacial et la neige me frappent au visage. La tempête ne s'est pas du tout calmée ; elle s'est même intensifiée. Les arbres derrière la vitre se plient et se balancent comme des danseurs pris dans un rituel frénétique, la neige tourbillonnant en motifs hypnotiques.

Je lutte contre le vent pour refermer la fenêtre, réussissant finalement à la claquer. J'appuie mon front contre la vitre glacée, espérant qu'elle rafraîchira ma peau brûlante.

—Pourquoi ai-je si chaud ? je murmure dans la chambre vide. C'est comme si mon thermostat interne était détraqué. Ça doit être plus que les effets persistants du baiser de Hunter ou de l'alcool de tout à l'heure. C'est comme si quelque chose s'éveillait en moi, quelque chose de primitif et d'affamé que je ne suis pas sûre de pouvoir contrôler.

Pas les chaleurs. Je refuse d'envisager cette possibilité. Je prends des suppresseurs jusqu'à ce que je trouve le bon Alpha. C'est donc impossible.

Mon estomac gronde, me donnant une excuse parfaite pour quitter l'enfermement de ma chambre. De la nourriture. C'est ce dont j'ai besoin — quelque chose de froid du réfrigérateur pour me rafraîchir et satisfaire le vide qui me ronge.

Enfilant un pull trop grand par-dessus mon short et mon débardeur de nuit, j'ouvre doucement ma porte. Le couloir est sombre et silencieux, tout le monde est probablement endormi après notre soirée mouvementée. Je descends les escaliers sur la pointe des pieds, grimaçant à chaque craquement des marches en bois.

Le salon est plongé dans de profondes ombres, les braises mourantes dans la cheminée fournissant tout juste assez de lumière pour distinguer les formes mais pas les détails. Le hurlement du vent dehors masque mes mouvements tandis que je me guide le long du mur vers la cuisine.

Une fois arrivée, je me dirige directement vers le réfrigérateur, plissant les yeux face à la soudaine luminosité lorsque je l'ouvre. L'air frais est une bénédiction contre ma peau échauffée, et je prends un moment juste pour rester là, le laissant me rafraîchir avant d'examiner le contenu.

Yaourt à la fraise. Parfait. Je saisis un pot et me retourne pour voir que je ne suis pas seule — et je me fige sur place, manquant presque de laisser tomber le yaourt.

Une silhouette est assise à la table de la cuisine dans l'obscurité, parfaitement immobile, m'observant. Je cligne des yeux, ma vision s'adaptant lentement pour distinguer James affalé sur une chaise avec un verre de whisky à moitié vide devant lui. La faible lueur du réfrigérateur souligne les angles prononcés de son visage, ses yeux comme des étangs sombres reflétant de minuscules points de lumière.

—Merde ! je m'exclame, serrant le yaourt contre ma poitrine. Tu m'as fait peur. Flippant, non ? Tu t'assieds souvent dans le noir pour observer les gens ?

Ses lèvres s'étirent en ce demi-sourire exaspérant. — Seulement ceux qui sont intéressants.

Je lève les yeux au ciel, essayant de masquer comment sa voix — basse et rauque par le whisky de fin de soirée — m'affecte. — Et qu'est-ce qui me rend si intéressante ? Le fait que j'aime les en-cas de minuit ?

—Entre autres choses. Il prend une lente gorgée de son verre.

Je vais chercher une cuillère dans un tiroir. — Tu n'arrives pas à dormir non plus ? je demande, visant un ton décontracté.

—Comment le pourrais-je ? Il y a quelque chose de dangereux dans son ton qui me fait tourner la tête vers lui.

Il se lève d'un mouvement fluide, posant son verre avec un léger tintement contre la table en bois. Ses mouvements sont délibérés lorsqu'il s'approche, comme un prédateur qui sait que sa proie n'a nulle part où fuir.

—Ça me tue, dit-il. De te voir l'embrasser.

Avant que je puisse répondre, sa main claque contre la porte du réfrigérateur, la fermant et nous plongeant dans une obscurité plus profonde. Je suis prise entre son corps et le comptoir près du frigo, ses bras m'encageant. Je pose le yaourt et la cuillère sur le comptoir derrière moi.

—Tu as fait ça pour me punir, n'est-ce pas ? demande-t-il, son visage à quelques centimètres du mien.

Je peux sentir l'odeur du whisky sur son souffle, se mêlant à quelque chose de plus sombre, plus primitif — cèdre, fumée et masculin. Mon cœur martèle contre mes côtes, mais je refuse de montrer ma peur.

—Peut-être bien, je le provoque. Tu m'as menti.

—Ce n'est pas moi qui n'ai pas pu attendre, grogne-t-il. J'étais censé être ton premier baiser.

La folie dans sa voix devrait m'alarmer, mais au lieu de cela, elle m'intrigue. Ce qui est insensé. Je connais à peine cet homme — sauf que je le connais, n'est-ce pas ? Toutes ces conversations nocturnes par texto, ces confessions chuchotées. L'homme qui me faisait rire quand je ne pouvais pas dormir, qui m'écoutait quand je parlais de ma mère, qui partageait des morceaux de son âme dans la sécurité de la distance numérique.

—Tu m'appartiens depuis ce message envoyé par erreur, murmure-t-il. Tu le sais.

Je pousse contre sa poitrine, créant juste assez d'espace pour respirer. —Tu es fou, tu le sais ? On s'est envoyé des textos pendant quelques semaines. Ça ne fait pas de moi ta propriété.

—Vraiment pas ? Il ne recule pas, restant dans mon espace personnel. Dis-moi que tu n'as pas pensé à moi chaque jour depuis que nous avons commencé à parler. Dis-moi que tu n'as pas été déçue quand tu as réalisé que je n'étais pas un numéro composé par erreur.

—J'étais furieuse, je le corrige. Parce que tu m'as menti sur ton identité.

—Je n'ai jamais menti sur qui je suis, insiste-t-il, passant une main dans ses cheveux noirs avec frustration. Je n'ai juste pas... révélé certains détails.

—Comme la prison ? Ça semble être un détail assez important à omettre pendant qu'on jouait au jeu des *Questions*.

Sa mâchoire se crispe. —Qu'est-ce que j'étais censé dire ? *Au fait, Lily, je t'envoie des messages depuis une cellule de prison, j'espère que ça te va ?*

—Tu aurais pu me dire que tu allais sortir !

—J'allais te le dire, dit-il, ses yeux fixés aux miens dans la faible lumière. En personne. Je planifiais comment te rencontrer, comment tout t'expliquer. Et puis soudain tu es là, dans le chalet, me regardant comme si j'étais un étranger. Il soupire, laissant tomber son front contre le mien dans un geste si intime qu'il me coupe le souffle. J'ai merdé. C'est ce que tu veux entendre ? J'étais un lâche.

—C'est déjà mieux, je murmure, consciente de sa proximité, de sa chaleur qui se diffuse en moi, faisant brûler ma peau déjà surchauffée encore plus intensément.

—Tu continues à me punir, m'accuse-t-il doucement. Avec Hunter. J'ai vu comment tu l'as embrassé, Lily. Ce n'était pas juste un défi.

Je devrais nier, mais je ne peux pas me résoudre à mentir. —Peut-être que je voulais voir si ce qu'on avait était réel ou juste un fantasme numérique.

—Et alors ? son souffle caresse mes lèvres. Quel est le verdict ?

—Le jury délibère encore, dis-je, essayant en vain de paraître indifférente. Hunter embrasse très bien. Je l'apprécie, lui et Archer.

Un grondement sourd monte de sa poitrine, et sa main vient prendre mon visage, son pouce caressant rudement ma lèvre inférieure. —Tu cherches à me rendre fou, n'est-ce pas ? C'est ta vengeance ?

—Tout ne tourne pas autour de toi, James, dis-je, mais je ne me dérobe pas à son toucher.

—Ça, si, affirme-t-il avec une certitude absolue. Ceci — nous — ça se construit depuis ce premier faux numéro.

—Il n'y a pas de *nous*, protesté-je faiblement. Il n'y a qu'une série de SMS et beaucoup de mensonges.

—Dis-moi que tu n'as rien ressenti quand on se parlait tous les soirs, me défie-t-il. Dis-moi que tu n'attendais pas mes messages, que tu ne te demandais pas ce que je pouvais faire, à quoi je ressemblais.

J'avale difficilement ma salive, me rappelant ces nuits où je m'endormais avec mon téléphone à la main, l'écran illuminé par ses mots. La façon dont je souriais comme une idiote à ses blagues. Comment mon cœur s'emballait quand nos conversations devenaient plus profondes, plus intimes.

—Ça ne change rien, j'insiste. Tu m'as quand même menti.

—Alors laisse-moi me rattraper, dit-il. Laisse-moi te montrer qui je suis vraiment. Je te raconterai tout sur comment j'ai été piégé et envoyé en prison injustement.

—Alors, éclaire-moi, le défié-je. Qui est le vrai James ?

—Le même homme avec qui tu parles depuis des semaines, grogne-t-il. Celui qui sait que tu adores les documentaires criminels mais que tu dois dormir avec la lumière allumée après. Celui qui t'a écoutée parler de la recette de cake au citron de ta mère que tu n'arrives pas tout à fait à reproduire. Celui qui t'a confié des choses que je n'ai jamais dites à personne d'autre.

Ma poitrine se serre au souvenir de ces conversations, de l'intimité que nous avions construite message après message. Je lui avais parlé des cauchemars qui me hantent encore. Il m'avait raconté des histoires de sa famille, de son sentiment d'être un étranger toute sa vie, de son rêve d'ouvrir sa propre pâtisserie un jour et de suivre sa passion. Des choses qu'il n'avait jamais avouées à personne.

—Je n'ai pas inventé tout ça, Lily, poursuit-il. C'était réel. Tout. Ses yeux scrutent les miens, comme pour évaluer si je peux encaisser ce qui suit. J'étais stupide, trop confiant et naïf. J'ai cru que mon ami, Rick, avait besoin que je vienne le chercher un soir, mais je suis devenu son chauffeur de fuite sans le savoir. Ensuite, cet enfoiré s'est tiré, me laissant face aux flics. Mais je me suis vengé en le dénonçant aux policiers pour détention de drogue chez lui, et il purge sa peine à l'autre bout du pays, dans une autre prison.

—C'est déjà ça, je suppose. J'étudie son visage dans la lumière tamisée, essayant de réconcilier l'homme que je pensais connaître avec ces nouvelles informations.

Sa main glisse sur ma nuque, ses doigts s'entremêlant dans mes cheveux. —Combien de temps encore, Lily ? Combien dois-je encore payer ?

La chaleur de son toucher envoie des étincelles le long de ma colonne vertébrale, et je dois lutter pour garder les idées claires. —Je ne sais pas ce que tu attends de moi.

—Si, tu le sais. Ses yeux se posent sur mes lèvres. La même chose que tu attends de moi.

Je devrais le repousser. Lui dire d'aller au diable. Remonter furieusement à l'étage et oublier que cette conversation a eu lieu. Au lieu de cela, je me retrouve à me pencher vers lui.

—C'est une très mauvaise idée, murmuré-je.

—Les meilleures le sont toujours. Sa deuxième main glisse vers ma taille, me tirant plus près. —J'en ai fini avec les jeux, Lily. Tu es à moi.

Sa dominance éveille quelque chose de sauvage en moi. J'agrippe sa chemise, le tirant brusquement à mon niveau.

—Prouve-le, je le défie.

Sa bouche s'écrase sur la mienne, la tension explose en un baiser qui n'a rien à voir avec l'exploration délicate de Hunter. C'est brut, exigeant, obsessionnel. Ses lèvres s'emparent des miennes avec une brutalité qui correspond à l'enfer qui brûle dans mes veines.

Je réponds avec une ferveur égale, mes doigts s'emmêlant dans ses cheveux, me hissant sur la pointe des pieds. Il m'éloigne du comptoir, et nous trébuchons, sans jamais rompre notre baiser. Je fais tomber le pot de yaourt du comptoir. Il s'écrase au sol, mais aucun de nous ne se soucie assez pour s'arrêter.

—J'y pense depuis, grogne-t-il contre mon cou, ses dents éraflant la peau sensible. Chaque nuit depuis qu'on a commencé à parler.

—Tais-toi, je halète, ne voulant pas de rappels de sa tromperie maintenant, pas quand ses mains font des choses délicieuses à mon corps.

Nous nous éloignons du comptoir, titubant à travers la cuisine, heurtant des chaises au passage. Sa bouche ne quitte jamais la mienne bien longtemps, y revenant encore et encore comme s'il ne supportait pas d'être séparé.

Nous nous précipitons dans le salon, cognant contre la table basse assez fort pour envoyer les magazines s'éparpiller sur le sol. Le bruit semble incroyablement fort dans la maison silencieuse, mais je me fiche complètement de réveiller les autres.

James nous manœuvre vers le canapé, et nous nous y effondrons dans un enchevêtrement de membres. L'impact nous déséquilibre, et nous roulons au sol, atterrissant devant la cheminée. Le mouvement agite les braises, les faisant briller brièvement, nous illuminant sur le tapis.

Il me cloue sous lui, me regardant avec une sauvagerie qui me coupe le souffle. Son poids devrait être oppressant, mais au contraire, il m'ancre contre la tempête de désir qui menace de m'emporter.

—C'est ce que j'ai imaginé, dit-il. Ce dont j'ai eu besoin. Ce que j'ai désiré ardemment. Sa main écarte les cheveux de mon visage avec une tendresse surprenante, en contraste saisissant avec le désespoir des instants précédents. —Et je ne peux pas te laisser partir maintenant.

Ces mots devraient me terrifier. Ils devraient me faire fuir. Au lieu de cela, je le ramène vers moi, me rendant et le réclamant tout à la fois.

—Alors ne le fais pas, je murmure contre ses lèvres.

Sa bouche capture la mienne à nouveau, plus doucement cette fois, mais avec autant de contrôle. Ses mains glissent sous mon débardeur, ses doigts calleux traçant des motifs sur ma peau surchauffée. Chaque toucher brûle, alimentant l'enfer en moi plutôt que de l'apaiser.

—Ton corps est en feu, murmure-t-il. Tu me veux, n'est-ce pas ?

—Oui, je halète, le mot arraché de quelque part de

primitif en moi alors que sa main remonte plus haut sur ma cuisse. —Mon Dieu, oui.

—Redis-le, exige-t-il, les dents effleurant mon lobe d'oreille. Dis-moi à quel point tu me veux.

—J'ai besoin de toi, je chuchote, les doigts s'enfonçant dans ses épaules. Je t'ai désiré avant même de connaître ton visage.

Il gémit, le son vibrant à travers sa poitrine contre la mienne. —C'est ça, bébé. Tu es putain de mienne. Tu as toujours été mienne.

Sa main glisse entre mes jambes, les écartant, et je halète au premier contact contre ma nappe, brûlante même à travers le tissu fin de mon short de nuit.

—Déjà si mouillée pour moi, grogne-t-il avec approbation. J'ai pensé à ça depuis si longtemps, Lily. Pensé à ce que tu ressentirais, à ton goût.

Avant que je puisse assimiler ses paroles, il s'agenouille entre mes jambes, me regardant avec une faim obscure.

—James, peut-être qu'on devrait... je commence, mais les mots meurent dans ma gorge quand il accroche ses doigts à la ceinture de mon short et de ma culotte, les faisant glisser le long de mes jambes d'un mouvement rapide.

Puis il écarte mes jambes, son regard s'abaissant, sa langue glissant sur sa lèvre inférieure avec une faim pure et sans retenue.

—Putain, regarde-toi, souffle-t-il. Si délicieusement parfaite.

L'air frais frappe ma peau exposée pendant un instant seulement avant qu'il ne s'abaisse devant moi, ses mains sur l'intérieur de mes cuisses, m'écartant davantage. Puis sa bouche est sur moi, et je crie, mon dos s'arquant contre le sol.

Sa main vient immédiatement couvrir ma bouche. — Il faut être silencieuse, bébé, prévient-il, son souffle chaud contre ma chair sensible. À moins que tu ne veuilles de la compagnie.

L'idée que les autres m'entendent, qu'on nous découvre comme ça, devrait me mortifier. Mais en fait, ça m'excite.

James revient, sa langue faisant de longs mouvements, suçant et touchant mon clitoris. Je mords sa paume pour éviter de crier alors que ses tendres morsures me font convulser de plaisir.

Mes hanches ondulent contre sa bouche. Sa main libre agrippe ma cuisse avec une force qui laissera des marques, me maintenant en place tandis qu'il me dévore—sa langue plongeant en moi, me lapant. Je n'ai jamais eu d'homme qui m'a fait ça. Bien sûr, j'ai été caressée et touchée, j'ai même fait l'amour une fois, mais putain, rien ne se compare à une bouche qui me dévore.

C'est doux, mais affamé, et je gémis plus fort contre sa paume. Mes doigts s'emmêlent dans ses cheveux, ayant besoin de plus de lui en moi alors que je lutte pour rester silencieuse.

Quand il remplace sa langue par deux doigts, poussant en moi brutalement, les courbant pour frapper juste au bon endroit tandis que sa langue continue son assaut implacable, me doigtant fort, vite, je me brise. L'orgasme me traverse comme la tempête dehors, mon corps tremblant alors qu'il continue de pomper en moi, suçant mon clitoris.

—C'est ça, murmure-t-il contre ma cuisse, pressant des baisers brûlants sur la peau sensible. Jouis encore plus fort pour moi.

Je tremble encore, flottante, quand le bruit d'une porte qui s'ouvre à l'étage perce mon brouillard.

Des pas lourds traversent le couloir, et j'essaie de m'éloigner, soudainement consciente de mon exposition. James ne me laisse pas faire, me serrant plutôt plus fort contre lui.

—Je n'ai aucun problème à te partager avec mes amis, chuchote-t-il contre mon oreille. Ils sont tout pour moi. Mais tu es à moi d'abord.

Ces mots envoient un frisson le long de ma colonne vertébrale—à parts égales de peur et d'excitation. Quel genre d'homme dit une chose pareille ? Et pourquoi cela m'excite-t-il autant ?

Après un moment, la porte de la salle de bain se ferme, et nous entendons le bruit de l'eau qui coule.

—Hunter, murmure James, mais il n'y a aucune culpabilité dans son expression—seulement une intensité prédatrice qui me fait fléchir les genoux.

—Alors, tu veux me partager avec eux ? je chuchote.

Il sourit. —Tu as dit que c'était ton fantasme pendant action ou vérité, non ? Nous laisser faire ce que nous voulons de toi.

Je suis toujours largement étalée, les jambes enroulées autour de sa taille, pensant à quel point j'aimerais peut-être avoir les trois hommes. Sauf que, est-ce que je ne fais que rêver que c'est plus que nous coincés dans un chalet et perdant le contrôle de nos inhibitions ?

—Je... je ne suis pas sûre qu'on devrait aller plus loin, je balbutie, tremblant encore de l'orgasme qui vibre dans tout mon corps. Même ça... Mon Dieu, c'était incroyable, mais on va trop vite.

James ricane, un son grave qui vibre à travers sa poitrine. —Trop tard pour les remords, bébé. Mais je peux être patient. Il se redresse sur ses genoux, son attention se posant entre mes cuisses.

Je rougis en voyant la façon dont il me regarde.

—Tu as une si jolie chatte. Il tend la main et enfonce le bout de ses doigts en moi. —Je meurs d'envie de mettre ma queue en toi. Puis il les retire et les met dans sa bouche, les léchant, les yeux révulsés comme s'il était en extase.

Un frisson chatouille le fond de mon ventre à la vue de son plaisir, mais en quelques instants, il m'aide à me relever, avant d'attraper mon short et de me le tendre.

Mes jambes menacent de céder, mais je m'habille rapidement.

Avant que je puisse répondre, il me soulève dans ses bras, un bras sous mes genoux, l'autre soutenant mon dos. Je pousse un cri de surprise, m'accrochant à ses épaules.

—Qu'est-ce que tu fais ? je siffle.

—Je te porte au lit, dit-il simplement, me portant vers les escaliers comme si je ne pesais rien.

Il se déplace silencieusement dans la maison, évitant les marches grinçantes sur lesquelles j'avais trébuché plus tôt. Quand nous atteignons ma chambre, il pousse la porte avec son pied et me porte jusqu'au lit, me déposant avec une douceur surprenante.

—Je vais rêver de ton goût, murmure-t-il, déposant un baiser sur mon front qui est presque tendre. De toutes les façons dont je vais te baiser.

Ces mots crus prononcés si doucement me font frissonner. Je devrais être scandalisée. Je devrais lui dire de partir. Au lieu de cela, je me retrouve à tendre la main vers lui, l'attirant pour un dernier baiser.

Il me le permet, et je me goûte dans sa bouche... c'est presque sucré, l'odeur forte. Il se retire avant que le baiser ne s'approfondisse.

—Rêve de moi, ordonne-t-il, son pouce caressant mes lèvres gonflées.

—Bonne nuit, James, je murmure, sentant déjà le manque de sa chaleur brûlante.

Il recule vers la porte, son regard ne quittant jamais le mien. —Bonne nuit, Lily.

Alors que la porte se referme derrière lui, je me recroqueville sur le côté, mon corps bourdonnant encore de satisfaction et d'une faim grandissante. Quoi que ce soit entre nous — sombre, tordu et avide — ce n'est que le début.

17

HUNTER

Quelque chose m'arrache du sommeil à 6 h 07 du matin avec la subtilité d'une tronçonneuse. Pas un bruit. Pas un rêve. Juste cet instinct viscéral que j'ai appris à ne jamais ignorer — le même qui m'a maintenu en vie lors des sauvetages en montagne quand des avalanches étaient imminentes. Quelque chose ne va pas dans le chalet.

Je reste immobile, écoutant la tempête faire rage. Ce foutu blizzard n'a pas faibli — si rien d'autre, il est plus furieux que la nuit dernière, comme si la nature piquait une crise. Le vent hurle contre les fenêtres, le verre givré de cristaux de glace qui déforment l'obscurité précédant l'aube. Personne ne sortira aujourd'hui. Nous sommes enfermés, piégés ensemble.

Cette pensée ramène mon esprit vers Lily. Les images d'hier soir pulsent dans ma conscience — ses cuisses à califourchon sur mes genoux, ses lèvres douces contre les miennes, ce petit gémissement qu'elle a lâché quand j'ai approfondi notre baiser. Le simple souvenir suffit à raidir mon sexe inconfortablement contre le matelas.

—Merde, je marmonne, me redressant et enfilant un pantalon de survêtement. Thor lève sa tête massive de son lit dans le coin, ses yeux bleu glacé trop intelligents pour être rassurants.

—Je vérifie juste les lieux, lui dis-je, comme si je devais une explication à l'animal. Rendors-toi.

Il bâille, peu impressionné, mais se lève pour me suivre quand même. Loyal bâtard.

Le couloir s'étire, sombre et silencieux tandis que j'avance à pas feutrés, mais cette sensation dérangeante s'intensifie à chaque pas. Je m'arrête devant la porte de Lily, tendant l'oreille. Rien.

Je devrais continuer à marcher. Ce n'est pas mon putain de problème si elle dort encore.

—Lily ? j'appelle doucement, frappant légèrement du poing contre le bois. Pas de réponse.

Je pousse la porte, jetant un coup d'œil à l'intérieur. Le lit est fait. La porte de la salle de bain est ouverte, sombre à l'intérieur. Son téléphone est posé sur la table de nuit, toujours en charge. Ses pantoufles sont soigneusement placées à côté du lit comme si elles attendaient des pieds qui ne sont jamais arrivés.

Thor glisse devant moi, le nez au sol, faisant le tour de la pièce avant de lever les yeux avec un léger gémissement.

—Ouais, ça ne me plaît pas non plus, je murmure.

Cette torsion d'inquiétude dans mon ventre se resserre comme un tire-bouchon. La partie rationnelle de mon cerveau me dit qu'elle va bien — elle est simplement ailleurs dans ce chalet surdimensionné. Mais quinze ans de travail en recherche et sauvetage m'ont appris que les comportements inhabituels signalent des problèmes. Les gens ne disparaissent pas de leur chambre sans raison. Elle doit être avec l'un des gars.

Je marche à grands pas dans le couloir jusqu'à la chambre de James, le trouvant endormi et seul. Ensuite, je me dirige vers la chambre d'Archer pour vérifier si elle est avec lui et je frappe à sa porte.

Après ce qui semble une éternité, la porte s'ouvre. Archer se tient là, l'air d'avoir traversé l'enfer — cheveux dressés comme s'il avait été électrocuté, yeux plissés en fentes, portant uniquement un boxer. Mais il est seul.

—Quelqu'un a intérêt à être mort, Hunt, grogne-t-il, la voix rauque comme du papier de verre à cause du sommeil.

—Lily a disparu, je dis sans préambule.

Ses sourcils grimpent vers la racine de ses cheveux. « Disparu comme... »

—Sa chambre est vide.

Quelque chose change dans son expression — la surprise cédant la place à une concentration plus aiguë. « Depuis quand surveilles-tu quand les invités vont pisser ? »

J'ignore la pique. — Nous devons réveiller James.

— Bon sang, marmonne Archer, mais il attrape un t-shirt par terre, le renifle avant de l'enfiler. — D'accord. Mais si elle est juste en train de fouiller le garde-manger, je vais botter ton cul paranoïaque.

James n'a pas bougé de là où il est étalé sur son lit king-size, un bras par-dessus sa tête, l'autre disparaissant sous les draps. La chambre empeste le whisky et les chaussettes.

— Debout là-dedans, connard, lance Archer en allumant les lumières avec un enthousiasme inutile.

James ne bouge pas. Typique. Il pourrait dormir pendant l'apocalypse.

Je traverse la pièce et pousse fermement son épaule. — James. Debout. Maintenant.

Il grogne, roulant sur le dos. — Il est beaucoup trop putain de tôt. Quelqu'un a intérêt à être en train de se vider de son sang.

— Lily a disparu, dis-je, le mot s'accrochant légèrement dans ma gorge.

Ça attire son attention. Il s'assied immédiatement, les yeux soudainement clairs et alertes d'une manière qui me fait me demander s'il dormait vraiment.

— Qu'est-ce que tu veux dire par *disparue* ?

— Sa chambre est vide. Le lit est fait.

Une expression que je n'arrive pas vraiment à déchiffrer traverse son visage. — C'est... intéressant, dit-il prudemment.

— Intéressant ? C'est ta réponse ? je m'emporte, le soupçon s'épanouissant. — Qu'est-ce que tu sais, James ?

Il lève les mains en signe de défense. — Rien. Je me disais juste qu'elle n'a peut-être pas pu dormir après les... activités d'hier soir.

Ma mâchoire se crispe. Est-ce qu'il sait quelque chose sur ce qui s'est passé après qu'on soit tous allés se coucher ?

— Habille-toi, j'ordonne. — On va la trouver.

— Oui, chef, se moque James, attrapant un jean

drapé sur une chaise à proximité. — Toujours le putain de boy-scout, pas vrai, Hunt ?

Je n'attends pas qu'il finisse, me dirigeant déjà vers la porte avec Thor qui trotte à mes talons. Je descends les escaliers deux marches à la fois, scrutant le salon en descendant. Le feu qui rugissait quand nous sommes tous allés nous coucher s'est réduit à des braises. Les coussins du canapé sont légèrement de travers, et il y a un verre de whisky vide sur la table basse qui n'était pas là avant.

La cuisine est vide à l'exception de Thor, qui abandonne immédiatement les recherches pour laper bruyamment dans son bol d'eau. Traître.

— Vérifie le reste du rez-de-chaussée, dis-je à James alors qu'il apparaît derrière moi, boutonnant encore sa chemise en flanelle. — Archer, la porte d'entrée.

— Depuis quand tu donnes des ordres ? marmonne James, mais il s'exécute, vérifiant le salon plus minutieusement.

Archer examine l'entrée, l'ouvre et se penche pour inspecter l'extérieur. — La neige est intacte. Elle n'est pas sortie par là. Il se redresse, fronçant les sourcils. — Cela dit, je ne vois pas pourquoi elle se serait aventurée dans un putain de blizzard, de toute façon.

—Les gens font des conneries quand ils ont peur ou sont désorientés, dis-je, en pensant aux dizaines de missions de recherche et de sauvetage qui ont commencé exactement par ce scénario. Séparons-nous. Vérifions partout. Elle doit bien être quelque part ici.

James me lance un regard en coin, quelque chose de calculateur traverse ses traits. —Tu t'agites beaucoup pour une femme qui sait manifestement se débrouiller. Ça fait quoi, trois jours qu'elle est là ? Et soudain, tu deviens son gardien ?

—Va te faire foutre, je grogne, n'étant pas d'humeur pour ses jeux psychologiques. Elle est chez moi, ce qui fait qu'elle est sous ma responsabilité.

—Ouh, territorial, intervient Archer avec un sourire narquois. Les instincts d'Alpha de quelqu'un se manifestent.

—Vous deux... fermez-la et cherchez, je lance sèchement en me dirigeant vers l'arrière de la maison.

Nous parcourons la maison, connaissant chaque recoin de cet endroit depuis notre adolescence. Archer prend le sous-sol et la salle de sport. James fouille le bureau, la bibliothèque et les chambres d'amis de l'aile ouest. Je vérifie plus minutieusement l'étage, regardant dans les placards et les espaces de rangement qu'une invitée curieuse pourrait explorer.

Rien.

—Vous avez trouvé quelque chose ? La question de James résonne dans toute la maison.

—Rien à l'étage, je crie. C'est vraiment bizarre.

—Le sous-sol est vide de notre petite Oméga, hurle Archer.

Quelque chose dans sa façon de dire *Oméga* me traverse comme une décharge — une possibilité que je n'avais pas pleinement envisagée. Le timing serait... catastrophique.

—Arrière-cuisine, je crie brusquement.

Agissant purement par instinct maintenant, je me dirige vers ma buanderie adjacente à l'arrière-cuisine.

Ce n'est pas un endroit où quelqu'un se promènerait normalement, surtout une invitée.

La porte est légèrement entrouverte. Je me fige, soudain conscient d'un parfum chaud et mielleux qui en émane — subtil mais indéniable. Mon corps réagit instantanément et violemment, le sang affluant vers le bas, les muscles se tendant, une reconnaissance primitive qui contourne complètement la pensée consciente.

—Oh, merde, je souffle.

Je pousse lentement la porte, confirmant mon soupçon d'un seul coup d'œil.

Le tas de linge que j'avais jeté sur la table à plier l'autre jour a été transformé en un nid élaboré. Les vêtements sont disposés artistiquement en motif circulaire, avec mes draps propres — ceux que je garde sur l'étagère au-dessus du sèche-linge — drapés de manière à créer des murs et un centre moelleux. Et au milieu de ce refuge soigneusement construit se trouve Lily.

Elle est recroquevillée sur le côté, profondément endormie, sa poitrine montant et descendant au rythme d'une respiration régulière. Son pull trop grand est remonté au-delà de ses hanches, exposant la peau pâle de ses cuisses et le bord d'une culotte en dentelle noire. Une chaussette blanche est à moitié retirée de son pied, l'autre a complètement disparu. Ses cheveux brun foncé se répandent sur les draps comme de l'encre, encadrant son visage empourpré.

Plus révélateur encore, elle serre contre son visage mon Henley — celui vert mousse que je portais hier. Un autre de mes t-shirts, le thermique noir que je porte pour les sauvetages nocturnes, est pressé entre ses cuisses.

Mon sexe durcit douloureusement à cette vue, une réaction si intime et puissante qu'elle en est presque embarrassante. La rougeur de ses joues, la légère brillance de sueur sur son front malgré l'air frais de la pièce — tout confirme ce que son choix d'emplacement et mes vêtements m'indiquent déjà.

—Putain de merde, murmurè-je en reculant et en tirant la porte presque fermée.

J'envoie un message aux autres pour qu'ils me rejoignent, et ils arrivent en quelques instants. Dès qu'ils tournent au coin du couloir, leur réaction change — narines dilatées, pupilles élargies alors qu'ils captent l'odeur dont je suis maintenant parfaitement conscient qu'elle imprègne le couloir.

—Elle entre en chaleur, dis-je sans détour. Inutile de tourner autour du pot.

Nous échangeons tous les trois des regards lourds de sens, l'air soudain chargé de testostérone, de grognements.

Archer renifle à nouveau, plus délibérément. — Premiers stades, murmure-t-il, en passant une main dans ses cheveux ébouriffés par le sommeil. Ça a probablement commencé pendant la nuit. Ça explique le baiser enthousiaste pendant action ou vérité.

—Et pourquoi elle était si chaude, ajoute James, avec une note étrange dans la voix qui me fait le fusiller du regard. Qu'est-ce qu'il sait que nous ne savons pas ?

—La tempête ne va pas s'arrêter avant au moins cinq jours, dit Archer, en regardant vers la fenêtre la plus proche, où l'on ne voit rien d'autre qu'un mur blanc. Nous sommes complètement bloqués par la neige.

Je grogne, faisant quelques pas en m'éloignant puis en revenant. —Une Oméga en chaleur et trois Alphas non liés piégés dans un chalet isolé pendant une tempête de neige. La situation va dégénérer, et rapidement.

—Ou c'est le scénario d'un genre de porno très spécifique, plaisante Archer, s'attirant un regard meurtrier de ma part.

—C'est à elle de décider, dit James, étonnamment sérieux. Son choix, son corps.

—Elle ne va pas être contente, ajoute Archer.

—Personne ne la touche à moins qu'elle ne le demande explicitement, dis-je, les mots sortant plus comme un grognement que comme des paroles. Je suis putain de sérieux. Nous ne sommes pas des animaux.

—Parle pour toi, marmonne Archer, mais il n'y a pas de véritable défi dans ses paroles.

James s'approche, rencontrant directement mon regard. —Nous l'aiderons à traverser cette épreuve, dit-il doucement. Comme elle en aura besoin. Mais tu dois laisser cette merde possessive à la porte, Hunt. Tu n'as pas plus de droit sur elle que nous.

Je veux argumenter, mais il a raison, putain. Je n'ai aucun droit au-delà d'un baiser qui faisait partie d'un jeu à boire. Le fait que ce soient mes vêtements qu'elle ait choisis pour nicher ne signifie rien — ce chalet m'appartient, donc mon odeur serait naturellement la plus dominante.

—Il ne s'agit pas de nous baiser, déclaré-je. Concentrons-nous sur ce qu'elle veut.

Nous nous éloignons de la porte, nous regroupant dans le couloir pour ne pas la réveiller.

—Elle doit rester à l'aise. Au chaud, murmuré-je, cataloguant mentalement les fournitures du chalet.

—Nourriture, eau, antidouleurs, ajoute Archer. Certaines Omégas ont des crampes terribles dans les premiers stades.

James hoche la tête. —Et des options. De vraies options, pas juste nous qui nous jetons à ses pieds.

—Qu'est-ce que tu veux dire ? demandé-je, bien que je le sache déjà.

—Des suppresseurs, dit James. Si elle en veut. Des jouets si elle préfère gérer ça seule. Des espaces sûrs où elle peut nous enfermer dehors.

—Bon sang, James, elle n'est pas une prisonnière qui a besoin de voies d'évacuation, dit Archer.

—C'est une Oméga en chaleur avec trois Alphas qu'elle connaît à peine, rétorque James sèchement. Crois-moi, elle voudra avoir des options.

Je prends les choses en main, comme je le fais toujours dans les situations de crise. —Je vais préparer à manger et à boire. Protéines, sucre, hydratation.

—Je vais rassembler des couvertures, des oreillers supplémentaires, plus de matériaux pour le nid, se porte volontaire Archer. Je vais aussi prendre quelques-uns de ses vêtements dans sa chambre. Les odeurs familières aident. Je vais lui préparer un nouveau nid qui ne sera pas dans la buanderie.

—Je vais vérifier le générateur de secours et rentrer

plus de bois de chauffage, dit James. Si le courant se coupe pendant tout ça, on est vraiment dans la merde.

Nous nous dispersons pour accomplir nos tâches comme une machine bien huilée. Dans la cuisine, je commence à préparer un étalage élaboré — fromages, charcuteries, fruits, chocolat, noix. L'instinct me pousse à fournir, à prendre soin, à démontrer ma valeur en tant qu'Alpha. Je fais bouillir de l'eau pour le thé, prépare la cafetière, puis dispose des bouteilles de jus et d'eau sur un plateau.

Archer entre alors que je tranche du cheddar affiné, les bras chargés de couvertures et d'oreillers. Il les dépose sur une chaise de cuisine et examine mes préparatifs d'un œil critique.

—Tu sais que ce dont elle a vraiment besoin, ce n'est pas d'un brunch cinq étoiles, n'est-ce pas ? dit-il, s'appuyant contre le comptoir. Elle a besoin d'un nœud d'Alpha. De bites. De préférence trois.

—Elle décidera de ça selon ses propres conditions.

—Tout ce que je dis, c'est de te préparer à ce qu'elle ne veuille pas de ton petit pique-nique, déclare-t-il.

James arrive de l'extérieur à ce moment-là, apportant avec lui une violente bouffée d'air froid et l'odeur de la neige. Ses cheveux sont saupoudrés de blanc, ses joues rougies par le vent mordant.

—Le générateur est en état, rapporte-t-il en déposant une brassée de bois. Je l'ai rempli ; ça devrait tenir trois jours même en utilisation continue. Il époussette la neige de son manteau. Vous savez que toutes les Omégas ne se précipitent pas directement dans la phase désespérée, n'est-ce pas ? Certaines prennent du temps pour faire la transition. Peut-être qu'on devrait simplement se relayer, lui donnant tout le plaisir qu'elle désire. Mettre nos langues et nos bites à bon usage.

—C'est ce que j'essaie de lui dire, marmonne Archer.

—Alors on la chouchoute. On s'occupe de ses besoins fondamentaux. Et on lui fait comprendre qu'on est là si elle nous veut, mais qu'on n'attend rien d'elle à moins qu'elle ne le veuille, ajoute James.

—Depuis quand es-tu devenu un expert en soins des Omégas ? demande Hunter, haussant un sourcil.

Quelque chose de sombre traverse les traits d'Archer. —J'ai pas mal voyagé, dit-il vaguement. Appris quelques trucs.

Je l'observe du coin de l'œil en disposant des aliments sur un plateau en bois. —Eh bien, on lui offre tout, et elle peut choisir ce qu'elle veut.

Archer se tourne vers James. —À propos d'hier soir... tout va bien après ce qui s'est passé ? Les choses se sont plutôt enflammées.

James hausse les épaules avec une désinvolture exagérée. —Ce baiser ? Je t'en prie. C'était un défi, pas une demande en mariage.

Mes jointures blanchissent autour du manche du couteau. Nous savons tous qu'il ne parle pas de Lily m'embrassant. Il y avait de l'histoire dans leur façon d'interagir, une tension qui allait au-delà de l'attraction physique.

Archer remarque ma réaction. —Ce n'est pas ce que je voulais dire, et tu le sais.

L'expression de James devient sérieuse. —On a parlé après. C'est compliqué.

—Qu'est-ce qui est compliqué ? je demande, incapable de me retenir malgré la certitude de tomber dans son piège.

—Je n'ai jamais voulu lui faire de mal, dit James doucement, avec ce qui semble être un regret sincère dans sa voix.

—Personne ne le veut jamais, je réponds, les mots amers sur ma langue.

—J'ai merdé, dit-il finalement. Je le sais. Et je vais me rattraper auprès d'elle.

Quelque chose dans son ton m'incite à l'observer plus attentivement. Ce n'est pas le James habituel — assuré, rusé, toujours maître de la situation. Il y a chez lui une vulnérabilité que je vois rarement.

—Je l'apprécie, continue-t-il, toujours dos à nous. Je l'apprécie putain de beaucoup. Il se retourne, croisant d'abord mon regard, puis celui d'Archer. Et je sais que vous deux aussi. Ça grandit en vous, mais moi, je suis déjà trop loin. Il secoue la tête, laissant échapper un rire sans joie. Accro à elle, et ce n'est pas seulement le truc d'Oméga. C'est elle.

Archer s'appuie contre le réfrigérateur, bras croisés.
—Eh bien, merde.

—Ouais, acquiesce James. Merde.

—Pendant combien de temps vous vous êtes envoyé des messages ? je demande, ma curiosité surpassant ma colère précédente.

—Six semaines, avoue James. Ça a commencé par un faux numéro, puis on a continué à parler. L'ombre d'un sourire traverse son visage. Elle me faisait rire quand rien d'autre n'y parvenait.

Je n'ai jamais vu James comme ça à propos d'une femme. Des coups d'un soir, bien sûr. Des aventures sans lendemain, plein. Mais cette vulnérabilité ? Jamais.

—On se connaît depuis toujours, dit James, regardant tour à tour Archer et moi. Vous deux êtes la seule famille que j'ai. Alors, je vous le dis clairement — elle compte. Ce n'est pas juste une question de l'aider pendant ses chaleurs.

Archer hoche lentement la tête. —Noté.

J'observe James longuement. Nous avons traversé l'enfer ensemble, tous les trois. Tout partagé — douleur, perte, triomphe, femmes. Mais cette fois, c'est différent. On dirait qu'une ligne est en train d'être tracée. Un regard vers l'avenir, au lieu de se concentrer uniquement sur le présent.

—Je te comprends, je dis finalement. Mais rappelle-toi — c'est son choix. Tout ça. Qui elle veut, comment elle le veut.

—Bien sûr, affirme James immédiatement. Toujours son choix.

Une compréhension s'établit entre nous, tacite mais claire. Nous prendrons tous soin d'elle pendant ses chaleurs, mais ce qui viendra après — c'est à Lily d'en décider.

—Bon, assez parlé de sentiments, marmonne Archer, brisant la tension. Finissons de préparer tout ce qu'il faut pour notre fille.

Notre fille. L'expression s'installe entre nous, et j'aime comme ça sonne.

Nous rassemblons nos provisions — le plateau de nourriture, les boissons, des couvertures supplémentaires, des bouillottes, des analgésiques — et nous dirigeons vers la buanderie. Archer porte une pile d'oreillers, marchant derrière moi.

—Tu crois que c'est suffisant pour son nid en attendant qu'on la monte à l'étage ? demande-t-il.

—Elle va tout réarranger de toute façon, je réponds en nous guidant dans le couloir. Les Omégas font toujours ça.

James suit avec des bouteilles d'eau et une bouteille de whisky que je ne l'avais pas vu prendre. — Comment aucun de nous n'a remarqué qu'elle approchait de ses chaleurs ? On n'est pourtant pas des débutants.

Je marque une pause, réfléchissant. — La tempête. Les changements de pression barométrique peuvent masquer les phéromones. Et puis, elle prend probablement des suppresseurs qui viennent tout juste de faillir.

— Ou l'alcool d'hier soir a accéléré les choses, suggère Archer. Ce ne serait pas la première fois que des shots de tequila déclenchent des chaleurs inattendues.

Alors que nous approchons de la porte de la buanderie, un son provenant de l'intérieur nous arrête net. Un gémissement bas et douloureux filtre à travers la porte, suivi d'un autre qui semble plus angoissé.

Nous nous figeons tous les trois, échangeant des regards alarmés.

Les gémissements s'intensifient, ressemblant à une véritable gêne ou douleur.

— Putain, elle souffre, dis-je en posant le plateau si rapidement que des objets en glissent. Je tends la main vers la poignée de la porte, mes instincts protecteurs prenant le dessus sur tout le reste.

— Attends-, commence James en essayant d'attraper mon bras, mais j'ai déjà poussé la porte.

Le spectacle qui nous accueille n'est pas celui auquel je m'attendais.

Lily ne se tortille pas de douleur. Elle est éveillée, pressant ma chemise contre son visage et respirant profondément. Son corps se frotte contre un autre morceau froissé de mes vêtements qu'elle tient entre ses cuisses, cherchant de la friction. Les sons que nous avons entendus n'étaient pas de la douleur du tout – c'était du plaisir mêlé de frustration.

Elle s'interrompt à notre entrée. Pendant un instant suspendu, nous nous dévisageons tous, l'air électrique de désirs effrénés et d'embarras.

Son visage rougit, mais elle ne fait aucun geste pour se couvrir ou s'enfuir du nid qu'elle s'est créé. Au lieu de cela, ses yeux se verrouillent aux miens, les pupilles dilatées, les lèvres entrouvertes et luisantes.

— Hunter, murmure-t-elle, mon nom sur ses lèvres comme une prière – ou une exigence.

Derrière moi, j'entends James expirer brusquement. Archer marmonne : « Putain de merde » sous son souffle.

Et je sais, à ce moment-là, que quoi qu'il se passe ensuite changera tout entre nous de façon irrévocable. Et j'ai hâte !

18

LILY

Ma vision vacille, les contours flous et déformés comme si j'étais sous l'eau. La porte de la pièce s'ouvre, inondant l'espace d'une lumière qui me blesse les yeux. Trois grandes silhouettes apparaissent. Pendant un instant, je me demande si j'hallucine, si la fièvre qui brûle dans mes veines m'a finalement poussée au bord du délire.

Je cligne lentement des yeux, luttant pour me concentrer. Mon esprit semble enveloppé de coton, mes pensées collantes et déconnectées. Je serre plus fort contre ma poitrine le henley abandonné de Hunter, enfouissant mon nez dans le tissu. Son odeur m'ancre et m'apporte un réconfort qui apaise la brûlure sous ma peau. Je suis blottie dans ce nid de linge depuis des heures pour soulager cette douleur, pleinement consciente de ce que je fais, mais c'est comme si quelque chose avait fait tilt dans mon esprit et que j'avais simplement besoin d'être entourée des odeurs des Alphas. Je ne pourrais pas m'arrêter même si j'essayais.

Je me souviens de la compulsion qui m'a conduite ici — le besoin irrépressible de m'entourer des odeurs des trois Alphas et de créer un espace sûr.

L'air change lorsqu'ils entrent dans la pièce, devenant épais et lourd de leurs odeurs combinées. Quelque chose au plus profond de moi s'éveille en réponse, et la douleur s'intensifie entre mes cuisses. Je presse plus fermement la chemise de Hunter contre mon visage, inspirant profondément pour me stabiliser.

James s'approche en premier, lentement. Il s'agenouille à côté de mon nid, assez près pour que je puisse sentir la chaleur qui irradie de son corps.

—Comment te sens-tu, Lily ? demande-t-il doucement.

Hunter se tient en retrait derrière lui, son expression indéchiffrable, mais la tension émane de sa mâchoire rigide. Archer contourne vers mon autre côté, m'étudiant, la tête légèrement inclinée.

Je lutte pour former des mots, ma gorge complètement sèche. « Je me sens... chaude. Étrange. » Ma voix sonne étrangère à mes propres oreilles.

Leurs odeurs me font tourner la tête.

—Pourquoi est-ce que vous sentez tous si... délicieux ? murmure-je, incapable de me retenir.

James échange un regard significatif avec les autres avant de se tourner vers moi. « Hé, petite boulangère, nous pensons que tu pourrais commencer à entrer en chaleur. »

Je le fixe, les mots n'ayant pas de sens au début. Puis je ris.

—Ne sois pas ridicule. Je ne réagis pas aux Alphas...

tout le monde le sait. Je prends des suppresseurs. Je les ai avec moi et je les prends régulièrement. Je suis réglée comme une horloge. Ce n'est pas—

—Je vais contester cette théorie, m'interrompt Archer, désignant le nid élaboré que j'ai construit. Les personnes qui ne réagissent pas aux Alphas ne se barricadent généralement pas dans des buanderies avec des vêtements volés.

Quelque chose d'affamé et de primaire m'enveloppe, et je frissonne malgré la fièvre qui fait rage en moi. Je baisse les yeux, consciente que j'ai enroulé leurs vêtements autour de moi comme une armure et que je presse une autre chemise entre mes cuisses pour me soulager. C'est le seul moyen d'arrêter la douleur.

Mais est-ce vraiment la chaleur ?

—Donc, vous pensez que c'est vraiment en train d'arriver parce que... je halète, serrant plus fort la chemise de Hunter. Je suis coincée ici avec vous trois pendant une tempête de neige, et si j'entre en chaleur... Je ne peux pas terminer cette pensée, les implications étant trop accablantes.

Hunter s'avance, s'accroupissant devant moi, près de James. « On va s'occuper de toi. »

Ses mots portent un poids au-delà du simple soin. La promesse qu'ils contiennent me fait frissonner malgré ma fièvre, mon corps répondant par une nappe de chaleur entre mes jambes.

—J'ai apporté les coussins du canapé ici, dis-je brusquement, désignant le coin éloigné de la buanderie. Et le pouf du salon. Je ne sais pas pourquoi. J'en avais juste... besoin.

James hoche la tête, un regard entendu dans les yeux. « Tu construisais un vrai nid. C'est l'instinct. »

—Je ne nidifie pas, j'insiste, même si je lisse le bord d'un drap que j'ai soigneusement disposé. J'avais juste besoin de... quelque chose.

J'observe à travers mes paupières mi-closes tandis qu'ils disposent leurs offrandes autour de moi — des assiettes de nourriture, des bouteilles d'eau, plus de couvertures et d'oreillers. Mon attention s'égare sans cesse, attirée par le mouvement de leurs mains, le jeu des muscles sous leurs vêtements, et la plénitude de leurs lèvres quand ils parlent.

Archer fait un geste vers mon installation. — Tu t'es bien débrouillée, mais je peux t'en construire une meilleure. Quelque chose de plus confortable, plus sécurisant.

Je secoue la tête avec véhémence, une vague de possessivité me submergeant. — Non, c'est bien comme ça. Je suis parfaitement bien ici. — Je passe ma main sur les couches soigneusement disposées. — Je ne niche pas. C'est toi qui niches.

Dès que cette réplique enfantine quitte mes lèvres, je me reprends. Qu'est-ce que je raconte ? Je porte à nouveau le t-shirt de Hunter à mon nez, inspirant profondément. Cette odeur masculine et profonde déverse une vague de calme en moi, atténuant momentanément le feu sous ma peau.

— Mon Dieu, je perds la tête, je marmonne. C'est comme si j'hallucinais. Et j'ai cette douleur profonde dans l'estomac. — Mes mains appuient contre mon abdomen, où une profonde sensation de vide s'intensifie depuis des heures. — Ce n'est pas comme des crampes ; c'est plutôt... un vide. — Je lève les yeux vers eux, submergée par un sentiment de vulnérabilité en avouant : — Ces odeurs sont ce qui me maintient calme. — Je fais un geste vers les vêtements qui m'entourent.

— Des odeurs d'Alpha, acquiesce James d'un air entendu. Ton côté Oméga y réagit.

Certes, biologiquement, je suis une Oméga, mais je n'ai jamais connu les réactions stéréotypées, ces réponses écrasantes aux phéromones Alpha qui sont censées définir la dynamique.

Jusqu'à maintenant.

Le changement est instantané, comme un orage qui éclate en moi — sauvage et dévorant. Ma peau picote, la chaleur s'épanouit sous mon col. Mon souffle vacille, mon cœur bat trop vite pour que ma poitrine puisse le contenir. Ce n'est pas seulement l'instinct ; c'est eux. Leur parfum de force, de quelque chose d'indompté, s'enroule autour de moi comme de la fumée, m'affaiblissant.

La panique remue dans ma poitrine. Je ne peux pas laisser ça me contrôler. Je ne peux pas—

— Ça va ? La voix de Hunter perce la brume, basse et régulière. L'inquiétude aiguise son ton. — Tu respires plutôt vite.

— Je vais bien, je mens.

— Tu es sûre ? Son regard s'aiguise, ses sourcils se froncent. — Je peux partir si tu—

— Non ! Le mot s'échappe trop vite, trop désespérément. Mon visage s'enflamme. — Je veux dire... ça va. Vraiment.

Hunter m'observe un instant de plus, puis expire par le nez comme s'il débattait intérieurement s'il fallait insister. Au lieu de cela, il se penche plus près, ses doigts tendus vers moi — assez lentement pour me laisser le temps de me retirer.

Sa main effleure mon front, douce et précautionneuse. Ses doigts sont rugueux, calleux — assez forts pour me briser, et pourtant d'une tendresse impossible. Son toucher est électrique, à la fois rafraîchissant et brûlant.

Sans réfléchir, je saisis sa main avant qu'il ne puisse la retirer, la portant à mon nez pour respirer profondément. Mes yeux se ferment à demi devant l'odeur concentrée qui émane de lui — terre, pin, et quelque chose d'uniquement masculin.

C'est à la fois apaisant et enivrant. Mon pouls s'emballe, et pour la première fois depuis mon réveil ce matin... je n'ai plus l'impression de me noyer.

Un son m'échappe, mi-soupir, mi-gémissement. Ma langue sort furtivement, goûtant le sel de sa peau avant que je ne puisse m'arrêter. La saveur explose sur mes papilles, et je gémis à nouveau, plus fort cette fois.

— Oh mon Dieu, je suis vraiment dans le pétrin, n'est-ce pas ? je murmure, sans vraiment poser la question.

Je me courbe instinctivement vers Hunter, émettant des sons doux que je n'ai jamais entendus sortir de ma propre gorge. La douleur s'intensifie, un vide palpitant qui exige d'être comblé.

— Rejoins-moi, s'il te plaît ? Les mots s'échappent spontanément, nécessiteux et crus.

— Tu ne peux pas dire non, Hunter, les mots d'Archer percent ma brume, avec une pointe dans le ton.

Les yeux de Hunter s'assombrissent. — Je n'en ai aucune intention.

James me fixe avec une obscurité dans son regard, et une partie de moi joue avec l'idée de les entraîner tous les trois ici avec moi.

Hunter se glisse dans le nid derrière moi, prenant soin de ne pas déranger mon arrangement minutieux, distrayant mes pensées. Sa poitrine se presse contre mon dos, ses bras m'entourent, et le soulagement est immédiat et écrasant. Je fonds contre lui, soupirant alors qu'une partie de la tension quitte mon corps.

—Ça semble juste, murmuré-je. La douleur est... moindre.

Mon corps s'ajuste parfaitement au sien, comme s'il avait été conçu pour le compléter. Les plans durs de sa poitrine et de son ventre se moulent contre mon dos, ses cuisses soutenant les miennes. Son cœur bat contre moi, fort et régulier, légèrement plus rapide que la normale.

Et puis il y a son excitation, dure contre mes fesses, et au lieu d'être alarmée, je me surprends à bouger subtilement contre elle, cherchant plus de contact. Un grondement sourd s'échappe de sa gorge, vibrant à travers moi.

—Désolée, chuchoté-je, pas désolée du tout. Je n'arrive pas à... me contrôler.

James et Archer se contentent de nous regarder.

—Nous allons vous laisser pour l'instant, dit Archer. Vous permettre de vous installer.

James ne bouge pas d'abord, puis hoche la tête. —Nous allons préparer des arrangements de nid plus confortables. Pour nous tous.

Une vague de désir me submerge à l'idée de les avoir tous les trois m'entourant, leurs odeurs se mêlant à la mienne.

La poitrine de Hunter gronde contre mon dos. —Ne prenez pas trop de temps.

James sourit d'un air satisfait. —Je n'oserais pas.

—Essayez de ne pas commencer sans nous, ajoute Archer, en rassemblant des couvertures.

Je les observe à travers ma brume, comprenant peu à peu ce qui arrive. Ce vers quoi nous nous précipitons tous, aussi inévitable que la gravité.

Alors qu'ils se tournent pour partir, une pointe de panique me traverse. —James, appelé-je.

Il se retourne, un sourcil levé en signe d'interrogation.

—Bientôt, j'aurai encore besoin de ta langue, lâché-je, le filtre entre mon cerveau et ma bouche ayant complètement disparu.

La pièce devient immobile. Hunter se raidit derrière moi, et la tête d'Archer tourne si vite que je suis surprise qu'il ne se blesse pas.

—Encore ? répète Archer, son regard passant de James à moi.

James se contente de sourire, une expression lente et satisfaite s'étalant sur son visage. —Bientôt, petite boulangère. Quand tu seras prête pour nous tous.

—Qu'est-ce qui s'est passé hier soir, bordel ? exige Hunter, son bras se resserrant autour de ma taille.

James hausse les épaules, ne prenant pas la peine de cacher sa suffisance. —Un gentleman ne révèle jamais ses secrets.

Le souvenir du comptoir de la cuisine, de James à genoux devant moi, de sa bouche travaillant entre mes cuisses, traverse vivement mon esprit. Mon corps réagit instantanément, et une nappe d'humidité me fait me tortiller contre Hunter.

—Espèce de salaud, murmure Hunter, mais il y a quelque chose d'autre que de la colère dans sa voix— une chaleur sombre qui correspond à celle qui monte en moi.

—Plus tard, dit fermement Archer, poussant James vers la porte. Nous avons du travail.

Ils partent, fermant la porte derrière eux, et soudain, il n'y a plus que Hunter et moi dans le nid que j'ai construit. Ses lèvres se pressent contre mon cou, chaudes et étonnamment douces.

—Tu es si belle comme ça, murmure-t-il. Sauvage et sans retenue.

Je ris faiblement. —Je me sens complètement perdue. Je n'arrive pas à penser clairement à moins d'être près de toi ou de ton odeur. Mes doigts tracent des motifs sans but sur son bras. —J'ai à peine dormi la nuit dernière, mais quand je me suis réveillée, j'étais... submergée. Ce besoin d'être entourée par les affaires de vous trois. Vos odeurs. La panique monte. —S'il te plaît, ne me quitte pas.

Ses bras se resserrent. —Je ne le ferai pas.

Quelque chose dans la sécurité de son étreinte, dans la protection d'être tenue si fermement, fait éclore une vulnérabilité que je garde habituellement soigneusement enfermée.

—En grandissant, j'avais cette peur d'être abandonnée... après la mort de ma mère, j'avoue doucement. Mon père a fait de son mieux, mais il était dévasté. Parfois, je me sentais invisible. Je me tourne légèrement pour voir son visage. —Ensuite, aucun Alpha ne réagissait à moi. Comme si j'étais vraiment invisible. Ils sortaient peut-être avec moi, mais je n'avais aucun effet sur eux. Aucun. Le souvenir du rejet brûle presque aussi fort que la fièvre dans mes veines. —Un type m'a dit que *je pourrais tout aussi bien être une bêta* vu le peu de réaction que je provoquais chez lui. Un autre m'a suggéré de consulter un médecin parce que, clairement, quelque chose n'allait pas avec mes phéromones.

Je me recroqueville davantage, la vieille douleur toujours vive malgré les années. —J'ai fini par arrêter d'essayer. J'ai décidé que peut-être ils avaient raison — quelque chose en moi était brisé.

La main de Hunter caresse mon bras pour me réconforter. —Peut-être que ce n'était pas le bon moment, suggère-t-il. Ou peut-être qu'ils n'étaient pas les hommes qu'il te fallait. Parce que dès que tu es entrée, tu nous as tous éblouis. Ton odeur, ta présence. Une confession gronde dans sa poitrine. —Maintenant, nous sommes obsédés.

Je sens la vérité de ses paroles dans la tension de son corps, dans la façon délicate dont il me tient — se retenant même lorsqu'il m'apporte du réconfort.

—Mais pas de précipitation, ajoute-t-il, son ton devenant rassurant. Nous irons doucement. Quand tu seras prête.

Je me raidis légèrement à cette implication. —Prête pour l'accouplement, c'est ça ? Pour le nouage ?

Les mots crus flottent entre nous.

Hunter retient son souffle. —Est-ce que ça te fait peur ?

J'envisage de mentir, puis y renonce. Quel est l'intérêt de faire semblant maintenant alors que je niche littéralement dans ses vêtements ?

—Putain, oui, j'avoue. Et si je n'en avais jamais assez pendant les chaleurs ?

Son rire vibre à travers moi. —Ce n'est pas un problème, crois-moi.

Sa main couvre ma taille, grande et chaude. —Pas entre nous trois... si c'est ce que tu veux. Nous tous.

—Oui, dis-je, presque trop rapidement. Puis je corrige, —Oui, s'il te plaît.

Les mots semblent étrangers sur ma langue, mais une fois prononcés, impossible de les reprendre. La chaleur envahit mon visage, ma peau brûlante comme si je venais de me mettre à nu.

Trois.

Je suis passée de la conviction que quelque chose n'allait pas chez moi — à me demander pourquoi mon côté Oméga ne réagissait jamais comme il était censé le faire, pourquoi aucun Alpha ne suscitait jamais plus qu'un intérêt passager — à soudainement tout ressentir à la fois. Et pas pour un Alpha... mais trois. Cette pensée me laisse haletante et avec un mélange sauvage de nervosité.

Et si je n'y arrive pas ? Et si c'est trop, trop vite ?

Mais sous l'anxiété, il y a une lueur de soulagement. Parce que j'ai voulu ça. La faim qui me ronge depuis que je suis entrée dans cette cabane, la tension qui couve juste sous ma peau. Je ne peux plus le nier.

—J'ai déjà été avec un homme avant mais je n'ai presque rien ressenti, j'avoue. Quand nous étions ensemble... c'était bien, mais jamais intense. Jamais bouleversant. Je pensais que j'avais peut-être simplement une libido faible.

—Ce n'était pas ton chemin. Ses doigts tracent ma clavicule, laissant un feu dans leur sillage.

Sa voix devient plus basse, rauque de promesse.

—Ne t'inquiète pas, mon joli ange. Nous allons te faire des choses que tu n'oublieras jamais.

Mon souffle trébuche. Ces mots devraient me terrifier, et peut-être qu'autrefois, ils l'auraient fait. Mais maintenant ? Maintenant je brûle exactement pour ça.

La chaleur s'accumule entre mes jambes à sa promesse.

—Mon Dieu, ça empire, je halète, sentant une crampe traverser mon abdomen. J'ai besoin... je ne sais pas de quoi j'ai besoin.

C'est un mensonge. Je sais exactement ce dont j'ai besoin. J'ai besoin d'être baisée, revendiquée, prise. Cette pensée devrait me terrifier, mais au lieu de cela, elle envoie une nouvelle vague de chaleur à travers mon corps.

Je me déplace contre lui sans repos, mes hanches

bougeant d'elles-mêmes, cherchant de la friction contre la dureté qui presse contre le bas de mon dos. Son bras se resserre autour de ma taille, immobilisant mes mouvements.

—Doucement, murmure-t-il, mais je peux entendre la tension dans ses mots. Ne précipitons rien.

—Je ne peux pas m'en empêcher, je gémis, mon corps me trahissant à chaque instant. C'est comme s'il y avait cette... bête à l'intérieur de moi. Et elle devient plus forte.

Derrière nous, la tempête continue de faire rage, la neige s'amoncelle contre la petite fenêtre en hauteur du mur de la buanderie. Nous sommes piégés ici, tous, pour qui sait combien de temps.

La respiration de Hunter change, devenant plus profonde et plus contrôlée. Son odeur s'aiguise aussi, devenant plus puissante, et je réalise qu'il livre sa propre bataille contre l'envie de me ravager à cet instant même.

Je me tourne pour lui faire face, ayant besoin de voir son expression.

Ses yeux ont changé, pupilles dilatées, avec seulement un mince anneau d'or autour des bords. L'ambre chaud s'est assombri en quelque chose de plus primitif, plus dangereux.

Je tends la main pour toucher son visage, attirée par l'intensité que j'y vois.

Il capture mon poignet et l'amène à sa bouche, ses dents effleurant mon point de pulsation. La sensation file directement vers ma chatte, couverte de picotements, me faisant haleter.

—Je peux facilement m'oublier avec toi, confesse-t-il. Du genre qui me donne envie de tuer n'importe quel étranger qui te regarde.

L'obscurité dans ses yeux promet à la fois plaisir et douleur, et je devrais être effrayée par la possession que j'y vois. Au lieu de cela, je me retrouve à m'y abandonner, à la désirer.

—Peut-être que je veux que tu t'oublies, je le défie, mon propre ton à peine reconnaissable — rauque, exigeant.

Sa prise se resserre sur mon poignet, son regard s'assombrissant.

—Je suis si fatiguée d'être prudente, je murmure. D'être contrôlée. De ne rien ressentir. Je me rapproche de lui, ma main libre glissant sur sa poitrine pour s'enrouler derrière sa nuque. Fais-moi ressentir quelque chose, Hunter. Fais-moi tout oublier sauf ceci.

Son contrôle se brise avec un son presque audible. Sa bouche s'écrase sur la mienne, dure et exigeante, rien comme le baiser doux que nous avons partagé pendant le jeu. C'est de la possession, de la revendication, de la dévoration. Sa langue balaye l'intérieur de ma bouche, et je m'ouvre à lui volontairement, avec empressement.

Son goût est enivrant, amplifiant la fièvre dans mon sang. Mon corps répond par une vague de chaleur et d'humidité entre mes cuisses. Je gémis dans sa bouche, me pressant plus près, ayant besoin de plus de contact, plus de friction, plus de tout.

Ses mains sont partout — s'emmêlant dans mes cheveux, glissant le long de mon dos, agrippant mes hanches. Il nous fait rouler pour que je sois sous lui, son poids une pression délicieuse qui me cloue au nid que j'ai créé. La sensation d'être entourée par lui — son odeur, sa chaleur, sa force — nourrit quelque chose de brut en moi.

Il rompt le baiser pour tracer un chemin avec ses lèvres le long de mon cou, ses dents mordillant la peau sensible où mon pouls bat. Je m'arque contre lui, offrant plus d'accès, inclinant ma tête dans un geste de soumission qui me vient naturellement, instinctivement.

—À moi, grogne-t-il contre ma gorge, ce mot vibrant à travers ma peau.

—Oui, je halète, cet aveu arraché d'un endroit profond et honnête en moi.

Sa main se glisse sous mon débardeur, sa paume calleuse râpant contre la peau sensible de mon ventre. Je retiens mon souffle tandis que ses doigts remontent, effleurant le dessous de mon sein.

Je gémis, désespérée de le sentir.

Il grogne, capturant ma bouche à nouveau tandis que sa main prend entièrement mon sein, son pouce caressant mon mamelon. Le plaisir se répand en spirale à travers moi, plus vif et plus intense que tout ce que j'ai jamais ressenti. Chaque terminaison nerveuse semble s'être rapprochée de la surface, chaque toucher amplifié au-delà de la raison.

Mes mains s'agrippent à sa chemise, tirant avec impatience. —Enlève-la, j'exige. —J'ai besoin de te sentir.

Il recule juste assez pour arracher sa chemise par-dessus sa tête, révélant les muscles de sa poitrine. Je tends immédiatement les mains, mes doigts traçant les lignes définies, explorant le duvet de poils châtain clair qui s'affine à travers sa poitrine. Il est magnifique—tout en force et brûlant, sa peau dorée dans la lumière tamisée. Quand mes doigts atteignent la ceinture de son jean, il capture à nouveau mon poignet.

—Ralentis, dit-il. —Nous avons le temps.

—J'ai l'impression que non, j'avoue. —Comme si j'allais brûler vive si tu ne me touches pas. Entièrement.

Le besoin est écrasant, une douleur physique qui grandit à chaque minute qui passe. Mes hanches bougent nerveusement, cherchant la friction, la délivrance.

Les yeux de Hunter s'assombrissent davantage. —Ce serait peut-être plus confortable pour toi si je te portais jusqu'à ma chambre.

Je ne peux pas vraiment l'articuler. C'est la crudité de ce moment, le besoin effréné qui a balayé toute prétention. Je ne veux pas perdre ça. Je ne veux pas le diluer avec le changement de décor dans sa chambre.

—Ici, je chuchote. —Je... je veux que ce soit ici.

Il étudie mon visage, ses yeux cherchant à comprendre. Puis, lentement, un sourire s'étale sur son visage, un sourire qui est à parts égales tendresse et faim primitive.

—Ici, répète-t-il. —Tu me veux ici même, entourés de linge et d'odeur de lessive ?

Je hoche la tête, les joues en feu. —Oui, je murmure. —S'il te plaît.

—Comme tu veux, murmure-t-il avec un sourire. —Mais je te préviens, joli ange. Une fois qu'on commence, il n'y a pas de retour en arrière.

J'avale difficilement, l'adrénaline coulant à travers moi.

—Je sais, dis-je. —Je ne veux pas revenir en arrière.

La chaleur irradie de son corps contre le mien tandis que ses mains atteignent l'ourlet de mon débardeur, ses doigts effleurant ma peau. Il le remonte lentement, délibérément, son regard ne quittant jamais le mien. L'air frais sur ma peau est un contraste délicieux avec la chaleur brûlante en moi.

Ses jointures frôlant mes seins, par-dessus mes mamelons tendus.

Mon corps se pousse vers lui comme si je n'avais aucun contrôle.

Puis il tire le débardeur par-dessus ma tête, le jetant négligemment sur la pile de vêtements sous nous. Ses yeux parcourent mes seins exposés, s'attardant sur mes mamelons durs et douloureux.

—Magnifique, souffle-t-il. —Absolument magnifique.

Il tend le bras, une main enveloppant un sein, sa bouche s'enroulant autour de l'autre, suçant mon mamelon, sa langue le taquinant. La sensation est exquise. Mes hanches ondulent déjà, mon corps bourdonnant du désir qui me submerge.

—Dis-moi ce que tu veux, murmure-t-il contre ma peau.

—Être attachée, je halète, le mot à peine audible. Je veux... que tu me touches. Partout. Que tu me baises.

Il rit doucement, un son guttural, en se déplaçant au-dessus de moi. La chaleur de son corps se presse contre le mien, un poids délicieux qui me fait instinctivement cambrer. Ses mains effleurent ma peau avant de descendre, fouillant parmi les vêtements éparpillés sous nous. Puis, un tissu doux — du coton usé — glisse contre mes poignets.

J'ai à peine le temps de réaliser ce qui se passe qu'il rassemble mes mains, amenant mes poignets au-dessus de ma tête et les attachant ensemble avec la chemise.

—Je ne vais pas t'attacher à quoi que ce soit, murmure-t-il. Pas la première fois avec moi, d'accord, mon ange ?

Ce petit nom me fait ronronner pour lui, battant des cils. Je teste les liens, mes doigts se contractant contre la contrainte improvisée, et un son doux et avide s'échappe de mes lèvres.

Je ronronne, serrant mes cuisses l'une contre l'autre, désespérément en quête de friction, de soulagement.

—Alors fais-moi tienne, je murmure, mon corps déjà sien à ravager.

Il se penche en arrière juste assez pour admirer son œuvre — mes poignets liés, mon corps rougi et tremblant sous lui. Un sourire étire ses lèvres, son regard me parcourant comme s'il savourait chaque centimètre. Pas seulement regarder — dévorer.

Ses doigts s'accrochent à la ceinture de mon short et de ma culotte, les faisant descendre lentement, comme s'il déballait quelque chose de rare, quelque chose destiné uniquement à lui.

—Tu es tout ce dont j'ai besoin. Sa voix est rauque, mais il y a quelque chose de presque révérencieux dessous, quelque chose qui me coupe le souffle.

Il ne se précipite pas. Au lieu de cela, il passe ses

paumes sur mes cuisses nues, répandant chaleur et anticipation comme une marque au fer rouge. Son toucher est lent, délibéré, me cartographiant avec une sorte d'appréciation douloureuse qui me fait trembler avant même qu'il ne m'ait pleinement touchée.

—Chaque centimètre de toi, mon ange. Ses lèvres effleurent ma hanche, son souffle une promesse diabolique. Chaque putain de centimètre est à moi pour le goûter, l'adorer, le réclamer.

Mon dos s'arque, mes mains au-dessus de ma tête se contractant dans leurs liens tandis qu'il prend son temps, sa bouche explorant — pressant des baisers, traînant sa langue en coups taquins, mordillant juste assez pour me couvrir de chair de poule.

Il s'installe entre mes cuisses, ses mains fermes mais tendres alors qu'elles m'écartent davantage. L'anticipation est insupportable, tout mon corps tendu, aspirant à plus. Puis, son regard rencontre le mien, sombre et rempli de quelque chose de plus profond que la faim. Quelque chose de sauvage.

—Tu veux que je te prenne ? murmure-t-il. Je veux te sentir te défaire d'abord.

Je gémis, mon corps vibrant, la chaleur s'accumulant si intensément que je pense pouvoir me briser avant même qu'il ne s'enfonce en moi.

—Alors arrête de me taquiner, je halète, ma tête basculant en arrière. Je respire bruyamment, mes hanches ondulant, et je laisse mes genoux s'ouvrir davantage. J'ai besoin de toi.

Son sourire est lent, entendu. « Oh, mon ange »,

souffle-t-il, amenant sa main à l'apex de mon brasier et m'écartant avec deux doigts.

Je gémis. Le contact, le désespoir, me détruit.

—J'adore à quel point tu es rose, à quel point tu brilles. Puis il enfonce deux doigts en moi, des doigts épais et longs qui m'étirent, et je crie. Putain, c'est exactement ce dont j'ai besoin.

Mes mains liées se contractent, mes doigts s'agitant comme s'ils cherchaient désespérément quelque chose — n'importe quoi — à quoi s'accrocher. Je m'arque, tendant instinctivement les bras, et mes doigts effleurent le bord métallique froid de la machine à laver derrière moi. Je m'y agrippe, la surface dure me ramenant à la réalité.

Hunter n'est pas doux. Je l'ai su dès l'instant où ses mains ont saisi mes cuisses, la façon dont il m'a poussée à m'ouvrir davantage, ses doigts plongeant en moi, provoquant cet étirement implacable. Il observe, complètement concentré, son sourire sombre et dévastateur tandis que ses doigts continuent de disparaître en moi.

—Putain, que tu es belle, murmure-t-il, me dévorant du regard comme s'il contemplait quelque chose d'inestimable, quelque chose qui lui appartient.

Le plaisir s'enroule plus étroitement, s'élevant en spirale, mon souffle devenant court, en halètements désespérés. Je vacille juste là, si proche, si terriblement proche.

Puis il s'arrête.

—Non... ne t'arrête pas ! je m'écrie, mes hanches ondulant instinctivement vers lui, à la poursuite de cette sensation, de cette délivrance dans laquelle j'étais à deux doigts de me perdre.

Mais il est déjà debout, me laissant douloureuse, exposée, complètement à sa merci.

Chaque ligne et relief de ses muscles se dessine comme s'il avait été sculpté pour le péché. Ma bouche s'assèche. La façon dont ses abdominaux se contractent, ce V profond qui descend plus bas... il est magnifique d'une manière qui coupe le souffle, le genre qui te fait oublier ton propre nom.

Ses mains se dirigent vers sa ceinture, le léger tintement du métal me sortant de ma transe. Mon pouls s'emballe tandis qu'il baisse son jean, ne laissant plus rien entre nous. Rien pour dissimuler à quel point il désire cela — me désire.

Puis il s'agenouille, écartant davantage mes cuisses, ses mains agrippant mes hanches comme si j'étais quelque chose à savourer. Son regard se lève, se verrouillant au mien, empli de promesse, de possession, et de l'intention perverse d'un homme sur le point de me faire sienne.

—Maintenant, souffle-t-il. Voyons combien de temps tu peux tenir.

Mon souffle se saccade, mon corps vibrant du besoin insupportable qu'il vient de me refuser. Hunter s'agenouille entre mes cuisses comme un homme prêt à me dévorer, mais ses yeux racontent une autre histoire. Il n'y a pas de pitié en eux. Juste de la chaleur, de la possession, ce genre de brutalité qui promet que je ne serai plus la même une fois qu'il en aura fini avec moi.

Ses mains agrippent mes hanches, ses pouces s'enfonçant dans ma peau alors qu'il me tire vers l'avant, m'attirant plus près jusqu'à ce que je sois exactement là où il me veut. Je tremble, mes mains liées s'accrochant toujours au rebord arrière de la machine à laver, essayant de me stabiliser, d'apaiser mes pensées, mais c'est impossible.

Pas quand il me regarde comme ça.

—Tu n'as aucune idée de ce que tu me fais, n'est-ce pas ? murmure-t-il, et le timbre rauque de sa voix m'envoie des frissons. Toute offerte pour moi, désespérée, déjà tremblante.

Je ronronne. Mes cuisses se contractent, mais son emprise se resserre, me maintenant immobile. Il savoure ce moment, prenant son temps, me regardant me perdre sous lui.

Et je le suis.

Chaque nerf de mon corps est vivant, brûlant, mon esprit embrumé de plaisir et de frustration. La douleur entre mes jambes est insupportable, mon corps tellement prêt, tellement disposé que je pourrais voler en éclats dès qu'il me toucherait à nouveau.

—Hunter..., je souffle son nom, à peine audible, plutôt une supplication.

—C'est ça, mon ange. Un lent sourire malicieux courbe ses lèvres, mais il y a quelque chose de dangereux dedans, quelque chose qui me dit qu'il n'a pas encore fini de jouer avec moi. Laisse-moi t'entendre.

Puis, sans avertissement, sa bouche est sur moi.

Mon dos s'arque, mes doigts se crispant sur le rebord de la machine à laver tandis que la sensation me frappe de plein fouet. Sa langue bouge lentement, taquinant, goûtant, me poussant de plus en plus haut jusqu'à ce que je me mette à trembler.

Je ne peux pas penser, ne peux pas respirer, ne peux rien faire d'autre que ressentir.

Mes cuisses tremblent alors que la tension en moi se resserre tellement que je sais que je suis à quelques secondes de basculer. Je laisse échapper un gémissement haletant, mon corps se tendant, prêt à exploser—

Puis, il s'éloigne.

Je sanglote presque à cette perte, mes hanches se précipitant vers lui, désespérées d'en avoir plus, de tout ce qui pourrait me pousser au-delà du point de rupture.

Hunter se contente de m'observer, ses lèvres luisantes, son sourire narquois empli d'une sombre satisfaction. — Pas encore, ordonne-t-il. Je te veux complètement défaite quand je te prendrai enfin.

Je suis un désordre tremblant sous lui. — S'il te plaît, murmurai-je, au diable ma fierté.

Son regard s'assombrit, et quelque chose change en lui, quelque chose de dangereux et d'implacable.

— Dis-le encore, gronde-t-il.

J'avale difficilement, mon pouls battant frénétiquement. Je ne me suis jamais sentie aussi vulnérable, aussi mise à nu, aussi complètement à la merci de quelqu'un.

— S'il te plaît, Hunter, murmurai-je à nouveau, mon corps en feu. J'ai besoin de toi.

Son souffle tremble, comme s'il se retenait à peine. Puis, d'un mouvement fluide, il s'élève au-dessus de moi, se positionnant entre mes cuisses, la chaleur de son sexe pressant contre mon entrée douloureuse.

Il tend les bras, détache mes mains d'une traction

lente et précise, puis ramène mes poignets, les immobilisant de chaque côté de ma tête. Ses doigts s'entrelacent avec les miens, sa prise ferme, possessive.

Sa bouche effleure mon oreille.

— Alors accroche-toi bien, mon ange, parce que je vais te donner tout ce que tu as supplié d'avoir.

Et puis... il est en moi.

Rapide, brutal, et... oh mon Dieu, il est énorme. Je crie.

Je ne peux rien faire d'autre que me cambrer sous lui. Hunter ne se contente pas de prendre — il marque son territoire. Et je le sens dans chaque centimètre lent et délibéré alors qu'il s'enfonce en moi.

Un grognement résonne dans sa poitrine, son front pressé contre le mien, sa prise sur mes poignets se resserrant.

— Enfin, gronde-t-il. J'attendais de te sentir comme ça depuis si longtemps... enroulée autour de moi, mon sexe enfoui dans cette petite chatte.

Un frisson me parcourt, et je gémis, mon corps pulsant autour de lui.

— Chut, mon ange, apaise-t-il, se balançant en moi avec des poussées lentes et dévastatrices. Tu crois que je vais te laisser partir maintenant ? Il rit, sombre et grave, ses lèvres effleurant le bord de mon oreille. Pas la moindre putain de chance.

Sa prise change, libérant mes mains. Ses doigts descendent le long de mes bras, sur mes côtes, jusqu'à mes hanches, où il me maintient fermement tandis qu'il s'enfonce plus profondément, traînant le plaisir à travers mon corps comme des flammes léchant ma peau.

— Je vais te baiser de toutes les façons possibles, murmure-t-il. Penchée sur le comptoir, jambes enroulées autour de ma taille. Face contre mon lit, où je te garderai pendant des heures. À quatre pattes, pour que je puisse te regarder jouir sur ma queue.

Un gémissement brisé m'échappe, mon corps tremblant sous lui, chaque promesse obscène resserrant davantage la chaleur qui se love en moi.

— Je t'aurai sous la douche, couverte de nappe et ruisselante, mes mains dans tes cheveux pendant que je te baise contre la vitre. Ses lèvres glissent sur ma mâchoire, m'envoyant un frisson qui parcourt tout mon corps. Par terre, dans les escaliers, dans mon camion pendant que je te ferai crier mon nom pour tous ceux qui passent.

Ma tête tourne. C'est trop et pas assez, tout à la fois.

Il change de position, roulant des hanches d'une manière qui fait exploser des étoiles derrière mes yeux. Je halète, mon dos s'arquant, et il me sourit, savourant chacune de mes réactions.

— Tu vois, mon ange ? Ses doigts relèvent mon menton, forçant mon regard hagard vers le sien. Tu m'appartiens maintenant. Ma parfaite petite Oméga.

J'enregistre à peine ces mots avant qu'il ne pousse plus fort, m'envoyant dans une spirale, son nom s'arrachant de mes lèvres tandis que je me brise complètement sous lui.

Le rythme de Hunter faiblit, et sa prise sur mes hanches se resserre tandis que son corps se tend. Je le sens — la façon dont il gonfle en moi, m'étirant encore plus, nous liant ensemble.

Un grognement déchiré s'échappe de sa gorge, bas et primitif, son souffle frémissant contre ma peau alors qu'il s'enfonce plus profondément en moi, jusqu'à la garde. Une chaleur m'inonde, profonde et possessive, sa délivrance me remplissant jusqu'à ce que la pression soit indéniable, écrasante.

Oh, putain.

Je tremble violemment en m'agrippant à ses épaules, mon corps hypersensible, mon esprit tournoyant. Je sais ce qui se passe. Il me noue, jouit en moi.

La tête de Hunter bascule en arrière, sa mâchoire serrée alors qu'un autre gémissement déchire sa poitrine. Ses mains se crispent contre moi, s'agrippant comme s'il ne supportait pas l'idée de me lâcher.

—C'est ça, mon ange, murmure-t-il d'une voix rauque. Prends-moi entièrement.

Je gémis pour en avoir plus, pulsant encore autour de lui, la sensation presque trop intense — la plénitude, la pression, la domination.

Son front se presse contre le mien, son souffle saccadé. —Tout est à toi, déclare-t-il, ses mots épais de satisfaction. Chaque goutte, chaque centimètre — j'ai été fait pour m'ajuster en toi comme ça.

Un son désespéré, avide, m'échappe, mon corps tremblant encore tandis que je m'adapte à l'étirement implacable. Mes doigts remontent le long de son dos, mes ongles griffant légèrement, et il gémit. Ses hanches se balancent très légèrement, envoyant une autre vague de plaisir qui me submerge.

—Tu aimes ça, mon ange ? Sa voix est une caresse sombre, taquine, assurée. Tu aimes mon nœud qui te garde exactement là où je te veux ?

Mes jambes se resserrent autour de sa taille.

—Oui, je murmure, mes lèvres frôlant son oreille. J'adore ça, Hunter. J'adore chaque putain de centimètre de ta queue.

Son grognement de réponse est pure satisfaction tandis que ses mains parcourent mon corps, lentes et possessives.

—Bien, murmure-t-il, déposant un baiser prolongé sur ma gorge.

Le souffle de Hunter est saccadé, sa poitrine se soulevant et s'abaissant contre la mienne alors que son corps continue de traverser les répliques. Il pulse encore en moi, poussant toujours des coups lents et paresseux tandis que son nœud nous maintient ensemble, comme si son corps refusait de me laisser partir pour l'instant.

Un grognement profond et primitif vibre dans sa poitrine, envoyant de petits tremblements à travers mon corps déjà hypersensible. Le son est possessif, ravagé. Ses doigts se resserrent sur mes hanches comme s'il n'en avait jamais assez. Chaque nerf vibre encore, entre plaisir et l'étirement lent d'être complètement et parfaitement baisée.

La chaleur commence à refluer, mon corps descendant de ce sommet vertigineux vers quelque chose de plus doux, plus flou. Mes muscles sont lourds, endoloris de la meilleure façon, mes cuisses tremblent encore légèrement après avoir joui si fort. Je sens tout — la plénitude, les picotements persistants, la douleur profonde là où il m'a étirée au-delà de tout ce que je croyais possible.

Le corps de Hunter bouge, et je laisse échapper un petit bruit quand il se déplace, roulant soigneusement sur le côté, m'entraînant avec lui. Il me serre contre lui, ses bras formant une cage solide autour de moi, sa main s'étalant sur le bas de mon dos comme pour me maintenir là, me garder pressée contre sa peau surchauffée.

—Doucement, mon ange, murmure-t-il. Je te tiens.

Je laisse échapper un rire essoufflé, encore étourdie, encore frémissante. Mes jambes bougent, et il m'aide à les ajuster, en déplaçant une sur sa hanche pour que je ne sois plus piégée sous lui. Maintenant, nous sommes face à face, nos fronts se touchant presque, nos souffles se mêlant, et son sexe profondément en moi, verrouillé en place.

La sueur s'accroche à ma peau, nos corps encore couverts d'une nappe de chaleur dans laquelle nous venons de nous noyer. Je le sens en moi, son nœud me gardant si parfaitement étirée que je ne sais plus où il finit et où je commence.

—C'était incroyable, je murmure, mes doigts traînant paresseusement sur sa poitrine. Je n'ai jamais su que ça pouvait être comme ça... même maintenant, je sens chaque centimètre de toi qui m'étire. Ça picote... magnifiquement.

Hunter laisse échapper un bas murmure d'approbation, sa main glissant le long de ma colonne vertébrale, laissant une traînée de chaleur dans son sillage.

—Ça fait un peu mal aussi, j'admets. Parce que tu es vraiment énorme.

Il rit doucement, et il y a quelque chose de chaleureux dans son regard, quelque chose qui fait serrer ma poitrine.

—Mais c'est comme ça que ça doit être, dit-il en inclinant la tête pour maintenir mon regard. Nous avons été faits l'un pour l'autre. Sa main se place derrière ma tête, me guidant plus près. Comme nous sommes censés être.

Pendant un instant, il n'y a rien d'autre que le bruit de notre respiration et le rythme lent et régulier de nos battements de cœur. Je soupire, laissant mon corps se détendre complètement, me laissant fondre contre lui. Ma tête trouve sa place contre son biceps épais, ma joue pressée contre la chaleur ferme de sa poitrine.

Son odeur m'enveloppe, forte et enivrante, remplissant mes poumons et s'installant profondément en moi. Je n'ai jamais ressenti cela auparavant — pas seulement le plaisir, pas seulement l'extase... mais ceci. Ce contentement. Ce sentiment d'appartenance avec quelqu'un d'autre que ma famille immédiate.

Les bras de Hunter se resserrent autour de moi, ses lèvres se pressant contre mes cheveux en une promesse silencieuse.

—Je te tiens, murmure-t-il à nouveau. Repose-toi maintenant, mon ange.

Quelque part dans un recoin de mon esprit, une petite voix chuchote que lorsque la tempête s'apaisera et que la chaleur passera, rien ne sera plus jamais comme avant.

19

LILY

L'eau du bain m'enveloppe comme une chaude étreinte, la vapeur s'élevant en spirales paresseuses autour de l'immense baignoire en marbre. Mes muscles se détendent tandis que je m'enfonce jusqu'au cou, laissant la chaleur apaiser l'intensité de la journée. La salle de bain est ridiculement grande — et honnêtement, qui a besoin d'un bain de cette taille dans sa maison ? C'est pratiquement conçu pour que plusieurs personnes en profitent avec ses bords arrondis et ses multiples rebords pour s'asseoir. Les jets de spa pulsent rythmiquement, envoyant des bulles danser à la surface, dissimulant mon corps en dessous.

Je soupire. Aujourd'hui a été... intense.

— Qui es-tu vraiment, Lily ? je murmure à moi-même, observant les ondulations formées par mes paroles.

L'ancienne Lily — celle qui codait ses livres de recettes par couleur et vérifiait son réveil trois fois — ne reconnaîtrait pas cette version d'elle-même. Cette Lily avait des plans. Une stratégie d'entreprise sur cinq ans. Une collection soigneusement cultivée de tabliers vintage qui n'avaient jamais connu le côté catastrophique d'une explosion de farine. Cette Lily ne se serait jamais retrouvée dans cette position, prise entre trois Alphas comme dans un conte de fées tordu.

Cette Lily ? Cette Lily qui n'a jamais couché qu'avec un seul autre homme vient de vivre sa première chaleur d'Oméga et l'a gérée avec à peu près autant de grâce qu'un chat sur des patins à roulettes.

Mes joues brûlent à ce souvenir. La buanderie. Hunter. La façon dont mon corps avait simplement pris le contrôle, laissant mon esprit rationnel loin derrière.

J'accuse la biologie, je décide, émergeant avec un éclaboussement. Ce n'est pas ma faute si j'ai un câblage défectueux qui me transforme en une sorte de... désespérée héroïne de roman d'amour. — Oh, Alpha, s'il te plaît, noue-moi ! j'imite d'une voix aiguë, puis je mime un haut-le-cœur dramatique. — Mon Dieu, j'ai vraiment dit ça, n'est-ce pas ?

Dehors, la nuit est tombée, plongeant la salle de bain dans des ombres inquiétantes. Seules les lumières sous-marines éclairent l'espace, donnant à tout une lueur bleue surréaliste. Ça correspond à mon humeur — suspendue entre la réalité et quelque chose de plus sombre, plus primitif.

J'ai dormi presque toute la journée après — bon, après. À mon réveil, j'ai trouvé ma chambre approvisionnée avec suffisamment de collations pour nourrir une petite armée. J'en avais dévoré la plupart avant de me diriger ici, évitant soigneusement toute rencontre potentielle avec un Alpha. La simple pensée de leur faire face fait retourner mon estomac d'une façon qui n'a rien à voir avec les huit barres protéinées que j'ai englouties.

— C'est parfaitement normal, me dis-je fermement, en tendant la main vers le panneau de commande pour augmenter la pression du jet. — Les adultes ont des... situations adultes. Dans des buanderies. Tout en suppliant d'être... — Je m'interromps avec un gémissement et frappe le bouton du jet plus fort que nécessaire.

Quand les jets reprennent avec une vigueur renouvelée, quelque chose change en moi. Une pression s'accumule, familière et urgente. Je me fige, les yeux écarquillés, sentant la chaleur se répandre dans mon bas-ventre.

Tu plaisantes, j'espère. Je regarde autour de la salle de bain vide, m'attendant presque à trouver quelqu'un contrôlant mes réactions biologiques avec une télécommande. *Déjà ? Sérieusement ?* Qu'est-ce que je suis, une sorte de stéréotype d'Oméga devenu réalité ?

Ce côté de moi ne comprend apparemment pas le concept de temps de récupération. Ni de dignité. Ni le fait que j'ai une boulangerie à gérer, des factures à payer, et une vie qui ne tourne pas autour de l'Alpha que je vais supplier d'attention ensuite. La sensation s'intensifie, une douleur profonde flambant à travers mes entrailles comme un feu à combustion lente.

Par instinct, je change de position, trouvant un siège sur le rebord où l'un des jets les plus puissants coule directement entre mes cuisses. Le soulagement est immédiat et intense, un contrepoint au chaos dans mon esprit. J'agrippe le bord de la baignoire, les jointures blanchissant, un léger gémissement s'échappant de mes lèvres avant que je ne puisse l'arrêter.

Self-service. Indépendante. Très girl-boss, vraiment. Prendre les choses en main. Littéralement.

L'humour sonne creux. Est-ce ma vie maintenant ? Me cacher dans des salles de bain, me faire plaisir pour soulager la tension ? Un frisson me parcourt, mêlant répulsion et désir à parts égales.

L'eau pulse contre moi par vagues et, malgré mon tourment intérieur, je me perds dans la sensation. Ma tête bascule en arrière, mes cheveux mouillés collant à mes épaules et mon dos. La tension monte merveilleusement tandis que je poursuis cette extase qui apaisera ce besoin insistant, ne serait-ce que pour un moment. Tout se réduit au point de plaisir entre mes cuisses, le monde extérieur s'estompe à mesure que je m'élève plus haut, mes pensées se fragmentant en incohérence. Le jet ressemble à des doigts qui me taquinent, et j'en profite pleinement.

C'est ça. Encore un peu...

Respirant plus profondément, les jointures plus serrées, je balance mes hanches, recevant cette pulsation directe juste sur mon clitoris. Putain, oui ! Presque instantanément, j'atteins le sommet avec un halètement qui résonne contre les murs carrelés, mon corps s'arquant tandis que des vagues de plaisir me submergent. Cette béatitude momentanée noie tout le reste — la confusion, la peur, l'incertitude de ce que je deviens.

Je flotte, savourant l'extase.

Alors que les répliques me traversent, j'ouvre lentement les yeux...

...et croise le regard de James, debout dans l'embrasure de la porte.

Je pousse un cri et plonge sous la surface de l'eau, n'émergeant que suffisamment pour garder ma tête hors de l'eau. Les bulles des jets offrent une couverture minimale, mais c'est mieux que rien. Mon cœur martèle contre mes côtes, la panique et l'humiliation se disputant la domination.

— Oh mon Dieu ! C'est quoi ce bordel ?! je bafouille, ma voix embarrassamment aiguë. Tu ne sais pas frapper ?!

James s'appuie contre l'encadrement de la porte, un lent sourire s'étalant sur son visage. Il y a quelque chose de sensuel dans ses yeux.

— La revanche, petite pâtissière. C'est juste équitable, tu m'as regardé, et maintenant je t'ai regardée, bien que je pense sincèrement avoir eu la meilleure part. Tu as une idée à quel point tu es sexy quand tu te fais plaisir ? Comment ton odeur me rend fou en ce moment ?

J'aimerais m'évaporer. Littéralement disparaître dans la vapeur qui remplit cette pièce. Au lieu de cela, il entre et tire la porte derrière lui avec un clic qui ressemble à une cellule de prison qui se verrouille. Il est habillé simplement, en jean usé qui tombe bas sur ses hanches et un t-shirt ample qui ne cache rien de la largeur de son torse. Ses pieds sont nus sur les carreaux, rendant son approche étrangement silencieuse. La pièce du spa semble soudain beaucoup plus petite, l'air chargé de quelque chose d'indicible.

— Tu devrais partir, dis-je, mais il n'y a aucune conviction dans ma voix. Nous savons tous les deux que c'est un mensonge.

Je reste immergée, reconnaissante pour l'eau bouillonnante qui me dissimule. Mon visage doit être à peu près de la couleur de la pâte du gâteau velours rouge que je perfectionnais le mois dernier. Même maintenant, avec ma dignité en lambeaux, mon cerveau de pâtissière fait ces comparaisons ineptes.

— Que veux-tu, James ? je parviens à articuler.

Il s'assied au bord de la baignoire, laissant ses doigts parcourir l'eau à quelques centimètres de l'endroit où je me blottis. — Savais-tu qu'après ton premier nœud, tu devrais y aller doucement ? Laisser ta jolie petite chatte se refroidir... Son ton devient un grondement que je ressens jusqu'aux os. — Ça fera moins mal si tu lui donnes du temps.

— Tais-toi, je me détourne de lui, mais une autre vague d'inconfort me submerge de façon inattendue, plus forte qu'avant. Je m'agrippe au bord de la baignoire pour me stabiliser, un petit gémissement m'échappant avant que je ne puisse le piéger derrière mes dents. — Je déteste n'avoir aucun contrôle. Et je suis tellement embarrassée, je vais me cacher pour l'éternité. Je viens de me donner à Hunter, je l'ai supplié... Mon Dieu. Je ferme les yeux, les souvenirs affluant. — Je suis comme un mauvais cliché pornographique. La prochaine chose, tu sais, je vais l'appeler *daddy* ou quelque chose d'aussi horrifiant.

Un rire sombre lui échappe. — Je ne m'en plaindrais pas.

— Évidemment, je murmure.

— Oh, je sais, dit James nonchalamment, ses doigts créant de petits tourbillons dans l'eau. — Archer et moi vous avons entendus tous les deux là-dedans.

Mon estomac tombe quelque part autour de mes chevilles. — Merde !

—Chaque. Mot. Unique. Il articule chaque syllabe, son expression indéchiffrable. Chaque gémissement. Chaque supplique. Tout.

—Achève-moi tout de suite. Je m'enfonce plus profondément dans l'eau, souhaitant qu'elle recouvre ma tête définitivement.

—Je ne peux même pas être en colère, cependant. Il passe une main dans ses cheveux cuivrés, le mouvement soulignant la tension dans ses épaules. J'ai bien fait un trou dans le mur de ma chambre, mais c'est du passé maintenant. Son sourire suggère le contraire — tout en dents et en agressivité à peine contenue.

Je devrais être agacée — peut-être même effrayée — mais à la place, un étrange mélange de culpabilité et de quelque chose de bien plus dangereux s'enroule en moi. Du désir. L'idée que je puisse l'affecter ainsi, susciter ce genre d'émotion brute... ça ne devrait pas m'exciter. Mais ma peau fourmille sous l'eau, une chaleur s'accumule dans le bas de mon ventre.

Mon Dieu, qu'est-ce qui ne va pas chez moi ?

—Bien sûr, marmonnai-je. C'est pour ça que tu es là, à intimider une femme nue dans une baignoire. Très équilibré.

—Je sais que tu avais besoin de lui, admet-il avec une sincérité surprenante, ignorant mon sarcasme. Son expression s'adoucit momentanément, me donnant un aperçu de la vulnérabilité sous la posture d'Alpha. Et je suis là pour toi quand tu seras prête à nouveau.

La douleur pulse en moi, comme si elle répondait à ses mots, mon corps traître me trahissant encore une fois.

—À ce stade, je me sens prête maintenant, mais je suis sensible... tu sais... en bas. J'ai envie de mourir alors que les mots quittent ma bouche. Apparemment, la biologie des Omégas vole aussi votre capacité à être articulée.

—Ce dont tu as besoin, c'est du toucher d'un Alpha, dit-il à voix basse. Notre présence apaisante. Notre odeur. Nos mains. Ses yeux s'assombrissent. Nos bouches.

Un délicieux frisson me parcourt à sa promesse. C'est ce qu'ils t'ont appris à l'école de pâtisserie ? Les techniques de bien-être Alpha ? Entre le dressage d'éclairs et le minutage des soufflés ?

Il sourit narquoisement face à ma tentative de diversion. Tu es mignonne quand tu es sur la défensive. Je n'ai jamais été à l'école de pâtisserie ; je suis autodidacte.

—Et tu es agaçant quand tu... respires, je rétorque misérablement.

—Tu peux faire mieux que ça, petite pâtissière.

—Qu'est-ce que tu proposes, exactement ? Je le regarde avec scepticisme, essayant de reprendre un peu de contrôle sur la situation. Parce que si c'est une sorte de fête de la pitié, je ne suis pas intéressée.

—De la pitié ? Son rire ne contient aucune humour. Crois-moi, la pitié est la dernière chose qui me vient à l'esprit en ce moment.

Sans répondre davantage, James se lève et s'attaque au bouton de son jean. Mes yeux s'écarquillent comme des soucoupes, une protestation se forme sur mes lèvres mais n'en sort jamais. Il porte un boxer en dessous alors qu'il fait glisser le denim le long de ses jambes, mais ce n'est guère rassurant quand même celui-ci ne laisse que peu de place à l'imagination. Il passe son t-shirt par-dessus sa tête d'un seul mouvement fluide, et ma bouche devient embarrassamment sèche.

James est une publicité ambulante pour n'importe quel programme d'entraînement qu'ils proposent en prison. Ses épaules sont larges et définies, les muscles se mouvant sous une peau qui porte les marques de son histoire — quelques cicatrices ici et là ne font qu'ajouter à son charme dangereux. Son torse s'affine vers une taille étroite, avec des abdominaux qui semblent avoir été sculptés dans le marbre, striés et fermes. Une traînée de poils cuivrés disparaît sous la ceinture de son boxer, attirant mon regard vers la bosse évidente — et intimidante — contre le tissu.

Les muscles de ses cuisses fléchissent alors qu'il bouge, puissants et prédateurs, et je ne peux m'empêcher de remarquer le V dessiné par les muscles de ses hanches pointant comme une flèche vers ce qui se cache sous ce boxer. Malgré mes efforts, mon imagination comble les lacunes, se souvenant de ce que j'avais aperçu ce jour où je l'ai surpris sous la douche.

Une petite cicatrice trace sa mâchoire, à peine visible

sous sa barbe naissante. Une autre cicatrice, celle-ci plus grande, traverse son côté droit — une histoire qu'il n'a pas partagée. La marque de brûlure sur son avant-bras gauche — un insigne de son premier travail de cuisinier — se détache sur sa peau bronzée. C'est étrangement intime de voir ces imperfections sur sa forme autrement parfaite.

—Tu aimes ce que tu vois ? Ses mots interrompent mon admiration, l'amusement et la chaleur se mêlant dans sa voix.

—J'ai déjà vu mieux, je mens en détournant les yeux. Bien mieux.

—Menteuse, dit-il simplement, les jambes pendantes dans l'eau, et il les écarte légèrement. Viens t'asseoir sur le rebord devant moi, dit-il doucement. L'ordre est adouci, mais c'est toujours un ordre.

J'hésite, l'incertitude se disputant à la curiosité. Mon corps veut obéir instantanément, tandis que mon cerveau veut l'envoyer au diable.

—Je ne vais pas te mordre, ajoute-t-il, puis il sourit narquoisement. Sauf si tu me le demandes gentiment.

—Ton charme n'a pas de limites, dis-je sèchement, mais je traverse l'eau jusqu'à me positionner devant lui, mon dos face à lui. Je suis toujours immergée jusqu'aux épaules tandis qu'il est assis au-dessus de moi sur le rebord. La position me fait sentir vulnérable, exposée, malgré l'eau qui me couvre. Alors, et maintenant ? Tu veux me tresser les cheveux et parler des garçons qui nous plaisent ?

James pousse mes cheveux mouillés d'un côté, exposant mon cou. Ses doigts effleurent ma peau, et un courant électrique descend le long de mon dos, s'installant en moi comme un fil sous tension. Je réprime un frisson, mais pas assez bien.

—Nerveuse ? demande-t-il.

—Comme si tu ne l'étais pas à ma place, nue dans une baignoire avec un homme étrange qui te surplombe, je rétorque.

—Étrange ? Il semble offensé. On se connaît depuis trop longtemps pour ça. Je dirais qu'on est pratiquement de la famille maintenant.

—C'est troublant à plusieurs niveaux, je marmonne.

Ses mains se posent sur mes épaules, et je me crispe avant de réaliser qu'il commence à me masser. Ses pouces appuient sur les nœuds à la base de mon cou, travaillant en cercles lents qui envoient des vagues de soulagement dans tout mon corps. Ce n'est pas ce à quoi je m'attendais — c'est meilleur et d'une certaine façon pire, car il y a une intimité qui semble plus dangereuse que le simple désir.

—Oh, je souffle, surprise de combien c'est agréable. Ses mains sont fortes mais douces. Il travaille méthodiquement, trouvant chaque point de tension et le dissolvant avec des mouvements précis.

—Mieux ? murmure-t-il, son souffle chaud contre mon oreille.

Je hoche la tête, ne faisant pas confiance à ma voix. La douleur constante qui a été ma compagne depuis le début de mes chaleurs recule enfin, par bonheur, sous son toucher, bien qu'une tension différente commence à s'installer pour la remplacer.

—Tu accumules beaucoup de stress ici, dit-il,

travaillant sur un nœud particulièrement tenace entre mes omoplates. Des problèmes professionnels ? Ou juste le poids d'être une femme indépendante dans un monde qui veut te mettre dans une case ?

Cette perspicacité me surprend. Un peu des deux, j'admets. Plus la terreur existentielle de découvrir soudainement que je suis une Oméga et de voir toute mon identité remise en question. Tu sais, les trucs habituels du mardi.

Son rire est étonnamment chaleureux, vibrant à travers nous deux. Tu gères ça mieux que la plupart.

—Vraiment ?

Ses mains interrompent leur travail magique, reposant lourdement sur mes épaules. Il n'y a rien de mal à avoir besoin de quelqu'un, Lily. Même pour quelqu'un d'aussi farouchement indépendante que toi.

Quelque chose dans son ton me donne envie de pleurer, une gentillesse à laquelle je n'étais pas préparée. Je cligne rapidement des yeux, reconnaissante qu'il ne puisse pas voir mon visage.

—Alors, dis-je quand je peux à nouveau former des mots, désespérée de changer de sujet. Parle-moi de ce que tu comptes faire de ta vie maintenant que tu es sorti de prison. Tu n'en as jamais vraiment parlé avant.

Ses mains marquent une brève pause avant de reprendre leur rythme.

—J'avais prévu de créer ma propre entreprise, en travaillant avec Archer et en gérant la partie logistique de l'opération. Ses pouces tracent la ligne de ma colonne vertébrale, envoyant des frissons qui se propagent partout. —J'ai besoin de quelque chose qui me tiendra éloigné des ennuis.

—Et ça marchera ? je demande.

Je sens plutôt que je ne vois son sourire. —Probablement pas, mais je fais un effort. Après dix-huit mois en cellule, tu commences à apprécier les petites choses. La liberté. Un bon café. La possibilité de prendre une douche sans vingt autres types qui te regardent.

—Ça a dû être dur, dis-je, surprise par ma propre sincérité. —Être piégé par ta famille, en plus.

Ses mains se resserrent imperceptiblement. —La famille, c'est compliqué.

—À qui le dis-tu, je soupire. —Ma sœur Hannah pense que j'ai perdu la tête, à me concentrer sur la boulangerie au lieu de terminer l'école de cuisine. Papa me soutient mais s'inquiète que je me tue au travail. Et maintenant cette histoire de chaleurs... c'est comme si l'univers avait décidé que ma vie n'était pas encore assez compliquée.

—L'univers a un sens de l'humour tordu, approuve James. Ses mains descendent plus bas, travaillant les muscles tendus de mon dos. —Mais parfois, ses coups tordus s'avèrent être exactement ce dont nous avions besoin, même si nous ne le reconnaissons pas tout de suite.

—Très philosophique pour un gars qui a probablement *Sans Regrets* tatoué quelque part d'inavouable, je lance.

—Non, murmure-t-il avec un sourire.

—Alors, avec qui vis-tu maintenant ? je demande, essayant de garder un ton neutre tandis que ses mains font des merveilles sur mes muscles tendus, changeant de sujet avant que je ne dise quelque chose que je regretterai.

—Seul, dit-il. —À une rue d'Archer, en fait. Il rit, un son chaleureux qui vibre à travers sa poitrine jusqu'à mon dos. —On avait prévu un jour de simplement acheter un manoir pour qu'on y vive tous les trois. Peut-être avec une Oméga, aussi.

Je me tourne légèrement pour le regarder par-dessus mon épaule, sourcil levé.

—Non, je ne te crois pas, dis-je d'un ton taquin. —Ça ressemble au concept d'une téléréalité très douteuse. Trois Alphas et une Oméga. Le mardi soir sur le câble.

—Tu n'en sais rien, réplique-t-il, ses yeux pétillant de malice. —J'y pense sérieusement maintenant. Ce serait pratique, non ? Tous sous le même toit.

—Mais bien sûr, je lève les yeux au ciel. —De toute façon, je ne suis pas vraiment à vous. Et vous trois n'êtes pas à moi. Juste trois gars qui m'aident... même si j'en suis super gênée. Je marque une pause, me mordant la lèvre. —Je ne sais plus ce que je suis désormais, j'avoue, la confession m'échappant avant que je puisse l'arrêter. —J'avais tout prévu, tu sais ? Et maintenant...

James continue de masser mes épaules, son toucher à la fois apaisant et électrisant. Puis, soudainement, il s'arrête. —Attends, dit-il en se levant. Il marche vers la cabine de douche de l'autre côté de la pièce, les muscles de son dos ondulant à chaque mouvement. Il revient avec une bouteille de shampooing.

—Qu'est-ce que tu fais ?

—Tu verras, dit-il, reprenant sa position derrière

moi. Il recueille de l'eau dans ses mains et la verse sur mes cheveux, les mouillant complètement. Puis il presse une généreuse quantité de shampooing dans sa paume et commence à le faire pénétrer dans mon cuir chevelu.

Je devrais protester. Je devrais lui dire que c'est bizarre et inutile et que ça franchit environ dix-sept limites. Au lieu de cela, je laisse mes yeux se fermer tandis que ses doigts travaillent à travers mes boucles, massant mon cuir chevelu avec des mouvements circulaires fermes.

—Tu as déjà fait ça avant, je murmure, mi-accusation, mi-question.

—J'ai de l'expérience, admet-il. —Ma mère a été malade longtemps avant de mourir.

Cet aveu est si inattendu, si intime, que j'en reste momentanément sans voix. Je n'aurais jamais imaginé James comme un fils dévoué prenant soin de sa mère malade. Cela ajoute une nouvelle couche à l'énigme qu'il représente.

—Je suis désolée, dis-je doucement. Pour ta mère.

—C'était il y a longtemps, dit-il, mais la douceur avec laquelle ses doigts se déplacent raconte une histoire différente. C'est... pur d'une certaine façon. Magnifique. Comme s'il prenait soin de moi d'une manière qui dépasse la dynamique primale qui a guidé nos interactions jusqu'à présent.

—Alors, ça veut dire que tu me pardonnes ? demande-t-il doucement, ses doigts ne cessant jamais leurs mouvements délicats.

—Je ne suis pas encore sûre, dis-je honnêtement. Tu t'es comporté comme un vrai connard.

—C'est vrai, reconnaît-il.

Il me guide pour incliner ma tête en arrière, rinçant la mousse de mes cheveux. Quand je remonte, clignant des yeux pour en chasser l'eau, je réalise qu'il a éteint les jets. L'eau s'immobilise autour de nous, soudain claire comme du cristal. Je me sens exposée d'une manière que je n'avais pas ressentie auparavant, chaque courbe et chaque tache de rousseur visibles sous la surface.

—Je veux te voir, dit-il doucement. Tu es si belle, je ne peux pas m'en lasser. Je ne veux rien qui te cache.

Ses mots me font quelque chose, éveillant une confiance que je ne savais pas posséder, même si des sonnettes d'alarme retentissent au fond de mon esprit. C'est un territoire dangereux. James est dangereux — tout en angles durs, passé sombre et intensité d'Alpha. Il n'est pas sans risque. Rien de tout cela ne l'est.

La bosse considérable dans son boxer tend le tissu, et quelque chose bascule en moi. Mon corps réagit instantanément à cette preuve visuelle de son désir, une chaleur lente s'intensifie. Je me surprends à me pavaner d'avoir provoqué une telle réaction, même si la partie rationnelle de mon cerveau hurle à la prudence.

—Tu sais ce qui se passera si tu restes, dit-il, ce n'est pas une question. Il n'y aura pas de retour en arrière après ça.

—Je sais. Et c'est vrai. Ce n'est plus seulement une question de soulagement physique. C'est franchir une ligne, faire un choix qui ne peut être défait.

Je m'approche de lui, un sourire jouant aux coins de mes lèvres alors que je m'agenouille dans l'eau devant lui. Cette position devrait paraître soumise, mais d'une certaine façon, je ne me suis jamais sentie aussi puissante. Ses yeux s'assombrissent en me regardant, ses pupilles se dilatant jusqu'à ce qu'il ne reste qu'un mince anneau gris.

—Tu sais quoi ? dis-je, posant mes mains sur ses cuisses, sentant les muscles se tendre. Je crois que je pourrais être prête pour cette touche d'Alpha après tout.

Pourtant, une ombre de doute traverse mon esprit. Qu'est-ce que je suis en train de faire ? Qui suis-je en train de devenir ? Et quand tout cela sera terminé, restera-t-il quelque chose de la Lily que j'étais autrefois ?

LILY

Je suis agenouillée sur le rebord intérieur du spa, l'eau ruisselant sur mon corps et glissant sur ma poitrine exposée tandis que je fais face à James. Je frissonne, apeurée, excitée. Son regard suit chaque goutte avec une intensité implacable, vif et insatiable.

—Regarde-toi, gémit-il, cette voix sombre faisant naître la chair de poule sur ma peau. Tu es putain de magnifique.

Il y a quelque chose de dangereux dans son expression qui m'excite, un feu qui s'accumule entre mes cuisses. Ma chaleur s'est enroulée autour de mon esprit comme une couverture chaude, étouffant mes pensées comme plus tôt dans la journée. L'air frais contre ma peau mouillée, les battements lourds de mon cœur, le parfum enivrant de James — tout cela est écrasant.

—Tu vas juste rester là à regarder ? je le provoque, trouvant mes mots malgré le brouillard de désir qui obscurcit mes pensées. Parce que je pourrais m'habiller et partir si —

—Tais-toi, Lily, dit-il, l'ordre doux mais sans équivoque. Tu ne vas nulle part.

Je devrais être offensée. Devrais lui dire d'aller se faire voir. Au lieu de cela, un frisson traître descend le long de ma colonne vertébrale.

—Force-moi, je murmure.

Ses yeux s'assombrissent davantage, des nuages d'orage s'amoncellent. « Attention à ce que tu souhaites, petite pâtissière. Je ne suis pas aussi doux que Hunter. »

La mention de Hunter devrait refroidir mon ardeur et me rappeler ce qui s'est passé plus tôt aujourd'hui. Au lieu de cela, cela ne semble qu'amplifier la douleur en moi.

—Qui a dit que je voulais de la douceur ? Les mots s'échappent avant que je puisse les reconsidérer, audacieux et effrontés dans l'air humide entre nous, tout comme quand j'ai demandé à Hunter de m'attacher.

—Oh, ma douce. Le rire de James est sombre, presque cruel. Tu n'as aucune idée de ce que tu demandes.

Il se lève d'un mouvement fluide, les pouces accrochés à la ceinture de son boxer. Mon souffle se coupe alors qu'il le fait glisser le long de ses cuisses puissantes et le pousse sur le côté, se tenant devant moi dans toute sa splendeur. J'ai déjà vu des hommes nus, mais rien ne se compare aux Alphas à leur apogée, éveillant quelque chose de brut et d'instinctif en moi.

Il est magnifique — tout en plans durs et muscles définis — mais c'est la taille de son offrande qui fait écarquiller mes yeux, l'intimidation brisant momentanément ma confiance induite par la chaleur. Son sexe est épais, lourd, une grosse veine parcourant toute sa longueur, ses poils au-dessus coupés courts, le faisant paraître d'une certaine façon encore plus imposant.

—Tu as des doutes ? grogne-t-il, un sourire entendu jouant sur ses lèvres.

Je veux dire quelque chose de spirituel, quelque chose qui nous remette sur un pied d'égalité, mais mon cerveau semble avoir court-circuité, me laissant sans voix peut-être pour la première fois de ma vie.

—Je ne crois pas, déclare-t-il en se rasseyant au bord de la baignoire. Approche-toi.

Ce n'est pas une demande. C'est un ordre donné avec la certitude de quelqu'un qui s'attend à être obéi. Et que Dieu me vienne en aide, je veux obéir. Je veux me rendre à ce qui existe entre nous.

Je me rapproche, l'eau clapotant doucement autour de moi. « Un peu autoritaire, non ? »

—Tu n'as pas idée. Sa main vient caresser ma joue, son pouce effleurant ma lèvre inférieure dans un geste à la fois tendre et possessif. Mais je pense que ça te plaît. Je pense que tu es fatiguée d'être toujours en contrôle, de devoir toujours prendre les décisions, gérer l'entreprise, être la responsable.

L'observation touche trop près de la vérité, exposant une vulnérabilité que je garde habituellement soigneusement cachée. Je baisse les yeux, mal à l'aise de voir avec quelle facilité il m'a déchiffrée.

—Hé. Ses doigts relèvent mon menton, me forçant à croiser son regard à nouveau. Ne te cache pas de moi.

—Je ne me cache pas, je proteste, mais cela sonne faible même à mes propres oreilles.

—Menteuse, dit-il, mais il n'y a pas de colère dans l'accusation. C'est normal de vouloir ça, Lily. D'en avoir besoin.

—C'est vrai ? je chuchote, exprimant la peur qui me ronge depuis que j'ai commencé à ressentir mes chaleurs. Parce que j'ai l'impression de me perdre. Comme si je devenais quelqu'un que je ne reconnais pas.

Quelque chose s'adoucit dans son expression, un aperçu de tendresse sous l'extérieur dominant de l'Alpha. —Tu ne te perds pas. Tu découvres une nouvelle partie de toi-même. Il y a une différence.

—Et si je n'aime pas ce que je découvre ?

Ses lèvres s'étirent en un demi-sourire. —De là où je suis, il y a beaucoup à aimer.

Ce compliment, livré avec une telle certitude décontractée, me réchauffe de l'intérieur. Avant de trop réfléchir, je tends la main, mes doigts se refermant autour de son érection. Il est chaud et dur, incroyablement lisse contre ma paume.

James siffle entre ses dents, sa tête basculant légèrement en arrière. —Putain, Lily.

—C'est l'idée générale, je lance, ressentant une vague de pouvoir à l'idée de l'avoir affecté si visiblement.

Ses yeux reviennent brusquement aux miens, et l'incendie que j'y vois me fait presque fondre sur place. —Quelle insolence. Je peux penser à de meilleures utilisations pour ta bouche.

Cette suggestion envoie une décharge électrique à travers moi, éveillant des nerfs dont j'ignorais l'existence. J'ai déjà fait ça, mais jamais avec quelqu'un comme James, jamais avec un Alpha. Cette pensée devrait être intimidante. Au lieu de cela, elle est électrisante.

—Montre-moi, je le défie, ma voix plus rauque que je ne l'ai jamais entendue.

—Tu es sûre de ça, petite boulangère ?

—J'en suis sûre. À travers la brume de chaleur, la confusion, la peur et le doute, une chose est parfaitement claire - je veux James. Ici. Maintenant. Profondément, au fond de ma gorge. Je veux ça. Je te veux.

Quelque chose de possessif brille dans ses yeux. — Dis-le encore.

—Je te veux, je répète, me penchant vers son toucher. Je t'ai désiré depuis nos premières conversations téléphoniques. Puis je te vois, et tu as ces pommettes.

Un rire résonne dans sa poitrine, un amusement sincère perçant à travers la tension sexuelle.

—Elles sont très distrayantes. Un sourire tire mes lèvres. Presque autant que tes fesses dans ce jean.

—Alors, tu me matais, dit-il. Et moi qui pensais que tu ne pouvais pas me supporter.

—Oh, c'était bien le cas, je l'assure. Ça ne veut pas dire que je n'ai pas remarqué... certains attributs.

Son rire se transforme en un sourire diabolique. — Et maintenant ?

Je hausse les épaules, visant la nonchalance malgré notre position actuelle. —Maintenant, je me demande si tu peux appuyer toute cette posture d'Alpha avec de véritables compétences.

C'est un défi audacieux, qui fait dangereusement se plisser ses yeux. —Tu joues avec le feu, petite boulangère. La main de James glisse dans mes cheveux humides, soutenant l'arrière de ma tête.

—Peut-être que j'aime me brûler, je riposte, faisant écho à des mots que j'ai déjà prononcés mais leur donnant un sens différent maintenant. Peut-être que j'en ai besoin.

James m'étudie un long moment, comme s'il évaluait ma sincérité. Quoi qu'il voie dans mon expression doit le satisfaire, car sa prise sur mes cheveux se resserre juste assez pour m'envoyer un frisson.

—Ouvre, ordonne-t-il. Son regard descend vers son sexe.

J'obéis sans réfléchir, laissant l'instinct me guider. Le gémissement d'approbation de James vibre à travers moi tandis que je presse mes lèvres sur le bout de son sexe. Son liquide pré-éjaculatoire est salé, doux, tendre, chaud, et tout à moi. Il gémit, un son profond et guttural qui résonne à travers mon corps. J'ouvre plus grand et prends davantage de lui, lentement, délibérément.

Une puissante vague de pouvoir me submerge, malgré ma position techniquement soumise. Je suis peut-être à genoux, mais c'est moi qui fais perdre le contrôle à cet Alpha si puissant. Et la chaleur est écrasante, le plaisir charnel une douleur brûlante entre mes jambes.

—Bonne fille, me félicite-t-il, et ces mots me

procurent un frisson inattendu. Prends ton temps et fais glisser ces belles lèvres plus bas.

Le temps est bien la dernière chose qui me préoccupe. Ma chaleur s'est intensifiée à nouveau, transformant mon sang en feu liquide, et je suis désespérée d'obtenir une forme de soulagement. Je le pousse plus profondément dans ma bouche. Mon Dieu, il est si gros.

La main de James me guide, sans forcer mais en suggérant. Son autre main caresse ma joue, un geste étrangement tendre vu les circonstances.

—Regarde-moi, ordonne-t-il doucement.

Je lève les yeux vers lui, et l'obscurité que j'y trouve manque de me défaire. Il me regarde avec une telle intensité, une telle faim, que je me sens à la fois vulnérable et puissante.

—Parfait, murmure-t-il. Si parfaite avec ces grands yeux et cette douce bouche remplie de ma queue.

Le compliment se répand sur moi comme du miel chaud, apaisant une partie brisée de moi dont j'ignorais qu'elle avait besoin d'être guérie. Je redouble d'efforts, voulant – ayant besoin de – plus de ces mots, plus de ce regard dans ses yeux.

—Bon sang, gronde-t-il, son pouce caressant ma joue. Va plus profond... Putain !

Mon sexe se contracte si fort qu'il en palpite.

Je souris autour de lui, satisfaite de sa réaction. Ma main libre glisse sous l'eau, cherchant mon propre soulagement à la pression qui s'accumule. James le remarque immédiatement, ses yeux suivant le mouvement.

—C'est ça, touche ta petite chatte, ordonne-t-il.

Fais-toi du bien pendant que tu t'occupes de moi. Montre-moi ce dont tu as besoin.

Je le suce, ma langue tourbillonnant le long de la base, taquinant et provoquant. Il rejette sa tête en arrière, sa respiration devenant courte et saccadée.

—Putain, dit-il, sa prise sur l'arrière de ma tête se resserrant. Ne t'arrête pas.

Continuant à sucer et lécher, ma main caressant son membre de haut en bas. Il devient plus dur et plus épais, pulsant d'anticipation.

—Plus profond, Lily, grogne-t-il. Prends tout.

J'obéis, poussant ma tête en arrière, le prenant aussi loin que possible. Il est si gros, si épais, qu'il m'étire, poussant jusqu'au fond de ma gorge, et je m'étouffe. Mais je m'en fiche, je ne m'arrête pas, même quand mes yeux s'humidifient. L'inconfort est rapidement surpassé par le plaisir, par l'intensité pure de la sensation.

Tandis que je le dévore, je trouve mon clitoris, gonflé et vibrant. Je le caresse, calquant le rythme de ma bouche sur sa queue. La combinaison est explosive, une vague de sensations qui menace de me submerger.

Un gémissement m'échappe, et la prise de James se resserre en réponse.

Je lève les yeux vers lui à travers mes cils, savourant la façon dont sa mâchoire se crispe de retenue.

—Continue à me regarder comme ça. Je veux voir ces jolis yeux pendant que tu me prends plus profondément.

J'obéis, maintenant le contact. Sa respiration devient plus lourde, plus saccadée, tandis que je frotte et pince mon clitoris plus vite, la montée en moi avançant comme une tempête. Montant, montant encore.

—Putain, siffle-t-il. Personne ne m'a jamais fait ressentir ça. Ta façon d'utiliser ta langue... juste là... bon sang. Et quand j'en aurai fini avec toi ici, continue-t-il, je vais te baiser, te nouer, puis te faire jouir sur ma langue jusqu'à ce que tu me supplies d'arrêter.

Un gémissement m'échappe, mes tétons sont durs, la douleur dans mon ventre s'intensifie.

—Tu aimes cette idée, n'est-ce pas ? Il trace ma pommette de son pouce. Tu aimes penser à moi entre tes cuisses, te faisant crier mon nom. Te faisant mienne.

La domination affirmée dans ses paroles fait trembler ma chatte de désir, et je frémis et gémis contre lui. Ses grognements et la pression de sa main contre l'arrière de ma tête m'encouragent à continuer, suçant son membre avec ardeur.

—Putain, Lily, gémit-il, sa main se resserrant dans mes cheveux. Je suis proche. Si proche putain. Tu vas tout avaler, n'est-ce pas ?

J'acquiesce sans rompre le rythme.

—Si jolie. Née pour ça, n'est-ce pas ? Née pour être mienne.

Mienne. Le mot résonne dans ma tête, éveillant quelque chose de profond et primitif en moi. C'est trop tôt, trop intense, trop tout—mais à cet instant, mon corps vibrant d'excitation et mon esprit embrumé, cela semble être la vérité.

La respiration de James s'arrête, son corps se tend. « Lily », m'avertit-il, me donnant une dernière chance de m'écarter.

Je ne le fais pas. Au contraire, je maintiens le contact visuel, voulant qu'il voie ma décision, mon abandon.

Sa queue tressaute dans ma bouche, des jets chauds de sperme m'inondent. J'avale tout, engloutissant, savourant le goût tandis que je sens les tremblements qui secouent son corps.

—Avale jusqu'à la dernière goutte, grogne-t-il, son corps rigide, puis il siffle.

Il tient toujours ma tête, ses doigts s'enfonçant dans mon cuir chevelu.

Je suis surprise de constater à quel point cela semble naturel, comme si mon corps savait quoi faire même si mon esprit peine à suivre.

Enfin, les spasmes s'apaisent. Il laisse échapper un long souffle tremblant, son corps s'effondrant contre le bord du spa. Il est essoufflé, mais un sourire étire ses lèvres. Il relâche sa prise sur moi.

Je m'écarte, le visage empourpré, et me lèche les lèvres. Je le regarde, mon cœur battant toujours la chamade.

—Eh bien, dis-je, essoufflée. C'était... intense.

James se lève, l'eau ruisselant le long de son corps en filets qui attirent mon attention. Je remarque qu'il est toujours excité, avec un mélange de surprise et de satis-faction. Avant qu'il ne puisse sortir du spa, une autre vague de chaleur me traverse, faisant involontairement frémir mon corps. Un petit son s'échappe de ma gorge —quelque chose entre un halètement et un ronronne-ment—et James se retourne vers moi, un sourcil levé.

—Je connais ce regard, dit-il. Un sourire lent et entendu s'étend sur son visage. J'ai ce dont tu as besoin, petite pâtissière. Il se glisse à nouveau dans l'eau et se positionne sur le rebord, tendant une main vers moi, les doigts recourbés en invitation. Viens à moi, dit-il.

Mon corps réagit avant que mon esprit ne puisse suivre. Je me déplace dans l'eau vers lui comme tirée par un fil invisible, mes membres n'étant plus sous mon contrôle conscient.

—Je ne pourrais pas rester à l'écart même si j'essayais, j'avoue.

—Maintenant tu comprends, affirme-t-il. Ce qu'on dit des Alphas et des Omégas—ce n'est pas juste de la biologie. C'est quelque chose de plus profond.

J'acquiesce, pour une fois sans voix. Je comprends. Toute ma vie, j'ai tiré fierté de mon indépendance, de mon contrôle et de ma capacité à choisir ma propre voie. Mais avec lui, je suis devenue une personne différente.

James me guide pour que je m'installe à califourchon sur ses genoux alors qu'il est assis sur le rebord à l'intérieur de la baignoire, mes genoux de chaque côté de ses hanches, sa queue toujours en érection juste là. Je me frotte contre lui, la sensation est hypnotisante.

Cette position nous met aussi face à face, intime d'une manière qui fait s'emballer mon cœur.

—Tu as été magnifique, dit-il. Si parfaite pour moi. Si réceptive. L'eau clapote doucement autour de nous. Et je sais que tu es encore contrariée par ce qui s'est passé plus tôt et que tu as dit qu'on ne devrait rien faire, admet-il. Mais je vais être un connard égoïste et j'ai besoin de te baiser maintenant... pardonne-moi... mais je suis faible. Quelque chose brille dans son regard gris d'orage—vulnérabilité, besoin, un aperçu sous l'extérieur confiant d'Alpha qui me coupe le souffle.

—Je veux ça plus que tout, je halète, incapable de penser clairement.

Une vague de plaisir me parcourt. Son autre main plonge sous l'eau, trouvant mon sexe. Lorsque ses doigts appuient entre mes replis, glissant sur mon clitoris, me pinçant, je manque de défaillir sur-le-champ.

—James, encore, dis-je à bout de souffle, laissant tomber ma tête en arrière.

—C'est ça, m'encourage-t-il, sa voix comme une caresse sombre. Laisse-moi t'entendre. Laisse-moi sentir à quel point tu en as envie.

Son pouce fait des cercles sur mon point le plus sensible, et je gémis fort, mes hanches se soulevant involontairement contre sa main. Au moment où je pense ne plus pouvoir en supporter davantage, il saisit fermement mes hanches, ajustant notre position.

—Regarde-moi, exige-t-il, et je force mes paupières lourdes à s'ouvrir. Son regard est intense. Je veux te voir quand tu me prends. Quand tu deviens vraiment mienne.

Je suis en équilibre au-dessus de son érection quand il appuie sur mes hanches, mon sexe s'écartant, l'accueillant en moi.

—Oh mon Dieu, je souffle, mes doigts s'enfonçant dans ses épaules pour me stabiliser.

James gémit, sa prise guidant mes hanches dans un rythme lent et délibéré. « Tu es incroyable », me rassure-t-il.

—Je ne m'attendais pas à être excitée si rapidement

à nouveau, j'avoue, essayant de maintenir un semblant de pensée cohérente alors que des vagues de plaisir me submergent.

Il s'enfonce en moi de plus en plus profondément, l'eau clapotant autour de ma taille. Il me regarde avec férocité.

J'essaie de dire quelque chose qui prouve que je contrôle encore la situation, mais tout ce qui sort est un gémissement désespéré lorsqu'il modifie légèrement notre angle.

James rit, sombre et perspicace. « Tu essaies si fort de garder le contrôle », observe-t-il, une main glissant le long de mon dos pour s'emmêler dans mes cheveux humides. Je m'immobilise sur ses genoux, son sexe profondément en moi. « Lâche prise, petite pâtissière. Laisse-moi prendre soin de toi. »

Je le fixe, quelque chose dans ses paroles touchant une corde sensible au plus profond de moi. « Je ne sais pas comment faire », je confesse, cet aveu arraché d'un endroit vulnérable et caché.

Son expression s'adoucit, puis il dépose un baiser étonnamment tendre sur ma clavicule. « La confiance ne vient pas facilement. Mais maintenant, en cet instant, peux-tu me faire confiance pour prendre soin de toi ? »

Je scrute son visage à la recherche du moindre signe de tromperie, du moindre indice que ce n'est qu'une posture d'Alpha. Je me rappelle qu'il m'a déjà menti, et pourtant tout chez lui fait battre mon cœur plus fort.

—Pour l'instant, je murmure, ces mots ressemblant à la fois à une reddition et à une victoire.

Il sourit. « Je m'en contenterai », accepte-t-il, et ces

mots s'infiltrent en moi. « Maintenant, accroche-toi à moi et oublie tout le reste. »

Je m'agrippe à ses bras musclés, mon front pressé contre le sien, alors que le plaisir monte vers un sommet impossible.

—Laisse-moi te sentir te défaire. Laisse-moi voir ce que je te fais ressentir.

Il s'enfonce en moi, encore et encore, et je réponds à chaque mouvement avec le mien, mes seins rebondissant. Il se penche et en prend un dans sa bouche, et le taquinement de sa langue sur mon téton me fait gémir davantage.

L'orgasme me frappe rapidement et violemment, m'envoyant dans une convulsion d'euphorie. Tremblante, je crie, mais il vole mes hurlements en s'emparant de ma bouche.

Le plaisir me traverse avec une telle force que des larmes me montent aux yeux. James me suit dans l'extase avec un grognement plus animal qu'humain, ses bras se resserrant autour de moi tandis que son corps pulse à l'intérieur du mien.

En moi, il s'épaissit. Grandit. Se noue... avec des étrangers que je connais à peine, et pourtant, ils me possèdent déjà.

Il siffle, et son corps frissonne alors que je le sens m'inonder de sa semence, étirant mon intérieur tandis qu'il se verrouille en place.

—James, je halète, m'accrochant à lui alors que mon corps tremble de répliques.

—Je te tiens, murmure-t-il, ses bras forts et stables autour de moi. Je te tiens, Lily.

Je m'effondre contre sa poitrine, complètement épuisée. Mes membres semblent liquides, et mon esprit est délicieusement vide de tout sauf de la sensation d'être tenue, d'être remplie, d'être... possédée.

—Tu as été parfaite, dit-il, sa voix un grondement bas contre mon oreille. Il caresse mes cheveux, son toucher doux malgré l'incendie qui vient de se produire entre nous. Si réceptive. Si belle quand tu t'abandonnes.

La vérité, c'est qu'il y a eu abandon des deux côtés — son contrôle tout aussi défait que le mien par ce qui existe entre nous.

James tend la main vers le panneau de commande, activant les jets. L'eau se réchauffe presque instantanément, bouillonnant autour de nous en une caresse apaisante.

—Nous n'allons nulle part pendant un moment, dit-il, avec une pointe de sourire dans sa voix. Autant nous installer confortablement car nous pourrions rester ici environ une demi-heure, peut-être moins.

Je hoche la tête et m'installe plus confortablement contre lui. Le plaisir physique s'est atténué en une chaleur douce, laissant place à d'autres sensations — le battement régulier de son cœur contre ma joue, le mouvement délicat de sa poitrine qui se soulève et s'abaisse, le parfum persistant de cèdre et de chocolat noir qui semble émaner de sa peau.

—Je vais prendre soin de toi maintenant, murmure-t-il, ses lèvres effleurant ma tempe.

Ma tête est brumeuse à cause de la chaleur, de l'orgasme et de l'étrange et puissante connexion qui semble nous lier. Je ne suis pas sûre d'avoir bien entendu, pas sûre qu'il ait voulu dire ce que j'ai compris.

Alors que je me blottis contre lui, je me demande comment les choses seront entre nous quand la chaleur finira par s'estomper et que la réalité reviendra brutalement.

Je repousse ces pensées, reconnaissante de me sentir presque normale sans cette douleur profonde dans mon ventre.

Pour l'instant, je me laisse couler dans le moment présent — la chaleur, la proximité, la façon dont il me tient comme si j'étais quelque chose de précieux, quelque chose de durable. Une fille a bien le droit de rêver, non ?

21

JAMES

Il est à peine cinq heures du matin, mais je suis éveillé depuis une demi-heure, n'entendant plus aucun bruit de la tempête comme si elle s'était endormie.

À côté de moi, Lily s'étale sur le lit, une jambe drapée sur la mienne, son visage à moitié enfoui dans l'oreiller. Ses boucles sauvages se répandent sur les draps, sombres contre le coton blanc. Je me dégage doucement de dessous elle, attentif à ne pas la réveiller, et remonte la couverture sur son dos exposé.

—Putain de voleuse de lit, je marmonne avec un sourire, l'observant annexer immédiatement l'espace que je viens de libérer.

Dieu, qu'elle est belle. Le genre de beauté qui a fait paraître ces dix-huit mois comme dix-huit ans. Je n'ai pas touché une femme depuis près de deux ans — six mois avant la prison, puis toute la durée à l'intérieur — et mon corps vibre encore de la nuit dernière. L'avoir enfin prise. La façon dont elle me regardait, me

339

défiant et s'accrochant à moi comme si sa vie en dépendait. Malgré ses paroles et ses actions, je sais qu'au fond, elle est une Oméga qui aspire à être aimée, à être protégée par un Alpha.

Je m'approche de la fenêtre, scrutant l'obscurité. Tout est si calme. Je ne distingue pas grand-chose au-delà de notre propriété, juste des formes vagues et des mouvements qui pourraient être des animaux cherchant un abri ou des branches se détachant.

En regardant Lily à nouveau, quelque chose se serre dans ma poitrine. C'est ça. Ce dont j'ai eu envie, ce dont j'ai rêvé pendant ces nuits interminables où les murs se rapprochaient trop. Pas n'importe quelle femme — elle. Cette petite boulangère au caractère bien trempé, avec son esprit vif et son indépendance obstinée. Cette Oméga qui s'ajuste contre moi comme si elle avait été faite pour moi.

Je pourrais construire une vie avec elle. Bâtir quelque chose de réel, de durable. Lui donner tout ce qu'elle mérite — sécurité, plaisir, un partenaire dont le feu égale le sien. Et si Archer et Hunter veulent une part de ce que nous avons, étonnamment, je suis d'accord avec ça. Ce sont mes frères à tous égards. Nous en avons déjà parlé, durant ces conversations nocturnes qui frôlent le trop personnel — partager une Oméga, construire une meute ensemble. Cette idée devrait me rendre jaloux, possessif, mais au lieu de cela, ça semble juste... naturel.

Mais il y a cette ombre qui plane sur tout. Les mensonges. Pas des faussetés directes, mais des péchés d'omission. Elle est au courant maintenant, pourtant cela pèse encore lourdement sur moi, voyant qu'elle n'a pas encore admis m'avoir complètement pardonné.

J'enfile mon boxer et me glisse hors de la chambre, fermant la porte pour ne pas la réveiller. La maison craque et gémit autour de moi tandis que je descends les escaliers, la vieille charpente en bois protestant contre le vent qui la bat.

Mon sommeil est foutu depuis la prison. Dix-huit mois de contrôle constant, de bruit constant, de vigilance constante — ça recâble ton cerveau, te fait sursauter au moindre ombre et écouter des pas qui n'existent pas. Même ici, dans la forteresse de Hunter, je ne parviens pas à dormir plus de quelques heures avant que mon corps ne me réveille en sursaut, le cœur battant, les sens en alerte maximale.

Peut-être qu'avec Lily dans mon lit, cela changera. Peut-être que son odeur, sa chaleur et sa respiration douce annuleront les alarmes qui continuent de hurler dans ma tête. Ça vaut le coup d'essayer, en tout cas.

Le couloir s'étire long et sombre devant moi alors que je me dirige vers la cuisine, pensant au café et peut-être à quelques préparatifs pour le petit-déjeuner. Lily me semble être le genre à apprécier des viennoiseries fraîches à son réveil, et je meurs d'envie de mettre les mains sur le four de qualité professionnelle de Hunter. Cela fait trop longtemps que je n'ai rien pâtissé.

C'est alors que je l'entends — un grognement bas et guttural venant de l'arrière de la maison, près de la porte de derrière.

Je me fige au milieu d'un pas, les poils de ma nuque

se hérissant. Mon corps se place automatiquement en position défensive, poids centré, muscles tendus.

Thor ? Peut-être. Les instincts protecteurs du malamute sont profondément ancrés, surtout pour un animal élevé dans ces montagnes. Mais quelque chose dans le ton de ce grognement semble anormal.

Putain. Pas encore un ours. La dernière fois qu'un de ces salopards est entré, il a dévasté la moitié de la cuisine avant que Hunter ne parvienne à le faire sortir. Après ça, il a renforcé toutes les portes et fenêtres et installé des cadres à noyau d'acier et du double vitrage.

Le grognement reprend, plus profond cette fois, suivi d'une voix étouffée qui n'est définitivement ni celle de Hunter ni celle d'Archer.

Putain ! Quelqu'un est dans la maison.

Je me déplace silencieusement vers l'origine du bruit, attrapant au passage un lourd serre-livres en bronze sur la table du hall. Pas idéal, mais ça peut fracasser un crâne si nécessaire. Mon esprit catalogue ce que je sais de la disposition des lieux — où Hunter garde ses armes (principalement dans le coffre-fort du sous-sol).

—Thor, j'espère que c'est toi, mon pote, dis-je doucement, bien que je sache déjà que ce n'est pas lui.

En tournant au coin vers l'entrée arrière, mes soupçons se confirment. La porte est fermée, mais la neige fondue traverse le parquet en formant des flaques en forme de bottes. Pas des empreintes de pattes. Pas des griffes d'ours. Humain. Un grand humain, à en juger par la taille de ces traces.

Enfoiré. Quelqu'un s'est introduit ici.

Je me déplace le long du mur, respiration contrôlée,

tendant l'oreille pour capter le moindre son. Plus loin dans la maison, les grognements de Thor s'intensifient, ponctués par quelqu'un qui lui siffle de se taire.

S'ils font du mal à ce chien, je les déchirerai à mains nues.

La porte du bureau est entrouverte, un mince filet de lumière — pas électrique, mais le faisceau dansant d'une lampe torche — visible par l'ouverture. Je m'approche, dos pressé contre le mur, et jette un coup d'œil à l'intérieur.

La pièce est majoritairement sombre, mais je distingue une grande silhouette penchée sur le bureau où Hunter conserve la carte au trésor. L'intrus me tourne le dos, une main gantée dirigeant une lampe torche vers le document encadré tandis que l'autre trace le contour du verre comme s'il s'apprêtait à le soulever. Thor se tient à quelques mètres, poils hérissés, crocs découverts, prêt à bondir.

Je calcule la distance, serre le serre-livres plus fort, et me prépare à frapper—

La douleur explose dans mon dos, un coup vicieux qui me prend complètement par surprise. « Putain ! » Je m'arc-boute, me retournant juste à temps pour recevoir un poing en pleine figure.

Je trébuche en arrière, tombant à genoux, la vision trouble, le serre-livres m'échappant des mains. Une autre silhouette se tient dans le couloir, entièrement vêtue de noir, visage dissimulé par une cagoule de ski. Il est presque aussi grand que moi, large d'épaules, sa posture suggérant qu'il sait se battre.

L'homme du bureau émerge, également masqué,

mais dès qu'il parle, la reconnaissance me frappe comme un nouveau coup.

—Qu'est-ce que tu fous ici ? siffle-t-il à son partenaire, puis il m'aperçoit gémissant sur le sol dans le couloir sombre.

Travis. Le putain de cousin de Hunter. Je reconnaîtrais cette voix n'importe où — la même qui venait à la cabane quand nous étions jeunes et cherchait la bagarre avec Hunter, des combats à coups de poing.

Thor se jette sur Travis avec un grognement féroce, et le chaos éclate. Travis crie alors que quatre-vingts livres de malamute furieux s'écrasent sur sa poitrine. Je laisse échapper un sifflement perçant — un signal qui fera accourir Hunter et Archer — puis je me relève d'un bond et tourne mon attention vers le second intrus qui se jette sur moi.

Nous entrons en collision avec une force qui ébranle les os, heurtant le sol assez violemment pour me couper le souffle. Son poing entre en contact avec ma mâchoire, la douleur explosant comme des feux d'artifice derrière mes yeux. Je goûte le sang et sens la coupure sur ma lèvre, mais la douleur ne fait qu'alimenter la rage qui monte en moi.

Je roule sur le côté, enfonçant mon genou dans ses côtes, puis enchaîne avec un coup de pied qui l'envoie valdinguer. Avant qu'il ne puisse se remettre, je suis debout, récupérant le serre-livres au sol.

Il revient à la charge, menant avec son épaule comme un linebacker. Je pivote à la dernière seconde, abattant le lourd bronze sur son dos alors qu'il passe. Il s'écrase contre le mur avec un craquement satisfaisant, la cloison sèche se fissurant sous l'impact.

Un jappement de douleur ramène mon attention vers Thor et Travis. Mon sang se glace quand je vois Travis saisir un tisonnier décoratif sur la table du hall, le levant comme une lance.

—Ne le touche pas, putain ! je rugis, abandonnant mon adversaire pour charger Travis.

Je le frappe de toutes mes forces, le projetant en arrière contre le mur avec suffisamment de puissance pour laisser une empreinte corporelle dans le plâtre. Le tisonnier tombe avec fracas tandis que Thor s'éloigne en rampant, les crocs toujours découverts.

Avant que je puisse poursuivre, quelque chose s'abat violemment contre l'arrière de ma tête — un coup en traître du deuxième intrus — et mes genoux cèdent complètement. La pièce ne bascule pas simplement ; elle tourne violemment tandis que je m'écroule au sol. L'obscurité envahit ma vision depuis les bords, la dévorant presque entièrement. J'essaie de me relever, mais mes bras tremblent et s'effondrent sous moi. Ma tête pulse d'une douleur si aveuglante que même garder les yeux ouverts semble impossible.

—On doit sortir d'ici. Maintenant ! crie le deuxième homme quelque part au-dessus de moi.

—Pas sans ce pour quoi on est venus, gronde Travis. La carte est juste là, sous la vitre.

—Tu es fou ? J'entends quelqu'un bouger à l'étage !

Je parviens à me tourner sur le côté, les lames du plancher ondulant sous moi. À travers le brouillard, je vois Travis se précipiter de l'autre côté de la pièce, visiblement blessé par notre combat.

—Alors aide-moi, espèce d'idiot ! Travis saisit quelque chose de lourd — on dirait un serre-livres — et l'abat violemment. Le verre qui se brise résonne comme une explosion dans mon crâne.

—Je l'ai ! crie Travis en s'emparant de ce qui doit être la carte. Bouge !

Je me force à me mettre à quatre pattes, mais la pièce tourne si brutalement que je manque de vomir. Chaque tentative pour me lever provoque de nouvelles vagues d'agonie dans ma tête.

—James ! La voix de Hunter semble venir de kilomètres.

Le temps que je parvienne enfin à me remettre debout, je me heurte au mur, m'en servant pour me maintenir droit tandis que je chancelle à la poursuite des voleurs. Je rebondis d'un mur à l'autre, maintenant à peine ma conscience alors que je suis les bruits de leur fuite.

J'atteins la porte arrière au moment où Hunter et Archer dévalent les dernières marches. Ils se précipitent vers l'embrasure où je m'appuie lourdement contre le cadre, leurs bras me soutenant alors que nous regardons Travis et son complice enfourcher une motoneige noire et élégante.

L'étrange silence me frappe immédiatement. Le vent rugissant s'est complètement arrêté. Dehors, le monde s'est transformé — une neige immaculée, intacte s'étend sous un ciel qui s'éclaircit, presque paisible dans son immobilité. Le moteur de la motoneige brise cette paix quelque part dans la cour remplie d'arbres, son phare perçant la calme obscurité alors qu'ils s'éloignent du chalet.

Hunter se précipite dehors avec Archer juste derrière lui, tous deux en caleçon seulement, mais Travis et son armoire à glace filent déjà sur le chemin qu'ils ont tracé.

—C'est quoi ce bordel ?! tonne la voix de Hunter alors qu'ils reviennent à l'intérieur.

—James, putain de merde, Archer abaisse son arme et se précipite pour m'aider. Que s'est-il passé ?

Je le laisse me guider jusqu'à une chaise dans la cuisine, grimaçant à cause du mal de tête, de la lèvre fendue, de la mâchoire meurtrie, de la possible commotion cérébrale et des hématomes évidents le long de mon dos et de mes côtes.

—Ton putain de cousin, je crache à Hunter, goûtant à nouveau le sang. Travis. Lui et un autre connard sont entrés par effraction. Pour la carte. Thor a attaqué Travis, et j'ai affronté l'autre.

Le visage de Hunter s'assombrit de fureur, un muscle tressautant dans sa mâchoire. « Travis était ici ? Dans ma maison ? » Il s'agenouille immédiatement à côté de Thor, l'examinant de ses mains douces. « Ils t'ont fait mal, mon gars ? Ils t'ont touché, putain ? »

—Il s'est battu comme un diable. Il a failli arracher un morceau de Travis avant que ce salaud ne saisisse un tisonnier. Puis j'ai projeté l'enfoiré contre le mur pour protéger Thor.

La tête de Hunter se redresse brusquement, son

expression meurtrière. « Il a essayé de frapper mon chien ? Je vais le tuer. »

Je hoche la tête. — Mais Travis était dans le bureau, en train d'examiner la carte quand je suis descendu, j'explique, acceptant la poche de glace qu'Archer me presse dans la main. Il avait un complice avec lui, un grand type qui savait se battre. Ils ont pris la carte et se sont enfuis quand ils vous ont entendus arriver.

Hunter se lève d'un bond et retourne à l'avant de la maison. — Putain ! Son poing s'écrase contre le mur.

—Ils sont déjà loin maintenant, rapporte Archer en revenant dans la cuisine. Sa respiration est courte et saccadée, suggérant qu'il a couru tout autour de la propriété. Des cristaux de glace s'accrochent à ses cheveux brun doré, fondant lentement dans la chaleur de la cuisine. Mais leurs traces de motoneige sont encore parfaitement visibles, se dirigeant vers l'est. La poudreuse fraîche les rend faciles à suivre, et on dirait que la tempête est peut-être terminée.

—Je pars à leur poursuite, interrompt Hunter, un calme mortel s'installant sur ses traits. Ses yeux bleu glace sont devenus plats et froids, me rappelant un prédateur évaluant sa proie. Sa mâchoire se crispe. Personne ne s'introduit dans ma maison. Personne ne menace ma meute.

—Je viens avec toi, dis-je immédiatement, m'efforçant de me tenir plus droit malgré le tangage persistant de la pièce. Ma tête me fait mal, un rappel du coup en traître de Travis. Du sang coule de ma lèvre fendue, métallique et chaud sur ma langue. Ces salauds ne se sont pas contentés de s'introduire ici, ils nous ont attaqués, moi et Thor. Ils ont mis la main sur la carte de ton grand-père. C'est devenu personnel maintenant.

Thor gémit doucement, pressant son poids contre la jambe de Hunter. Ce dernier se penche, ses doigts s'enfouissant dans son épaisse fourrure comme pour l'examiner plus attentivement, ne semblant trouver aucune blessure sous son dense pelage.

—Tu as bien fait, Thor, lui dis-je. Tu m'as sauvé la mise quand j'en avais besoin. Bon chien. La queue du malamute remue une fois en signe de reconnaissance.

Un petit bruit provenant de l'entrée attire immédiatement notre attention. Ce son — une inspiration douce et brusque — tranche la tension comme un couteau.

Lily se tient là, noyée dans ce qui semble être une de mes chemises, le tissu sombre tombant presque jusqu'à ses genoux et la faisant paraître encore plus petite, plus vulnérable. Ses boucles sauvages forment un halo emmêlé autour de son visage, captant la lumière de la cuisine en mèches brun foncé et caramel. Ses yeux brun doré s'écarquillent en découvrant la scène — le mur cabossé dans le couloir, les meubles éparpillés, le sang sur mon visage, le verre brisé de la vitrine.

—Oh mon Dieu, halète-t-elle, une main se levant pour couvrir sa bouche. Puis son regard se fixe sur moi, parcourant la coupure sous mon œil jusqu'au sang sur ma lèvre et la façon dont je m'appuie contre le comptoir pour me soutenir. Son visage pâlit si dramatiquement que je crains qu'elle ne s'évanouisse. James ! Tu saignes !

La peur sincère dans sa voix perce à travers le brouillard de douleur et de colère.

Avant que je ne puisse la rassurer, elle traverse la

pièce en courant, toute en douceur et chaleur de sommeil, pleine de préoccupation. Elle se tient devant moi, son expression d'une inquiétude si sincère que quelque chose dans ma poitrine se serre douloureusement. Elle prend la poche de glace de ma main, la mettant de côté pour examiner les coupures sur ma lèvre et sous mon œil avec des doigts délicats.

—J'ai besoin d'eau propre et de désinfectant, dit-elle par-dessus son épaule à Archer, qui s'exécute immédiatement. Ses doigts tremblent légèrement alors qu'ils planent au-dessus de mes blessures, sans vraiment les toucher, comme si elle avait peur de causer plus de douleur. Que s'est-il passé ? Ça va ? Ton pauvre visage...

—Cambriolage, lui dis-je, attrapant sa main et la serrant pour la rassurer. Sa peau est chaude, douce — des mains de boulangère avec la force de pétrir du pain pendant des heures. J'ai surpris deux types dans la maison. Nous avons eu un désaccord concernant leur présence ici. J'essaie d'adopter un ton léger, mais ma voix sort rocailleuse, tendue par une rage contenue.

Ses yeux s'écarquillent davantage, la peur remplaçant l'inquiétude alors qu'elle regarde autour d'elle, comme si elle s'attendait à voir d'autres intrus surgir des ombres. — Quelqu'un est entré par effraction ? Ici ? Avec nous tous qui dormions à l'étage ? Au milieu de nulle part pendant une tempête de neige ?

—Mon cousin, Travis, et un autre gros bras, grogne Hunter, les poings si serrés à ses côtés que ses articulations en sont devenues blanches. Il est tendu de la tête aux pieds, comme un ressort sur le point de se détendre avec une force meurtrière. Ce putain de lâche est venu pendant une tempête, pensant qu'on serait tous profondément endormis. Il veut cette carte depuis avant même que Grand-père ne soit froid dans sa tombe.

—Travis ? Lily nous regarde tour à tour, déconcertée, les sourcils froncés de confusion. Celui dont tu as parlé avant ? Ton cousin ?

Hunter hoche la tête, la mâchoire si crispée que je peux entendre ses dents grincer. —Le même enfoiré qui est convaincu que la carte est son droit de naissance, qu'il a été privé de son *véritable* héritage.

Les mains de Lily sont douces lorsqu'elle nettoie mon visage avec la serviette et la crème antiseptique qu'Archer a rapportées, mais je les sens trembler contre ma peau. L'antiseptique me pique, mais j'accueille cette douleur vive — elle éclaircit mes idées et concentre mes pensées.

—Je n'arrive pas à croire qu'ils aient fait une effraction pour cette carte, dit-elle, sa voix plus aiguë que d'habitude sous le coup de l'incrédulité.

—Les gens font n'importe quoi pour la richesse, ajoute Archer, adossé au chambranle de la porte. Ses cheveux habituellement impeccables sont ébouriffés par le sommeil et sa course à l'extérieur, lui donnant un aspect plus sauvage que d'ordinaire. L'argent transforme les hommes en monstres. Ils auraient pu te tuer, James. Si tu ne les avais pas entendus...

Il ne termine pas sa pensée. Il n'en a pas besoin. Nous savons tous ce qui aurait pu arriver si je n'avais pas été réveillé, si Thor ne m'avait pas alerté.

—Travis va très vite le regretter. Et Thor a aidé à égaliser les chances.

Les mains de Lily s'immobilisent sur mon visage, ses yeux dorés scrutant les miens. —Tu es vraiment sûr que ça va ? demande-t-elle doucement, la question manifestement destinée à moi seul malgré notre public.

—J'ai connu pire, lui dis-je, ce qui n'est pas exactement le réconfort qu'elle cherche, à en juger par sa grimace. Je réessaie. —Ça ira. Rien de cassé, juste des contusions.

Son attention se tourne vers le malamute, qui reste près d'elle. —Oh, Thor ! Tu es blessé aussi, mon bébé ? Elle tend la main pour lui caresser la tête, et il se penche vers sa caresse avec un léger gémissement.

—Il va bien, lui dis-je. —Il n'a rien.

—Nous devons partir maintenant, dit Hunter. —La tempête s'est calmée, ce sont des conditions parfaites pour les pister. Si nous agissons vite, nous pouvons les rattraper.

—Je viens avec vous, j'affirme.

—Attendez, partir ? La tête de Lily se redresse brusquement, son regard passant de Hunter à moi. —Partir où ? À leur poursuite ? Vous êtes fous ?

—Tu es sûr que c'est une bonne idée ? ajoute Archer, sa voix soigneusement neutre, mais ses yeux sont vifs d'inquiétude. —Non, mieux vaut juste débarquer chez eux. Ils n'iront pas bien loin.

Une des mains de Lily repose sur ma poitrine, comme pour me maintenir en place. —James, tu es blessé. Tu as peut-être une commotion cérébrale. Tu devrais peut-être te reposer, laisser les autorités s'occuper de ça.

Son inquiétude me touche, mais elle ne peut pas

pénétrer la rage brûlante qui monte en moi. L'idée que Travis s'échappe après ce qu'il a fait — après avoir mis en danger tous ceux qui se trouvent dans cette cabane — est insupportable.

—Rien à foutre, je grogne, me surprenant moi-même par la véhémence de ma voix. —Ils m'ont attaqué, menacé Thor, mis tous en danger — toi y compris. Je vais avoir ma putain de revanche. Mes mains se ferment en poings à mes côtés, les jointures déjà meurtries pour avoir frappé les visages de Travis et de son pote.

—Ces salauds ont pénétré dans notre maison pendant que tu dormais à l'étage. Et s'ils étaient montés là-haut au lieu de venir ici ? Et s'ils t'avaient trouvée ?

Cette pensée déclenche en moi une nouvelle vague de rage meurtrière. L'idée de Travis s'approchant de Lily fait bouillir mon sang et teinte ma vision de rouge. Mes instincts protecteurs — quelque chose dont je n'avais même pas conscience jusqu'à récemment — rugissent en moi.

—James... commence Lily, mais je peux voir dans ses yeux qu'elle comprend. Ça ne lui plaît pas, mais elle saisit.

—On a la motoneige dans l'appentis arrière, dit Hunter, qui se dirige déjà vers les escaliers. —On va la prendre, et je conduirai. Habillez-vous, on part maintenant !

—Tu as une motoneige ? demande Lily, essayant visiblement de suivre la rapidité avec laquelle les événements se déroulent. On aurait pu l'utiliser pour rentrer.

—Avec la neige aussi rugueuse, c'était trop dangereux, ma belle, confirme Archer.

—Et la police ? demande Lily, nous regardant tour à tour avec une inquiétude grandissante. Ne devrions-nous pas les appeler ?

Hunter et moi échangeons un regard. —C'est personnel et c'est quelque chose que nous allons régler nous-mêmes, explique Hunter.

—Laisse-moi au moins finir de te soigner avant que tu partes, insiste-t-elle, en tamponnant plus d'antiseptique sur la coupure sous mon œil. Si vous êtes déterminés à faire ce truc macho de vengeance, vous ne le ferez pas en saignant encore.

Ses paroles peuvent sembler désinvoltes, mais son toucher est tout le contraire — doux, attentionné, son inquiétude évidente dans chaque pression de ses doigts contre ma peau. Je me surprends à me pencher vers sa caresse, en voulant davantage même alors que je me prépare à la laisser derrière.

Je me tourne vers Lily quand elle a terminé, prenant son visage entre mes mains et pressant un baiser dur et rapide sur ses lèvres. Elle semble surprise, déconcertée par mon intensité, ses yeux dorés grands ouverts et interrogateurs quand je me recule.

—Nous ne serons pas longs, je promets, mes pouces caressant ses pommettes. Sa peau est incroyablement douce sous mes mains calleuses. Mais nous devons y aller maintenant pendant que la piste est fraîche.

—Vous pourriez mourir là-bas, murmure-t-elle. Tous les deux. Pour une stupide carte ?

—Il ne s'agit plus de la carte, lui dis-je. Il s'agit de faire comprendre à Travis qu'il ne peut pas s'en prendre à ce qui nous appartient.

Quelque chose dans mon ton, dans mon expression, lui coupe le souffle. Ses yeux scrutent les miens, cherchant quelque chose — du réconfort, peut-être, ou une compréhension de ce que je veux vraiment dire.

—Je vais me changer, dit Hunter, déjà à mi-chemin des escaliers. Deux minutes, James. Retrouve-moi à la porte arrière.

Je hoche la tête, puis me tourne vers Archer. — Protège-la, j'ordonne. Ma main saisit son épaule, mes doigts s'enfonçant assez fort pour le faire grimacer. Tu as compris ? Si Travis revient...

—Personne ne touchera un cheveu de sa tête, interrompt Archer. Pas tant que je vivrai. Ses yeux ambrés regardent Lily, puis reviennent vers moi. En plus, je suis armé, et elle connaît probablement dix-sept façons d'empoisonner quelqu'un avec des ingrédients de pâtisserie. On s'en sortira.

Malgré tout, Lily laisse échapper un petit rire. — Dix-huit, en fait. L'astuce de la noix de muscade est nouvelle. Sa tentative de légèreté tombe à plat, cependant, l'inquiétude toujours évidente dans la tension autour de ses yeux et la façon dont elle se serre comme si elle avait froid.

Je sens un sourire réticent tirer sur ma lèvre fendue, rouvrant la blessure. Une nouvelle goutte de sang perle, et Lily tend automatiquement la main pour l'essuyer, son toucher incroyablement doux.

—Verrouillez tout après notre départ, dis-je à Archer. Chaque porte, chaque fenêtre. Et gardez Thor avec vous — il entendra n'importe qui arriver avant vous.

Thor gémit doucement à mes pieds, clairement déchiré entre l'envie de me suivre et celle de rester pour protéger Lily.

—Reste, lui dis-je fermement. Garde.

Ses oreilles se dressent au commandement, et il va s'asseoir directement à côté de Lily, son grand corps se pressant de façon protectrice contre sa jambe.

Elle hoche la tête une fois, puis se dresse sur la pointe des pieds pour presser un doux baiser sur le coin non blessé de ma bouche. —Va, murmure-t-elle contre ma peau. Faites tous les deux ce que vous avez à faire. Mais revenez-moi. Garde Hunter et toi-même en sécurité.

Ses paroles me suivent alors que je me dirige vers les escaliers, les montant deux par deux malgré les protestations de mon corps meurtri. Chaque pas envoie une nouvelle vague de douleur dans mon crâne, mais je la surmonte, alimenté par la rage et quelque chose d'autre — quelque chose qui a des yeux brun doré et qui sent la vanille et la menthe poivrée.

Dans ma chambre, je m'habille rapidement, grimaçant à chaque mouvement qui tire sur les bleus en formation. Alors que je lace mes bottes, Hunter apparaît dans l'encadrement de ma porte, vêtu de noir, une cagoule à la main.

—Tu es sûr d'être en état pour ça ? demande-t-il, ses yeux évaluant mon état avec le regard exercé de quelqu'un qui a vu sa part de blessures. Pas de honte à passer ton tour.

—Essaie de m'arrêter, je le défie, me redressant de toute ma hauteur malgré la vague de vertige qui accompagne le mouvement. Je verrouille mes genoux pour éviter de chanceler, refusant de montrer la moindre faiblesse.

Un sourire lent et dangereux s'étale sur le visage de Hunter. « Parfait. Parce qu'à nous deux, on va faire regretter à mon cousin d'être venu au monde. » Il me lance une cagoule noire. « Équipe-toi. Il est temps de montrer à Travis ce qui arrive quand on s'en prend à nous. »

Debout sur mes pieds, je suis putain de prêt.

—Quand on le trouvera, poursuit Hunter. On ne retient pas nos coups.

La certitude froide dans sa voix reflète la glace qui coule dans mes propres veines. « Fais-moi confiance, » je réponds, en tirant la cagoule sur mon visage, « je n'en ai pas l'intention. »

22

LILY

Le soleil matinal inonde les fenêtres de ses rayons. Avec Hunter et James partis récupérer la carte chez Travis, le chalet semble étrangement silencieux. Thor s'est endormi près de la porte arrière par laquelle Hunter est sorti, attendant probablement leur retour, nous laissant Archer et moi véritablement seuls.

Je m'appuie contre le mur de l'entrée, observant Archer agenouillé devant la porte d'entrée, ses outils éparpillés autour de lui tandis qu'il remplace la serrure endommagée lors de l'effraction de Travis. Il y a quelque chose d'indéniablement attirant à le regarder travailler — la concentration visible sur ses muscles, les mouvements de ses mains, les grognements occasionnels.

Mes chaleurs ne se sont pas encore complètement dissipées. Je les sens persister avec un feu qui s'embrase chaque fois que je suis près de l'un des Alphas. Avec Archer, c'est particulièrement puissant — peut-être parce que nous avons eu moins de moments seul à seul que je n'en ai eu avec les autres.

Il serre la dernière vis, teste la serrure, ferme la porte et se redresse sur ses talons avec un sourire satisfait. — Ça devrait faire l'affaire. Ce n'est pas aussi sécurisé que Hunter l'aurait fait, mais ça tiendra jusqu'à ce qu'on achète de nouvelles serrures.

— Tu es sexy quand tu fais ça, dis-je avant de pouvoir m'en empêcher. Le rôle de bricoleur te va bien.

Il se tourne vers moi, sourcil arqué avec amusement. — Ça va, ma belle ? Tu sembles un peu échauffée.

Je me détache du mur, attirée vers lui par quelque chose que je ne peux pas vraiment contrôler. — Tu devrais faire ça torse nu la prochaine fois. Pour des raisons esthétiques.

Il rit doucement, posant ses outils sur la table d'appoint. — Pour des raisons esthétiques, hein ? Ses yeux ambrés s'assombrissent légèrement tandis qu'il m'examine. — Tu ressens encore tes chaleurs, n'est-ce pas ?

— Un peu, j'avoue, ne cherchant pas à nier ce qui doit être évident pour ses sens d'Alpha. Elles... persistent.

Avec une lenteur délibérée qui fait s'accélérer mon cœur, Archer saisit le bas de son t-shirt et le passe pardessus sa tête. Comme la carrure robuste de Hunter ou la force solide de James, la silhouette d'Archer est tout aussi imposante — tout en muscles et surfaces lisses.

— Mieux ? murmure-t-il.

Je m'évente théâtralement. — Beaucoup mieux. Bien que maintenant, il fasse encore plus chaud ici.

Il rit, rejetant la tête en arrière. — J'influence maintenant le climat du chalet ? Je vais ajouter ça à ma liste de talents.

— Quoi d'autre sur cette liste ? demandé-je en faisant un pas vers lui.

— Oh, plein de choses, répond-il avec un haussement d'épaules délibérément désinvolte qui fait onduler ses muscles de façon séduisante. Lire des textes anciens, identifier des premières éditions rien qu'à l'odeur, rendre les femmes dans les boulangeries toutes mouillées...

— Wow, tu n'as pas osé, protesté-je automatiquement.

— Oh que si. Il comble la distance entre nous en quelques longues enjambées.

Sa main se pose sur mon épaule et remonte le long de mon cou, me maintenant là, inclinant ma tête en arrière avec son pouce pour rencontrer son regard.

Ce contact me couvre de chair de poule. — Archer, murmuré-je, désirant tout de lui mais incertaine de comment le demander.

— Oui, Lily ? Sa voix est taquine, mais ses yeux sont sérieux, scrutant les miens pour y chercher une permission.

— Je veux... je m'interromps, soudain timide, malgré l'urgence qui vibre en moi.

— Que veux-tu ? m'encourage-t-il doucement. Dis-moi.

— Toi, dis-je simplement. Entièrement toi.

Quelque chose ondule derrière ses yeux — faim, possessivité, désir — avant qu'il ne contrôle soigneusement son expression. — Tu m'as, déclare-t-il, ne me touchant toujours pas au-delà de mon cou. Mais je pense que nous devrions être clairs sur ce qui se passe ici. Est-ce tes chaleurs qui parlent ? Ou est-ce toi qui me désires ?

Sa question me prend au dépourvu. Elle est réfléchie et attentionnée d'une manière qui contredit son apparence enjouée.

—Les deux, j'admets. La chaleur rend tout... plus intense. Mais elle ne crée pas des sentiments qui n'existaient pas déjà. Je lève les yeux vers lui, soutenant son regard. Je te veux, Archer. Chaleur ou pas.

C'est toute la permission dont il a besoin. Sa bouche s'empare de la mienne dans un baiser qui commence doucement mais s'embrase rapidement en quelque chose de plus urgent. Ses mains encadrent mon visage, me tenant comme si j'étais précieuse, même si ses lèvres exigent une réponse que je suis impatiente de donner.

Je me presse contre lui, savourant la chaleur de sa peau nue sous mes paumes. Il a le goût du café qu'il a pris au petit-déjeuner et quelque chose d'uniquement Archer — vieux livres, bergamote et désir.

—Tu portes beaucoup trop de vêtements, murmure-t-il contre mes lèvres. Surtout compte tenu du fait que j'ai sacrifié ma chemise à des fins esthétiques.

Je ris, tirant sur le cordon de son pantalon de survêtement. —Je suis d'accord. Très injuste.

Ses mains attrapent les miennes, les immobilisant avec une douce pression. —Pas si vite. Je crois que je veux quelque chose en échange d'abord.

—Je n'ai plus d'argent, je plaisante, en montrant le

long t-shirt que je porte sans rien dessous — un de ceux de James, emprunté après m'être réveillée dans son lit.

—Oh, je peux penser à d'autres formes de paiement, ronronne-t-il, et mes genoux faiblissent. Comme t'entendre dire exactement ce que tu veux que je te fasse.

La chaleur envahit mon visage, mais pas d'embarras. Il y a quelque chose d'incroyablement excitant dans sa demande — à propos d'exprimer mes désirs à voix haute.

—Je veux que tu m'embrasses encore, je commence, trouvant du courage dans l'assombrissement de ses yeux. Et puis je veux que tu me touches. Partout.

—Très précis, me taquine-t-il, mais sa respiration s'est accélérée. J'aime ça.

Il s'approche, me poussant contre le mur. Son corps est une présence chaude contre le mien, assez proche pour le sentir mais sans me plaquer complètement. Ses lèvres trouvent mon cou, une douce caresse de chaleur contre ma peau, et je halète alors qu'il trace un chemin de baisers le long de ma gorge, chacun brûlant et délibéré.

—Plus, je chuchote, ma voix tremblante et haletante.

Son rire est bas et sensuel. —Gourmande.

Ses dents effleurent ma peau, et mon dos s'arque contre lui, désespéré d'en avoir plus. Je glisse mes mains dans la ceinture de son pantalon de survêtement, j'enroule mes doigts autour du tissu, tirant, mais avant que je puisse aller loin, sa main attrape mon poignet.

—Pas encore, grogne-t-il, et avant que je puisse protester, il me fait pivoter pour me mettre face au mur, mes paumes s'aplatissant contre la surface froide. Son corps se presse contre le mien par derrière, des muscles solides me maintenant en place. Son souffle est chaud contre mon oreille.

—Tu me veux tendre ou brutal, ma douce ? Sa voix est basse, rocailleuse et pleine d'intentions perverses.

Mon pouls tressaute. —Brutal, je râle. Oh, brutal c'est sûr.

Un souffle court lui échappe, et sa main agrippe l'arrière de mon t-shirt surdimensionné — la seule chose que je porte. D'un geste vif, il le remonte, dévoilant mes cuisses, mes hanches, mon dos. Sa paume glisse le long de ma jambe, ses doigts s'étalant largement sur ma peau comme s'il savourait chaque centimètre.

—Putain, si parfaite, marmonne-t-il, sa main pétrissant ma hanche. Je parie que tu savais exactement ce que tu faisais, te promenant avec rien que ce t-shirt.

—Peut-être, je murmure, m'arquant sous son toucher.

Ses doigts remontent, taquins, traçant la courbe de ma taille avant de me saisir plus fermement, ramenant mes hanches contre lui. Je le sens — chaud, dur et implacable — se frottant contre moi à travers le tissu fin de son pantalon de survêtement.

—Tu sens ça ? Sa voix est un grondement bas à mon oreille. C'est ce dont tu as envie.

Je laisse échapper un gémissement, ma tête basculant en arrière contre son épaule. — S'il te plaît.

Il fait onduler ses hanches à nouveau, et un son aigu et désespéré m'échappe.

Sa main glisse entre mes cuisses, ses doigts m'écartant davantage.

— Tu es déjà trempée pour moi, gronde-t-il. Dis-moi que tu en as besoin. Dis-le.

— Putain, Archer, tu vas me tuer, je halète, ma voix à peine audible. J'ai besoin de toi.

Ses doigts trouvent mon sexe, écartant mes lèvres, et tout mon corps tressaille lorsqu'il glisse deux doigts épais en moi. Un cri déchire ma gorge, mes jambes menaçant de céder, mais il se presse plus près, me maintenant fermement avec son autre bras enroulé autour de ma taille.

— C'est ça, murmure-t-il, ses lèvres effleurant mon oreille. Prends-le, mon ange. Ses doigts pompent en moi, lents et profonds, me taquinant jusqu'à ce que je suffoque, mon corps s'embrasant de l'intérieur.

— Plus, je gémis, pressant mes hanches contre lui, désespérée d'avoir plus de friction, plus de pression... plus de lui.

Ses dents attrapent mon lobe d'oreille, sa voix une sombre promesse. — Tu n'es pas prête pour plus.

— Je le suis, je halète. Je peux le supporter.

Son grognement vibre contre ma peau, et soudain, sa main me quitte. Avant que je puisse protester, il baisse son pantalon de survêtement, sa chaleur se pressant dure et épaisse contre moi. Mon souffle se coupe, et la douleur en moi s'aiguise en un besoin désespéré et brûlant parce qu'il pourrait être encore plus épais que James et Hunter. Je ne m'attendais pas à ça.

— Dis encore mon nom.

— Archer, je gémis. S'il te plaît.

Avec un juron étouffé, il presse le bout de son sexe

contre mon entrée, et je balance déjà mes hanches pour l'accueillir.

— Tu me rends fou, gronde-t-il, sa voix rauque de désir. Tu crois que je n'ai pas remarqué tes regards ? Que tu te mordais la lèvre chaque fois que je m'approchais ? Jouant l'innocente alors que tu savais parfaitement ce que tu faisais. Sa main glisse le long de mon flanc, ses doigts effleurant la courbe de ma taille avant de s'enrouler possessivement autour de ma hanche. Tu veux ça autant que moi, n'est-ce pas ?

— Oui, je halète, me pressant contre lui. S'il te plaît... j'ai besoin de toi.

— Ça ne suffit pas, murmure-t-il, son souffle chaud contre mon oreille. Je veux entendre exactement à quel point tu en as besoin.

— J'ai besoin que tu me baises, je râle, ma voix se brisant. J'ai besoin que tu me remplisses... que tu me fasses tout oublier sauf toi.

Son grondement sourd vibre contre ma peau, et ses doigts se resserrent sur mes hanches. — Oh, mon ange, tu vas obtenir exactement ce que tu supplies. Il me taquine avec le bout de son sexe, le glissant juste à l'intérieur avant de reculer. Tu sens ça ? Sa voix est un râle sombre. Ce n'est qu'un avant-goût. Et tu n'en auras pas plus tant que tu ne m'auras pas supplié correctement.

— Je te supplie, je gémis, me tordant dans son emprise, désespérée d'en avoir plus. Je ferai tout ce que tu veux... donne-le-moi juste.

— Tout ce que je veux ? Sa voix est purement pécheresse. Fais attention à ce que tu promets, mon ange. Je

ne m'arrêterai pas avant que tu ne sois une épave tremblante contre ce mur.

Puis il s'enfonce en moi fort et profond. Ma tête
tombe en avant contre le mur, un cri étranglé s'échappant de mes lèvres alors qu'il me remplit complètement,
m'étirant d'une manière qui me coupe le souffle. Il ne
me laisse pas le temps de m'adapter — agrippant mes
hanches, il commence à bouger, rapide et brutal, chaque
poussée envoyant des étincelles de plaisir qui tour-
billonnent à travers moi.

— C'est ça, gémit-il, la voix rocailleuse. Tu me
prends si bien... tu es si putain de serrée. Tu adores ça,
n'est-ce pas ? Sa langue descend le long de ma colonne
vertébrale. Tu aimes que je te baise comme ça — vite,
brutalement... possédant chaque centimètre de toi.

— Mon Dieu, oui, je crie, les ongles griffant le mur.
J'adore ça... ne t'arrête pas.

— Oh, je suis déjà ton Dieu. Je vais ruiner ta chatte,
pour que tu n'oublies jamais ma queue.

Je gémis, mon corps impuissant sous le sien, mes
nerfs brûlant sous son intensité. Il est partout — son
souffle contre mon oreille, son corps pressé étroitement contre mon dos, sa main glissant sur mon
ventre.

—Tu trembles déjà, me nargue-t-il, ses doigts taquinant mon clitoris, le pinçant. Pauvre petite... tu vas
craquer pour moi, n'est-ce pas ?

Je halète, je gémis, mon corps en feu, trop rempli de
lui et trop perdu pour penser. — S'il te plaît, je
murmure, ma voix une supplication désespérée.

—S'il te plaît, quoi ? Ses doigts appuient plus fort,

traçant de lents cercles qui me font trembler. Allez, ma douce... dis-moi ce dont tu as besoin.

—J'ai besoin de jouir, je suffoque. De crier.

—C'est mieux, grogne-t-il. Maintenant, jouis pour moi. Laisse-moi te sentir perdre le contrôle.

Ses doigts me travaillent sans pitié, son sexe s'enfonce plus profondément, chaque poussée me tendant davantage jusqu'à ce que je ne puisse plus le supporter. Mon corps se bloque, le plaisir déferlant sur moi si violemment que j'en oublie comment respirer. Je sanglote son nom tandis que je m'écroule contre lui, mes ongles griffant inutilement le mur alors que vague après vague me traverse.

Mais il n'a pas terminé. Il me tient à travers tout ça, poussant encore, se frottant encore contre moi, prolongeant chaque dernière pulsation de plaisir jusqu'à ce que je sois épuisée et haletante.

—Voilà ma fille, dit-il d'une voix plus rauque maintenant. Mais je n'en ai pas fini avec toi.

Il attrape mes poignets, les tirant derrière moi, les immobilisant tandis qu'il me baise plus fort, plus vite, comme s'il était déterminé à me laisser dévastée et ruinée. Mon corps tremble encore, hypersensible et douloureux, pourtant j'en réclame davantage — plus de lui, plus de ce feu qui me consume.

—Tu adores ça, gémit-il, son rythme brutal maintenant. Être baisée comme ça... savoir que tu m'appartiens, que je peux te briser.

—Oui, je halète. Oui... oui...

Il s'enfonce en moi une dernière fois, son corps se raidissant alors qu'il frissonne, un grognement guttural s'échappant de sa gorge tandis qu'il se répand profondément en moi. Sa prise sur mes poignets se resserre brièvement avant qu'il ne relâche son emprise, me libérant juste assez pour me tirer contre sa poitrine.

Je suis sans force, tremblante, mon souffle venant par saccades tandis qu'il nous fait descendre tous les deux au sol. Il me serre contre lui, un bras fermement enroulé autour de ma taille alors que ses lèvres se pressent dans mes cheveux.

—Je te tiens, murmure-t-il, plus doucement maintenant. Tu es à moi.

Je laisse ma tête retomber contre sa poitrine, le battement régulier de son cœur ralentissant sous ma joue. Mon corps vibre encore des répliques, la douleur me rappelant à quel point il m'a possédée violemment. Je ne me suis jamais sentie aussi épuisée... aussi complètement défaite.

Pourtant, alors que je suis là, enveloppée dans ses bras, son sexe profondément en moi, je sais qu'il n'a pas encore noué.

—Je t'avais dit que je pouvais le supporter, je murmure, ma voix rauque mais taquine.

J'essaie encore de reprendre mon souffle quand son bras se resserre autour de moi, et soudain, je suis soulevée du sol. Mon halètement s'échappe à peine avant qu'il ne me porte à travers la pièce. Son sexe est toujours enfoui en moi, chaque pas me faisant sentir chaque centimètre de lui. Mon dos est plaqué contre sa poitrine, et mes cuisses tremblent alors qu'il me fait descendre à genoux près du canapé.

—Mains sur les coussins, ordonne-t-il d'une voix sombre. Ne bouge pas sauf si je te le dis.

J'obéis, mes doigts agrippant fermement le tissu. Sa paume descend le long de ma colonne vertébrale, lente et s'attardant.

—Je te veux penchée... tête baissée. Je veux que tu me sentes partout.

J'ai à peine le temps de comprendre avant que sa main ne s'aplatisse entre mes omoplates et me pousse vers l'avant. Ma joue touche le coussin, mon corps étiré, les fesses en l'air, les jambes écartées, et complètement à sa merci. L'instant d'après, sa paume frappe mes fesses — une claque vive qui me fait glapir, la chaleur se répandant dans tout mon corps.

—Tu aimes ça ? grogne Archer, ses doigts s'enfonçant dans mes hanches. Tu aimes quand je te marque ? Il me serre plus fort et me ramène contre lui, son sexe s'enfonçant profondément. Tu dégoulines encore le long de tes cuisses, mon ange. Une petite chose si désordonnée... Je ne t'ai même pas encore nouée, et tu es déjà dévastée.

Je halète, me mordant la lèvre, la brûlure de sa claque se mêlant au plaisir qui me submerge. J'aime ça, je halète. S'il te plaît... encore.

—Tu es tellement avide, grogne-t-il, me giflant à nouveau, plus fort cette fois. C'est ce que j'aime chez toi... toujours à supplier pour en avoir plus. Il s'enfonce plus profondément, plus brutalement maintenant, ses doigts remontant le long de ma colonne vertébrale avant de s'enrouler dans mes cheveux. Je vais te nouer si profondément que tu me sentiras pendant des jours. Il tire ma tête en arrière suffisamment pour que sa bouche plane près de mon oreille. Dis-moi que tu le veux.

Je crie sous l'effet de sa pénétration profonde, de la rapidité de ses coups de reins.

—Ah bon ? Il sourit contre ma peau. C'est bien ce que je pensais.

Sa main glisse jusqu'à ma hanche, me maintenant immobile tandis qu'il me pilonne, rapide et brutal. La force de ses coups me coupe le souffle, mes gémissements étouffés contre le coussin. La pression s'enroule en moi, se resserrant si fort que je peux à peine le supporter.

—Tu es à moi, gronde Archer.

—Archer... je suffoque, mon corps brûlant, mes muscles tendus. Je vais...

—Jouis pour moi, exige-t-il, sa voix basse et autoritaire. Jouis pour moi pendant que je te noue.

Je hurle, mon corps explosant de l'intérieur, le plaisir me traversant en vagues sauvages tandis que mon sexe enserre le sien. Il gémit, bas et guttural, son érection gonflant, s'épaississant, poussant contre mes parois internes. Il me maintient immobile alors que sa chaleur m'inonde.

—C'est ça, grogne-t-il, sa main caressant ma colonne vertébrale dans un rare moment de tendresse. Une si bonne fille... toute à moi.

Je continue à hurler mon plaisir, mes jambes tremblantes, le désir me traversant comme un feu de forêt.

Il me suit en quelques instants.

Nous restons unis, reprenant notre souffle, nos cœurs ralentissant progressivement leur rythme frénétique. Pendant un moment, nous restons ainsi, tous deux essoufflés, la peau couverte d'une nappe de sueur, sa poitrine se soulevant et s'abaissant contre mon dos. Puis, lentement, il me ramène contre lui, et ses bras m'enveloppent.

—Je te tiens, murmure-t-il à mon oreille, son visage enfoui dans mon cou. Tu peux te reposer maintenant. Il me porte et s'assoit sur le canapé, moi sur ses genoux, lui toujours enfoui en moi.

Je laisse ma tête retomber contre son épaule, mon corps encore vibrant, ma respiration se calmant tandis que son odeur m'envahit. Pour la première fois depuis ce qui semble être une éternité, je ne me sens pas agitée. Je ne me sens pas incertaine.

Je me sens simplement... bien. Comme si c'était exactement là que je devais être.

23

HUNTER

L'Arctic Thundercat 9000 Turbo gronde sous moi, bête mécanique luttant contre sa propre puissance. Son moteur 4 temps turbocompressé de 998 cm³ vibre contre mes cuisses tandis que je le guide à travers la neige immaculée du matin. Derrière moi, James agrippe les poignées à ses côtés, son corps formant une présence tendue contre mon dos.

Chaque respiration me brûle les poumons, se transformant en vapeur dès qu'elle quitte ma bouche. La tempête s'est dissipée, cédant la place à un lever de soleil trompeusement magnifique – une lumière rose et dorée se déversant sur des sommets blancs intacts, le genre de matin qui semble mentir après l'effraction chez moi.

J'enfonce davantage l'accélérateur, et la machine réagit instantanément. Nous voguons au-dessus d'un amas de neige, momentanément en apesanteur, avant d'atterrir avec un bruit sourd étouffé dans la poudreuse profonde. Le GPS monté sur le guidon affiche notre position, suivant la limite est de la propriété en direction du col qui mène au versant de Travis.

Les traces que nous suivons racontent leur propre histoire – deux séries d'empreintes de motoneige creusant la neige vierge. Je reconnais le motif distinctif du Ski-Doo Renegade de Travis. L'autre série appartient à une machine plus lourde avec une posture plus large et des crampons plus profonds – l'engin de Deacon, sans aucun doute. Travis n'irait nulle part sans son fidèle chien de garde.

La limite de propriété apparaît devant nous, marquée par l'ancien pin foudroyé que mon grand-père utilisait comme repère de frontière il y a des années. Mi-mort, mi-vivant, l'arbre massif monte la garde entre deux mondes – mon domaine et le territoire de Travis. La tentative de justice salomonienne de mon grand-père, divisant son héritage entre deux descendants en guerre, espérant que cette séparation finirait par guérir notre discorde.

Elle n'a fait que l'approfondir.

En approchant du ranch de chasse de Travis, je coupe le moteur, glissant les cent derniers mètres jusqu'à un bosquet dense d'épicéas bleus. Le silence soudain après le rugissement constant de la machine fait bourdonner mes oreilles. Au loin, la fumée s'élève de la cheminée de la cabane – une fine ligne grise se détachant sur le ciel qui s'éclaircit.

—Ils sont là, murmurais-je en passant ma jambe par-dessus la machine et en faisant un signe de tête vers la cabane. Probablement en train de soigner leurs blessures, pensant qu'ils s'en sont tirés facilement.

James baisse davantage son masque de ski, seuls ses yeux gris orageux sont visibles. Du sang a gelé en petits cristaux sombres le long du tissu là où il recouvre sa coupure rouverte.

Nous avançons péniblement dans la neige jusqu'aux genoux vers la lisière des arbres, restant baissés sous les branches. Le ranch apparaît pleinement – pas la cabane rustique de chasse à laquelle on pourrait s'attendre, mais une structure imposante de rondins et de pierre s'étendant sur une taille respectable. Deux motoneiges sont garées de façon désordonnée devant, confirmant que nos cibles sont à l'intérieur.

Je tapote l'épaule de James et pointe vers l'arrière de la structure. « Entrée arrière », articulé-je en silence.

Il hoche la tête, puis se tapote la poitrine deux fois avant de pointer vers l'avant – m'offrant de prendre les devants. Nous contournons la clairière, restant dans l'ombre des pins. La lumière matinale illumine les fenêtres de la cabane, les faisant scintiller d'or, puis d'orange tandis que le soleil franchit la crête orientale. Nous atteignons la porte arrière sans être vus, nous pressant contre les rondins bruts de chaque côté.

À travers la petite fenêtre, je distingue des mouvements à l'intérieur – trois silhouettes se déplaçant dans la pièce principale. Travis est facile à reconnaître, même de dos, sa silhouette élancée et ses épaules voûtées sont inconfondables. Deacon se dresse à côté de lui, une montagne d'homme aux mains comme des massues et avec un tempérament à l'avenant. Le troisième homme m'est inconnu – plus petit, nerveux, se déplaçant avec une énergie fébrile.

James lève trois doigts en guise de question. Je hoche la tête, puis je me désigne et montre deux doigts, puis lui et montre un doigt.

Il secoue la tête et inverse le décompte.

Je manque de sourire malgré tout. Il veut du sang.

Testant silencieusement la poignée de la porte arrière, je sens qu'elle tourne avec résistance. Levant trois doigts, je compte à rebours.

Trois. Deux. Un.

Je lance mon épaule contre la porte de toutes mes forces. Le bois se brise autour du cadre tandis qu'elle s'ouvre violemment, s'écrasant contre le mur intérieur. Nous nous précipitons ensemble par l'ouverture avant que les occupants puissent réagir.

L'intérieur est sombre malgré la lumière matinale, avec de lourds rideaux tirés sur la plupart des fenêtres. Un feu rugit dans l'âtre de pierre, projetant des ombres inquiètes à travers l'espace rustique. L'endroit empeste la fumée de bois, le whisky et la sueur, avec une note métallique de sang.

Travis se tient près de la cheminée, un bras dans une écharpe de fortune, son visage formant une toile marbrée de violet et de noir suite à sa précédente rencontre avec James. Deacon se dresse à côté de lui, une montagne humaine dans une chemise en flanelle tendue sur un torse massif. Le troisième homme se tient légèrement à l'écart — mince, au visage dur, avec des yeux inexpressifs.

—Qu'est-ce que putain de— commence Travis, sa voix se brisant de surprise alors qu'il avance vers moi.

Je bouillonne en voyant mon cousin. Dire qu'il est

entré chez moi, a blessé mon ami, et s'apprêtait à frapper Thor. Et s'il avait trouvé Lily ? Une fureur incandescente brûle dans ma poitrine.

—Tu crois pouvoir entrer par effraction chez moi et me voler ? Je me lance sur Travis sans hésiter, enfonçant mon épaule dans son ventre. Malgré son bras blessé, il grogne sous l'impact mais se dégage rapidement, me laissant trébucher sur le côté. Derrière moi, j'entends un piétinement et jette un rapide coup d'œil pour découvrir James affrontant simultanément Deacon et l'étranger élancé.

Travis se ressaisit et balance son bras valide dans un arc sauvage vers ma tête. Je me baisse pour l'éviter, remontant avec un uppercut qui l'atteint en pleine mâchoire. Sa tête part en arrière, mais il ne tombe pas.

—Ta carte m'appartient, gronde-t-il, du sang mouchetant ses lèvres.

Un fracas de l'autre côté de la pièce attire mon attention pendant une fraction de seconde. J'aperçois James roulant sur une table, l'homme élancé tranchant l'air d'un couteau là où sa tête se trouvait un instant plus tôt. Deacon charge sur le côté, essayant de coincer James contre le mur.

Soudain, la botte de Travis percute mon genou, envoyant une décharge de douleur dans ma jambe. Je chancelle mais reste debout, bloquant son coup suivant et ripostant avec un direct dans son bras blessé. Il hurle de douleur, reculant vers la cheminée.

—J'aurais dû te faire la peau il y a longtemps, crache-t-il, en attrapant quelque chose appuyé contre l'âtre — un fusil à pompe avec une crosse en bois usée. Le Remington de mon grand-père.

Le cœur dans la gorge, je bondis en avant, saisissant le canon juste au moment où ses doigts se referment sur la crosse. Nous luttons pour le contrôle, l'arme entre nous. Du coin de l'œil, j'aperçois James se laissant tomber au sol et balayant les jambes de l'homme élancé. L'étranger s'écrase tandis que Deacon lance un coup de poing qui manque James et frappe le mur à la place, le plâtre se fissurant sous l'impact.

Travis tord le fusil, essayant de l'arracher de ma prise. Mes mains glissent sur le canon métallique, et je réalise avec une froide lucidité que je perds la lutte. Par désespoir, je projette mon front contre l'arête de son nez. Il y a un craquement écœurant, et Travis recule en titubant, le sang ruisselant sur son visage, mais il ne lâche pas l'arme.

—Hunter, baisse-toi ! crie James.

Je me baisse instinctivement alors que quelque chose de lourd passe au-dessus de ma tête — une chaise en bois qui s'écrase sur Travis. Sa prise sur le fusil faiblit, et je l'arrache de ses mains, le faisant pivoter tout en reculant.

L'homme élancé s'est repris et tient maintenant James dans une prise de tête, un couteau s'approchant de sa gorge. Deacon les encercle, cherchant une ouverture.

Putain !

Travis charge vers moi de nouveau, rugissant de rage. Je m'écarte, balançant le fusil comme une batte de baseball. La crosse percute son bras avec un bruit sourd, et il s'effondre lourdement, s'étalant sur le sol en gémissant.

Dans le même mouvement, je retourne le fusil, le pointant sur Deacon. — La fête est finie, Sasquatch ! je crie.

Le colosse hésite, les mains à moitié levées. Derrière lui, James lève les yeux au ciel tout en continuant à se débattre.

—Sasquatch ? Sérieusement ? grommelle James.

—Quoi ? Il est poilu et énorme, je rétorque sans quitter Deacon des yeux.

Le grand gaillard hésite, les mains à moitié levées. Cette fraction de seconde est tout ce dont James a besoin. Il enfonce son coude dans le plexus solaire de son ravisseur, puis se tord violemment pour se dégager de l'emprise relâchée. Le couteau brille, mais James est déjà à l'intérieur de la garde de l'homme. Un craquement écœurant retentit lorsque James fracasse la tête de l'homme contre le rebord d'une table. Le couteau tombe de ses doigts soudainement inertes tandis qu'il s'effondre sur le sol.

Deacon regarde tour à tour ses compagnons tombés et le fusil dans mes mains, le calcul évident dans son regard. Le sang continue de couler de son nez jusque dans sa barbe.

—N'y pense même pas, je l'avertis en resserrant ma prise sur l'arme. N'y pense vraiment pas.

La pièce tombe dans le silence, hormis nos respirations haletantes et le crépitement du feu. Le combat a duré à peine quelques minutes, mais mon corps pulse à chaque battement de cœur, l'adrénaline faisant trembler mes mains. Travis gémit et tente de se relever, geignant plus fort de douleur.

James s'approche de Deacon et lui assène un coup de poing en plein visage, envoyant ce connard basculer en arrière, qui hurle en se tenant le visage ensanglanté.

Travis se remet péniblement debout. —Tu veux tout, n'est-ce pas, espèce d'enfoiré égoïste ? rugit-il, postillonnant de rage. Ce n'est jamais assez pour toi !

J'entends la douleur dans sa voix, même après toutes ces fichues années.

—Tout ça concerne ce que tu penses que je t'ai pris. Une enfance. Une famille. De l'amour.

—Ferme ta gueule, siffle Travis. Tu ne sais pas de quoi tu parles.

Je fais un pas prudent en avant. —J'étais là, tu te souviens ? J'ai vu ce que la famille de ta mère t'a fait. J'ai supplié Grand-père de t'accueillir.

—Menteur ! hurle Travis, mais il y a maintenant de l'incertitude dans ses yeux. Tu voulais que je parte ! Tu étais content que je sois envoyé ailleurs !

—J'étais jeune, je déclare calmement. Comme toi. Je venais de perdre mes parents aussi. La seule différence, c'est l'endroit où nous avons atterri.

Pendant un instant, quelque chose vacille dans les yeux de Travis — un éclair du garçon effrayé qu'il était autrefois, avant que l'amertume et le ressentiment ne le durcissent pour devenir l'homme qu'il est aujourd'hui. Puis cette lueur disparaît, remplacée par la même haine froide qui a défini notre relation pendant tant d'années.

—Deacon, putain, relève-toi, espèce de mauviette,

dit-il en regardant vers son allié à terre. Occupe-toi de mon cousin. Casse-lui ce que tu veux.

Deacon se relève péniblement, le visage trempé de sang à cause de son nez fracassé. Sa silhouette imposante vacille de façon instable.

Je lève le fusil, le pointant sur la poitrine de Deacon. —Reste à terre, bordel. Jetant un regard à Travis, je grogne, —Le prochain qui bouge se retrouve avec un trou à la place des poumons.

Quelque chose dans ma voix — une noirceur que je laisse rarement transparaître — fige les deux hommes. Le troisième n'a pas bougé depuis que James l'a mis à sa place.

Je tourne toute l'intensité de mon regard vers Travis. —Tu dois reculer, maintenant, dis-je d'une voix basse et dangereuse. Laisse tomber le passé. On a tous les deux vécu des merdes, mais t'accrocher à ça ne fera que ruiner ta putain de vie.

Le visage de Travis se tord de rage. —Facile à dire pour toi—

—La ferme, je le coupe. J'avance, et tu devrais faire pareil. Peut-être qu'un jour on trouvera un moyen de réparer nos différends, mais ce ne sera pas maintenant. Je fais un pas de plus, le fusil ne tremblant jamais. —Je suis venu pour ma moitié de la carte, et tu as de la chance que je te laisse respirer vu à quel point je suis furieux.

La pièce retombe dans le silence, hormis nos respirations saccadées. Travis me fixe, la haine se disputant à quelque chose d'autre dans son regard.

—Tu ne comprends pas, dit-il finalement, sa voix se brisant. Tu as tout eu. Tout ce qui aurait dû être à moi.

—Sors-toi la tête du cul, je lance. Tu as eu le ranch est, un énorme terrain, et la moitié d'une carte. Tu es trop aveuglé par la jalousie pour voir la chance que tu as.

—Ce n'est pas la même chose ! crie Travis, avec une pointe de désespoir dans la voix. Ce terrain ne vaut rien comparé à ce que tu as reçu ! Le trésor est sur ta propriété...

—Il n'y a peut-être même pas de trésor, je l'interromps. Et s'il y en a un, on le partage cinquante-cinquante. C'était le souhait de Grand-père.

Pour la première fois, je vois l'épuisement sous la colère de Travis. Il me fixe comme s'il n'avait pas bien entendu.

Je fais un geste vers Deacon avec le fusil à pompe. — Apporte-moi ma moitié de la carte. Maintenant, espèce d'enfoiré !

Deacon regarde Travis, qui finit par hocher la tête après un long moment. —Très bien. Elle est dans le tiroir du bureau.

Deacon, avec James sur ses talons, récupère ie morceau de carte. Il l'examine rapidement, puis me fait un signe de tête. —C'est bien ça.

James s'en empare et la vérifie, puis me fait un signe d'approbation.

Je recule vers la porte, gardant le fusil pointé sur Travis. —Nous sommes voisins. Nous sommes cousins. Considère que c'est ce qui te sauve aujourd'hui. Mais si je te revois sur ma propriété, j'utiliserai ce fusil. Compris ?

Travis hoche effectivement la tête, un muscle tressaillant dans sa mâchoire. —Putain, j'ai compris. Maintenant, barrez-vous de chez moi.

—Avec plaisir, je réponds. James, on y va.

Nous reculons lentement, sans jamais leur tourner le dos. Ce n'est qu'une fois dehors que nous nous retournons pour nous diriger vers notre motoneige, le précieux morceau de carte bien rangé dans la poche de James.

Alors que nous grimpons sur l'engin, James me regarde. —Tu crois qu'il tiendra parole ?

Je démarre le moteur. —On verra. Je vais installer plus de systèmes de sécurité autour de la propriété. Des pièges photographiques à chaque limite du terrain.

—Et la carte ? demande James.

Je jette un regard vers la cabane, où Travis se tient maintenant sur le pas de la porte, nous observant avec un regard indéchiffrable.

—Mettons-la en lieu sûr, dis-je. Et ensuite, essayons de comprendre ce que mon grand-père a voulu nous dire.

La motoneige rugit et nous filons à toute vitesse à travers le paysage enneigé, laissant derrière nous Travis et son orgueil blessé.

24

LILY

$\mathcal{J}$e ferme les yeux sous la douche chaude, savourant la sensation des mains d'Archer qui glissent sur ma peau, son toucher possessif pendant qu'il fait mousser le shampooing dans mes boucles.

—Est-ce bizarre que je me sente à nouveau humaine ? je murmure, en m'appuyant contre son torse, laissant le battement régulier de son cœur m'ancrer dans la réalité.

Son rire résonne en moi, ses bras se resserrant autour de ma taille. —Il faudra continuer comme ça pendant encore une semaine ou deux, pour être sûrs. Pour la recherche, bien sûr. Je suis très scientifique sur ces questions.

—Deux semaines ? Je me retourne dans ses bras, l'eau ruisselant entre nous, et je lui donne une petite tape sur le torse. Sa peau est chaude et couverte d'une nappe d'eau sous ma paume, ses muscles fermes sous mes doigts. —Ma sœur va devenir complètement folle sans aide à la boulangerie.

—Engage quelqu'un, suggère-t-il. Son regard s'assombrit en parcourant mon corps avec une lenteur délibérée. —Tu ne peux pas échapper à tes chaleurs. C'est inévitable. Exigeant. Sa voix baisse sur le dernier mot.

Je frissonne malgré la vapeur qui s'élève autour de nous, une chaleur se formant au creux de mon ventre. —Mes chaleurs sont presque terminées, je pense. Je me sens... différente. Mieux.

—Hmm, fredonne-t-il, penchant la tête comme s'il considérait un problème complexe. —Ça me semble encore nécessaire de s'en assurer et de ne pas s'arrêter. Ses mains remontent lé long de mes côtes, ses pouces effleurant mes seins avec une pression légère comme une plume qui me fait haleter.

—Tu crois que les gars vont bien ? je demande, essayant désespérément de me concentrer malgré ses mains vagabondes. —Ils sont partis depuis des heures maintenant.

Quelque chose s'adoucit dans l'expression d'Archer, bien que ses mains ne cessent pas leur exploration affolante.

—En fait, j'ai appelé Hunter à la radio quand tu es entrée sous la douche. Les lignes téléphoniques fonctionnent à nouveau. Il a dit qu'ils vont tous bien — mission accomplie, carte récupérée. S'il y avait un problème, il me le dirait franchement.

—Tu es sûr ? j'insiste, l'inquiétude me rongeant toujours malgré sa réassurance. Mon esprit vagabonde vers la nécessité d'appeler ma sœur si la réception est revenue.

—Certain, dit-il, en déposant un doux baiser sur mon front. —Hunter ne mâche pas ses mots. S'ils étaient en danger, il le dirait. Il prend le gel douche, en versant une quantité généreuse dans sa paume. —Maintenant, tourne-toi. Je n'en ai pas fini avec toi.

J'obéis, lui présentant mon dos. Ses mains travaillent en mouvements lents et délibérés, massant le savon parfumé à la lavande sur mes épaules, le long de ma colonne vertébrale, sur la courbe de mes hanches. Chaque toucher ressemble à une promesse, comme s'il m'apprenait par cœur.

—Qu'est-ce que tu veux faire quand tu seras grande ? demande-t-il soudainement, son souffle chatouillant mon oreille.

Je pouffe de rire, surprise. —Pardon ?

—Tu sais, précise-t-il, ses doigts pétrissant la tension de mes épaules. —Quand tu seras adulte. Quel est ton rêve ?

—J'ai vingt-quatre ans, lui rappelé-je, en me penchant en arrière contre son toucher. —Je suis déjà adulte.

Il rit doucement, le son vibrant contre mon dos. —J'ai trente ans, donc je dois grandir rapidement si je ne l'ai pas déjà fait.

—Oh, six ans de plus que moi, je le taquine, en me retournant pour lui faire face. —Berceur d'enfant.

—Ce serait plutôt James avec ses trente-deux ans, réplique-t-il avec un sourire. —Ou Hunter à trente-quatre. Je suis pratiquement un bébé comparé à eux.

—Wow, grande différence d'âge, dis-je, bien qu'en vérité, cela ne m'avait même pas traversé l'esprit jusqu'à maintenant. —Pourtant, je ne me sens pas différente quand je suis avec l'un d'entre vous. Je suis juste... sous le charme de tout ce que vous êtes.

Quelque chose brille dans ses yeux — plaisir, surprise, espoir. —Est-ce que l'âge a de l'importance ? demande-t-il, plus sérieux maintenant.

—Pas pour moi, j'avoue, même si la pensée fugace des commentaires inévitables d'Hannah me traverse l'esprit. Ma sœur aura certainement quelque chose à dire sur le fait que je sois tombée amoureuse de trois hommes, tous sensiblement plus âgés. Mais à cet instant, avec l'eau chaude qui ruisselle sur nous et les mains d'Archer qui tracent des constellations sur ma peau, je n'arrive pas à m'en inquiéter.

—Eh bien, je travaille à l'ouverture d'une librairie, explique-t-il, revenant à sa question initiale. Quelque chose de petit mais spécial. Des premières éditions, des trouvailles rares, des fauteuils confortables où les gens pourront s'asseoir pendant des heures, se perdant dans les histoires. Ses mains se déplacent vers mes cheveux, rinçant doucement le shampooing. Et toi ? Tu seras toujours pâtissière ?

—J'adore faire de la pâtisserie, dis-je, fermant les yeux tandis que ses doigts massent mon cuir chevelu. Mais à terme, j'aimerais écrire un livre de cuisine. Peut-être me concentrer sur les recettes familiales, celles qui se transmettent de génération en génération. Ma grand-mère et ma mère en ont des dizaines qui méritent d'être préservées.

—J'achèterais ce livre de cuisine, murmure-t-il, ses lèvres trouvant le point sensible juste sous mon oreille. J'achèterais tout ce que tu créerais.

Sa bouche descend le long de mon cou, laissant une traînée de chaleur dans son sillage. J'incline la tête, lui donnant un meilleur accès, tandis que mes mains glissent sur son torse pour s'ancrer dans ses cheveux. L'eau bat autour de nous, créant un cocon de chaleur et de vapeur qui semble séparé du monde au-delà de la paroi de la douche.

—Archer, je souffle, son nom étant à la fois une question et une supplication.

Il répond en capturant ma bouche avec la sienne, un baiser profond et enveloppant. Sa langue trace le contour de mes lèvres, cherchant une entrée que je lui accorde avec empressement. Nous nous ajustons parfaitement, nos corps s'alignant comme s'ils étaient conçus l'un pour l'autre. Ses mains encadrent mon visage.

Quand nous nous séparons enfin, je suis à bout de souffle, étourdie de désir. —Nous devrions probablement vraiment nous laver à un moment donné, je suggère faiblement.

—Probablement, concède-t-il, mais ne fait aucun geste pour se séparer de moi, pressant au contraire des baisers chauds et humides le long de ma clavicule. Éventuellement.

—Sérieusement, je ris, en poussant contre son torse. L'eau chaude ne durera pas éternellement.

Avec une réticence évidente, il tend la main derrière moi pour fermer l'eau. —Tu as raison. Nous avons tout le temps pour... approfondir nos recherches.

Il attrape deux serviettes moelleuses du portant proche, en enroulant une autour de mes épaules avant d'attacher l'autre à sa taille. Je m'apprête à me sécher, mais il m'arrête d'une main douce sur mon poignet.

—Laisse-moi faire, insiste-t-il, sa voix douce mais n'admettant aucune contestation.

Je reste immobile pendant qu'il utilise la serviette pour tapoter ma peau avec un soin méticuleux, commençant par mes épaules et descendant progressivement. Il y a quelque chose d'intime dans ce geste, dans le fait de permettre à quelqu'un d'autre ce niveau d'attention. Ce n'est pas exactement sexuel, bien que mon corps réagisse certainement à son toucher - c'est quelque chose de plus profond, plus significatif.

Je glousse irrésistiblement quand il s'agenouille pour sécher mes jambes, son toucher me chatouillant à l'endroit sensible derrière mon genou. —Tu es ridicule.

—Je suis minutieux, corrige-t-il, me regardant avec un sourire qui fait bondir mon cœur. Et tu es magnifique. Chaque centimètre de toi mérite de l'attention.

Au moment où il a terminé, je rougis furieusement, mais pas d'embarras. Personne ne m'a jamais fait me sentir ainsi - comme si j'étais précieuse, comme si je valais ce genre de dévotion.

Enfin secs, nous nous dirigeons vers sa chambre pour nous habiller. Je regarde, sans honte et avec appréciation, tandis qu'il enfile un jean usé qui épouse parfaitement ses hanches minces, suivi d'une chemise à carreaux bleus et verts qui fait paraître ses yeux ambrés encore plus dorés par contraste. Avec ses cheveux humides tombant sur son front et les débuts d'une barbe assombrissant sa mâchoire, il ressemble à tous les fantasmes que je n'ai jamais su avoir.

—Je dois aller chercher des vêtements, dis-je à regret, enroulant la serviette plus fermement autour de moi.

—Ne te gêne pas pour moi, répond-il avec un sourire lentement malicieux, s'appuyant contre la commode pour me regarder partir. La vue quand tu pars est presque aussi belle que celle quand tu restes.

—Tu es incorrigible, je l'accuse, mais je souris néanmoins.

Je me précipite dans le couloir vers la chambre d'amis que j'utilise, Thor apparaissant de nulle part pour me suivre de près. Le malamute entre derrière moi et s'installe sur le tapis avec un soupir de contentement tandis que je fouille dans les vêtements prêtés par Hunter.

—Qu'en penses-tu, Thor ? je demande en présentant différentes options. Le pull ou le t-shirt ?

Thor aboie doucement, ses yeux bleus me regardant avec ce qui semble être un intérêt sincère.

—Va pour le t-shirt, je décide, laissant tomber la serviette pour enfiler des sous-vêtements et un simple soutien-gorge noir.

Le jean que je choisis est un peu serré — Hunter a mentionné qu'il appartient à sa cousine qui vient de temps en temps — mais il fera l'affaire. Le t-shirt a des manches longues avec un décolleté en V profond qui montre plus de poitrine que je n'en affiche habituellement, et il remonte légèrement pour révéler une bande de peau à ma taille quand je bouge.

J'aperçois mon reflet dans le miroir et m'arrête, surprise par ce que je vois. Ce n'est pas seulement les vêtements ou les boucles encore humides qui encadrent mon visage — c'est quelque chose dans mes yeux, une confiance que je ne reconnais pas. La femme qui me regarde semble différente d'une certaine façon, plus légère, plus heureuse que la Lily qui a eu un accident de voiture dans une tempête de neige.

Pour la première fois depuis plus longtemps que je ne puisse me rappeler, je me sens vraiment heureuse, centrée dans ma propre peau.

—Viens, mon grand, dis-je à Thor, qui se lève immédiatement pour me suivre dans le couloir.

Archer sort de sa chambre au même moment, ses yeux s'assombrissant d'appréciation tandis qu'ils me parcourent.

—Tu devrais porter les vêtements des autres plus souvent, dit-il, sa voix descendant à un registre qui me fait chavirer l'estomac. De préférence les miens.

—Subtil, je réponds, bien que je sois secrètement ravie de sa réaction. Très subtil.

Il m'attire près de lui, ses mains se posant sur mes hanches.

—Je le pense vraiment, murmure-t-il, son souffle chaud contre mon oreille. Tu es magnifique.

Avant que je puisse répondre, ses lèvres trouvent les miennes dans un baiser qui commence en douceur mais s'approfondit rapidement, ses mains glissant sous le t-shirt pour caresser ma peau nue. Je fonds contre lui, mes bras s'enroulant autour de son cou, tout le reste momentanément oublié.

Quand nous nous séparons enfin, j'ai du mal à me rappeler ce que nous étions censés faire.

—Nous devrions... euh...

—Descendre, termine-t-il, bien qu'il ne fasse aucun geste pour me lâcher. Éventuellement.

Thor gémit doucement à côté de nous, clairement impatient face à nos bêtises humaines.

—Ton chaperon a parlé, dit Archer en riant, reculant enfin. Allez, donnons-lui à manger et prenons nous-mêmes un petit déjeuner.

Alors que nous nous dirigeons vers les escaliers, je remarque un cadre photo sur le sol sous un clou maintenant vide dans le mur. Je le ramasse soigneusement, le retournant pour examiner l'image derrière le verre fissuré.

—Qu'est-ce que c'est ? demande Archer, regardant par-dessus mon épaule.

—Ma grand-mère avec le grand-père de Hunter. Une photo que j'avais examinée il y a quelques jours.

La photo la montre debout fièrement devant une devanture que je reconnais comme une version ancienne de la boulangerie Flour & Fable. À côté d'elle se trouve le grand-père de Hunter.

J'ai vu d'innombrables photos de ma grand-mère dans sa jeunesse — la ressemblance est indéniable — mais je ne comprends toujours pas pourquoi il y a une photo d'elle ici, dans cette cabane.

Je retourne le cadre, cherchant une inscription ou une date, mais ne trouve rien.

—Comment se connaissent-ils ?

Archer prend le cadre, l'examinant plus attentivement.

En le regardant, une idée me vient.

—Les lignes téléphoniques fonctionnent maintenant, n'est-ce pas ? Je devrais appeler ma sœur de toute façon, lui faire savoir que je vais bien. Mais peut-être que je pourrais aussi faire un appel vidéo à ma grand-mère à la maison de retraite Pine Grove et lui montrer cette photo.

—Oh, elle est toujours en vie ? Idée brillante, commente Archer. J'ai un iPad qu'on peut utiliser pour l'appel vidéo — écran plus grand. Laisse-moi aller le chercher dans ma chambre.

—Parfait. Je vais descendre et appeler Hannah d'abord.

Dans le salon, je m'installe sur le canapé, m'enfonçant dans les coussins moelleux. Thor réclame la place à côté de moi, sa grosse tête reposant sur mes genoux comme si c'était sa place attitrée. Je lui gratte distraitement la tête tout en allumant mon téléphone, remarquant plusieurs messages qui apparaissent soudainement à mesure que mon téléphone se met à jour. La plupart viennent de Hannah... mon estomac se noue. Je compose le numéro de ma sœur.

Elle décroche à la première sonnerie, sa voix tendue par l'inquiétude. — Lily ? Oh mon Dieu, tu vas bien ? Je me faisais un sang d'encre !

La culpabilité m'envahit instantanément. — Je vais bien, Han, je te le promets, dis-je rapidement. Je suis vraiment désolée de ne pas avoir rappelé après mon premier message. La tempête a coupé les lignes téléphoniques, et tout a été un peu... intense.

—Intense ? Qu'est-ce que ça veut dire ? Où es-tu ? Je viens te chercher tout de suite.

J'hésite, soudain confrontée à une réalité que j'évitais. La tempête est terminée. Les routes vont se dégager. Ma chaleur s'est en grande partie calmée. Il n'y a aucune raison pour que je reste ici, n'est-ce pas ?

Sauf pour les trois Alphas...

L'idée de partir — d'être séparée de James, Hunter et Archer — me fait l'effet de quelqu'un qui me plongerait la main dans la poitrine pour me serrer le cœur. Mais qu'est-ce qu'on est les uns pour les autres maintenant ? On n'a pas vraiment discuté de ce qui se passerait ensuite.

—Peut-être... que ce serait super, dis-je, ces mots me laissant un goût amer dans la bouche. J'ai besoin de faire remorquer ma voiture de l'endroit où j'ai eu l'accident, de toute façon. Je lui donne l'adresse, me souvenant de celle qu'Archer avait communiquée aux services d'urgence lors de notre appel radio il y a quelques jours.

—Tu es sûre que ça va ? demande Hannah, sa voix s'adoucissant avec inquiétude. La boulangerie n'était pas très occupée pendant la tempête, mais j'ai vraiment besoin que tu reviennes. Et je veux m'assurer que tu vas bien. Mon Dieu, Lily, tu es restée chez de parfaits inconnus. Ils t'ont bien traitée ?

—Plus que bien, j'avoue, sentant la chaleur me monter aux joues tandis que les souvenirs des derniers jours défilent dans mon esprit. Ils ont été... incroyables.

—Incroyables, comment ? demande Hannah, la suspicion s'insinuant dans sa voix. Tu es bizarre.

—Pas du tout, je proteste, bien que ma voix sorte plus aiguë que la normale. Je suis juste fatiguée. Ça a été quelques jours difficiles.

—Hmm, dit-elle, visiblement peu convaincue. Bon, je fermerai la boutique plus tôt et je viendrai te chercher cet après-midi. Ça marche ?

—Parfait, j'accepte, ignorant le vide dans ma poitrine. Tu m'as manqué, Han.

—Toi aussi tu m'as manqué, dit-elle, son ton s'adoucissant. Tu es sûre que ça va ? Tu as l'air... différente.

—Je te promets que je vais bien. Mieux que bien. À tout à l'heure. Elle me dit au revoir, et je raccroche.

Archer revient avec l'iPad, s'installant à côté de moi sur le canapé, avec Thor de l'autre côté. — Tout va bien avec ta sœur ?

—Super, dis-je, forçant un ton joyeux dans ma voix, incertaine de vouloir aborder le sujet de mon départ, je suppose.

—Quel est le numéro de la maison de retraite ?

Je lui donne les coordonnées de Pine Grove, et il compose le numéro sur l'iPad. L'appel se connecte en mode audio uniquement, et j'explique à la réceptionniste que j'aimerais faire un appel vidéo avec ma grand-mère, Margaret Parker, dans la chambre 214.

—Ça pourrait prendre quelques minutes, dis-je à Archer pendant que nous attendons. Ils doivent installer l'iPad dans sa chambre et l'aider à comprendre comment ça marche.

—Pas de précipitation, dit-il, se rapprochant jusqu'à

ce que nos cuisses se touchent. Ses doigts dansent le long de mon flanc, trouvant la bande de peau exposée à ma taille et me chatouillant légèrement.

Je me tortille, un rire monte malgré ma tentative de garder mon sérieux. — Arrête ça ! J'ai besoin d'être sérieuse quand-

Soudain, l'écran s'illumine, montrant le visage de ma grand-mère qui regarde la caméra avec curiosité. Ses cheveux argentés sont coiffés en boucles douces comme elle les porte depuis aussi longtemps que je me souvienne, atteignant à peine ses épaules. Ses yeux noisette brillants — les mêmes que j'ai hérités — sont légèrement grossis par des lunettes de lecture perchées sur son nez. Malgré ses quatre-vingts ans, sa peau est remarquablement lisse, avec de fines rides aux coins des yeux. Elle porte son cardigan lavande préféré, un collier de perles visible à l'encolure.

Une infirmière plane en arrière-plan, lui donnant des instructions.

— Je peux me débrouiller toute seule, ma chère, dit-elle fermement à l'infirmière avant de reporter son attention sur l'écran. Lily ! Oh, ma chérie, tu m'as telle-ment manqué. J'espère que Hannah et toi êtes en sécu-rité après cette terrible tempête.

La vue de son visage familier me remplit de chaleur. — Nous allons bien, Mamie. Comment vas-tu ?

Ses yeux passent de moi à Archer, qui n'a pas bougé de mon côté, et un sourire lent et entendu se dessine sur son visage. — Lily, dis-moi que tu as de bonnes nouvelles et que tu as trouvé ton Alpha, parce que cet homme à tes côtés est magnifique pour toi.

La chaleur envahit instantanément mes joues. — Mamie !

Mais Archer se penche simplement plus près de l'écran, affichant son sourire le plus charmant. — Madame Parker, c'est un plaisir de vous rencontrer. Je suis Archer Sterling, et je peux vous assurer que j'adore absolument votre petite-fille.

Je lui donne un léger coup de coude mais ne peux m'empêcher d'admirer sa façon de lui parler — respectueuse mais chaleureuse, véritablement engagée plutôt que de simplement faire plaisir à une dame âgée comme certains le feraient.

— Appelez-moi Margaret, mon cher, insiste ma grand-mère, rayonnant pratiquement vers lui. Tout homme qui regarde ma Lily comme vous venez de le faire a gagné le privilège du prénom.

— Vous êtes trop aimable, Margaret, répond Archer avec aisance. Lily me dit que c'est vous qui lui avez appris à faire de la pâtisserie. Je dois vous remercier — ses roulés à la cannelle changent la vie.

Je lève les yeux au ciel devant son offensive de charme éhontée, mais ma grand-mère est clairement ravie.

— Flatteur, dit-elle, les yeux pétillants. Vous devez venir me rendre visite bientôt. J'ai besoin de vous poser des questions très importantes pour m'assurer que vous convenez à ma petite-fille.

— J'attends l'interrogatoire avec impatience, répond Archer avec un clin d'œil.

Je m'éclaircis la gorge, désespérée de changer de

sujet avant qu'ils ne commencent à planifier des gâteaux de mariage ou des noms de bébés.

— Mamie, j'ai appelé parce que j'ai trouvé quelque chose d'intéressant. Je tiens la photographie devant la caméra. Est-ce toi... avec quelqu'un de la... Je m'arrête, me tournant vers Archer. Quel est le nom de famille de Hunter ?

— Thorne, dit-il sans hésitation.

Je me retourne vers l'iPad, mon regard fixé sur ma grand-mère. — Avec quelqu'un de la famille Thorne ?

L'expression de ma grand-mère se transforme, s'adoucissant avec nostalgie. — Oh là là, souffle-t-elle, se penchant plus près de l'écran. Où as-tu trouvé ça ? J'ai l'impression que c'était hier. Elle soupire profondément. J'ai appris que Malcolm est décédé récemment. Mon cœur s'est serré quand je l'ai su. C'était un homme merveilleux.

— Alors, comment le connaissais-tu ? je demande, la curiosité me brûlant. Vous ne... sortiez pas ensemble, n'est-ce pas ?

Elle éclate de rire, un son si plein et riche qu'il me fait sourire malgré moi. — Oh non, rien de tel ! Nous étions juste amis... amis d'affaires. Malcolm m'a prêté l'argent pour ouvrir la boulangerie quand aucune banque ne voulait accorder de prêt à une *femme écervelée avec de la farine dans les cheveux*, comme ils disaient. Il m'a laissé le rembourser sans me facturer un seul centime d'intérêt. Ses yeux s'éloignent avec le souvenir. C'était une vraie âme, un cœur en or. Nous avons besoin de plus de personnes comme ça dans notre monde.

Son regard revient vers nous, son sourire s'élargissant. — Vous formez vraiment un joli couple tous les deux. Tu dois me l'amener en visite, Lily. J'ai besoin de m'assurer que ses intentions sont honorables.

—Je serais ravi de prouver ma valeur, dit Archer avant que je puisse répondre. Bien que je doive te prévenir, j'ai tendance à charmer les dames âgées. C'est mon super-pouvoir.

—Quel impertinent, rit ma grand-mère. Je l'aime déjà, Lily.

Je pose la photographie sur la table basse, secouant la tête devant leur complicité instantanée. —Donc, Malcolm Thorne n'était qu'un ami qui t'a aidée à démarrer la boulangerie. C'est incroyable, mais je me demande pourquoi Hunter possède cette photo.

—Oh, Malcolm tenait tellement à sa famille, poursuit ma grand-mère. Il parlait constamment de son petit-fils, s'inquiétant de ses disputes incessantes avec son cousin. Il a même organisé une chasse au trésor pour qu'ils s'entendent après sa disparition. N'est-ce pas magnifique ?

Archer et moi nous figeons, échangeant un regard stupéfait.

—Attends, qu'est-ce que tu viens de dire ? demande Archer en se penchant vers l'écran.

—À propos de la chasse au trésor ? Ma grand-mère semble surprise par notre réaction. Oui, Malcolm l'a mentionnée plusieurs fois durant ses dernières années quand il me rendait visite occasionnellement. Il a laissé à chaque garçon la moitié d'une carte au trésor dans son testament, espérant qu'ils devraient travailler ensemble pour le trouver. Un plan plutôt ingénieux, je trouve.

—Que sais-tu d'autre sur cette chasse au trésor ? je demande, mon cœur s'accélérant soudainement.

Elle glousse en ajustant ses lunettes. —Eh bien, la partie amusante, c'est qu'il n'y a pas vraiment de trésor sur la carte.

—Il n'y en a pas ? La voix d'Archer monte d'incrédulité.

—Pas sur la carte elle-même, non, explique-t-elle, un sourire malicieux s'étalant sur ses lèvres. Malcolm a trouvé l'or lui-même il y a des années. Après avoir construit ses propriétés et sécurisé le terrain, il a caché une partie importante du trésor dans chaque maison. Il m'a dit un jour qu'il l'avait dissimulé dans les murs du sous-sol. Si les garçons trouvaient un jour le X sur la carte, ils découvriraient une note expliquant tout ça.

Archer et moi nous regardons, stupéfaits et silencieux.

—Mamie, dis-je lentement. Te souviens-tu exactement où dans le sous-sol il aurait pu le cacher ?

Elle secoue la tête. —Non, ma chérie, il n'a jamais partagé ces détails. Juste que c'était quelque part dans les murs, je crois. Elle nous examine avec curiosité. —Pourquoi ? Vous deux, vous chassez le trésor maintenant ?

—Quelque chose comme ça, murmure Archer, son genou rebondissant d'excitation à peine contenue.

Nous discutons encore quelques minutes, mais je sens l'impatience d'Archer qui rejoint la mienne. Finalement, ma grand-mère jette un œil à sa montre.

—J'ai bien peur de devoir partir maintenant, mes chéris. Le bingo commence dans dix minutes, et Ethel essaie toujours de me voler ma place porte-bonheur si je n'arrive pas tôt. Cette femme a quatre-vingt-sept ans mais se déplace comme un jaguar quand il s'agit de pudding gratuit ou de places de choix pour le bingo.

—Bien sûr, Mamie, dis-je, en lui envoyant un baiser à travers l'écran. Je viendrai bientôt, je te le promets.

—Amène ce bel homme avec toi, insiste-t-elle. Et soyez prudents en chassant le trésor ! Malcolm disait toujours que le vrai trésor était la famille, mais quelques lingots d'or n'ont jamais fait de mal à personne.

Archer offre un au revoir charmant avant de terminer l'appel. Dès que l'écran s'éteint, nous nous tournons l'un vers l'autre, les yeux écarquillés.

—Oh mon Dieu, je souffle, mon esprit bouillonnant de possibilités.

25

LILY

Sans un mot de plus, Archer et moi nous levons d'un bond du canapé et nous précipitons vers la porte de la cave qui donne sur la cuisine. Thor aboie avec excitation, nous suivant alors que nous dévalons bruyamment les escaliers en bois vers l'espace frais et faiblement éclairé en dessous.

Je suis déjà descendue ici — James m'a montré les congélateurs où Hunter conserve la viande de gibier, et j'avais plaisanté nerveusement en disant que c'était l'endroit parfait pour cacher des corps. La cave est utilitaire — sol en béton, poutres apparentes au plafond, murs construits en pierre des champs et mortier. Deux grands congélateurs coffres bourdonnent contre un mur. Des étagères garnies de provisions d'urgence occupent un autre mur, tandis que des outils sont suspendus en rangées ordonnées au-dessus d'un établi dans le coin.

—Commence à vérifier les murs, m'ordonne Archer, passant déjà ses mains sur la surface rugueuse de la

401

pierre. Cherche tout ce qui est inhabituel — des pierres branlantes, des sons creux, des motifs étranges.

Je me déplace vers le mur opposé, tapotant et appuyant méthodiquement. —Je n'arrive pas à croire qu'il l'ait enterré dans la maison. C'est plutôt génial.

—C'est assez incroyable qu'ils se soient connus. Quelles étaient les chances ?

Nous vérifions chaque centimètre de mur. —Il n'est pas là, dis-je finalement, m'appuyant contre le mur, vaincue. Peut-être que nous avons mal compris ce qu'elle voulait dire, ou... Mon coude appuie contre ce qui devrait être de la pierre solide mais qui cède légèrement. Je me fige, puis appuie à nouveau, plus fort. Quelque chose bouge derrière moi.

—Archer ! Je crois que j'ai trouvé quelque chose !

Il se précipite vers moi tandis que j'examine la pierre de plus près. Elle semble identique à celles qui l'entourent, mais quand j'appuie, elle s'enfonce légèrement vers l'intérieur. Archer me rejoint, nous appuyons tous les deux contre la pierre jusqu'à ce que nous entendions un léger clic mécanique.

Une section de mur d'environ un mètre de large pivote vers l'intérieur, révélant un espace sombre au-delà.

À ce moment-là, des pas lourds résonnent au-dessus de nos têtes, suivis par des voix qui appellent nos noms.

—Où est-ce que tout le monde est passé ? grogne Hunter.

—Ramenez vos culs ici tout de suite ! crie Archer en retour. Le trésor était dans la maison depuis le début !

Des pas fracassants dévalent les escaliers. Hunter

apparaît en premier, sa grande silhouette remplissant l'embrasure de la porte, suivi de près par James. Les deux hommes semblent épuisés, le visage brûlé par le vent, avec de petites coupures et des contusions naissantes visibles sur leur peau exposée.

—Vous êtes revenus, dis-je, le soulagement m'envahissant si intensément que mes genoux faiblissent. Je me dirige vers eux sans réfléchir, ayant besoin de confirmer de mes propres mains qu'ils vont vraiment bien.

James me rattrape en premier, ses bras puissants m'enveloppant dans une étreinte serrée qui me soulève légèrement du sol. —Je t'avais dit que je reviendrais, murmure-t-il contre mes cheveux, sa voix rauque de fatigue mais chaude de quelque chose d'autre — quelque chose qui fait battre mon cœur.

Hunter s'approche lorsque James me relâche, sa grande main m'entourant. —Tout va bien, m'assure-t-il, pressant ses lèvres contre les miennes. J'ai récupéré la carte, réglé le compte de Travis.

Je les examine tous deux de plus près, remarquant la façon dont James ménage son côté droit et comment Hunter grimace légèrement quand il tourne trop vite. — Vous êtes blessés, je les accuse, mes mains voltigeant sur eux inutilement. Tous les deux.

—Juste des contusions, balaie James. Rien de grave.

—Que s'est-il passé ? je demande, scrutant leurs corps à la recherche de blessures cachées.

—Plus tard, dit Hunter, son attention captée par la porte de pierre ouverte. C'est quoi ce truc ? Il pointe vers le compartiment secret dans son mur.

Archer explique rapidement notre découverte — l'appel avec ma grand-mère, la révélation concernant le véritable plan du trésor de son grand-père.

—Tu te fous de moi ? gémit Hunter, passant une main dans ses cheveux ébouriffés. C'était dans la maison depuis le début ? C'est exactement le genre de chose que Grand-père ferait !

—Le vieux avait un sens de l'humour tordu, ajoute James.

—Bon, ne restez pas plantés là, nous presse Archer en faisant un geste vers l'ouverture. Voyons ce qu'il y a à l'intérieur !

Hunter sort une lampe torche d'une étagère proche, et nous nous entassons autour de l'étroite ouverture tandis qu'il s'y engouffre. Le faisceau illumine un espace minuscule et confiné, pas plus grand qu'un placard, creusé directement dans les fondations. Contre le mur du fond se trouve un vieux coffre en bois, ses ferrures en laiton ternies par le temps.

—Mon Dieu, murmure Hunter, en entrant prudemment dans l'espace. Il est vraiment là.

Le coffre n'est pas verrouillé. Hunter s'agenouille devant, les mains tremblantes alors qu'il soulève le lourd couvercle. Une lumière dorée semble s'en échapper à l'ouverture, reflétant le faisceau de la lampe torche.

À l'intérieur, empilées en rangées soignées, se trouvent des dizaines de lingots d'or, chacun à peu près de la taille d'un smartphone. Parmi eux sont mélangées des pochettes en cuir que Hunter ramasse, et qui tintent avec le son inconfondable de pièces.

—Putain de merde, souffle James, s'accroupissant à côté de Hunter. Tu crois qu'il y en a pour combien là-dedans ?

—Des millions, estime Archer. Avec le prix de l'or aujourd'hui... ça pourrait valoir cinq, peut-être dix millions.

Je contemple le trésor étincelant, luttant pour assimiler ce que je vois. On dirait quelque chose tout droit sorti d'un film, pas de la vraie vie — certainement pas de ma vie.

Hunter plonge la main parmi l'or et en sort une enveloppe scellée, jaunie par l'âge, puis il ressort dans la cave. Ses mains tremblent légèrement tandis qu'il brise le sceau et déplie plusieurs pages de texte manuscrit.

—C'est de Grand-père, murmure-t-il, comme s'il lui était difficile de contenir ses émotions. Il s'éclaircit la gorge et commence à lire.

Mon cher Hunter,

Si tu lis ceci, alors Travis et toi avez enfin mis vos différends de côté suffisamment longtemps pour résoudre ma petite énigme. Rien que pour cela, je suis fier de vous deux.

Je dois avouer quelque chose qui pourrait initialement te mettre en colère : je connais l'emplacement du trésor « perdu » des Thorne depuis plus de quarante ans. Je l'ai trouvé un été, caché dans un système de grottes sur la crête nord où personne n'avait pensé à chercher avant.

Je n'ai pas gardé cette découverte secrète par avidité ou égoïsme. J'en ai utilisé une grande partie pour reconstruire l'héritage de notre famille — la cabane où tu te tiens mainte-

nant, le ranch qui a subvenu aux besoins de notre famille pendant des générations, les terres supplémentaires qui garantissent notre intimité et notre autonomie.

J'ai divisé le reste à parts égales — la moitié ici dans ta maison, l'autre moitié dans une cachette identique dans le ranch de Travis. Oui, il y a un compartiment secret là-bas aussi.

Je sais que Travis est difficile à comprendre. Son chemin a été plus difficile que le tien à bien des égards. Les abus qu'il a subis aux mains de la famille de sa mère le hantent encore. J'ai essayé d'obtenir sa garde après la mort de tes parents et de son père, j'ai lutté par les voies légales pendant des années, mais je lui ai fait défaut. Ce trésor est ma modeste tentative de réparer cet échec.

Mon souhait le plus cher est que vous, les garçons, trouviez un moyen de faire la paix. La famille est le seul trésor qui compte vraiment dans cette vie. Tout le reste n'est que métal et pierre.

L'or vous appartient et vous pouvez en faire ce que bon vous semble. Je vous demande seulement de réfléchir à ce qui apporte vraiment le bonheur avant de décider comment l'utiliser.

Avec tout mon amour et ma confiance en vous deux, Grand-père Malcolm.

Hunter abaisse la lettre, ses yeux bleu glacé suspicieusement brillants dans la lumière tamisée. Pour la première fois depuis que je l'ai rencontré, l'homme de la montagne paraît vulnérable, son habituelle attitude stoïque se fissurant pour révéler la douleur qu'elle dissimule.

Sans réfléchir, je m'approche de lui, entourant ses

larges épaules de mes bras. Pendant un instant il se raidit, puis se détend dans l'étreinte, inclinant sa tête pour la reposer contre mon épaule. James pose une main réconfortante sur son dos tandis qu'Archer pose sa paume sur son bras. Tous les quatre connectés dans un moment d'émotion partagée qui me serre la gorge.

—Travis a le même montant qui l'attend chez lui, dit finalement Hunter, la voix rauque. Il ne le savait simplement pas. Je vais le lui faire savoir.

Je contemple les trois hommes qui m'entourent — Hunter avec sa force intense, James avec sa possessivité protectrice, et Archer avec son affection addictive. Des hommes qui étaient des étrangers il y a quelques jours à peine mais qui me semblent maintenant plus essentiels que presque n'importe qui d'autre dans ma vie.

Je pense à la boulangerie, à Hannah qui doit venir me chercher plus tard aujourd'hui, à la réalité qui m'attend en dehors de ce chalet de montagne. Quelque chose se tord douloureusement dans ma poitrine à l'idée de partir.

—Alors, que se passe-t-il maintenant ? je demande, regardant d'un homme à l'autre. Avec le trésor ? Avec Travis ? Avec nous, ai-je envie de dire, mais les mots refusent de sortir. Ma poitrine se serre très fort.

Hunter se lève, pliant soigneusement la lettre de son grand-père. « Nous devons d'abord sortir le trésor, » dit-il, pratique comme toujours.

James et Archer s'avancent pour aider, tous les trois travaillant ensemble pour faire glisser le lourd conteneur hors de sa cachette. Thor observe depuis les escaliers, la queue remuant avec excitation devant toute cette activité.

—Quant à Travis, poursuit Hunter une fois que le coffre se trouve au milieu du sous-sol, luisant faiblement sous la lumière du plafond. Peut-être qu'un jour nous pourrons nous réconcilier. Peut-être. C'est quand même lui qui est entré par effraction chez moi et a mis tout le monde ici en danger.

—Une chose à la fois, suggère Archer, posant une main sur l'épaule de Hunter. Le vieil homme avait raison sur un point — la famille est importante.

—La famille, ce n'est pas toujours le sang, ajoute James doucement, son regard passant entre nous tous.

Les mots flottent dans l'air, chargés d'un sens que j'ai presque peur d'examiner de trop près. Je ne sais pas si cela m'inclut... je ne vois pas comment ce serait possible alors que nous commençons à peine à nous connaître. Suis-je simplement une invitée qu'ils ont aidée, quelqu'un qui sortira de leur vie aussi vite qu'elle y est entrée ?

Mon estomac se noue d'incertitude, mais en les observant, je suis frappée par à quel point il me semble juste d'être ici avec eux. Comme c'est naturel.

—Nous devrions célébrer, annonce soudainement Archer, brisant l'ambiance solennelle. Ça mérite du champagne, ou au minimum, un peu du whisky coûteux de Hunter.

—Il est à peine midi, je fais remarquer, bien que je ne puisse m'empêcher de sourire face à son enthousiasme.

—Il est 17 heures quelque part, réplique-t-il, passant

un bras autour de mes épaules. Et puis, combien de fois trouve-t-on des millions en or cachés dans le mur de son sous-sol ?

—Il marque un point, concède James, le coin de sa bouche se relevant en ce demi-sourire qui fait des choses ridicules à mes entrailles.

Hunter hoche la tête, une partie de la tension quittant ses épaules. — D'accord. Mais d'abord, nous devons sécuriser cela correctement. Il jette un regard au compartiment mural ouvert. — Et déterminer s'il y a d'autres espaces secrets que mon grand-père a construits et dont nous ignorons l'existence.

Alors que les hommes discutent logistique, je me tiens légèrement à l'écart, observant leurs interactions et à quel point ils s'entendent bien.

Pendant un instant, je suis frappée par un sentiment de ne pas appartenir à ce groupe, d'être une étrangère. Mais James s'arrête alors au bas des escaliers, se retournant vers moi avec un sourcil levé.

— Tu viens, petite pâtissière ? demande-t-il.

— Je ne manquerais ça pour rien au monde, réponds-je en me dépêchant de les rejoindre.

Nous montons à l'étage, laissant le trésor pour l'instant je suppose, et émergeons dans la cuisine, maintenant baignée par la lumière de midi qui filtre à travers les grandes fenêtres. La tempête qui m'a amenée ici semble être un lointain souvenir, le monde extérieur s'étant transformé en un paysage d'un blanc éclatant sous un ciel bleu sans nuages.

— À table, ordonne Hunter.

Nous buvons, le whisky brûlant agréablement ma

gorge, me réchauffant de l'intérieur. Pendant un moment, nous restons assis dans un silence complice. Pourtant, quelque chose me fait mal au plus profond de moi, sachant que même si j'adore être ici, est-ce que j'y ai vraiment ma place ?

Thor traverse la pièce et se laisse tomber à mes pieds avec un soupir satisfait, ses yeux bleus nous observant tous avec une curiosité canine.

— Alors, dit finalement Archer. Quel est le plan maintenant ? Avec le trésor ?

— Ce que nous voulons, dit finalement Hunter. Réaliser tous nos fantasmes et nos rêves.

Soudain, ils se tournent tous vers moi... mes joues s'empourprent sous leurs regards combinés, la chaleur se répandant jusqu'à mon cou.

— Quoi ? demandé-je, essayant de paraître décontractée malgré les papillons qui s'envolent soudainement dans mon ventre.

James bouge le premier, traversant l'espace entre nous en deux grandes enjambées. Ses doigts écartent une boucle de mon visage, s'attardant contre ma joue. — Je pense que tu sais exactement quoi.

Archer apparaît de mon autre côté, sa main trouvant le creux de mon dos. — La question est, que veux-tu, Lily ?

Hunter complète le cercle, se tenant directement face à moi, sa présence imposante me faisant me sentir délicieusement petite.

Ma bouche s'assèche. Ils sont si proches, m'entourant de leurs odeurs combinées — cèdre et chocolat, pin et fumée de bois, vieux livres et bergamote.

— Je... Je... Mes mots s'emmêlent dans ma gorge, mon cœur bat si fort que je sens la pièce tourner. Je sais ce que je veux... eux. Merde, je les veux pour de bon si intensément que ça fait mal, et pourtant une crainte s'agite en moi : et si notre temps pendant la tempête n'était que ça ? Du plaisir. De l'aide. Mais maintenant la réalité s'installe.

J'ouvre la bouche pour dire quelque chose — pour leur dire que j'adorerais nous donner une chance, mille fois oui, au-delà de notre simple attirance et de ma chaleur — quand un coup sec à la porte d'entrée nous fige tous sur place.

Nous nous écartons légèrement, échangeant des regards confus.

— Qui diable est-ce ? grogne Hunter, ses instincts protecteurs visiblement en alerte.

26

LILY

Les coups à la porte se font plus insistants.

Hunter marche à grandes enjambées vers la porte, son attitude instantanément alerte. Thor trotte sur ses talons, les oreilles dressées par la curiosité canine. James et Archer restent près de moi, leur contact s'attardant comme s'ils étaient réticents à rompre le lien.

Mon cœur martèle contre mes côtes, en partie à cause du moment interrompu et en partie par appréhension. Est-ce que c'est Travis, le cousin de Hunter, à nouveau ?

Hunter ouvre la porte, révélant une silhouette élancée emmitouflée dans un parka blanc immaculé, des cheveux noirs s'échappant de sous un bonnet en tricot assorti.

—Hannah ? je m'exclame, reconnaissant immédiatement ma sœur. Je me précipite vers elle alors qu'elle entre dans le vestibule, lui jetant mes bras autour du cou. —Tu es là ! Déjà !

—Les routes ont été dégagées plus vite que prévu, explique Hannah, me rendant mon étreinte. —Ils ont sorti des chasse-neige supplémentaires à cause de toutes les personnes bloquées par la tempête. Elle recule, m'examinant avec ce regard scrutateur de grande sœur qui n'a pas changé depuis notre enfance. —Ça va ? Tu as l'air... différente.

Je sens mes joues s'échauffer, sachant exactement de quoi j'ai l'air : d'une femme qui a été copieusement embrassée et adorée.

—Je vais bien, je lui assure. —Mieux que bien, en fait.

En reculant, j'observe l'apparence de ma sœur. Bien qu'elle vienne de traverser des routes de montagne post-blizzard, elle a l'air impeccable comme toujours. Ses cheveux brun chocolat tombent en vagues parfaites autour de son visage, pas une mèche déplacée. Le chignon français qu'elle porte habituellement pour le travail a été défait, mais elle semble toujours sortir tout droit d'un salon de coiffure. Son maquillage est parfait, ses vêtements—un jean de créateur et ce pull en cachemire ridiculement cher sur lequel elle a craqué au Noël dernier—sans un pli. Le seul indice de son voyage est la légère rougeur sur ses joues due au froid.

—J'étais tellement inquiète pour toi, dit-elle, son regard parcourant mon visage. —Ton message était si vague, et puis plus rien ! J'ai cru que tu avais été assassinée par des hommes de la montagne ou quelque chose comme ça. Son regard passe par-dessus mon épaule, s'élargissant légèrement en découvrant les trois hommes de la montagne, très grands et bien réels, qui se tiennent derrière moi. —Oh, souffle-t-elle. —Tu n'as pas mentionné qu'ils étaient... euh...

—Des alphas ? je suggère, incapable de contenir un petit sourire face à sa réaction.

—J'allais dire énormes, mais oui, ça aussi, murmure-t-elle. Son attention se porte alternativement sur les trois hommes, ses joues rosissant légèrement.

—Entre. Je la tire à l'intérieur, hors du vestibule froid. —Je vais te les présenter correctement.

Hannah me suit dans la chaleur de la cabane. Elle a toujours été celle qui remarque les détails entre nous deux, observant tout, alors je la vois examiner cette magnifique maison.

Thor s'approche d'elle, poussant sa main avec son museau. Comme moi, Hannah adore les animaux, alors elle se penche pour lui caresser la tête, ses ongles parfaitement manucurés disparaissant dans son épaisse fourrure.

—Eh bien, bonjour toi, roucoule-t-elle. —N'es-tu pas magnifique ? Oui, tu l'es.

Je souris, observant son habituelle maîtrise de soi se dissoudre face au charme canin. Certaines choses ne changent jamais—Hannah peut compter ses pas entre les tâches à la boulangerie et organiser les vermicelles par couleur, mais mettez un chien devant elle, et elle fond comme neige au soleil.

—C'est Thor, lui dis-je. —Il appartient à Hunter, mais je crois qu'il a décidé que j'étais sa nouvelle personne préférée.

—Chien intelligent, murmure James derrière moi, juste assez fort pour que je l'entende.

Je fais rapidement les présentations, désignant chaque homme à tour de rôle. —Hannah, voici Hunter, James et Archer. Les gars, voici ma sœur, Hannah.

Elle se redresse, lissant son pull d'un geste nerveux. — Merci d'avoir pris soin de ma sœur, dit-elle, adoptant ce ton légèrement autoritaire de grande sœur qu'elle utilise quand elle se sent protectrice. Je vous dois tellement pour avoir fait ça.

— Vous ne nous devez rien, répond Hunter, fermant solidement la porte derrière elle.

Hannah jette un regard vers la porte fermée, une lueur d'inquiétude traversant son visage. Malgré toute son assurance, ma sœur a toujours été légèrement claustrophobe, une peur d'enfance qui n'a jamais complètement disparu.

— Eh bien, nous ne resterons pas longtemps, déclare-t-elle rapidement. Je suis venue la chercher pour vous débarrasser d'elle. Je suis sûre que vous êtes impatients de reprendre votre vie normale.

L'atmosphère dans la pièce change instantanément, comme une chute de pression avant un orage. Les trois hommes s'immobilisent complètement, leurs expressions se transformant d'un accueil poli à quelque chose de plus sombre, plus intense.

— Tu penses que tu vas nous quitter ? demande Hunter en me regardant. C'est pour ça que ta sœur est venue te chercher ? Tu ne veux pas de ça ? De nous ?

— Que se passe-t-il ? demande Hannah en nous regardant tour à tour, la confusion évidente dans le pli entre ses sourcils parfaitement dessinés. De quoi parlent-ils ?

Je pince les lèvres, mon estomac se tordant follement, légèrement confuse. Ma gorge se serre d'émotion tandis que je lutte pour trouver mes mots.

— Je pensais juste... qu'après m'avoir aidée et tout... les choses reviendraient à la normale, tu vois ? dis-je d'une voix faible et incertaine. Je m'entoure de mes bras, me sentant soudain vulnérable. Vous avez vos vies et vous n'avez pas besoin de quelqu'un comme moi et—

— Lily, arrête, m'interrompt James en s'approchant. Ses yeux gris sont grands ouverts, orageux d'émotion. Ne dis même pas ce que tu es en train de dire.

En quelques instants, les trois hommes m'entourent, créant un cercle de chaleur et d'énergie masculine qui me fait fléchir les genoux. Thor s'assoit aux pieds d'Hannah, observant la scène avec des yeux vifs et curieux.

— Nous ne pouvons pas permettre cela, dit Archer, sa main trouvant la mienne. Ses doigts s'entrelacent aux miens, chauds et fermes. Quand nous, en tant qu'Alphas, te revendiquons, tu es nôtre pour toujours. Quand nous t'aidons pendant tes chaleurs—

— Tu as eu tes chaleurs ? halète Hannah. Avec eux ? Tous les trois ? Elle les regarde de haut en bas, appréhendant leur taille, leur force évidente, sous un nouveau jour. Mon Dieu, ils sont énormes.

— Tu n'as pas idée, dis-je d'une voix étranglée, mi-riant, mi-au bord des larmes. Le choc émotionnel des dernières minutes m'a laissée à vif et vulnérable. C'était... intense.

— C'est un euphémisme, murmure Archer avec un sourire.

— C'est notre faute de ne pas te l'avoir dit plus tôt, explique Hunter. Puis, à ma grande surprise, il s'agenouille devant moi.

James et Archer échangent un regard, puis font de même jusqu'à ce que les trois Alphas soient à genoux à mes pieds. Cette vision est si inattendue, si bouleversante, que j'en reste momentanément sans voix.

— On a entendu dire que tu aimais qu'on s'humilie, déclare James avec une pointe de cet humour pince-sans-rire que j'ai appris à adorer.

Je lui lance un regard noir, le rouge me montant aux joues. — Mais—

— Non, m'interrompt fermement Hunter. Nous ne voulons pas perdre ce que tu nous as montré, le bonheur dont nous savions qu'il nous manquait. Ses yeux bleu glacier, habituellement si maîtrisés, sont à vif. Tous les trois nous te voulons, toi seule.

— Tu as fait irruption dans nos vies—littéralement—et d'une façon ou d'une autre tu as réparé quelque chose dont aucun de nous ne réalisait même qu'elle était cassée, ajoute Archer, son enjouement habituel remplacé par une sincérité honnête.

— Tu nous rends meilleurs, dit simplement James. Ensemble et individuellement.

Les larmes me montent aux yeux, débordant malgré tous mes efforts pour les contenir. Cela semble impossible — que ces trois hommes incroyables puissent tous me désirer, qu'ils soient prêts à bouleverser leur vie pour moi.

— Mais vous me connaissez à peine, je proteste faiblement.

— Parfois, une semaine suffit, murmure Hunter avec un sourire. Mon grand-père disait qu'il avait su que ma grand-mère était la femme de sa vie dès qu'il l'avait vue. Il l'a demandée en mariage au bout de trois jours.

— Et nous avons passé moins d'une semaine avec toi, fait remarquer Archer. Donc, on prend notre temps, en quelque sorte.

Hannah observe la scène à quelques pas, sa méfiance initiale progressivement remplacée par un lent sourire qui s'étend sur son visage. Elle a toujours su me lire mieux que quiconque, et ce qu'elle voit dans mon expression semble la rassurer.

— Qu'est-ce que tu attends ? chuchote-t-elle, assez fort pour que je l'entende. Si tu les adores, alors oui, tente l'expérience. N'ose même pas abandonner maintenant.

— Ta sœur est très sage, ajoute Archer avec un clin d'œil théâtral vers Hannah. Je pense que nous devrions l'écouter. Elle a clairement un excellent jugement, un goût impeccable, et — si je puis me permettre — une ressemblance remarquable avec toi qui suggère que la beauté est de famille.

— Tu en fais un peu trop, Arch, murmure James.

— La flatterie vous mènera loin, répond Hannah d'un ton pince-sans-rire, bien que je puisse voir qu'elle est charmée malgré elle. Sa posture s'est détendue, l'attitude protectrice de grande sœur s'adoucissant.

— Que veux-tu ? me demande James. Parce que quoi que ce soit, nous le ferons arriver. Nous déménagerons à Whispering Grove s'il le faut.

— Je ne suis pas sûr que Hannah appréciera d'avoir

trois Alphas qui s'installent chez elle, fait remarquer Hunter.

Hannah émet un son étranglé, mi-rire, mi-toux. « Il n'y a pas assez d'espace. Littéralement. Notre appartement au-dessus de la boulangerie est minuscule. Je peux entendre Lily chanter sous la douche depuis n'importe quelle pièce. »

— Mon chant n'est pas si terrible, je proteste automatiquement.

— Si, vraiment, réplique-t-elle avec la franchise d'une sœur.

— Nous achèterons une maison là-bas, suggère immédiatement Archer. Quelque chose avec assez d'espace pour nous tous.

Les yeux de James s'illuminent d'une nouvelle idée. « Nous pourrions ouvrir notre propre boulangerie, tous les quatre. Toi et moi comme boulangers. » Il se tourne vers Hannah. « Imagine les files de femmes venant acheter des pâtisseries servies par Archer et Hunter en jolis tabliers. »

— Je paierais cher pour voir ça, acquiesce Hannah en souriant.

— Hunter en tablier ? Voilà une image intéressante, médite Archer, inclinant la tête comme s'il l'imaginait.

— Ne pousse pas ta chance, grogne Hunter, mais sans réelle colère.

— Un café-librairie attenant, ajoute Archer avec enthousiasme. Des éditions rares exposées, des coins lecture, des événements littéraires. J'ai toujours voulu combiner mon amour des livres avec un espace public.

— Et je m'occuperai de la partie commerciale, dit

Hunter, sa voix profonde pratique mais chaleureuse. Financement, gestion, logistique... mais seulement si ça vous convient. Ses yeux vont de Hannah à moi. Nous ne voulons pas séparer les sœurs boulangères ou vous prendre des clients.

Hannah secoue déjà la tête. « Pas du tout. C'est parfait, en fait. » Elle hésite, puis continue. « J'ai envie de me développer davantage par moi-même et je ne savais pas comment te le dire, Lily. »

— Vraiment ? je la fixe, momentanément distraite des trois hommes toujours agenouillés devant moi. Qu'est-ce que tu vas faire ?

—En fait, j'envisage de créer ma propre entreprise de traiteur événementiel et d'organisation de mariages, poursuit-elle. J'ai déjà établi quelques contacts dans le secteur. Peut-être que je pourrais te commander des pâtisseries... Elle s'interrompt, une idée se formant clairement dans son esprit. —Si tu veux, je peux te vendre la boulangerie. Tu serais extraordinaire à la diriger toi-même.

—Oui, déclare Hunter immédiatement en se levant. Elle va te l'acheter, et nous pourrons nous installer en ville mais en l'agrandissant. En faire quelque chose de vraiment spécial. Il se tourne vers moi. —Si ça te convient ?

Ma tête tourne face à la rapidité avec laquelle tout change, des possibilités se dévoilant devant moi que je n'avais jamais osé imaginer. —Tout va si vite, dis-je, me sentant légèrement dépassée. D'accord, une chose à la fois, s'il vous plaît. Je n'ai même pas encore officiellement accepté de rester avec vous, et nous planifions déjà des projets commerciaux.

Ils rient, un son chaleureux et sincère.

—Elle a raison, reconnaît Hunter. Nous allons trop vite. Il se tourne vers Hannah. —S'il vous plaît, entrez convenablement. Nous étions sur le point de prendre un café. Joignez-vous à nous, et nous pourrons faire plus ample connaissance.

Hannah me jette un regard interrogateur, et quand je hoche la tête, elle sourit. —J'aimerais beaucoup. Elle s'approche de moi, passe un bras autour de mes épaules et me serre contre elle. —Tu as tellement de chance, ma belle, me chuchote-t-elle à l'oreille.

Ces mots me prennent au dépourvu, faisant monter de nouvelles larmes à mes yeux. Hannah a toujours été celle qui réussissait — notes parfaites, apparence parfaite, tout méticuleusement planifié et exécuté. Entendre de la fierté dans sa voix, dirigée vers moi, me fait l'effet d'un cadeau dont j'ignorais avoir besoin.

—Merci, lui chuchoté-je en retour, la serrant étroitement contre moi.

—Alors, dit Archer en frappant dans ses mains. Un café pour tout le monde ? Ou quelque chose de plus fort, étant donné que nous planifions apparemment simultanément des fusions romantiques et commerciales ?

—Le café ira très bien, rit Hannah. Je reprends la route plus tard.

—Je m'en occupe, se propose James, se dirigeant vers la cuisine. Lily, fais visiter à ta sœur pendant que je prépare ça.

—Tu vas tout me raconter, me chuchote Hannah en passant son bras sous le mien. Son regard se dirige significativement vers les hommes qui s'affairent dans la cabane.

—Plus tard, lui promets-je. Quand je ne risquerai pas d'être entendue et complètement embarrassée.

Alors que je fais visiter à Hannah le rez-de-chaussée de la cabane, je suis frappée par la façon dont les hommes ajustent naturellement leurs mouvements autour de nous.

Nous nous installons dans le salon, Thor circulant entre nous, acceptant les caresses de chacun mais finissant par s'installer à mes pieds avec un soupir satisfait.

—Alors, dit Hannah. Comment exactement cela va-t-il fonctionner ? Vous quatre, je veux dire. Elle fait un geste entre les hommes et moi. —Je ne juge pas, je pense juste à ma sœur. J'ai une amie qui a récemment trouvé trois compagnons Alphas, et maintenant, avec Lily, je commence à me sentir mise à l'écart. Elle rit, et je la pousse doucement de l'épaule.

—Nous allons le découvrir au fur et à mesure, car tout cela est nouveau pour nous, répond Hunter honnêtement. Mais l'essentiel est que nous voulons tous la même chose — le bonheur de Lily. Nous sommes une meute, dit doucement James, son regard croisant le mien à travers la pièce.

Le mot résonne en moi, sonnant juste d'une manière que je ne peux pas totalement expliquer. Ce n'est pas seulement la dynamique Alpha-Omega, bien que ce soit certainement une partie. C'est une question d'appartenance, de trouver des personnes qui se complètent mutuellement.

La main de Hunter frôle négligemment mon épaule, envoyant une vague de picotements le long de ma colonne vertébrale. En face de nous, Archer me fait un clin d'œil par-dessus sa tasse de café fumante, cette lueur espiègle dans ses yeux ambrés faisant s'envoler les papillons dans mon estomac.

—Est-ce que vivre ici est toujours aussi paisible ? demande Hannah, blottie dans le fauteuil adjacent au canapé. Ma sœur a observé les trois hommes s'occuper de moi tout l'après-midi avec un mélange d'amusement et d'étonnement — m'apportant du thé, ajustant les coussins derrière mon dos et s'assurant que j'étais confortable.

—La plupart du temps, répond Hunter, ses doigts jouant distraitement avec une mèche de mes cheveux, appuyé sur le canapé derrière moi. Mais ça n'a jamais été tout à fait comme ça avant.

—L'isolement doit être agréable, poursuit Hannah.

James se rapproche de mon autre côté sur le canapé, sa main venant se poser sur ma cuisse avec une possessivité décontractée qui répand une chaleur en moi. Archer quitte son fauteuil pour se serrer sur le canapé de mon autre côté, les trois formant un cercle protecteur qui devrait sembler écrasant mais qui ressemble plutôt à un sanctuaire.

Est-ce vraiment ma vie ? je me demande, en les regardant tour à tour. Trois Alphas me veulent ?

Je ne peux pas retenir le sourire qui s'étale sur mon

visage, me donnant probablement l'air ridicule, mais je m'en fiche.

—Je crois, dit Hunter, que nous étions en train de confirmer si Lily veut être à nous.

Trois paires d'yeux se tournent vers moi, remplies d'espoir, de désir et de quelque chose de plus profond qui fait battre mon cœur à toute vitesse. Même Hannah est devenue silencieuse, son expression douce tandis qu'elle observe ce moment se dérouler.

—Oui, dis-je simplement, ce mot donnant l'impression de rentrer à la maison. Oui à tout. À vous tous.

Les moments suivants sont un tourbillon de mouvements et de sensations — Hunter me soulevant dans un câlin tournoyant, Archer déposant des baisers jubilants sur mon visage, James me tenant si étroitement que je peux sentir son cœur marteler contre le mien.

—Je n'arrive toujours pas à croire que c'est réel, j'avoue. Que vous voulez tous ça. Que vous me voulez.

—Crois-le, dit James fermement, ses mains chaudes sur ma taille.

—Nous te le prouverons chaque jour, promet Archer, en glissant une boucle derrière mon oreille.

—Aussi longtemps que tu voudras de nous, ajoute Hunter, son stoïcisme habituel fondant pour révéler la profondeur de ses sentiments.

Ma sœur sourit si largement, et j'adore qu'elle puisse faire partie de cela, qu'elle comprenne que je tombe éperdument amoureuse de ces hommes.

Entourée par trois hommes qui me regardent comme si j'étais la réponse à une question qu'ils se posaient depuis toujours, je suis frappée par la belle absurdité de tout cela. Il y a une semaine, j'étais juste une boulangère avec une voiture accidentée et des chaleurs imminentes. Maintenant, je suis... quoi ? Le centre d'une meute ? Le cœur de quelque chose de nouveau et merveilleux ?

—Pourquoi ce sourire ? demande James, son pouce caressant ma lèvre inférieure.

—Je pensais juste, je réponds, en croisant le regard de chaque homme tour à tour avant de jeter un coup d'œil à ma sœur, qui observe avec des larmes de bonheur dans les yeux. Que parfois, les pires faux tournants mènent exactement là où l'on est censé être.

27

LILY

Quelques mois plus tard

La douce lueur dorée des guirlandes lumineuses illumine le nom et l'enseigne de notre *nouvelle* boulangerie — Wild Flour & Fables — fièrement suspendue au-dessus de l'entrée. Le nom, fusion entre ma boulangerie d'origine et notre nouvel ajout littéraire, était une idée d'Archer. Hunter a sculpté l'enseigne en bois lui-même, et James a conçu le logo — un petit gâteau fantaisiste avec un livre ouvert comme base.

À travers les vitrines étincelantes, j'aperçois la file de clients qui s'étire le long du trottoir, une queue colorée de visages impatients dans la fraîcheur de ce matin d'octobre. Des guirlandes orange et noires encadrent les fenêtres, et des citrouilles artistiquement disposées flanquent l'entrée. À l'intérieur, des chauves-souris en papier suspendues au plafond dansent légèrement dans l'air chaud qui circule depuis les fours.

—Cinq minutes avant l'ouverture, annonce Hunter en consultant sa montre.

Je lisse mon tablier — noir à bordure orange, notre uniforme saisonnier — et prends une profonde inspiration qui fait peu pour calmer mes nerfs frémissants. Trois mois de rénovation, de planification et de préparation nous ont menés à ce moment — l'inauguration de Wild Flour & Fables, juste à temps pour Halloween. Cela nous a pris plus de temps pour faire la transition, acheter une nouvelle maison, et pour que tous mes Alphas emménagent avec nous après avoir vendu leurs maisons. Bon, sauf la cabane dans les bois. Nous adorons cet endroit et l'utilisons comme notre refuge. En plus, nous avons dû faire un voyage autour du monde, puis nous avons finalement commencé à agrandir la boulangerie.

—On va tout déchirer, m'assure James en glissant un plateau de cookies en forme de citrouille dans la vitrine. Son t-shirt noir s'étire sur ses larges épaules, notre logo orange emblématique sur sa poitrine. Chaque fois que je le regarde — n'importe lequel d'entre eux — dans nos t-shirts assortis, je ressens un frémissement ridicule dans mon estomac.

Archer émerge de la section librairie, ajustant l'étalage de romans gothiques vintage qu'il a spécialement organisé pour la saison. — Premières éditions de Dracula et Frankenstein bien en évidence, rapporte-t-il avec un sourire satisfait. Plus tous les favoris modernes d'Halloween. Le coin lecture est prêt avec ces oreillers ridicules en forme de citrouille sur lesquels tu as insisté.

—Ils sont adorables, et tu le sais, je rétorque, le poussant avec ma hanche en passant.

Il me saisit par la taille, m'attirant contre lui pour un rapide baiser. — Ils sont kitsch, et je les adore parce que tu les adores.

—Moins de bisous, plus de préparatifs, lance Hannah en sortant de la cuisine avec un plateau de ses tartelettes signature aux pommes caramélisées. Elle a pris du temps loin de son entreprise florissante d'organisation de mariages pour nous aider le jour de l'ouverture, un geste qui signifie plus qu'elle ne le sait.

La boulangerie elle-même est méconnaissable par rapport à son ancienne incarnation. Là où se tenait autrefois un espace charmant mais exigu, nous avons maintenant un établissement vaste et ouvert. Hunter a utilisé une partie de son héritage pour acheter le bâtiment voisin, et nous avons abattu les murs pour créer quelque chose de vraiment spécial.

La section avant abrite le comptoir de la boulangerie et des tables de café, le bois chaleureux et l'éclairage doux créant une atmosphère accueillante. Une magnifique arche en pierre — Hunter et James l'ont construite eux-mêmes pendant deux week-ends trempés de sueur — mène à la librairie d'Archer, où des coins lecture confortables et des étagères soigneusement organisées invitent les clients à s'attarder.

—Ton public adorateur t'attend, annonce mon père, émergeant du bureau arrière. Avec ses cheveux poivre et sel et ses rides du rire qui s'accentuent quand il sourit, il a embrassé son rôle de caissier avec un enthousiasme inattendu. Et puis-je dire que le système de caisse est remarquablement intuitif pour un vieux dinosaure comme moi.

—C'est parce que Hunter a passé trois heures à le programmer pour qu'il soit à l'épreuve des papas, je le taquine, m'attirant un regard faussement offensé de mon père.

—Je te ferai savoir que j'utilisais des ordinateurs alors que tu portais encore des couches, jeune fille, réplique-t-il, mais ses yeux pétillent d'humour.

L'un des développements les plus surprenants de ces derniers mois a été la façon dont mon père a accepté sans heurt ma relation. Quand je lui ai nerveusement présenté mes trois hommes, expliquant notre situation avec des mots hésitants et les joues rouges, il les a simplement examinés attentivement avant de dire : « Eh bien, tu as toujours eu un grand cœur, ma petite Lily. Je suppose qu'il te fallait plus d'un homme pour y correspondre. »

Maintenant, il les traite tous comme les fils qu'il n'a jamais eus, surtout Archer, qui partage sa passion pour les anecdotes historiques obscures et les jeux de mots lamentables.

— Deux minutes, annonce Hunter en ajustant une décoration d'Halloween composée de biscuits en forme de squelettes. Ses yeux bleu glacé scrutent l'espace avec sa minutie caractéristique, cherchant la moindre imperfection qui aurait pu échapper à notre vigilance.

— Nous sommes prêts, affirme James avec assurance en venant se placer à côté de moi. Plus que prêts.

Je me penche contre sa chaleur solide, puisant de la

force dans sa certitude. — Je n'arrive pas à croire que nous ayons réussi à faire tout ça.

— Moi, j'y crois, dit Hunter en nous rejoignant. Tu es une vraie force de la nature quand tu as une idée en tête.

Archer complète notre cercle, son bras glissant autour de ma taille. — Notre propre ouragan déguisé en boulangère.

Ma poitrine se serre d'émotion lorsque je les regarde — mes trois Alphas, vêtus de t-shirts noirs assortis et de tabliers orange, prêts à m'aider à transformer mon rêve en réalité. Hunter, solide et stable, la colonne vertébrale de notre opération. James, passionné et précis, dont la pâtisserie rivalise même avec la mienne. Archer, charmant et créatif, dont le café littéraire a déjà fait parler dans les cercles littéraires de trois comtés.

Comment ai-je pu avoir autant de chance ?

— Cinq minutes, annonce Hannah en ajustant une présentation de mini-tartes à la citrouille. Tout le monde à son poste !

Je file à l'arrière pour une dernière vérification, m'assurant que la première fournée de roulés à la cannelle est prête à être servie une fois que la ruée initiale commencera. La cuisine brille avec ses nouveaux équipements.

Les étagères en acier soutiennent des plateaux de friandises sur le thème d'Halloween — meringues en forme de fantômes, cupcakes avec des ailes de chauve-souris, tout à la citrouille épicée, et notre produit phare *Spirales Ensorcelantes*, des roulés à la cannelle avec un glaçage teinté orange et des araignées noires comestibles en chocolat.

Alors que je saisis un plateau, j'entends un léger gémissement venant de l'extérieur, derrière la porte arrière. Fronçant les sourcils, je pose les pâtisseries et me dirige vers ce bruit, déverrouillant la lourde porte et regardant dehors, m'attendant à trouver la famille de ratons laveurs qui viennent souvent chercher de la nourriture. Je les nourris toujours, même si les garçons me disent de ne pas les encourager. Puis Hunter va jusqu'à leur construire une petite cabane dans la ruelle au cas où ils auraient besoin d'un abri.

Cindy se tient dans notre ruelle arrière, s'enlaçant elle-même fermement malgré la douceur de cette matinée d'octobre. Ses cheveux blonds souris sont tirés en une queue de cheval serrée, ses yeux en amande habituellement vifs écarquillés avec ce qui ressemble indéniablement à de la peur.

— Cindy ? Je sors, inquiète. Tout va bien ?

Elle jette un coup d'œil par-dessus son épaule, nerveusement. — J'ai juste besoin d'entrer, s'il te plaît. Vite.

Je la fais entrer, fermant et verrouillant la porte derrière nous. — Qu'est-ce qui se passe ?

— Juste quelqu'un que j'essaie d'éviter. Je crois qu'il est en ville. Elle se serre plus fort, les épaules voûtées. Je jure que je l'ai vu sur la rue principale tout à l'heure.

— Laisse-moi appeler Garrett, je propose en attrapant mon téléphone. Il pourrait savoir...

— Non, s'il te plaît. Elle pose une main sur mon bras, m'arrêtant. Il fait déjà tellement pour moi, et en tant que mon patron à la brasserie, je déteste le mêler à mes problèmes. J'ai juste besoin de me faire discrète, c'est tout.

Quelque chose dans son expression me rappelle puissamment Ruby, ma meilleure amie qui gère le bar de l'autre côté de la rue, durant les mois où elle tentait d'échapper à son oncle connard. Le même regard traqué, la même fausse bravoure masquant une peur authentique.

— Tu es la bienvenue ici ou à rester à l'étage dans mon ancien appartement, lui dis-je fermement. Quoi que tu aies besoin si tu es en danger, d'accord ?

Le soulagement détend les traits crispés autour de ses yeux. — Peut-être juste ici pour un moment, et je partirai discrètement bientôt.

—Tu es en sécurité ici, je te le promets. Je la guide vers un tabouret dans le coin de la cuisine. —Reste aussi longtemps que tu en as besoin.

—Merci, dit-elle doucement. Tu es toujours si gentille.

Je lui apporte une assiette de cookies aux pépites de chocolat, encore chauds du four, et un verre de lait. —Je dois y aller. On va ouvrir la boutique. Mais installe-toi confortablement, d'accord ?

Avec un dernier regard inquiet, je saisis mon plateau et retourne à l'avant, manquant de peu de percuter James en entrant dans la boutique.

—Te voilà, dit-il en me rattrapant par les épaules. Il dépose un rapide baiser sur mon front. —Hunter est sur le point d'ouvrir les portes.

—Désolée, Cindy de la brasserie est à l'arrière. Elle semble contrariée par quelque chose.

Le front de James se plisse d'inquiétude. —Elle va bien ?

—Je pense que oui, elle se cache juste de quelqu'un. Je lui ai dit qu'elle pouvait rester aussi longtemps qu'elle en a besoin.

Il hoche la tête, comprenant sans avoir besoin d'autres explications. —Bien. Elle peut rester aussi longtemps qu'elle le souhaite. Maintenant viens, ton public adoré t'attend.

À cet instant, Hunter déverrouille la porte d'entrée. Il se tient là, grand et imposant dans son t-shirt noir, les muscles de ses bras clairement dessinés alors qu'il accueille les premiers clients avec un sourire plus chaleureux que la plupart des gens n'ont jamais l'occasion de voir.

La playlist d'Halloween qu'Archer a préparée commence à jouer dans les enceintes discrètes - un mélange de classiques effrayants et de musique d'ambiance qui crée l'atmosphère festive parfaite. Le parfum de cannelle, de vanille et d'épices de citrouille remplit l'air, se mêlant à l'odeur réconfortante des vieux livres provenant de la pièce adjacente.

Les gens affluent comme une rivière, leurs voix excitées s'élevant pour remplir l'espace. Je capte des bribes de conversation - « C'est tellement beau ! », « Regarde ces cupcakes ! », « Tu as vu ses muscles ? » - tandis que je me déplace derrière le comptoir pour aider à gérer la ruée initiale, gloussant intérieurement.

Ce que je remarque aussi, c'est l'effet que mes Alphas produisent sur notre clientèle majoritairement féminine. Des femmes font semblant d'étudier le menu tout en jetant des coups d'œil furtifs au corps impressionnant de Hunter. Elles s'attardent sur les recommandations de pâtisseries de James, envoûtées par ses yeux gris orage et son sourire doux. Elles posent à Archer des questions de plus en plus précises sur des auteurs obscurs, se délectant visiblement de ses réponses enthousiastes et de son sourire charmant.

Certes, une pointe de jalousie s'élève en moi, mais je sais aussi qu'ils sont tous à moi.

Hannah attire mon attention de l'autre côté de la boutique et fait un geste exagéré de s'éventer, indiquant d'un signe de tête un groupe de femmes qui admirent ouvertement Hunter pendant qu'il transporte une caisse de livres dans l'autre pièce. Je réprime un rire et secoue la tête.

—Ça a l'air bien, frangine, dit-elle en s'approchant de moi pendant une accalmie momentanée. Cet endroit va faire parler tout Whispering Grove.

—Merci à toi pour ton aide, je réponds en lui serrant la main.

À midi, nous avons épuisé trois de nos produits phares et sommes presque à court de tout le reste. Les Spirales Ensorcelantes se sont envolées dans les deux premières heures, incitant James à commencer une deuxième fournée qui emplit maintenant l'air de son arôme alléchant.

Durant un rare moment de calme, je me retrouve derrière le comptoir près de mon père, tous deux reprenant notre souffle. J'observe la scène qui se déroule devant moi. Les clients bavardent autour d'un café et de pâtisseries à nos tables. Une jeune femme se blottit dans l'un des coins lecture avec une meringue fantôme à moitié mangée sur l'assiette à côté d'elle. Mon père va servir un groupe de dames âgées en leur racontant des histoires de sa jeunesse, leurs rires se mêlant à la musique d'ambiance.

Et mes hommes - mon cœur se serre.

Je pose une main sur mon ventre, encore plat sous mon tablier mais abritant le secret que je garde depuis deux semaines. Le test de grossesse rangé dans ma table de nuit a confirmé ce que mon corps me disait déjà - notre famille va s'agrandir.

Ce soir, après avoir fermé la boutique et célébré notre ouverture réussie, je leur dirai. J'ai déjà tout planifié — trois petits cupcakes, chacun avec une lettre : P, A, P, A. Simple mais efficace.

Je me demande comment ils vont réagir. Hunter sera probablement stoïque au début, puis affichera ce rare et magnifique sourire qui transforme tout son visage. James pourrait pleurer — c'est le plus émotif des trois. Et Archer fera sans doute une blague sur sa virilité avant de me bombarder de questions sur mon état de santé.

—Un sou pour tes pensées, m'interrompt James, apparaissant à côté de moi avec un plateau frais de scones à la citrouille.

Je lui souris, le cœur si plein qu'il pourrait exploser. —Je pensais juste à ma chance.

—C'est drôle, répond-il en déposant un rapide

baiser sur ma tempe. Je pensais exactement la même chose.

Hunter nous observe de l'autre côté de la pièce, haussant un sourcil en une question silencieuse : *Tout va bien ?* Je hoche la tête, et il retourne à son client, rassuré.

Un instant plus tard, Archer se glisse derrière le comptoir, chipant un biscuit à la cannelle d'un présentoir. —J'ai une longue liste d'attente pour le club de lecture qui commence le mois prochain.

—Génial. Et arrête de manger la marchandise, je le taquine, mais je ne peux m'empêcher de sourire face à son enthousiasme.

—Privilège du pâtissier, réplique-t-il en m'offrant une bouchée, que j'accepte malgré ma propre règle.

L'après-midi se poursuit à un rythme régulier, l'affluence initiale cédant la place à un flot constant de curieux locaux et de visiteurs attirés par le bouche-à-oreille. À seize heures, nous avons presque tout vendu.

Alors que le soleil de l'après-midi traverse nos fenêtres en biais, projetant de longues ombres sur nos vitrines presque vides, je ne peux m'empêcher de penser que parfois les pires détours — comme avoir un accident de voiture dans une tempête de neige — vous mènent exactement là où vous êtes censé être.

Et je ne changerais pas une seule étape du voyage qui m'a menée ici.

28

LILY

Le dernier client s'en va avec un signe de la main et la promesse de revenir demain, la clochette au-dessus de la porte tintant joyeusement dans son sillage. Je retourne l'écriteau de « Ouvert » à « Fermé » et m'appuie contre la vitre fraîche, complètement épuisée mais rayonnante de satisfaction.

—On l'a fait, soupiré-je, en me tournant vers mes trois Alphas, qui semblent aussi fatigués que moi.

—On ne l'a pas simplement fait, affirme Archer, en s'effondrant dramatiquement sur l'une des chaises du café. On a écrasé, démoli, absolument anéanti toutes les attentes du jour d'ouverture.

Hunter, toujours pragmatique, compte déjà le contenu de la caisse. « Le total final sera impressionnant », confirme-t-il. « Nous avons tout vendu. Même ces biscuits fantômes au matcha expérimentaux dont James n'était pas sûr. »

—Les gens achètent n'importe quoi si c'est en forme de fantôme en octobre, hausse les épaules James, en essuyant les derniers comptoirs. Ses manches sont retroussées jusqu'aux coudes, révélant des avant-bras puissants saupoudrés de farine. Même épuisé, il dégage une compétence tranquille qui fait toujours battre mon cœur.

Mon père émerge du bureau arrière, accrochant son tablier avec la précision soignée qui définit tout ce qu'il fait. « Je dirais que c'était une première journée réussie », annonce-t-il, son visage buriné plissé de fierté. « Les enfants, vous avez fait un travail formidable. »

Hannah nous rejoint depuis la cuisine, son chignon français parfait ne montrant pas un seul cheveu déplacé malgré la journée mouvementée. « J'ai compté les reçus finaux », rapporte-t-elle. « Nous avons fait presque le double de ce que Flour & Fable faisait lors de son meilleur jour. »

—Ça mérite une célébration, déclare mon père. Dîner à mes frais ? Ce nouveau restaurant italien du centre-ville ?

Ma main se dirige instinctivement vers mon ventre avant que je ne me reprenne. Je ne peux pas encore leur annoncer à tous — je dois d'abord le dire à mes Alphas, en privé. Cette pensée envoie des papillons tourbillonner dans mon ventre, me rendant légèrement nauséeuse.

—Peut-être demain soir, papa, suggéré-je, forçant un sourire malgré ma nervosité soudaine. On est tous assez crevés.

—Va pour demain. Je ferai la réservation, accepte Archer. Aujourd'hui m'a complètement épuisé et mon postérieur parfaitement sculpté en a pris un coup.

—La vieille Mme Grove semblait certainement le penser, le taquine Hannah, faisant gémir Archer et rire le reste d'entre nous.

—Que s'est-il passé avec Mme Grove ? demande mon père, les sourcils levés de curiosité.

—Elle lui a pincé les fesses. Deux fois, révèle Hunter avec une joie inhabituelle. Elle a dit qu'il lui rappelait son troisième mari.

—L'horreur dans tes yeux en ce moment est exactement ce que j'ai ressenti, dit Archer à mon père.

J'éclate de rire, tout comme les autres.

Nous terminons ensemble les tâches de fermeture, mon père et Hannah nous aidant malgré mon insistance pour qu'ils rentrent chez eux. Finalement, nous nous tenons tous devant la boulangerie, fermant pour la nuit.

—Je suis si fier de toi, ma Lily, m'encourage mon père, me tirant dans une étreinte serrée. Ta mère l'aurait été aussi.

L'évocation de ma mère fait monter des larmes inattendues à mes yeux. Je les refoule.

—Merci, papa. Elle me manque tellement, murmuré-je, le tenant un moment plus longtemps que d'habitude.

Hannah me serre ensuite dans ses bras, ses yeux se plissant légèrement tandis qu'elle examine mon visage. « Ça va ? Tu sembles un peu pâle. »

—Juste fatiguée, lui assuré-je, espérant qu'elle ne puisse pas me lire aussi bien qu'elle le fait habituellement. Rien qu'une bonne nuit de sommeil ne puisse résoudre.

Elle n'a pas l'air entièrement convaincue mais n'insiste pas. — Appelle-moi demain, dit-elle à la place.

Après les derniers au revoir, nous nous séparons — Hannah et mon père vers leurs voitures, nous quatre vers le SUV de Hunter garé derrière le bâtiment.

Le trajet à travers Whispering Grove est bref mais magnifique en cette fin d'après-midi, avec les feuilles d'automne qui voltigent sur les rues tranquilles et les décorations d'Halloween qui brillent sur presque tous les porches. Malgré mon anxiété concernant la révélation à venir, je ne peux m'empêcher de ressentir une vague de contentement. Cette ville, ces hommes, notre vie ensemble — c'est plus que je n'aurais jamais osé rêver.

— Allô la Terre, ici Lily, me taquine Archer en se tournant du siège passager. Tu es bien silencieuse là-derrière. Tu prépares un plan de domination mondiale ?

— Je réfléchis, c'est tout, je réponds en m'appuyant contre James, qui a son bras autour de mes épaules sur la banquette arrière.

— Dangereuse occupation, me taquine doucement James en déposant un baiser sur ma tempe.

— J'ai vu au moins trois femmes essayer de te glisser leur numéro aujourd'hui, je rétorque, reconnaissante pour cette distraction. Je devrais m'inquiéter ?

— Je t'en prie, se moque Archer avant que James puisse répondre. Ces femmes n'ont aucune chance. Notre petit boulanger n'a d'yeux que pour toi.

— Comme le prouve le fait que je n'ai même pas remarqué que quelqu'un essayait de me donner son numéro, ajoute James avec une parfaite honnêteté.

Hunter capte mon attention dans le rétroviseur, son regard stable à la fois évaluateur et rassurant. Il a toujours été le plus perspicace des trois, remarquant tranquillement ce que les autres ne voient pas. Je me demande s'il a déjà deviné mon secret.

— J'ai cru que Mme Hawkins allait s'évanouir quand Hunter a porté cette bibliothèque dans le coin lecture, continue Archer, se lançant dans une reconstitution dramatique de la réaction de la dame âgée. Je jure que je l'ai entendue murmurer « Oh mon Dieu » en s'éventant avec un biscuit.

Les plaisanteries continuent tout le long du trajet. Au moment où nous nous engageons dans l'allée de notre maison victorienne, je ris malgré mes nerfs, une partie de la tension quittant mes épaules.

Notre maison nous accueille avec des lumières chaleureuses, grâce aux minuteries installées par Hunter. Thor bondit en haut des marches du porche avant nous, attendant impatiemment près de la porte. Hunter qui déverrouille la porte d'entrée, James qui vérifie le courrier, Archer qui se dirige immédiatement vers la cuisine pour chasser des collations, et Thor qui nous attend, s'enroulant autour de mes jambes pour recevoir des caresses — tout cela me calme davantage.

— Je vais prendre une douche, j'annonce une fois à l'intérieur, ayant besoin de quelques minutes seule pour rassembler mes pensées.

— Je vais commander le dîner, propose James. Pizza ? Thaï ? Trop fatigué pour cuisiner.

— Pizza, disent Hunter et Archer à l'unisson, me faisant sourire.

— Va pour la pizza, j'accepte en me dirigeant vers les escaliers. Je redescends dans quinze minutes.

Dans notre salle de bain principale, je me tiens sous le jet d'eau chaude, laissant l'eau emporter la tension de la journée. Ma main dérive vers mon ventre encore plat.

Après ma douche, j'enfile un legging confortable et l'un des t-shirts doux de James qui m'arrive presque aux genoux. Dans le dressing, je récupère le petit sac cadeau que j'ai caché derrière mes bottes d'hiver depuis une semaine. À l'intérieur se trouvent trois minuscules paires de chaussures de bébé — une bleue, une rose, une jaune — contenant chacune une image d'échographie enroulée.

Pas aussi élégant que mon plan de cupcakes, peut-être, mais ça devra faire l'affaire car je suis trop fatiguée pour cuisiner ce soir. Et les chaussures étaient mon idée initiale, de toute façon. Mon secret me brûle depuis trop longtemps ; je ne peux pas attendre un jour de plus pour le partager.

En bas, je trouve mes Alphas étalés dans le salon. La scène est si domestique, si parfaitement ordinaire, que pendant un moment, je reste simplement dans l'embrasure de la porte, à la savourer.

Hunter me remarque en premier, bien sûr. —Tu te sens mieux ?

—Beaucoup, je confirme, en avançant pour les rejoindre. Au lieu de prendre ma place habituelle sur le canapé, je reste debout, soudain nerveuse à nouveau. J'ai quelque chose pour vous. Pour vous tous.

Leur attention se fixe immédiatement sur moi, trois paires d'yeux curieux tandis que je sors les trois sacs cadeaux cachés derrière mon dos, puis en donne un à chacun d'eux.

—Quelle est l'occasion ? demande Archer, en le prenant avec empressement.

—Ouvrez-le, c'est tout, dis-je, le cœur battant si fort que je suis sûre qu'ils doivent l'entendre.

Chacun d'eux sort une minuscule boîte à chaussures, tous affichant des expressions perplexes. Ils ouvrent les boîtes simultanément, révélant les chaussures miniatures avec les photos d'échographie glissées à l'intérieur.

Pendant un moment, un silence complet règne tandis qu'ils comprennent ce qu'ils voient.

—Lily, dit finalement Hunter, sa voix inhabituellement tremblante. Est-ce que c'est... ?

—Je suis enceinte, je confirme, en tordant mes mains nerveusement. Huit semaines. De jumeaux.

Le silence s'étire pendant trois battements de cœur supplémentaires, puis-

—DES JUMEAUX ! s'exclame Archer, bondissant sur ses pieds avec une telle force que Thor sursaute et aboie. Il traverse l'espace entre nous en deux grandes enjambées, me soulevant du sol et me faisant tournoyer. Nous allons avoir des jumeaux !

Sa joie rompt le charme. James est soudain là, les larmes ruisselant déjà sur son visage, m'arrachant des bras d'Archer pour me prendre dans les siens.

—Des jumeaux, murmure-t-il contre mes cheveux, sa voix épaisse d'émotion. Deux bébés. Nos bébés.

Le visage de Hunter se transforme instantanément, les yeux s'écarquillant tandis que les minuscules chaussures bleues glissent de ses mains soudain tremblantes.

Il les rattrape en plein vol, les serrant contre sa poitrine alors qu'un sourire se répand sur son visage - lentement d'abord, puis s'amplifiant en quelque chose de radieux.

—Nous... tu es..., bégaie-t-il, sa voix se brisant de joie. Des jumeaux ? Nous allons avoir des jumeaux ?

Les préoccupations pratiques passent encore sur son visage, mais elles sont secondaires face à la pure allégresse qui émane de lui. Il me rejoint en deux enjambées rapides, ne marchant pas mais bondissant pratiquement.

—Oui, je lui assure avec un sourire identique. Tout semble parfait jusqu'à présent. Huit semaines et deux jours, selon le médecin.

Contrairement aux démonstrations exubérantes des autres, la joie de Hunter se manifeste à sa façon unique - il me soulève du sol dans un doux tour. Ses yeux brillent d'un éclat suspect, un rire remontant de quelque part au fond de lui tandis qu'il presse son front contre le mien.

—Des jumeaux, murmure-t-il à nouveau, la voix emplie d'émerveillement et d'une excitation indéniable. Nous allons avoir besoin d'une autre paire de celles-ci, ajoute-t-il, en jetant un coup d'œil aux chaussures bleues encore serrées dans sa main. Il m'embrasse avec une tendresse telle qu'elle fait monter de nouvelles larmes à mes yeux.

—Donc, j'imagine que la pizza n'est pas le meilleur choix de dîner pour toi en ce moment, dit James. Je devrais te préparer quelque chose de plus sain. Plus nutritif. Avec des légumes.

Je ris à travers mes larmes. —La pizza ira très bien. Je suis enceinte, pas malade.

—Quand même, insiste-t-il, ses instincts protecteurs passant déjà à la vitesse supérieure. Tu as besoin d'une alimentation appropriée. Tu manges pour trois maintenant.

—Trois, répète Archer, l'air étourdi mais ravi. Nous serons sept dans cette maison, en comptant Thor.

—Une vraie famille, dit doucement Hunter, et quelque chose dans son ton fait se contracter mon cœur. Je me souviens de ce qu'il m'a raconté sur son enfance - la perte précoce de ses parents, la relation tendue avec Travis, et la perte récente de son grand-père.

—Notre famille, je corrige doucement, en prenant sa main pour la placer sur mon ventre.

Il hoche la tête, un sourire rare et complet s'épanouissant sur son visage. —Notre famille, confirme-t-il.

Nous nous installons sur le canapé pendant qu'ils me bombardent de questions. Comment je me sens ? Est-ce que j'ai eu des nausées matinales ? Est-ce que j'ai des envies particulières ? Quand est mon prochain rendez-vous parce que tous les trois prévoient d'y assister ?

Je réponds à chacune d'elles, me prélassant dans leur enthousiasme sincère et leur acceptation immédiate de cette évolution inattendue. Il n'y a aucune hésitation, aucun doute, juste de la joie pure et de l'anticipation.

—Je sais que c'est rapide, dis-je finalement, exprimant la préoccupation qui me taraude. Nous sommes ensemble depuis moins d'un an, la boulangerie vient d'ouvrir...

—Lily, m'interrompt doucement James, en prenant

mon visage entre ses mains. Nous n'avons jamais été aussi enthousiastes pour quoi que ce soit dans nos vies.

—Jamais, confirme Archer, tombant à genoux devant moi pour poser ses mains sur mon ventre. Ces bébés sont un miracle. Notre miracle.

—Et nous allons les gâter pourris, ajoute Hunter, sa voix inhabituellement douce. Tous les trois.

—Trois papas, deux bébés, une maman très chanceuse, plaisante Archer, ses yeux suspicieusement brillants malgré son ton taquin. Les maths fonctionnent parfaitement.

Ils passent le reste de la soirée à faire des projets — designs de chambre d'enfant, noms de bébé, plannings de garde d'enfants. Archer veut naturellement un thème littéraire. Hunter suggère des créatures de la forêt. James n'arrête pas de sourire.

—On peut combiner les deux, je suggère diplomatiquement. Des animaux de la forêt qui lisent des livres.

—Parfait, déclare Archer. Tout comme toi.

Alors que nous mangeons enfin notre pizza qui vient d'arriver, Thor s'installe à mes pieds avec un soupir satisfait tandis que mes trois Alphas continuent de me regarder avec de larges sourires. Je ressens un sentiment de plénitude que je ne savais pas possible.

C'est ma famille. Non conventionnelle, inattendue, mais absolument parfaite.

ÉPILOGUE

LILY

Sept mois plus tard

—Respire, Lily, m'ordonne Hunter, sa voix ferme malgré sa prise crispée sur le volant. Exactement comme on l'a pratiqué.

J'essaie de me concentrer sur ses paroles, sur les techniques de respiration que nous avons perfectionnées pendant des mois en cours de préparation à l'accouchement, mais une autre contraction me déchire, me volant mon souffle et le remplaçant par un gémissement qui ne me ressemble pas du tout.

—Cinq minutes d'intervalle, annonce James, assis à côté de moi sur la banquette arrière, les yeux fixés sur sa montre. Elles durent environ quarante-cinq secondes maintenant.

—Tu ne peux pas conduire plus vite ? exige Archer depuis le siège passager, se retournant pour me regarder avec une panique à peine dissimulée. Elle souffre !

—Je roule exactement à 15 kilomètres au-dessus de

la limite de vitesse, répond Hunter. L'équilibre optimal entre vitesse et sécurité selon les statistiques de circulation.

—Au diable les statistiques ! s'écrie Archer tandis que j'agrippe sa main tendue pendant une autre contraction. Ces bébés arrivent, et ils arrivent maintenant !

—Ils ne vont pas naître dans la voiture, affirme Hunter fermement, bien qu'il appuie un peu plus fort sur l'accélérateur. On y est presque.

J'ai perdu les eaux à 3 h 17, me réveillant en sursaut d'un rêve où je flottais dans une mer de brioches à la cannelle. J'avais d'abord secoué James pour le réveiller, comme il était le plus proche, et en quelques minutes, les trois hommes étaient dans différents états de chaos contrôlé - Hunter exécutant calmement notre itinéraire méticuleusement planifié vers l'hôpital tout en appelant simultanément le médecin, James chronométrant les contractions avec une précision scientifique, et Archer courant partout pour rassembler les derniers objets nécessaires tout en alternant entre des cris d'excitation et des babillages nerveux.

Maintenant, alors que nous fonçons vers l'hôpital Whispering Grove Memorial, je suis partagée entre l'amusement face à leurs réactions et la douleur de plus en plus insistante dans mon corps.

—On y est presque, ma Lily, me rassure James, pressant un linge frais sur mon front. Toujours préparé, il l'a sorti du sac pour l'hôpital dès les premiers signes de mon inconfort. Tu te débrouilles merveilleusement bien.

—Je n'ai encore rien fait, je halète tandis que la contraction s'apaise. Le moment crucial est encore à venir.

—Tu as fait grandir deux êtres humains, rétorque Archer, tenant toujours ma main malgré ce qui doit être une pression engourdie. C'est déjà la chose la plus badass qu'aucun d'entre nous n'ait jamais faite.

Hunter s'arrête à l'entrée des urgences avec une précision chirurgicale, et avant même que je puisse cligner des yeux, une agitation frénétique nous entoure. Le personnel hospitalier, alerté par l'appel de Hunter, nous attend avec un fauteuil roulant. James porte mon sac. Archer récite mes informations médicales de mémoire à une infirmière qui semble impressionnée. La main de Hunter ne quitte jamais le bas de mon dos.

—Mme Thorne-Blackwood-Sterling ? demande une jeune infirmière, semblant légèrement dépassée par la longueur de mon nom composé.

—Lily suffira, je parviens à articuler entre mes dents serrées alors qu'une autre contraction commence.

—Et vous êtes... demande-t-elle, jetant un regard entre mes trois Alphas qui planent autour de moi.

—Les pères, répondent-ils à l'unisson, provoquant un élargissement momentané des yeux de l'infirmière avant qu'elle ne se ressaisisse.

—Tous les trois ?

—Tous les trois, je confirme, incapable de réprimer un rire malgré la douleur. J'espère que ce n'est pas un problème.

—Pas du tout, m'assure-t-elle rapidement. Je voulais juste être sûre de bien comprendre la situation.

Nous devrons préparer une salle d'accouchement un peu plus grande pour accueillir tout le monde. Elle me pousse à travers les portes automatiques, mes Alphas tout près.

—Vous allez tous être des pères formidables, leur dis-je pendant un bref répit entre les contractions. Arrêtez de paraître si terrifiés.

—Nous ne sommes pas inquiets, proteste Archer sans conviction. Nous sommes prêts.

—Parle pour toi, marmonne Hunter. Moi, je suis terrifié.

Cet aveu me fait rire, ce qui se transforme rapidement en gémissement quand une autre contraction me frappe, plus forte que la précédente.

Les heures suivantes passent dans un tourbillon de douleur, d'encouragements et d'attention médicale. Je suis admise, examinée et installée dans une salle d'accouchement. Mes hommes ne quittent jamais mon côté, se relayant pour que l'un tienne toujours ma main, un autre maintienne des compresses fraîches sur mon front, et le troisième fasse l'intermédiaire avec le personnel médical, s'assurant que mon plan de naissance soit suivi à la lettre.

Tout me semble être un flou de douleur, d'appréhension et d'excitation.

Je remarque plus d'une infirmière qui leur jette des regards insistants. Mais comme James l'avait prédit il y a des mois, ces regards pourraient aussi bien ne pas exister. Ils n'ont d'yeux que pour moi et l'arrivée imminente de nos enfants.

—Huit centimètres, annonce le médecin après avoir

vérifié ma progression. Ça avance plus vite que prévu pour une primipare avec des jumeaux.

—Elle a toujours été une surdouée, plaisante Archer, m'arrachant un faible sourire avant qu'une autre contraction ne capte toute mon attention.

La douleur est incomparable à tout ce que j'ai pu connaître — vague après vague de pression et de brûlure qui me fait remettre en question chaque choix de vie qui m'a menée à ce moment. J'avais opté pour une intervention antidouleur minimale, voulant être pleinement présente pour la naissance, mais maintenant je reconsidère la sagesse de cette décision.

—Tu peux le faire, murmure James, ses lèvres près de mon oreille. Tu es la personne la plus forte que je connaisse.

—Nous sommes là, ajoute Hunter de l'autre côté, sa grande main enveloppant la mienne. On ne va nulle part.

—Et pense à l'histoire qu'on racontera à ces enfants, intervient Archer, massant mes épaules avec une habileté surprenante. Comment leur magnifique et badass de mère les a mis au monde pendant que trois Alphas adultes étaient prêts à s'évanouir à cette vue.

Cela lui vaut un rire étranglé qui se transforme en cri lorsque la contraction la plus intense jusqu'à présent s'empare de moi.

—C'est l'heure, annonce le médecin, soudain tout à fait professionnel. Ces bébés sont prêts à rencontrer leurs parents.

Une douleur au-delà de l'imaginable pulse à travers moi, entrecoupée de moments de clarté si profonds qu'ils semblent presque spirituels. Mon attention se concentre sur les encouragements de mes trois hommes, leurs voix m'ancrant à travers la tâche apparemment impossible de mettre nos enfants au monde.

—Je vois la tête ! s'exclame James, les larmes coulant librement maintenant. Oh mon Dieu, Lily, tu y arrives !

—Poussez quand vous êtes prête, m'instruit calmement le médecin. Doucement et régulièrement.

Je pousse de toutes mes forces. Agrippant les mains d'Archer et de Hunter, un son primitif s'échappant de ma gorge que je reconnais à peine comme étant le mien.

—C'est ça, c'est ça, m'encourage Hunter, son stoïcisme habituel complètement abandonné. Tu y arrives, Lily. Tu es incroyable.

Avec un dernier effort monumental, notre premier enfant glisse dans le monde, un cri remplissant la pièce qui nous fait tous les quatre haleter à l'unisson.

—C'est un garçon ! annonce le médecin, plaçant brièvement le bébé qui gigote au visage rouge sur ma poitrine avant que les infirmières ne l'emportent pour les premiers examens.

—Un fils, souffle Archer, l'air à la fois abasourdi et extatique. Nous avons un fils.

Avant que je puisse pleinement assimiler ce miracle, mon corps me rappelle que nous n'en sommes qu'à mi-chemin. Les contractions reprennent, étrangement à la fois moins et plus intenses, maintenant que je sais à quoi m'attendre.

—Nous y voilà encore, dit le médecin d'un ton encourageant. Le bébé numéro deux est impatient de rejoindre la fête.

Le deuxième accouchement se déroule plus rapidement, douloureux et précipité. Avec une série de poussées qui épuisent mes dernières forces, je halète et hurle. Notre deuxième enfant fait son entrée dans le monde, un autre cri rejoignant le premier.

—Une magnifique petite fille, annonce le médecin, et cette fois, j'aperçois une mèche de cheveux noirs avant qu'on l'emporte également.

—Un de chaque, dit James émerveillé. Un fils et une fille.

—Parfait, confirme Hunter, la voix étrangement rauque.

Archer semble pour une fois à court de mots, son regard fixé sur les deux minuscules paquets dont on s'occupe de l'autre côté de la pièce.

Après ce qui semble une éternité mais qui n'est probablement que quelques minutes, les infirmières ramènent nos bébés nettoyés et emmaillotés, en plaçant un dans mes bras et, après un moment d'hésitation, l'autre dans les mains tendues de James.

—Bonjour, petits trésors, je murmure, contemplant le minuscule visage parfait de mon fils. Bienvenue au monde.

Hunter et Archer se pressent tout près, nous quatre formant un cercle serré autour des nouveaux membres de notre famille. Notre fille bâille dans les bras de James, son minuscule poing s'échappant du lange pour s'agiter dans les airs.

—Elle sera une battante, prédit Hunter, capturant délicatement la main miniature avec un doigt.

—Et lui a l'air d'un penseur, ajoute Archer, contemplant l'expression sérieuse de notre fils.

—Comment allons-nous appeler ces créations parfaites ? demande Archer.

Nous avions passé des mois à débattre des prénoms, sans jamais vraiment parvenir à un consensus. Maintenant, en regardant leurs petits visages, je sais soudain exactement comment ils devraient s'appeler.

—Sage et Blake, je propose, guettant leurs réactions. Des herbes, pas seulement des épices – des ingrédients essentiels qui améliorent tout, exactement comme eux le feront.

—Sage et Blake, répète James, testant les noms. J'adore.

—Parfaits pour eux, approuve Archer.

—Des noms forts, ajoute Hunter, berçant doucement Sage dans ses bras immenses. Des noms dans lesquels ils pourront grandir.

—Sage Eleanor et Blake Malcolm, je précise, ajoutant les seconds prénoms sur lesquels nous nous étions mis d'accord il y a des mois – Eleanor pour ma mère, Malcolm pour le grand-père de Hunter.

Alors que nous sommes assis ensemble dans le calme qui suit l'accouchement, notre petite famille agrandie, je suis submergée par une vague de gratitude si profonde qu'elle fait monter de nouvelles larmes à mes yeux.

—Merci, dit soudain Hunter, sa voix à peine plus qu'un murmure. De nous avoir donné cette famille.

—De nous avoir confié ton cœur, ajoute James, son doigt caressant doucement la joue de Sage.

—D'avoir eu cet accident de voiture pendant cette

tempête de neige, conclut Archer avec un sourire larmoyant. Le meilleur accident qui soit.

Je ris à travers mes larmes, épuisée mais plus heureuse que je ne l'ai jamais été. —Merci de m'avoir trouvée. De m'avoir gardée. De m'avoir aimée.

Nos jumeaux dorment paisiblement. Comme ils sont déjà aimés férocement. Je ne peux pas m'arrêter de sourire.

Et alors que Sage bâille et que Blake s'étire dans les bras attentifs de Hunter, alors que mes trois Alphas échangent des regards d'émerveillement et de fierté, je sais que ces minuscules humains sont nés de l'amour, de l'espoir et d'une touche de magie. Ce sont les créations les plus douces et les plus précieuses que nous ayons apportées au monde.

Notre recette familiale — non conventionnelle, inattendue et absolument parfaite.

À PROPOS DE HARLEY KNIGHT

Bonjour, je suis Harley Knight ! Je suis une auteure de romans d'amour complètement passionnée par les livres, l'écriture et les fins heureuses. J'adore créer des histoires remplies d'émotion, de passion et de personnages inoubliables qui vous accompagnent bien après la dernière page. Quand je n'écris pas, vous me trouverez plongée dans un bon livre ou en train d'imaginer ma prochaine grande aventure. Pour moi, rien n'est plus beau que de façonner des histoires d'amour qui nous rappellent pourquoi l'amour vaut la peine qu'on se batte pour lui.